Das Buch
Als der Anwalt Steve Solomon eines Abends nach Hause kommt, findet er einen toten Fisch an seiner Türschwelle. Die Drohung stammt von Dr. Bill Kreeger, der gerade aus dem Gefängnis entlassen wurde. Vor sechs Jahren war der Fernsehpsychologe Steves Mandant, weil er des Mordes an einer jungen Frau beschuldigt wurde. Solomon hatte damals für Kreegers Verurteilung gesorgt, indem er der Anklage einen Tipp gab, da er seinen Mandanten selbst für schuldig hielt. Kreeger sinnt nun auf Rache und hat sich als Opfer Steves jungen Neffen Bobby und dessen Freundin Maria auserkoren. Steve und seine Freundin Viktoria müssen gemeinsam versuchen, die Katastrophe abzuwenden.

»Ein rasanter Gerichtsthriller voller schrulliger, liebenswerter Figuren. Die geschliffenen Dialoge sind zum Brüllen komisch.« *Publishers Weekly*

Die Autorin
Polly Levine arbeitete selbst jahrelang als Juradozentin und Anwältin, bevor sie sich dem Schreiben zuwandte. Sie kennt die amerikanischen Gerichte wie ihre Westentasche. Levine lebt mit ihrer Familie in Kalifornien.

Lieferbare Titel
Liebe lebenslänglich – Liebe auf Bewährung

Polly Levine
Liebe auf Verdacht

Roman

Aus dem Amerikanischen
von Usch Pilz

WILHELM HEYNE VERLAG
MÜNCHEN

Die Originalausgabe KILL ALL THE LAWYERS erschien bei
Bantam Dell, A Division of Random House, Inc. New York

Verlagsgruppe Random House
FSC-DEU-0100
Das für dieses Buch verwendete
FSC-zertifizierte Papier *Holmen Book Cream*
liefert Holmen Paper, Hallstavik, Schweden.

Vollständige deutsche Erstausgabe 11/2008
Copyright © 2006 by Nittany Valley Productions, Inc.
Copyright © 2008 dieser Ausgabe by
Wilhelm Heyne Verlag, München,
in der Verlagsgruppe Random House GmbH
Printed in Germany 2008
Umschlagfotografie: © Kai Blaschke
Umschlaggestaltung: Eisele Grafik Design, München
Satz: KompetenzCenter, Mönchengladbach
Druck und Bindung: GGP Media GmbH, Pößneck
ISBN: 978-3-453-40538-7

www.heyne.de

Zur Erinnerung an Margaux Renee Grossman
(1986–2001)

Danksagungen

Wieder habe ich meinem Autorenkollegen und Freund Randy Anderson für seine Kritik und seine Vorschläge zu danken. Gleichzeitig aber auch ein Toast auf das Wohl meiner Florida-Crew: Ich danke Rick Bischoff, Roy Cronacher und Paul Flanigan für die seemännische Hilfestellung, Ed und Maria Shohat für ihren Expertenrat in Belangen des Strafrechts sowie Angel Castillo Jr dafür, dass er mein *Espanol* aufpoliert hat.

Ein besonderer Dank geht an Kate Miciak für ihre Lektorentätigkeit, an Sharon Propson für die publizistische Arbeit und an Al Zuckermann, meinen Agenten. Allen Mitarbeitern von Bantam Books danke ich für ihre Unterstützung.

Ebenso dankbar bin ich Carol Fitzgerald, Sunil Kumar und Wiley Saichek, den Köpfen hinter www.paul-levine.com.

Eins

Fisch auf dem Trockenen

Nur mit Boxershorts bekleidet, die Augen noch verklebt vom Schlaf, zerrte Steve Solomon an der Haustür. Sie klemmte. Noch ein Versuch. Die Tür gab ächzend nach. Im nächsten Moment entdeckte Steve den knapp hundertfünfzig Kilo schweren Fisch, dessen spitzes Maul im Türspion steckte. Ein Schwertfisch. Hing da, wie mitten im Sprung eingefroren.

Steve hatte Alligatoren aus der Kanalisation des Viertels kriechen sehen. Er hatte im Park um die Ecke das Kreischen wilder Papageien gehört und war auf schuhkartongroße Kakerlaken getreten. Doch selbst in einem Zoo wie Miami galt ein Schwertfisch in der Tür als eher ungewöhnlich.

Steve spähte in beide Richtungen der üppig bewachsenen Kumquat Avenue. Sie lag eine Meile vom brackigen Wasser der Biscane Bay entfernt. *Nada.* Nichts regte sich, noch nicht mal eine verirrte Krabbe.

Er betrachtete die Frontseite seines Bungalows, dessen Verputz mit den Jahren die Farbe von Algenschlieren angenommen hatte. Kein weiteres Tier steckte in Fenstern oder Nischen, kein Scherzbold kicherte in der Hibiskushecke.

Um den Kopf des Fisches surrte ein Fliegengeschwader. Die Luft, die so früh am Morgen normalerweise nach Jasmin duftete, roch eindeutig tranig. Schweißperlen vereinigten sich auf Steves Brust zu einem Rinnsal. Alles dampfte schon jetzt vor feuchter Hitze. Steve schnappte sich die von den Beeren des Brasilianischen Pfefferbaums rot gesprenkelte Zeitung. Die Flecken sahen aus wie Blutspritzer an einem Tatort. Auf Seite eins stand nichts von einer nächtlichen Flutwelle.

Steve dachte über andere mögliche Szenarien nach. Bobby kam infrage. Sein zwölfjähriger Neffe war für jeden Unsinn zu haben, doch wie hätte er an den monströsen Fisch kommen sollen? Und wer hätte dem Jungen helfen sollen, das Ungetüm an seinen Platz zu hieven?

»Bobby!«

»Hmmm?«

»Würdest du bitte mal herkommen?«

»Hmmm.«

Hmmm – die Universalvokabel der Jugendsprache.

Steve hörte die nackten Füße seines Neffen über die Fliesen patschen. Einen Augenblick später stand Bobby in einem Miami-Dolphins-Shirt, das ihm bis zu den Knien reichte, an der fischbestückten Haustür. »Kacke, Mann!«

»Bitte nicht diese Ausdrücke, Kiddo.«

Der Junge nahm eine schwarze Brille ab und putzte die dicken Gläser mit einem Zipfel des Trikots. »Ich war's nicht, Onkel Steve.«

»Das habe ich auch nicht behauptet.« Steve erschlug eine Stechmücke, die sich an seinem Hals niedergelassen hatte. Ein blutiger Schmierfleck blieb zurück. »Kannst du dir das irgendwie erklären?«

»Könnte eine Du-schläfst-bald-bei-den-Fischen-Botschaft sein.«

Steve überlegte, ob er sich in letzter Zeit mit jemandem angelegt hatte. Mit keiner Menschenseele. Abgesehen von Richtern, Cops und Gläubigern. Er kratzte sich durch die Boxershorts hindurch im Schritt, sein Neffe tat dasselbe durch seinen Jockeyslip. Zwei Vertreter der männlichen Spezies im Grübel-Modus.

»Weißt du, was ziemlich ironisch wirkt, Kiddo?«

»Was denn?«

»Meine Hose.« Steve zeigte auf die Florida-Marlins-Boxershorts in Orange und Türkis, auf denen ein gigantischer Fisch aus dem Meer sprang.

»Du verwechselst Ironie mit Zufall, Onkel Steve«, sagte der kleine Klugscheißer.

Zwanzig Minuten später erschien Victoria Lord mit Bagels, Frischkäse und Orangensaft. Sie küsste Steve auf die Wange, zauste Bobby das Haar und sagte: »Ich nehme an, ihr wisst, dass an der Haustür ein Schwertfisch hängt.«

»Ich war's nicht«, wiederholte Bobby.

»Aber wer war's dann?«, fragte Victoria.

Steve zuckte die Achseln und griff in die Bageltüte. »Wahrscheinlich irgendwelche Kids aus der Nachbarschaft.«

Er hatte geduscht, sich rasiert und Jeans und ein mit Surfern und Monsterwellen bedrucktes Tropenhemd übergezogen – seine Uniform an Tagen ohne Gerichtstermin. In den Zeiten vor Victoria wäre er in Shorts, Flip-Flops und einem T-Shirt mit der Aufschrift »*Anwälte machen's besser*« ins Büro gefahren. Damals hatte Steves Billig-Kanzlei den wohlklingenden Namen Solomon & Partner getragen. Allerdings waren es nur die Kakerlaken gewesen, die aus den Ritzen der Wandvertäfelung krochen, um das Büro mit ihm zu teilen.

Jetzt hieß die Firma Solomon & Lord. Dank Victoria war ein Touch Klasse samt Möbelpolitur und frischen Liliensträußen ins Unternehmen eingekehrt. Und sie bestand darauf, dass Steve sich zumindest an ein paar ethische Anwaltsregeln hielt.

Heute trug sie eine Seidenbluse im Farbton reifer Pfirsiche, eine graue Stretchhose und eine kurze Jacke mit einem eingewebten Muster aus ineinanderverschlungenen geometrischen Formen. In ihren hochhackigen italienischen Pumps mit Samtspitze war sie knapp eins achtundsiebzig groß. Perfekte Haltung. Blondes Haar, fein geschnittenes und doch energisches Kinn, strahlend grüne Augen. Ein Gesamtpaket aus Stärke, Klugheit, Sexappeal.

»Hast du heute Morgen schon Radio gehört?«, fragte Victoria.

Steve goss ihr eine Miniportion sirupdicken Café Cubano ein. »Klar. Mad Dog Mandichs Sportreport.«

»Dr. Bills Talkshow.«

»Diesen Dummschwätzer? Weshalb sollte ich mir den anhören?«

»Er hat von dir gesprochen, Partner.«

»Glaub ihm bloß kein Wort.«

»Warum hast du mir nicht erzählt, dass du sein Anwalt warst?«

Steve bestrich erst einmal hingebungsvoll einen Mohnbagel mit Fischkäse. »Das ist lange her.« Keine Lust auf Fragen über Dr. William Kreeger. Mediengeiler Psychiater. B-Promi. Seit Kurzem Ex-Knacki. »Was hat er gesagt?«

»Er nannte dich Steve-der-Schlaumeier-Solomon.«

»Ich verklage ihn wegen übler Nachrede.«

»Sagte, du würdest eine Verkehrssache selbst dann nicht gewinnen, wenn der Gegner bei Rot über die Ampel gefahren ist.«

»Und wegen Geschäftsschädigung.«

»Behauptete, du hättest nur knapp den Abschluss an einer obskuren Jurafakultät geschafft.«

»Die Key West School of Law hat durchaus einen Namen. Sie ist bloß nicht staatlich anerkannt.«

»Er erklärte, du hättest seinen Prozess versemmelt, und wenn er ein bisschen mehr Vertrauen in unser Rechtssystem hätte, würde er dich dafür verklagen. Dann schwadronierte er weiter über O.J. Simpson, Robert Blake und Michael Jackson.«

»Ich habe O.J. kürzlich im Dadeland Einkaufszentrum gesehen«, nuschelte Bobby mit vollem Mund. »Er ist ziemlich fett geworden.«

»Hast du Dr. Bills Prozess wirklich vergeigt?«, fragte Victoria Steve.

»Ich habe getan, was ich konnte. Die Anklage lautete auf Mord, die Jury erkannte schließlich auf Totschlag.«

»Warum ist er dann so sauer auf dich?«

»Du weißt doch, wie Mandanten sind.«

»Meine sind für gewöhnlich froh und dankbar. Was ist zwischen dir und Dr. Bill vorgefallen?«

Wenn er es ihr sagte, das wusste Steve, würde sie an die Decke gehen. »*Du hast* was *getan? Das ist unethisch! Illegal! Unmoralisch!*«

»Gar nichts. Er musste in den Knast, und das hat ihm nicht gefallen.«

»So, so.« Victoria nippte an ihrem kubanischen Kaffee. »Bobby, weißt du, woran ich erkenne, dass dein Onkel lügt?«

»Daran, dass er den Mund aufmacht?«, antwortete der Junge.

»Er spricht dann immer sehr konzentriert und macht ein ehrliches Gesicht.«

»Das ist die reine Wahrheit«, widersprach Steve. »Ich habe nicht die geringste Ahnung, warum der Dummschwätzer sauer auf mich ist.«

Rein formal war das nicht gelogen. Warum Kreeger nicht freigesprochen worden war, wunderte Steve in Wahrheit natürlich kein bisschen. Was er nicht wusste, war, was sein Ex-Mandant wusste. Bei der Berufungsverhandlung hatte der Kerl keine Beschwerde wegen Verletzung der Anwaltspflicht erhoben, ihn weder wegen eines Berufsvergehens angezeigt noch beantragt, ihm die Anwaltslizenz zu entziehen. Kreeger hatte seine sechsjährige Haftstrafe angetreten, hatte im psychosozialen Gesundheitsdienst der Vollzugsanstalt mitgearbeitet und war wegen guter Führung vorzeitig entlassen worden.

Bevor damals gegen ihn Mordanklage erhoben worden war, hatte William Kreeger eine Praxis für klinische Psychiatrie in Coral Gables gehabt und mit dem Ratgeber *Ich bin dran* eine gewisse Berühmtheit erlangt. Er vertrat eine simple Ich-zuerst-Philosophie und hatte nach einem Auftritt in *Good Morning America* eine eigene Fernsehshow bekommen, in der er populärpsychologische Einzeiler und Beziehungstipps unters Volk brachte. Frauen vergötterten den Doktor, und seine Einschaltquoten hatten sich der *Oprah*-Marke genähert. »Hast du Kreeger mal im Fernsehen gesehen?«, fragte Steve.

»Hin und wieder, als ich noch auf dem College war. Die Ratschläge, die er Frauen gab, fand ich klasse. ›Lassen Sie diesen Idioten fallen. Schmeißen Sie ihn aus Ihrem Leben! Noch heute!‹«

»Hast du mal auf seine Augen geachtet?«

»Hat er Killer-Augen?« Bobby nahm unauffällig einen Schluck von Steves Kaffee. Noch ein Schluck, und der Junge würde sich in einen tanzenden Derwisch verwandeln. »Wie Hannibal Lecter. Oder Freddy Krueger. Oder Norman Bates. Killer, Killer, Killer!«

»Das sind Filmfiguren, keine echten Mörder«, gab Steve zu bedenken. »Und stell den Kaffee wieder hin.«

Bobby starrte seinen Onkel trotzig an, hob die Tasse und nahm noch einen Schluck. »Ted Bundy. Ted Kaczynski. John Wayne Gacy. Sind die echt genug, Onkel Steve?«

»Komm mal wieder runter, Kiddo.«

»David Berkowitz. Dennis Rader. Mr Callahan ...«

»Wer ist Mr Callahan?«, fragte Victoria.

»Mein Sportlehrer«, antwortete der Junge. »Ein echter Saftsack.«

Mit dem Einsetzen der Pubertät hatte Bobbys rebellische Phase begonnen. Wenn es nach Steve gegangen wäre, hätte sein Neffe für alle Zeiten ein kleines Kind bleiben können. Ballspielen, Radfahren, Campingtrips in die Glades. Aber der Junge hatte sich in einen dampfenden Kessel Testosteron verwandelt. Er interessierte sich sogar schon für Mädchen – ein schwieriges Terrain, selbst für gefestigte Charaktere. Für einen Jungen mit Bobbys Vorbelastungen war die Erforschung dieses Neulandes allerdings noch gefahrenträchtiger.

»Letzte Warnung, und ich mein's ernst.« Steve bemühte sich um einen strengen Ton. »Kein Kaffee mehr und keine Serienkiller. Sonst gibt's Hausarrest.«

Bobby stellte die Tasse ab und legte den Zeigefinger – *pssst* – an die Lippen.

Steve nickte, dann wandte er sich an Victoria. »Ist dir an seinen Augen was aufgefallen?«

»Versengend«, sagte Victoria. »Dunkel. Glühende Kohlen. Bei Großaufnahmen konnte man die Hitze fast spüren.«

»Die Frauen standen darauf«, sagte Steve.

»Was war denn mit der Frau in seinem Whirlpool? Hat er sie umgebracht?«

»Die Jury sah es so und meinte, es sei Totschlag gewesen.«

»Und du?«

»Ich halte mich an die Schweigepflicht.«

Victoria lachte. »Seit wann?«

»Dr. William Kreeger interessiert mich nicht mehr.«

»Aber *er* interessiert sich für dich. Warum sagst du mir nicht einfach, was damals vorgefallen ist?«

»Wil-liam Kree-ger.« Bobby zog die Silben in die Länge und verengte die Augen zu Schlitzen.

Steve wusste, dass der Junge an einem Anagramm aus Kreegers Namen arbeitete. Die Störung in Bobbys zentralem Nervensystem hatte unterschiedliche Auswirkungen. »Paradoxical Functional Facilitation« nannten die Ärzte das. Wie ein Savant konnte er sich Unmengen von Daten merken und außerdem im Kopf Anagramme bilden.

»William Kreeger«, wiederholte Bobby. »WIE MAG ER KILLER.«

»Nicht übel«, sagte Steve.

»Du hältst ihn also für einen Mörder?« Victoria setzte das Kreuzverhör fort.

»Die Jury hat gesprochen. Genau wie der Richter und die Berufungsinstanz. Das respektiere ich.«

»Ha.«

»Musst du nicht ins Gericht, Vic?«

»Das hat noch Zeit.«

»Aber ich hab's eilig. Bobby, los in die Schule.«

»Ich will lieber zuhören, wie ihr euch streitet«, sagte der Junge.

»Wir streiten nicht«, widersprach Steve.

»Noch nicht.« Victoria musterte ihren Partner. Ihre Augen schossen durchdringende grüne Laserstrahlen auf ihn ab. »Heute Morgen hat Dr. Bill dich herausgefordert. Du sollst dich im Radio verteidigen.«

»Vergiss es.«

»Du lässt doch sonst keine Gelegenheit für Gratis-Werbung aus.«

»Es sei denn, ich müsste dafür in einer drittklassigen Radiosendung auftreten.«

»Aber Werbeflächen auf den Hecks von Krankenwagen zu mieten, das hat Stil?«

»Das ist Geschichte, Vic«, sagte Steve. »Ich habe beschlossen, dir ähnlicher zu werden. Prinzipientreu und seriös.«

»Onkel Steve spricht wieder sehr konzentriert«, sagte Bobby. »Und er versucht, ein ehrliches Gesicht zu machen.«

Eine halbe Stunde später fuhr Steve über den MacArthur Causeway Richtung Miami Beach. Er hatte Victoria einen Abschiedskuss gegeben und Bobby an der Ponce de Leon Middle School abgesetzt. Während sein alter Mustang an den Kreuzfahrtschiffen vorbeirollte, die im Hafen vertäut waren, versuchte Steve zu verarbeiten, was er von Victoria gehört hatte. Warum hatte er so ein ungutes Gefühl? Seit der Urteilsverkündung hatte er Kreeger nicht mehr gesehen. Ein widerlicher Fall und mit skandalträchtigen Zutaten – Drogen, Sex, Promis. Genug für eine beachtliche Medienpräsenz.

Eine Frau namens Nancy Lamm war in knapp einen Meter tiefem Wasser ertrunken. Unglücklicherweise hatte dieses Wasser sich in Kreegers Whirlpool hinter seinem Haus befunden. Richtig pikant wurde die Sache aber erst durch die Platzwunde an Nancys Kopf. Die Blutanalyse ergab eine verhängnisvolle Mischung aus Beruhigungsmitteln und Alkohol. Die Tabletten stammten von Kreeger. Wenig hilfreich für seine Verteidigung, denn das Gericht hatte den Doktor zum Gutachter in Nancys Sorgerechtsprozess um ihre Tochter bestellt. Er hätte also nicht mit ihr im Whirlpool planschen dürfen. Gegen alle ethischen Regeln des Medizinerberufes hatte sich Kreeger auf eine Affäre mit Nancy eingelassen. Die Staatsanwaltschaft vermutete, dass die beiden Streit bekommen hatten, woraufhin Nancy ihrem Lover mit einer Anzeige bei der Ärztekammer gedroht hatte. Dieses Motiv reichte für eine Mordanklage gegen Kreeger.

Steve erinnerte sich noch gut an sein Schlussplädoyer. Er hatte die in Anwaltskreisen beliebte rhetorische Fragetechnik angewendet.

»*Ist Dr. William Kreeger dumm? Nein. Er hat den IQ eines Genies. Ist er vielleicht unvorsichtig? Nein, ganz im Gegenteil. Er ist gewissenhaft und genau. Wenn ein Mensch wie Dr. Kreeger nun jemanden töten wollte, würde er es dann auf seinem eigenen Grundstück tun? Wäre er zum Todeszeitpunkt anwesend? Würde er der Polizei gegenüber zugeben, dass er das Opfer mit verschreibungspflichtigen Medikamenten eingedeckt hat? Ich denke, Sie kennen die Antworten auf diese Fragen. Wir haben es mit einem bedauernswerten Unfall zu tun – nicht mit einem Mord.*«

Die Jury hatte ein Kompromiss-Urteil gefällt: Schuldig wegen Totschlag. Kein schlechtes Ergebnis, fand Steve. Aber *er* musste schließlich nicht in den Knast. Jetzt versuchte er, sich ganz genau an den Augenblick zu erinnern, in dem der Beschluss der Geschworenen verkündet worden war. Kreeger hatte ihn reglos zur Kenntnis genommen. Er gehörte nicht zu den Mandanten, die weiche Knie und feuchte Augen bekamen.

Der Psychiater gab Steve keine Schuld für seine Verurteilung, dankte ihm sogar dafür, dass er sein Bestes getan hatte. Für die Berufungsverhandlung nahm sich Kreeger einen anderen Anwalt, aber das war nicht ungewöhnlich. Berufungsverfahren verlangten unendlich viele Eingaben, schriftliche Stellungnahmen und Anträge. Für solchen Schreibkram hatte Steve nichts übrig, und von Fußnoten bekam er Kopfschmerzen.

Von Kreeger hatte er nie wieder gehört. Kein Anruf, keine Postkarte aus dem Gefängnis. Auch nach seiner Entlassung hatte Funkstille geherrscht.

Weshalb dann jetzt die Provokationen? Warum nennt er mich plötzlich einen Schlaumeier und fordert mich zu einer Debatte im Radio heraus?

Die Antwort auf diese Fragen behagte Steve ganz und gar nicht. Ihm fiel auch nur eine einzige ein.

Er kennt die Fakten. Er weiß genau, was ich getan habe.

Dementsprechend musste Kreeger wohl auch klar sein, dass jeder andere Verteidiger ihm zu einem Freispruch verholfen hätte. Und der Schwertfisch an der Tür? War der eine Botschaft von Kreeger? Eine, deren Bedeutung nur sie beide kannten?

Ein Schwertfisch.

Kein Barsch, kein Hai und keine Moräne.

Ein Schwertfisch als Gruß aus der Vergangenheit.

Aber was will Kreeger von mir?

Steve versuchte es mit dem Loser-Faden-Ansatz, den sein Vater gern vertrat. »*Wenn du keine Ahnung hast und glaubst, du hättest nur so viel Hirnschmalz wie ein ausgestopftes Maultier*«, hatte Herbert T. Solomon früher oft gepredigt, »*such nach einem losen Faden und zieh an dem verdammten Ding, bis du rausfindest, wohin er dich führt.*« Steve zog also an der Tatsache, dass Kreeger ihn plötzlich im Radio angriff und ihm einen stinkenden Fisch in die Haustür rammte. Wohin führte dieser Faden?

Wahrscheinlich nicht zu einer Klage wegen Verletzung der Anwaltspflicht oder zum Entzug seiner Lizenz. Für Kreegers aufgeblähtes Ego war eine Revanche unter Einhaltung der gesetzlichen Möglichkeiten garantiert nicht genug. Er wollte seine Überlegenheit demonstrieren. Steve zog weiter an dem Faden. Er führte zu einer toten Frau in einem Whirlpool.

»Die Schlampe hat mich betrogen.«

Das hatte Kreeger zu Steve gesagt, gleichzeitig aber beteuert, Nancy Lamm nicht getötet zu haben. Trotz der legendären versengenden Augen ging von Kreeger eine Eiseskälte aus, die einen frösteln ließ. Plötzlich stand Steve die Antwort, nach der er gesucht hatte, kühl und klar vor Augen.

Der Scheißkerl will mich nicht verklagen. Er will mich umbringen.

Zwei

Das Gesicht am Fenster

Auf dem Weg durch den lärmerfüllten Korridor wich Bobby den größeren Jungs mit Truckerschultern aus und versuchte, sich an seinen Traum zu erinnern.

Es war doch ein Traum gewesen, oder?

Das Gesicht vor seinem Zimmerfenster. Er wollte sich das Bild ins Gedächtnis rufen, doch es verlor sich im Nebel des Schlafes. Verdammt, sein Hirn versagte ihm den Dienst! Er hatte so viel Zeug im Kopf, aber wo war das Gesicht?

Warum sehe ich stattdessen diesen ganzen nutzlosen Quatsch, wenn ich die Augen zumache?

In einer Ecke seines Bewusstseins drifteten Buchstaben umher und fügten sich ständig zu neuen Wörtern zusammen. In einem anderen Winkel hauste das Periodensystem mit allen 118 Elementen von Wasserstoff bis Ununoctium.

Aber wo war das Gesicht?

Er hatte Onkel Steve nichts davon erzählt, weil es ja nur ein Traum war.

Oder doch nicht?

Bobby beschloss, sein Gedächtnis zurückzuspulen und die Ereignisse der vergangenen zwölf Stunden genau zu analysieren. In derselben Nacht, in der jemand den Fisch in die Haustür gerammt hatte, hatte er von dem Gesicht am Fenster geträumt.

Okay, denk nach! Woran erinnerst du dich sonst noch?

An ein Geräusch! Ein Geräusch hinten im Garten. Ein herabfallender Palmwedel? Nein, es hatte anders geklungen.

War jemand gegen das alte Surfbrett gelaufen, das am Haus lehnte? Vielleicht. Ein zweites Geräusch. Metallisch. Der Mast, der gegen den Gabelbaum schlug? Möglich.

Geräusch. Gesicht. Fisch.

Die Worte blitzten in Bobbys Gehirn auf wie das Warnschild vor der Schule.

Vorsicht Kinder. Vorsicht Kinder. Vorsicht Kinder.

Die Buchstaben ließen sich zu ICH NERV KIDS ORT umgruppieren.

Ein tobender Fluss aus Wörtern rauschte durch Bobbys Bewusstsein. Er konnte sie mit dem Hammer zerschlagen. Dann flogen die Buchstaben in alle Richtungen und bildeten neue Wörter, ein endloses Graffitigemälde. Gelegentlich hatte er den Eindruck, die Synapsen in seinem Gehirn hören zu können. Sie knisterten wie Überlandleitungen nach einem Sturm, sprühten Funken und tanzten wie dicke schwarze Schlangen. Manchmal, wenn er hinhörte, wie die Geräusche lauter wurden, wenn er zusah, wie sich die Buchstaben vervielfachten, rannte er gegen eine Wand oder verirrte sich auf dem Heimweg von der Bushaltestelle. Wenn das passierte, übte Onkel Steve mit ihm das Konzentrationsspiel. Er hatte früher an der U.M. beim Baseball gepunktet, indem er sich auf den Werfer konzentrierte, jede seiner Regungen genau beobachtete. Auf diese Art erriet er fast immer, was der Mann mit dem Ball tun würde. Und dann holte er den nächsten Punkt.

»Du wirst beim Konzentrationsspiel noch besser werden als ich damals, Kiddo. Dein Hirn ist ein Ferrari, meines ein alter Pick-up-Truck.«

Aber so fühlte sich das nicht an. Manchmal glaubte Bobby, dass einfach zu viel durch seinen Schädel waberte, so wie wenn Grandpop Eintopf kochte, Barschköpfe und

Makrelenschwänze in die Brühe warf und das Ganze dann Bouillabaisse nannte.

Bouillabaisse. LOBE ALIBIS AUS.

Die Buchstaben knallten gegen Bobbys Schädelwände.

Geräusch. Gesicht. Fisch.

Er versuchte, die anderen Vorstellungen loszuwerden und im Kopf ein Bild von dem Gesicht am Fenster zu malen. Ein paar Sekunden lang passierte gar nichts. Dann ...

Eine Frau!

Was noch? Bobby spielte Verhör wie in einem Fernsehkrimi. Haarfarbe? Alter? Besondere Kennzeichen?

Sie kam ihm bekannt vor.

Sie sah aus wie Mom!

Nur sauberer. Bobby dachte daran, wie seine Mutter auf der Farm ausgesehen hatte. Sie brachte kalte Suppe in den Schuppen, in dem er eingesperrt war, und hatte rußige Streifen vom Kamin im Gesicht. Ihre trüben Augen starrten ins Leere. Sie war völlig zugedröhnt von dem Zeug, das sie rauchte oder sich spritzte. In dieser Nacht war Onkel Steve in den Schuppen eingebrochen und hatte ihn mitgenommen. Bilder ohne Ende.

Der Mann mit dem Bart und dem Stock.

Der Mann roch nach nassem Stroh und Tabak. Manchmal schlief er in Moms Bett, und manchmal, wenn sie sich angeschrien oder geprügelt hatten, verbrachte er die Nacht auf dem Boden im Schuppen, furzte und fluchte. Bobby hatte gesehen, wie der Mann den Stock aus einem einzigen Stück Holz geschnitzt hatte. Er war lang, viel dicker als ein Gehstock und oben gebogen wie ein Hirtenstab. Der Mann hatte den Stock glatt geschliffen und lackiert.

Wuuusch! Ka-pow!

Geräusche aus jener Nacht. Der Zottelbart hatte versucht,

Onkel Steve mit dem Stock eins überzuziehen. Aber Onkel Steve war sehr schnell und sehr stark. Viel stärker, als er aussah. Er drehte dem Mann den Stock aus der Hand und schwang ihn wie einen Baseballschläger. *Wuuusch*. Dann *Ka-pow*, der Knauf traf den Mann am Kopf. Das klang, wie wenn der Schläger den Ball traf. Schlag ins Aus.

Bobby erinnerte sich gut daran, wie Onkel Steve ihn durch den Wald getragen hatte, mit ihm über nasse Steine geschlittert, aber nie hingefallen war. Er hatte den Herzschlag seines Onkels gespürt. Statt langsamer zu werden, war Steve immer schneller geworden, und Bobby hatte gerätselt, wie ein Mensch, der einen anderen trug, so schnell laufen konnte. Selbst wenn der andere so klapperdürr war wie er.

Seit jener Nacht lebte Bobby bei Onkel Steve. Sie waren echte Kumpels. Aber dass Mom am Fenster gestanden hatte, konnte Bobby ihm nicht sagen. Onkel Steve hasste Mom, obwohl sie seine Schwester war.

»Meine wertlose Schwester Janice.«

So nannte er sie, wenn er glaubte, Bobby höre ihn nicht.

Aber es gab noch einen weiteren Grund, nichts zu sagen: Vielleicht war es wirklich nur ein Traum gewesen.

Bobby sah Maria vor ihrem Spind knien. Zwischen ihrem hochgerutschten Shirt und den Hüftjeans standen die zarten Knubbel ihrer Wirbelsäule wie Gipfel einer Bergkette empor. Er erhaschte einen Blick auf die glatte Haut über ihrem schwarzen Tanga.

Schwarzer Tanga. STARRE GANZ WACH.

Maria war das heißeste Mädchen der sechsten Klasse. Karamellfarbene Haut und Haare so schwarz wie ihr Höschen. Ihre Augen glänzten dunkel wie der Obsidian, den Bobby ihr im Naturkundeunterricht gereicht hatte. Dabei hatten sich ihre Hände berührt.

Maria Munoz-Goldberg.

Bobby ging vor seinem eigenen Spind in die Hocke. Er wollte etwas sagen. Aber was?

In Marias Spind klebten Bilder von Hillary Duff und Chad Michael Murray. Bobby hatte die beiden in dem megakitschigen Streifen *A Cinderella Story* gesehen. Aber vielleicht war es nicht klug, über Marias Lieblingsschauspieler herzuziehen.

Was konnte er sonst tun? Maria wohnte nur eine Straße weiter in der Loquat Avenue, 573 Schritte von seiner Haustür entfernt. Sollte er ihr das sagen?

Nein, dann hält sie mich für einen Stalker.

»Hey, Bobby«, sagte sie.

»Hey!« Er fuhr zu schnell herum und krachte mit dem Ellbogen gegen seine Spindtür. *Autsch!* Gemeine Stelle. Einen Moment lang sah er nur Sternchen.

»Hast du den Geschichte-Quatsch schon gelesen?«, fragte sie.

»Hmmmm«, brummte er mit schmerzverzerrtem Gesicht.

»In diesem Krieg gab's viel zu viele Schlachten«, stöhnte sie. »Die kann sich doch kein Mensch merken.«

Bobby überlegte, ob er erzählen sollte, dass er die Schlachten alphabetisch aufsagen konnte, von Antietam bis Zollicoffer. Aber das würde behämmert klingen. »Für den Test brauchst du sicher nur Gettysburg und die Bull Runs«, sagte er.

»Das ist viel zu viel Stoff«, jammerte sie weiter. Doch aus ihrem Mund klang das wie Musik.

Antietam, Bachelor's Creek, Chickamauga, Devil's Backbone, Ezra Church ...

Bobby war machtlos. Sein Gehirn zählte die Schauplätze der Bürgerkriegsschlachten von A bis Z auf.

»Glaubst du, du könntest mir helfen?«, fragte Maria.

»Du meinst, wir ... wir sollen zusammen lernen?«

»Ich könnte nach der Schule zu dir kommen.«

Bobby zuckte lässig die Achseln. Er hoffte damit auszudrücken: Geht in Ordnung, ist aber nichts Besonderes.

»Klar. Cool. Weißt du, wo ich wohne?«

Sie lächelte ihr perfektes Lächeln. Die Brackets waren schon zu Beginn des Schuljahres verschwunden. »Sehr weit kann es von uns nicht weg sein. Ich habe dich vor unserem Haus gesehen.«

Erwischt!

»Ich, ehm ... gehe manchmal spazieren. In der Nachbarschaft. Kumquat. Loquat. Avocado ...«

Ach, halt doch die Klappe. Du hörst dich an wie ein Bekloppter.

»Kenne ich gut.« Sie stand auf, und auch Bobby rappelte sich hoch. Wie durch ein Wunder gelang es ihm, dabei weder seine Bücher fallen zu lassen noch sich das Schienbein an der Spindtür anzuschlagen.

»Gib mir deine Adresse«, sagte Maria. »Ich komme gegen vier vorbei.«

Bobby schrieb die Adresse auf einen Zettel. Er wusste, dass sich die meisten Leute Dinge nicht so merken konnten wie er.

»Ich bringe ein paar DVDs mit«, sagte Maria. »Vielleicht können wir uns nach dem Lernen noch einen Film angucken.«

»Cool. Hast du *A Cinderella Story* schon gesehen? Geiler Streifen.«

»Soll das ein Witz sein? Das ist mein Lieblingsfilm. Den habe ich schon quadzillionen Mal gesehen.«

Noch ein Lächeln, dann machte sie auf dem Absatz kehrt und hauchte ein »Bis später« über ihre perfekte Schulter.
Heiliger Bimbam.
Maria Monoz-Goldberg kam zu ihm. Mit ihrem Geschichtebuch, ihren DVDs und ihrem schwarzen Tanga. Bobby sah ihr nach, wie sie zum Klassenzimmer ging. In seinem Kopf hallten ihre Worte nach – und auch ...
Fredericksburg, Gettysburg, Harper's Ferry, Irish Bend, Jenkin's Ferry, Kennesaw Mountain ...
Die Namen der Schlachtfelder ließen sich nicht abstellen. Aber wenigstens waren sie so leise, dass er Marias Stimme noch hören und ihre geöffneten Lippen noch sehen konnte. Ganz warm und ganz zuckrig.

Drei

Haken aus der Vergangenheit

Steve parkte den Wagen und bewunderte sein sechs Meter hohes Ebenbild. Diesen Teil des Tages genoss er immer besonders.

Das zwei Stockwerke hohe Wandgemälde war auf den rissigen Putz von Les Mannequins gepinselt, der Modellagentur, in deren Obergeschoss die Büroräume von Solomon & Lord lagen. Der gigantische Steve saß in einem dunkelgrauen Anzug auf der Schreibtischkante und studierte ein Gesetzbuch. Dabei würde er so etwas nie tragen oder tun. Neben ihm stand Victoria in einem rubinroten Wollkostüm. Die Jacke hatte zwei Knöpfe und eine Zierborte, ihre Brüste wirkten voller, ihre Hüften runder als in Wirklichkeit.

Künstlerische Freiheit.

Unter dem Gemälde stand in verschnörkelten Buchstaben:

Solomon & Lord, Anwaltskanzlei
Solomons Weisheit und die Macht von Lord
Tel. (555) UB – FREE

Victoria war entsetzt gewesen. Selbstredend. »Kitschig« und »blasphemisch« gehörten noch zu den netteren Adjektiven, mit denen sie das Kunstwerk beschrieb. Das Wandbild hatte Henri Touissant gemalt, ein Sechzehnjähriger, den Steve vor dem Jugendgericht vertreten hatte. Henri, einer der besten Graffitikünstler von Little Haiti, war geschnappt worden, als er gerade ein Bild von Präsident Bush in eindeutiger Pose mit einer Ziege auf eine Überführung sprühte. Eine »treffende politische Satire« hatte Steve diese Arbeit in seinem Plädoyer genannt. Der Richter ließ Henri auf Bewährung frei. Weil Henri kein Honorar bezahlen konnte, gab Steve stattdessen das Bild in Auftrag.

Auf dem Weg ins Gebäude beschäftigte Steve dieselbe Frage, die ihn schon den ganzen Morgen quälte.

Wie viel soll ich Victoria sagen?

Dieses Thema war ein Dauerbrenner und zog sich schon vom ersten Tag an durch ihre Beziehung – durch die geschäftliche wie die private. Victoria gegenüber war er offener als gegenüber jeder anderen Frau, die er bislang gekannt hatte. Aber so tiefe Gefühle wie für sie hatte er auch noch nie zuvor für eine Frau empfunden.

Sie kann so verdammt selbstgerecht sein.

Steve erinnerte sich noch sehr genau an das Theater, als es um das Sorgerecht für Bobby gegangen war. Weil er befürchtet hatte, der Staat könne ihm seinen Neffen wegnehmen, hatte er heimlich Janice, seine drogenverseuchte Schwester, für ihre Aussage bezahlt. Als Victoria das herausfand, war sie explodiert.

»Du kannst doch keine Zeugin bestechen!«

»Ich bezahle sie dafür, dass sie die Wahrheit sagt. Wenn ich es nicht tue, lügt sie, und wir verlieren.«

»Trotzdem ist es illegal!«

»Wann wirst du endlich erwachsen? Wenn das Gesetz nicht passt, dann macht man es passend.«

Peng. Victoria hatte ihn geohrfeigt. Kräftig. Sparringspartner anstelle von Kanzleipartnern.

Wie würde sie wohl reagieren, wenn er ihr in Bezug auf Dr. Kreeger die Wahrheit sagte?

»Ach übrigens, Vic – das Volk gegen Kreeger ... Ich habe

ganz vergessen, dir zu sagen, dass ich den Fall absichtlich an die Wand gefahren habe.«

Sie würde ihn mit seinem steinharten Barry-Bonds-Baseballschläger traktieren. Mit dem Mark McGwire, dem Jose Canseco oder dem Rafael-Palmeiro-Modell. Steve favorisierte das Handwerkszeug der schlagkräftigsten Spieler.

Vielleicht blieb sie ja auch friedlich. Würde sie ihm überhaupt glauben?

»Du hast absichtlich verloren? Obwohl du sonst vor nichts zurückschreckst, um zu gewinnen?«

Vor der Eingangstür beschloss Steve schließlich, Victoria alles über den Fall Kreeger zu erzählen, ihr zu sagen, was er getan hatte und warum.

Frauen schätzten Ehrlichkeit. Das hatte er in einer von Victorias Zeitschriften gelesen. In der Rubrik Lebenshilfe zwischen zwei Werbeanzeigen für übertleuertes italienisches Schuhwerk. Offenbare deine Zweifel, steh zu deinen Ängsten, beichte deine Schwächen, und sie wird verstehen und verzeihen.

Okay. Er würde seine Seele entblößen. Und er würde es gleich heute tun. Dieses Versprechen gab er sich selbst. Steve wünschte, er hätte eine Bibel, auf die er schwören könnte, und fragte sich, was eigentlich aus dem Exemplar geworden war, das er aus einem Hotelzimmer in Orlando geklaut hatte.

»Ste-vie! Ste-vie!« Ein durchdringendes Jaulen.

»Jetzt warte doch!« Eine zweite Stimme. Lauter und nachdrücklicher.

Die Rufe schallten aus dem Gang zwischen Fotostudio und Garderobe.

Verdammt, wenn ich mich nicht beeile, schneiden sie mir vor der Treppe den Weg ab.

»Stevie, warte!«

Steve hörte das *Klacke-di-Klack* ledernen Hufgetrappels, und binnen einer Sekunde standen sie vor ihm. Lexy und Rexy, die blassblonden Zwillinge. Models. Zwei Meter groß. Und so streitlustig wie ihre Beine lang waren.

Die eine trug signalorangefarbene Stretchshorts und ein weißes Haltertop. Die andere steckte in Daisy-Duke-Mini-Jeansshorts und einem Leopardendruck-Bustier. Beide trugen Riemchensandalen mit Stiletto-Absätzen, die aussahen, als bräuchte man dafür einen Waffenschein.

»Du musst mir helfen«, forderte Lexy. Oder Rexy? Wer konnte das schon sagen.

»Du musst«, bestätigte ihre Schwester.

»Was ist es denn diesmal, Lexy?« Steve versuchte sein Glück mit diesem Namen. »Ich habe ziemlich viel um die Ohren.«

»Ich bin Rexy! Mein Bauchnabel ist ein Inni.«

»Und meiner ein Außi«, erklärte Lexy.

»In South Beach weiß das jeder.« Rexy drohte Steve mit ihrem langen Zeigefinger. Auf dem lackierten Nagel glitzerten goldene Sternchen. »Margaux sagt, du musst mich vertreten. Das steht so in deinem Vertrag.«

Margaux war die Inhaberin von Les Mannequins. Anstatt Miete für die Büroräume zu bezahlen, mussten Solomon & Lord die Agentur bei Rechtsstreitigkeiten vertreten. Steve hatte das einmal für einen guten Deal gehalten. Doch inzwischen verbrachte er die Hälfte seiner Zeit damit, die Models irgendwo rauszuhauen.

»Habe ich für euch beide nicht schon genug getan?«, fragte er.

»Ha.« Das war Rexy.

Er hatte ihnen Behindertenparkausweise beschafft, indem er erfolgreich angeführt hatte, Bulimie sei ebenso als Behinderung einzustufen wie eine Lähmung. Er hatte Lexy bei einem Verstoß gegen die Straßenverkehrsordnung zu einem Freispruch verholfen. Sie war unter dem Einfluss diverser Substanzen auf Rollerblades gefahren. Dass sie auf dem Ocean Drive in eine Touristengruppe gerauscht war und die Leute umgeworfen hatte wie Bowling-Kegel, hatte ihm die Arbeit nicht gerade erleichtert. Kurz darauf war es ihm gelungen, eine Klage gegen Rexy abzuwenden. Ein abgeblitzter Verehrer verlangte Schadenersatz, weil er zweitausend Dollar für ein Dinner, Drinks, eine Limousine und Eintrittskarten für ein Ricky-Martin-Konzert ausgegeben hatte – und sie dann mit einem Bandmitglied nach Hause gefahren war.

»Ein Mann, der sich mit einem South-Beach-Model verabredet, nimmt das Risiko in Kauf, dass sie ein unhöflicher, selbstverliebter Hohlkopf ist«, hatte er dem Richter gesagt. Rexy fand das brillant.

Jetzt verstellten die Schwestern ihm den Weg zur Treppe. Sie fuhren die knochigen Ellbogen aus wie hölzerne Schranken an einem Bahnübergang.

»Sieh dir das an!« Rexy hielt Steve einen Flyer unter die Nase. Ein plastischer Chirurg in South Beach warb mit Vorher-Nachher-Bildern von Frauenbrüsten. Sie zeigte auf ein Foto. »Ist das nicht unglaublich?«

»Ich sehe bloß Titten. Was soll damit sein?«

»Erkennst du sie nicht wieder?« Sie zog ihr Top herunter und entblößte zwei kokosnussgroße, mit spitzen Nippeln bewehrte Brüste, denen die Erdanziehungskraft eindeutig nichts anhaben konnte.

»Ah«, sagte Steve. »Das Nachher-Bild.« Er war froh, dass Victoria auf der anderen Seite des Causeway einen Gerichtstermin hatte. Zwar machte er aus seiner Vergangenheit kein Geheimnis, aber dass er mit diversen Models mit einem IQ in Höhe der Raumtemperatur geschlafen hatte, musste nicht unbedingt in seinem Lebenslauf stehen. »Das sind deine Möpse, richtig?«

»Du musst diesen Quacksalber wegen seelischer Grausamkeit verklagen.« Rexy ließ ihr Top, wo es war, und posierte mit vorgeschobener Hüfte, als müsse jeden Moment ein Starfotograf auftauchen und den Anblick für einen Bildband festhalten. »Ich will eine Entschädigung. Mindestens eine Million.«

Steve hätte am liebsten gesagt: »*Eine Million ist viel Geld für jemanden, der nicht bis zehn zählen kann.*« Doch dann fiel ihm ein, dass er ihr das jedes Mal sagte, wenn Rexy jemanden verklagen wollte.

»Die Flyer liegen in allen Clubs«, jammerte Rexy und wedelte mit dem Faltblatt vor Steves Nase herum.

»Ich weiß nicht, Rexy, dein Gesicht ist nicht abgebildet. Worin soll der Schaden liegen, wenn nur du selbst weißt, dass das ein Foto von dir ist?«

»Bist du plemplem? Weißt du eigentlich, wie viele Kerle mich schon angerufen und mir gesagt haben, sie hätten auf dem Weg zum Klo meine Titten gesehen?« Sie rückte ihr Top zurecht, und Steve nutzte die Gelegenheit, zur Treppe zu flüchten.

»Ich gehe am besten erst mal in die Bibliothek und recherchiere!«, rief er in der Hoffnung, sie würde ihm das abnehmen.

»Als wüsstest du überhaupt, wo die Bibliothek ist«, gab Rexy zurück.

Oben angekommen, wollte Steve gerade die Tür zum Empfangszimmer öffnen, als er ein *Ffumph* hörte, gefolgt vom Schrei einer Frau. Ein weiteres *Ffumph*, als pralle jemand von einer Wand ab, dann schrie die erzürnte Frauenstimme: »*No me toques, idiota!*«

Cece!

Steve stieß die Tür auf und stand mitten in einer grotesken Szene. Seine Sekretärin, Cece Santiago, in einem roten Höschen und BH. Ein Mann wuchtete sie hoch und schwang sie hin und her. Ihre Füße hatten bereits jede Bodenhaftung verloren.

»Hey, lassen Sie sie runter!«, brüllte Steve.

»Fick dich!« Der Oberkörper des Mannes war nackt, sein Bauch hatte die Form einer Wassermelone. Mitte vierzig, schweißüberströmtes Gesicht. Er trug eine Anzughose mit Hosenträgern und war barfuß.

Steve war mit zwei Schritten bei ihm. Der Mann ließ Cece mitten im Schwung los, sie krachte auf ihren Schreibtisch und riss dabei die Aktenordner herunter.

Steve packte den Typ an den Hosenträgern.

»Hey! Ich mach's nicht mit Kerlen«, protestierte der Mann.

»Steve, *no te metas!*«, schrie Cece, gerade als er seine Rechte vorschnellen ließ. Sie traf den Mann voll aufs Kinn. Er fiel zu Boden wie ein Sack Mangos.

»Verdammt! Du hast ihn k.o. geschlagen«, jammerte Cece. »Und wer bezahlt mich jetzt?«

»Wovon redest du eigentlich? Der Kerl hat versucht, dich zu vergewaltigen!«

Cece stieg in ihre Gymnastikshorts. »Mich vergewaltigen? Der Schlappschwanz bezahlt mir zweihundert Dollar pro Ringkampf!«

»Aber du hast geschrien! Ich dachte ...«

»Er sollte glauben, dass er gewinnt, und dann hätte ich ihn aufs Kreuz gelegt.«

»Hier? In meinem Büro? Du bietest an deinem Arbeitsplatz sexuelle Dienstleistungen an?«

»Keinen Sex, *jefe*. Fantasy Wrestling. Manche Typen stehen drauf.«

Cece zog sich ein ärmelloses Shirt über den Kopf. Ihre Schultermuskeln zuckten, auf ihren Bizeps richtete sich die tätowierte Kobra auf. Steves Sekretärin verbrachte mehr Zeit mit Hanteltraining als mit Tippen. Das sah man an ihrem muskelbepackten Körper und an den vor Tippfehlern strotzenden Prozessunterlagen, die sie für die Kanzlei schrieb.

Ihr Wrestling-Partner stöhnte und versuchte, auf die Füße zu kommen.

»Alles in Ordnung, Arnie?«, fragte Cece.

»Ich werde Sie verklagen«, murmelte der Mann und rieb sich das Kinn.

»Tut mir leid, dass ich Sie geschlagen habe, Arnie«, sagte Steve. »Aber ich hatte keine Ahnung.«

»Kann sein. Aber ich weiß alles über Sie, Solomon. Ich hab's im Radio gehört. Sie sind der Schlaumeier, der nicht mal einen Verkehrsprozess gewinnen könnte, bei dem der Gegner bei Rot über die Ampel gefahren ist.«

»O Mann.«

»Ich zeige Sie an.« Arnie nahm sein Hemd von der Schreibtischecke, sammelte Schuhe und Socken ein und hastete aus der Tür.

»Kriegst du jetzt Probleme, *jefe*?«, fragte Cece Steve.

»Ich? Eher du. Das war ein Verstoß gegen deine Bewährungsauflagen.«

»Keine Sorge. Arnie ist mein Bewährungshelfer.«

»Ausgeschlossen.«

»*Verdad, jefe.* In seinen Berichten schreibt er, mein Hobby sei Wettkampfsport.«

Bevor sie seine Angestellte geworden war, war Cece Steves Mandantin gewesen. Wegen einer nichtigen Angelegenheit. Sie hatte ihren untreuen Freund nach einem Seitensprung windelweich geprügelt und anschließend seinen Wagen von der Bootsrampe in Matheson Hammock gefahren.

Steve ging zu seinem Schreibtisch. »Meinst du, wir können heute Morgen noch etwas arbeiten? Oder bist zu sehr mit deinem Hobby beschäftigt?«

»Arbeiten? Es hat niemand angerufen, und die Post ist noch nicht da. Aber für dich ist was gekommen.« Mit dem Kinn deutete sie in eine Ecke des Empfangszimmers.

An der Wand lehnte eine knapp drei Meter lange Graphitstange mit einem Edelstahlhaken am Ende.

»Ein Landungshaken«, sagte Steve. »Wer hat mir denn den geschickt?«

»*No sé.* Als ich hier aufgeschlossen habe, stand er schon draußen.«

Steve griff nach der Stange, wog sie in der Hand und strich über den scharfen, tödlichen Haken. »Damit zieht man große Fische aus dem Wasser. Schwertfische zum Beispiel.«

Kreeger im Radio. Der Schwertfisch an der Tür. Und jetzt der Landungshaken. Das passt alles zusammen, dachte Steve, und was er daraus schließen konnte, gefiel ihm nicht.

Kreeger sagt mir, dass er schon einmal getötet hat und es wieder tun kann.

Steve lief ein kalter Schauer über den Rücken. Plötzlich war ihm, als stünde jemand hinter ihm. Er fuhr herum. Doch außer ihm und Cece befand sich niemand im Raum.
Der Scheißkerl will mich weichkochen.
Das gehörte sicher zu Kreegers Strategie. Angst zu verbreiten und anderen Schmerzen zuzufügen, verschaffte dem Mann Befriedigung.
»Fürs Hochseefischen?«, fragte Cece. »Bist du nicht schon seekrank geworden, als du mit Bobby im Waterworld Park im Paddelboot gesessen hast?«
»Ich soll den Landungshaken nicht benutzen, er soll mich nur an etwas erinnern.«
»Woran denn, *jefe*?«
»Daran, dass einer meiner Mandanten mit jemandem angeln ging und nur einer von beiden wieder nach Hause kam.«

Solomons Gesetze

§ 1 Ich würde lieber einen Richter belügen als die Frau, die ich liebe.

Vier

Logische Liebe

Ich hasse es zu lügen.

Streichen. Ich hasse es, Menschen zu belügen, die ich liebe.

Manche Lügen sind verwerflicher als andere, dachte Steve. Vor Gericht gab es Lügen jeder Art. Absichtliche Falschaussagen, geflissentliche Auslassungen, clevere Verschleierungsversuche. Lügen, so zahlreich wie die Anwälte in Seidenanzügen, die diese Lügen von sich gaben. Nicht viel besser waren die Cops, die Zeugen und der fliegende Händler, der auf der Treppe vor dem Gericht Empanadas von vorgestern verkaufte. Weder Richter noch Geschworene gingen davon aus, dass man ihnen die Wahrheit sagte, die reine Wahrheit und nichts als die Wahrheit. Und ihre schlimmsten Erwartungen wurden selten enttäuscht.

Nur die Frau, die man liebte, sollte man niemals belügen. Am Morgen hatte Victoria gefragt, was damals mit Kreeger passiert sei, und Steve war auf dem dünnen Eis der Wahrheit umhergeschlittert. Jetzt, auf dem Weg zu einer gemeinsamen Wohnungsbesichtigung, versuchte er, den Mut zu finden, ihr alles zu sagen. Als er am Papageiendschungel am MacArthur Causeway vorbeifuhr, klingelte sein Handy.

»Kreegers tägliche Radio-Show – macht Sie mit Sicherheit gar nicht froh.«

Steve erkannte die honigsüße Stimme sofort. »Guten Morgen, Sugar Ray.«

Als er sieben Jahre zuvor Anklage gegen Kreeger erhoben hatte, war Ray Pincher in der Abteilung für Kapitalverbrechen noch ein ganz kleines Licht gewesen. Inzwischen war der Ex-Amateurboxer, Ex-Theologiestudent und Ex-Rapmusiker ordentlich gewählter Oberstaatsanwalt des Miami-Dade-County. »Verdammt, nun ist er aus dem Bau; der Typ hält sich für superschlau.«

»Ich habe die Sendung nicht gehört«, sagte Steve. Wahrscheinlich war er der Einzige in der Stadt, der nicht live mitbekommen hatte, wie Dr. Bill ihn mit Dreck bewarf.

»Er sagte, Sie seien so geradlinig wie ein Korkenzieher, stünden moralisch weit unter einer Klapperschlange. Verdorben wie ein toter Barsch nach einer Woche in der Sonne. Das waren noch die freundlichen Worte.«

»Na und? Der Mann ist ein verurteilter Straftäter ohne jede Glaubwürdigkeit.«

»Denken Sie, er weiß, wie die Sache damals lief?«

Steve fröstelte. Wozu die alten Gesichter noch einmal aufwärmen? Und dann auch noch am Telefon! »Zeichnen Sie diesen Anruf etwa auf, Sugar Ray?«

»Was Sie mir alles zutrauen!«

»Und hinterher wollen Sie draufhauen«, beendete Steve den Reim. Pincher lachte. »Mann, müssen Sie ein schlechtes Gewissen haben.«

Steve fuhr auf dem Biscane Boulevard am Freedom Tower vorbei, einem Gebäude im mediterranen Stil, das manche Leute als Miamis Ellis Island bezeichneten. Hier waren in den 1960ern Hunderttausende von kubanischen Flüchtlingen durchgeschleust worden. Jetzt wollte irgendein Bauunternehmer den Turm mit einem Wolkenkratzer ummanteln.

»Soweit ich mich erinnere, Sugar Ray, ist Ihre Weste alles andere als rein.«

Pincher atmete pfeifend aus. »Meine Aufgabe war es, dem Kerl etwas nachzuweisen. Sie sollten ihn verteidigen. *Ich* habe meinen Job erledigt, Solomon.«

Steve gefiel die Richtung nicht, in die das Gespräch sich bewegte. »Warum rufen Sie mich an, Sugar Ray?«

»Um Ihnen zu sagen, dass ich Sie nicht schützen kann. Falls ich vorgeladen werde, packe ich aus. Für mich wird es nur eng, wenn ich Sie decke. Amtsmissbrauch. Behinderung von Ermittlungen. Meineid.«

»Das schaffen Sie alles vor dem Frühstück?«

»Das Lachen vergeht Ihnen bald, wenn sich der Typ Ihre Kohle krallt.«

»Bei mir ist nichts zu holen, und Kreeger weiß das.«

»Vielleicht will er Sie auch nur vor den Kadi zerren.«

Steve schwieg. Der Plausch mit Pincher verdarb ihm die Laune. Kurz vor der Brickell Avenue Bridge hupte er einen PT Cruiser mit Mietwagenkennzeichen an, der ohne Vorankündigung die Spur wechselte. *Verdammte Touristen. Warum bleiben die nicht alle in Disney World und lassen uns selbst unsere Straßen verstopfen?*

Er war spät dran und konnte sich vorstellen, wie Victoria bereits mit der Spitze ihres handgenähten Pumps ungeduldig auf den Marmorboden des Hochhausappartements trommelte. Ihm wurde immer unbehaglicher zumute. Gleichzeitig wurde der Drang, eine überteuerte Immobilie zu erwerben, von Minute zu Minute schwächer.

»Ich habe Sie nie gebeten, irgendwelche Verstöße zu begehen«, fuhr Pincher fort. »Das ist Ihnen doch bewusst, Solomon?«

Kein Zweifel, Picher schneidet dieses Gespräch mit. Daher die Unschuldsbeteuerungen und die Hoffnung, dass ich sie bestätige.

»Ich erinnere mich nur«, sagte Steve, »dass Sie mich baten, für Sie ein Date mit einem Model von Les Mannequins zu arrangieren. Ich glaube, Ihre Frau war damals gerade verreist.«

»Sie sind ein Blödmann, Solomon.«

»Jetzt fällt mir auch wieder ein, dass Sie von mir wissen wollten, wo Sie günstig Crystal Meth bekommen.«

Spiel das mal den Geschworenen vor, Sugar Ray!

»Sie und Ihr alter Herr sind einander sehr ähnlich. Wissen Sie das, Solomon?«

»Lassen Sie meinen Vater aus dem Spiel.«

Pincher lachte wiehernd. »Sie glauben beide, Sie stünden über dem Gesetz. Nun, Sie werden genauso enden wie er. Ulkige Vorstellung: Erst wird dem Vater die Zulassung entzogen, dann dem Sohn.«

»Dad wurde nicht von der Anwaltsliste gestrichen, er ist von seinem Amt zurückgetreten. Das ist der Unterschied zwischen ihm und mir: Ich ziehe nie den Schwanz ein.«

Doch der Oberstaatsanwalt hatte bereits aufgelegt.

Victoria stand auf dem Balkon des Luxusapartments im vierzigsten Stock und starrte hinaus auf die Bucht, wo ein Dutzend Segelboote auf einem Dreieckskurs Boyen umrundete. Zu ihrer Rechten lag der Rickenbacker Causeway, die Brücke nach Key Biscayne. Etwas weiter links konnte sie den MacArthur Causeway sehen, der das Festland mit Watson Island, Palm Island und Star Island verband und in Miami Beach endete. In der Ferne schimmerte das blaugrüne Wasser des Atlantik.

Nicht übel. Sie stellte sich vor, wie sie morgens vom Sonnenaufgang geweckt wurde und mit einem Glas Orangensaft auf diesen Balkon trat. Alles so friedvoll. So ruhig. Bis Steve *Sports Center* anstellte, weil er unbedingt wissen musste, wie die Teams an der Westküste spätabends gespielt hatten.

Eine südöstliche Brise trug duftende Aromen zu ihr herauf. Das wunderschöne Apartment, die bombastische Aussicht – ein Tag wie aus einem Werbeprospekt.

Warum bin ich dann so gereizt?

Wegen Steve natürlich. Er kam wie üblich zu spät. Aber das störte Victoria noch nicht einmal besonders. Wenn man einen Mann liebte, sah man über seine irritierenden Angewohnheiten großzügig hinweg.

Dass er sich ständig die Fernbedienung krallte.

Milch direkt aus der Packung trank.

Dass er sie in einem unsäglichen Fall, den er zwar an Land gezogen hatte, dann aber nicht übernehmen wollte, ins Gericht schickte und die Kastanien aus dem Feuer holen ließ. Die irritierende Angewohnheit Nummer 97.

Doch heute schwirrte Victoria etwas viel Wichtigeres im Kopf herum. Sie suchten nach einem Platz, an dem sie leben konnten – gemeinsam. Und daraus ergaben sich weitere beunruhigende Fragen.

Ist Steve wirklich der Mann, mit dem ich mein Leben verbringen möchte? Können zwei so unterschiedliche Menschen sich überhaupt dauerhaft verstehen?

Victoria versuchte es mit Logik. Aber gab es die in Herzensangelegenheiten? Früher hatte sie sich das eingeredet. Eine Ehe war schließlich unter anderem auch eine Partnerschaft, oder? Schon während des Grundstudiums hatte sie sich mit Betriebszusammenlegungen und Übernahmen beschäftigt und später einen Preis für ihre Arbeit über Firmenpartnerschaften und -kooperationen bekommen. Eine geschäftliche Zusammenarbeit basierte auf den ähnlich gelagerten Interessen und gemeinsamen Zielen der Beteiligten. Musste das in Liebesdingen nicht ebenso sein? Was war eine Ehe anderes als die synergetische Verbindung zweier Menschen mit ähnlichen Vorstellungen und ähnlichem Geschmack? Solche sachlichen Erwägungen hatten sie in die Arme von Bruce Bigby getrieben – einem Bauunternehmer, Avocadofarmer und Kiwanis Mann des Jahres. Ein Bilderbuch-Amerikaner. Auf Grund ihrer gemeinsamen Interessen – Opernabende, impressionistische Kunst und Sommerurlaube auf Cape Cod – hatte sich Victoria mit Bruce ein ausgeglichenes, relativ stressfreies Leben versprochen. Doch nach der Verlobung hatte sie schnell gemerkt, dass ein solches Dasein keinerlei Aufregungen bot, keinen Spaß und keine ...

Spannung.

Die fand sie bei Steve. Vielleicht sogar im Übermaß. War das möglich? Wahrscheinlich schon. Und eine zu hohe Voltzahl konnte tödlich sein.

Was fand sie überhaupt an ihm? Er trug sein dunkles Haar immer etwas zu lang und häufig ungekämmt. Seine Haut wurde schnell braun, in Shorts sah er mit seinen durchtrainierten Läuferbeinen einfach knackig aus. Und dann diese Augen, dieses lebhafte Braun. Und sein spitzbübisches Lächeln ...

»Meine Mutter würde dich als mediterran sexy bezeichnen«, hatte sie einmal zu ihm gesagt.

»Du meinst als hübschen Judenbengel?«

»Du hast das gewisse Etwas. Volle Lippen, kräftig Nase. Wie ein römischer Imperator.«

»Oder wie ein koscherer Fleischer?«

Während sie nun auf ihn wartete, fragte sich Victorica, ob es eine gute Idee war zusammenzuziehen. Dabei stammte der Vorschlag von ihr.

Sie hatte sich dem Thema auf Umwegen genähert und zunächst darüber nachgedacht, wie Bobby wohl reagieren würde. Eigentlich verstanden sie sich prima. Aber eine Freundin, die ab und zu über Nacht blieb, war doch etwas anderes als eine Vollzeit-Ersatzmutter. Vor ein paar Wochen hatte sie den Jungen gefragt, ob er sich vorstellen könnte, dass er, sie und Steve zusammenzögen. Nach ultrakurzem Nachdenken hatte Bobby ihr grinsend High Fives gegeben.

»Dann wären wir eine 3er-WG? Cool!«

Steve hatte sich ebenfalls einverstanden erklärt. Ohne sichtbares Widerstreben. Und ohne allzu intensiv darüber nachzudenken. Vielleicht hätte sie das Thema erst nach *Sports Center* anschneiden sollen.

»Gute Idee«, hatte er während der NFL Highlights gesagt. »*Das spart Geld und Fahrzeit.*«

Mr Romantik.

Damit begann das Dilemma Wohnungsfrage. Steves Bungalow auf der Kumquat Avenue war zu klein. Genau wie Victorias Apartment. Deshalb war sie heute vom Gericht im Stadtzentrum zum Hochhaus-Canyon der Brickell Avenue gehetzt, um sich diesen Traum aus vier Zimmern und drei Bädern anzusehen.

Ihr gefiel die Wohnung, und sie hoffte, Steve würde es ähnlich gehen. Obwohl er im Grunde ein Haus mit Garten wollte, während ihr solch ein Apartment mit Balkon vorschwebte.

Er steht auf Pommes, ich auf Blattsalate.

Schon während des Frühstücks hatte sie sich über Steve geärgert, weil er ihren Fragen zu Kreeger ausgewichen war. Auf der Fahrt zur Anhörung hatte sie sich Dr. Bills Tiraden aufmerksam angehört und überlegt, ob es sich nur um leeres Gewäsch handelte oder ob mehr dahintersteckte. Immerhin war gegen den Mann Mordanklage erhoben worden und dann ein Urteil wegen Todschlags ergangen.

Doch die Witzeleien waren nur Fassade. Kreeger meinte es todernst. Der Mann war zornig und aggressiv. Was hatte Steve ihr verschwiegen?

Irritierende Angewohnheit Nummer 98, dachte Victoria. Er glaubt immer, er müsse mich beschützen. Bewacht seine kleine Frau, als wäre das seine Pflicht, und will nicht verstehen, dass ich mindestens so tough bin wie er.

Ich bin Anwältin. Ich kann einem Mörder ins Auge starren, ohne mit der Wimper zu zucken.

»Wo bleibt denn der schlimme Junge, Tori?« Jacqueline Tuttle trat auf den Balkon. Hinter ihr wehten die Gardinen in der Brise. »Wenn er nicht bald kommt, habt ihr keine Zeit mehr, das Bett zu testen.«

»Oder keine Lust«, sagte Victoria.

Jackie Tuttle, die Immobilienmaklerin, war Victorias beste Freundin. Die hochgewachsene üppige Junggesellin mit der rot gefärbten Lockenmähne hatte eine Vorliebe für Spicy-Nude-Lippenstift, fuhr ein Mercedes Cabrio und arbeitete vorwiegend im oberen Marktsegment. Sie nannte das Geschäft mit den Luxus-Hochhausapartments das Reich der Dschungelkönige. Hier hoffte sie, den wohlhabenden Single zu finden, der unbedingt ein Tennis spielendes, Wasserski fahrendes Partygirl ehelichen wollte. Im Gegensatz zu Victoria war Jackie völlig unbefangen, lachte viel und laut und hatte oft einen ziemlich zweideutigen Humor.

Zwischen Jackies Hirn und ihrem Mundwerk war keinerlei Filter eingebaut. Sie kannte kein Tabu. Orgasmen? Anzahl und Intensität! Penisse? Form, Größe und Einsatzbereitschaft. Finanzen? Kerle, die nicht mindestens über siebenstellige Vermögenswerte verfügten, brauchten gar nicht erst anzurufen. Sie katalogisierte potenzielle Partner nach einem System, das sie »Minimalanforderungen für Heiratskandidaten« nannte. Zwei Extrapunkte für den Mann, der die Klobrille wieder runterklappt. Zwei Punkte Abzug für den Typ, der seine Haartinktur im Kühlschrank neben die Magermilch stellt.

Hin und wieder rezitierte sie Namen und Attribute ihrer früheren Lover zur Melodie von »Do-Re-Mi.«

»Jack, der Megaidiot. Dick, ein fetter Klumpen Schleim...«

Wenn Jackie früher beim Aufzählen die Finger ausgegangen waren, hatte sie die Jimmy Choos abgestreift und die Zehen zu Hilfe genommen. Als eines Tages auch die Zehen nicht mehr ausreichten, legte sie auf dem Computer eine Excel-Tabelle an.

»Glaubst du, Steve gefällt die Wohnung?«, fragte sie nun. Sie spielte mit einem Knopf ihrer Kaschmirstrickjacke, die sie absichtlich eine Nummer zu klein gekauft hatte.

»Ich bezweifle es. Er hasst Aufzüge.«

»Weshalb sind wir dann hier?«

»Wir leben in einer Partnerschaft.« Victoria blickte nach Norden. Dort hob sich gerade die Brücke des Venetian Causeway. Ein Segelschiff mit hohem Mast wartete auf die Durchfahrt. »Wo wir in Zukunft wohnen, bestimmt nicht er allein.«

»Ooh, die Selbstbehauptung hebt ihr wohlfrisiertes Haupt.«

»Ich meine nur, weshalb sollte sich immer alles nach Steve richten?«

»Braves Mädchen.«

»Habe ich etwa nicht mindestens ebenso viel zu sagen wie er, falls wir zusammenziehen?«

»*Falls*?«

»Wie bitte?«

»Vic, Süße, du hast gerade gesagt, ›falls‹ wir zusammenziehen. Ich glaube, du bekommst kalte Füße und feuchte Hände.«

»Wovon redest du überhaupt?«

»Von deinen Bindungsängsten.«

»Das ist absurd. Das mit Steve ist etwas Festes.«

»Und mit wie vielen Männern hast du schon zusammengelebt?«

»Die Antwort kennst du. Mit keinem.«

Jackies Lachen ließ ihre Brüste unter der Calvin-Klein-Strickjacke hüpfen. »Ich mit dreien. In einem Jahr.«

»Und so was nennst du Bindung?«

»Ich nenne es Mut, Tori. Du bist ein Angsthase.«

»Bin ich nicht.«

»Bist du doch. Und du liebst Steve. Schon seit dem Tag, an dem ihr euch zum ersten Mal begegnet seid.«

»Damals habe ich ihn gehasst.«

»Das kommt aufs Gleiche raus.«

»Manchmal bist du genauso unmöglich wie Steve.«

»Tatsächlich? Vergiss nicht, mich anzurufen, falls du den schlimmen Jungen eines Tages in die Recycling-Tonne klopfst.«

Jackie fing erneut an zu lachen. Diesmal stimmte Victoria mit ein. In diesem Augenblick kam Steve durch die offene Balkontür gehastet. »Worüber lacht ihr denn?«

»Über die Männer«, antworteten beide Frauen zugleich.

Jackie hakte sich bei Steve unter. »Hast du das große Badezimmer schon gesehen? Den Whirlpool? Die Marmorböden?«

»Bisher habe ich nur die verdammten Aufzüge besichtigt.

Den von der Tiefgarage in die Lobby und den von der Lobby hier hoch.«

»Aber der Pool hat dir doch sicher gefallen?«, zwitscherte Victoria. »Bobby wird begeistert sein. Du weißt ja, wie sehr Schwimmen ihn entspannt.«

»Schwimmen mit Delfinen entspannt ihn. Falls es am flachen Ende des Pools welche gibt, sind sie mir entgangen.«

»Ach komm schon, Sweetheart«, sagte Jackie. »Sieh dir doch erst mal alles an.«

»Hier gibt es kein einziges Stückchen Erde. Und kein Gras.« Steve zeigte in die Tiefe. »Dort unten ist alles zubetoniert. Wo soll ich mit Bobby Ball spielen? Und was ist mit dem Schild an der Seemauer? *Angeln verboten!*«

»Du angelst doch gar nicht«, hielt Victoria ihm entgegen.

»Ich hasse Verbote. Und ich angle sehr gern. Ich stamme aus einer Dynastie von Anglern und Fischern.«

»Du stammst aus einer Dynastie von Sprücheklopfern.«

»Was weißt du denn schon? Mein *zayde* Abe Solomon hat vor Savannah einen Rekord-Hering aus dem Wasser gezogen.«

»Vor Savannah gibt es keine Heringe.«

»Weil Grandpop sie alle gefangen hat.«

»Jetzt sei nicht so störrisch«, fuhr Jackie dazuwischen. Sie stemmte die Hände in die Hüften. Die Bewegung hob ihre Brüste noch weiter nach oben. »Steve, du hast gewisse Eigenschaften, die dich ehetauglich machen. Du bist Single, hetero und finanziell halbwegs unabhängig. Aber ganz ehrlich, was deine Kreditwürdigkeit betrifft, hat Donald Trump dir einiges voraus.«

»Ich kann mir ja das Haar orange färben lassen.«

»Du fährst ein altes Wrack, kleidest dich wie ein Jimmy

Buffet Roadie, und abgesehen von dem, was mir über deine Talente im Schlafzimmer berichtet wurde ...«

»Jackie!« Victoria errötete.

»... bist du kein wirklich guter Fang«, fuhr Jackie unbeirrt fort. »Dabei hat meine beste Freundin nur das Allerbeste verdient. Also, warum siehst du die Sache nicht ein bisschen lockerer und lässt Victoria entscheiden, wo ihr in Zukunft wohnt?«

»Weil ich auch noch eine Kleinigkeit mitzureden habe, Jack-o«, antwortete Steve.

Jackie machte eine wegwerfende Handbewegung. Ihre langen Fingernägel waren in einer ins Pink spielenden Farbe mit dem Namen »Italian Love Affair« lackiert. »Ich kenne deine Wohnhöhle, Steve. Dir fehlt ganz offensichtlich jeder Sinn für Stil und Design.«

»Du meinst, ich bin kein Blender wie die reichen Söhnchen, die du gleich reihenweise vernaschst.«

»Schluss jetzt, ihr zwei!«, kommandierte Victoria. »Steve, sei nicht so gemein zu Jackie.«

»Ich? *Sie* ist doch der Meinung, du hättest Bigby heiraten sollen.«

»Stimmt«, gab Jackie zu. »Aber ich habe Victoria geraten, dir weiterhin einen Platz in ihrem Bett warmzuhalten.« Sie deutete hinter sich. »Warum sehen wir uns nicht mal das Schlafzimmer an?«

»Ich hasse diese Wohnung«, sagte Steve.

Wie ein kleines Kind, dachte Victoria. Wie ein trotziges kleines Kind.

»Ich glaube, ich verschwende hier nur meine kostbare Zeit«, sagte Jackie. »Tschüßikovski.« Winkend verließ sie den Balkon.

Victoria maß Steve mit einem strengen Blick.

»Was ist denn? Ich habe nur die Wahrheit gesagt«, verteidigte er sich.

»Du warst kaum durch die Tür, da hast du schon mit Granaten um dich geworfen. Warum hast du nicht einfach vorher angerufen und gesagt, dass du hier nicht wohnen willst?«

»Das wurde mir erst endgültig klar, als der Concierge mich auf Französisch ansprach.«

»Ich meine es ernst, Steve. Jackie gegenüber ist das nicht fair. Sie tut uns einen Gefallen.«

»Nur, wenn sie auf die Hälfte ihrer Provision verzichtet.« Steve atmete tief durch. »Hör zu, Victoria. Wir müssen reden.«

»Ich weiß. Du willst ein Haus mit einem großen Hof und einem Rasen voller Unkraut.«

»Das meine ich nicht.« Er warf einen so langen Blick auf die Segelboote, als wünsche er sich eines. »Ich muss dir von der Sache mit Kreeger erzählen.«

»Tatsächlich?« Sie versuchte nicht einmal, ihre Verblüffung zu verbergen.

»Ich darf nicht so dichtmachen. Ich muss offener sein.«

Victoria musterte Steve aufmerksam. »Willst du mich einseifen?«

»Meine Güte, seit wann bist du derart zynisch?«

»Seit du mir versichert hast, dass unter Eid jeder lügt.«

»Ich will ja nicht behaupten, dass ich gleich Mister Sensibel werde. Wie jeder x-beliebige Mann habe ich Angst davor, meine Schwächen zu zeigen. Aber ich habe deine Fragen über Kreeger beantwortet, als stünde ich vor einem Untersuchungsausschuss. Deshalb will ich dir jetzt erzählen, was damals wirklich passiert ist, und bei der Gelegenheit gleich ein bisschen zugänglicher werden.«

Victoria schlang die Arme um seinen Hals und zog ihn an sich. »Du bist ein wundervoller Mensch, Steve Solomon. Weißt du das?«

»Vielleicht solltest du dir erst mal anhören, was ich zu sagen habe, bevor du dich so festlegst.«

Solomons Gesetze

§ 2 Du sollst deinen Mandanten nicht übers Ohr hauen ...
Es sei denn, du hast einen verdammt guten Grund.

Fünf

Die Macht der Mordlustigsten

Auf einem Korallenbrocken saß ein Pelikan und kratzte sich mit dem Schnabel den gefiederten Bauch. Steve und Victoria spazierten den Bayfront Drive entlang, eine Mauer aus Apartmentblocks auf der einen, das seichte grüne Wasser der Biscane Bay auf der anderen Seite. Victoria hatte sich die Sonnenbrille ins Haar gesteckt. Ihr federnder Gang zog den Sunny-Choi-Bleistiftrock um ihre Hüften straff. Für Steve klang Sunny Choi wie Chicken Chow Main, aber hin und wieder schnappte er bei Victorias Telefonaten mit Jackie ein paar Modefakten auf.

Sie wanderten durch die Schatten der Wolkenkratzer. Die Sonne stand bereits schräg über den Everglades und ließ karamellfarbene Highlights in Victorias Haar schimmern. Sie wirkte glücklich, schien Steve die Verspätung fast verziehen zu haben. Und seine Sturheit. Und dass er sich mal wieder wie er selbst benommen hatte.

»Bei Kreegers Fall habe ich etwas getan, was ich nie zuvor und auch danach nie wieder gemacht habe«, sagte er. »Und ich bin nicht stolz darauf.«

»Erzähl es mir. Sag mir alles, Steve.«

Dieser warmherzige Ton. Ja, es stimmte. Frauen waren zum Verstehen geboren. Man schmiegte sich an ihre nährende Brust, und alles wurde gut. Er brauchte sich keine Sorgen zu machen. Victoria war von Natur aus fürsorglich und verständnisvoll. Und sie konnte verzeihen.

»Die Anklage gegen Kreeger beruhte auf Indizien«, begann Steve. »Ich ging davon aus, dass ich den Prozess gewinnen würde.«

»Das tust du immer.«

»Ja. Aber diesmal war es anders. Ich hielt Kreeger für unschuldig.«

Er musste gar nicht erst sagen, *»und nicht bloß für nicht schuldig.«* Victoria kannte den Unterschied. Bei Strafverfahren verteidigte man selten einen Mandanten mit einer lupenreinen Weste. Meist vertrat man einen Menschen, der das Verbrechen höchstwahrscheinlich begangen hatte. Die Staatsanwaltschaft konnte es nur nicht beweisen. Das war der Unterschied zwischen *nicht schuldig* und *unschuldig.*

Aus den Fernsehkommentaren wichtigtuerischer Juristen zum jeweils aktuellen Prozess des Jahrhunderts wusste jedes Kind, dass die Staatsanwaltschaft die Schuld eines Angeklagten zweifelsfrei beweisen musste. Der Staatsanwalt war der Fels in der Brandung, er sicherte den Deich mit Sandsäcken, bekämpfte die Flut, die seine Anklage unterhöhlte. Der Strafverteidiger war der Vandale, der Löcher in die Sandsäcke hackte, in den Fluss pinkelte und auf noch mehr Regen hoffte. Steve glaubte, beim Löcher hacken und In-den-Fluss-pinkeln könne ihm so schnell niemand etwas vormachen. Er nahm die Anwaltspflicht, seinen Mandanten mit vollem Engagement zu verteidigen, bitterernst. Das hatte er immer getan. Mit einer einzigen Ausnahme.

»Kreeger war ein unbescholtener Bürger«, fuhr Steve fort. »Wohlhabend, bekannt und respektiert. Er war der gerichtlich bestellte Gutachter in einem ziemlich hässlichen Sorgerechtsfall. Gleichzeitig hatte er eine Affäre mit der betroffenen Mutter.«

»Nicht gut.«

»Die Frau hieß Nancy Lamm. Kreeger hat nicht bloß mit ihr geschlafen, er hat ihr auch eimerweise Pillen gegeben, ihr massenhaft Antidepressiva und Beruhigungsmittel verschrieben. Sie bekamen Streit, und Nancy drohte, ihn bei der Ärztekammer anzuzeigen.«

»Für den Staatsanwalt ein prima Motiv: Kreeger tötet sie, um sie zum Schweigen zu bringen.«

»Das hat Pincher der Jury auch gesagt. Aber überleg doch mal, Vic. Hätte Kreeger die Frau wirklich in seinem eigenen Haus umgebracht? In seinem eigenen Whirlpool und mit von ihm verabreichten Medikamenten vollgepumpt?«

»Wenn Kriminelle schlau wären, könnten wir die Kanzlei zumachen.«

»Kreeger hat den IQ eines Genies. Wenn er Nancy Lamm hätte töten wollen, dann sicher auf eine cleverere Art und Weise.«

»Es sei denn, es geschah im Affekt.«

»Er neigt nicht zum Jähzorn. Er ist ein schlauer, berechnender Typ, in dessen Whirlpool nur leider eine Frau ertrank, die einen Cocktail aus Alkohol und Beruhigungsmitteln intus hatte.«

»Irgendwelche äußeren Verletzungen?«

»Gute Frage, Frau Anwältin. Platzwunde am Kopf. Pinchers Theorie war, dass Kreeger der Frau eins übergebraten und sie dann in den Pool geworfen hat. Kreeger behauptete jedoch, er sei im Haus gewesen und hätte Daiquiris gemixt. Als er rauskam, fand er Nancy im Wasser. Ich vertrat die Theorie, sie sei völlig zugedröhnt gewesen und auf dem nassen Boden am Pool ausgerutscht. Dabei schlug sie sich am Rand den Kopf an, fiel ins Wasser und ertrank.«

»Klingt ziemlich konstruiert.«

»Ich fand einen Gutachter, der bestätigte, dass es so gewesen sein könnte. Er sprach von einer gewissen Wahrscheinlichkeit. Wir erstellten eine Videoanimation, die ziemlich überzeugend wirkte.«

»Du hast die Ausrutsch-Theorie vertreten, ohne rot zu werden?«

»Ich erröte nie.«

»Stimmt. Nicht mal damals, als du erklärt hast, deine Mandantin sei nicht verpflichtet, den Verlobungsring zurückzugeben, obwohl sie ... wie hast du dich ausgedrückt?«

»›Zur Eheschließung zeitweilig nicht zur Verfügung stand‹.«

»Richtig. Steve Solomons Art kundzutun, dass sie bereits verheiratet war.«

Sie gingen am Sheraton Hotel vorbei und näherten sich der Brücke zum Brickell Key. Aus der ehemals naturbelassenen Insel war ein Hochhausdschungel geworden. Die einzigen Sträucher und Bäume, die es dort noch gab, standen in Töpfen auf den Balkonen. Ein gewichtiger Jogger ohne Hemd, aber mit iPod kämpfte sich an ihnen vorbei.

»Was sagte der Leichenbeschauer zu der Platzwunde?«, fragte Victoria.

»Nicht eindeutig zuzuordnen. Sie konnte vom Wannenrand oder von einem Schlag mit einem stumpfen Gegenstand stammen.«

»Wie zum Beispiel?«

»Der Stange, mit der man den Pool reinigt.«

»Wurde die Stange auf Spuren überprüft?«

»Das war nicht möglich. Die Stange war weg. Blieb unauffindbar.«

»Wie überaus praktisch.«

»Ja. Pincher redete von nichts anderem. Erklärte den Geschworenen, Kreeger habe wahrscheinlich mit der Stange auf die Frau eingeschlagen, das Ding verschwinden lassen und erst dann die Notrufnummer gewählt.«

Sie erreichten den kleinen Park an der Landspitze, wo der Miami River in die Biscayne Bay mündete. Seitlich befand sich der Miami Circle, eine archäologische Fundstätte. Was dort ausgegraben wurde, war mindestens zweitausend Jahre alt. Ewig lange bevor die Brickell Avenue von Anwälten, Investment-Bankern und Steuerberatern besiedelt worden war, hatte sich entlang der Bucht ein Gehölz erstreckt und weiter im Landesinneren eine Prärie. Die Ureinwohner hatten am Flussufer ihr Lager aufgeschlagen, ihre Jagdbeute auf offenen Feuern gebraten und im Kalkstein Schnitzereien hinterlassen.

»Die Entscheidung der Jury kennst du ja«, sagte Steve. »Freispruch vom Mordvorwurf, Verurteilung wegen Totschlags.«

»Der Fluch der weniger schweren, aber kaum auszuräumenden Tat.«

»Exakt. Ein müder Kompromiss. Sie hätten Kreeger entweder wegen Mordes verurteilen oder ihn freisprechen sollen. Aber vergessen wir das für den Augenblick. Stell dir vor, du bist die Jury, Vic. Wie hättest du entschieden?«

»Nimm es bitte nicht persönlich.« Die weibliche Art, die Kritik, die nun folgen würde, ein wenig abzumildern. Ein freundliches Tätscheln vor dem Tritt in die Magengrube. »Ich bin überrascht, dass die Geschworenen deinen Mandanten nicht freigesprochen haben. Ohne Mordwaffe, ohne plausibles Alternativszenario für die Kopfwunde hätte Kreeger eigentlich ungeschoren davonkommen müssen.«

»Ich dachte mir schon, dass du das sagen würdest. Aber die Frage war nicht fair. Du weißt noch nicht alles.«

»Gab es weiteres belastendes Material?«

»Das sollst du gleich selbst entscheiden. Aber gehen wir erst mal knapp zwanzig Jahre zurück. Kreeger schließt gerade sein Medizinstudium in Shands ab. Gefeiert wird auf einem Wochenendtrip nach Islamorada. Sein bester Freund, Jim Beshears, und dessen Freundin fahren mit.«

Victoria war verwirrt. »Was hat ein Ausflug auf die Keys mit dem Tod einer Frau in einem Whirlpool zwei Jahrzehnte später zu tun?«

»Wie ich den Geschworenen immer sage: Bitte lassen Sie mich alle Fakten darlegen, bevor Sie Ihre Schlüsse ziehen.«

Victoria zuckte die Achseln und Steve fuhr fort: »Die drei – Kreeger, Beshears und dessen Freundin – chartern ein Boot und wollen Schwertfische fangen. Aber sie bechern ununterbrochen und das Wenige, was sie über Fische wissen, haben sie im Red Lobster gelernt. Trotzdem hat Beshears Freundin plötzlich einen Schwertfisch am Haken, und sie schaffen es auch, den Fang bis zum Boot zu zerren. Sicher gibt es größere Exemplare, aber ein paar Hundert Pfund soll er schon gewogen haben. Der Captain ist auf der Brücke, Kreeger und Beshears versuchen, den Fisch aus dem Wasser zu hieven. Kreeger fuchtelt mit dem Landungshaken herum, Beshears beugt sich über die Reling. Irgendwie landet der Schwertfisch auf dem Boot und Beshears im Wasser.«

»Okay. Mann über Bord. Aber sie ziehen ihn sicher gleich wieder raus.«

»Seine Freundin wirft ihm einen Rettungsring zu, aber er erwischt ihn nicht. Beshears schluckt Wasser und gerät in Panik. Kreeger beugt sich vor und streckt Beshears den Landungshaken hin. Das Boot schaukelt, die Wellen werfen Beshears auf und ab, und in dem Durcheinander haut

Kreeger ihm den Landungshaken auf den Kopf. Der Captain versucht, das Boot auf Kurs zu halten, aber sie verlieren Beshears aus den Augen. Er gerät in die Schraube und wird zu Fischfutter zerhäckselt.«

»Grundgütiger! Willst du damit sagen, Kreeger wollte, dass Beshears stirbt? Einen Beweis gibt es dafür sicher nicht.«

»Genauso wenig wie für den Mord an Nancy Lamm im Whirlpool.«

»Und was heißt das?«

»Beshears hatte Kreeger das ganze Wochenende über genervt. Er behauptete, Kreeger habe Forschungsergebnisse gefälscht, um damit die Thesen seiner Arbeit über Evolutionspsychologie zu untermauern. Kreeger hält Mordlust für eine zutiefst menschliche Eigenschaft, und er legte dar, dass im Laufe der Evolution diejenigen die Oberhand gewannen, die ihre Rivalen töten.«

»Nur die Mordlustigsten überleben.«

»Genau. Kreeger schrieb, Töten sei in unser Erbgut einprogrammiert und nicht etwa ein irrationales Verhalten. In einer Studie untersuchte er die Gewaltbereitschaft von Erstsemestern. Beshears stichelte ununterbrochen und nannte ihn einen Betrüger. Kreeger sagte ihm, er solle den Mund halten. Der Streit eskalierte.«

Die Sonne stand bereits tief am Himmel und stach ihnen in die Augen. Victoria zog die Sonnenbrille aus ihrem Haar und setzte sie auf. »Verhaltensmuster«, murmelte sie, als dächte sie laut. »Beshears und Lamm. Zwei Menschen, die Kreeger drohen. Beide bekommen einen Schlag auf den Kopf und landen im Wasser. Beide sind tot. Und es sieht jedes Mal aus wie ein Unfall.«

»Deshalb wurde die Beshears-Geschichte in Pichers Beweisaufnahme zugelassen. Für meine Verteidigungsstrategie war das natürlich der Todesstoß.«

»Bei Pinchers legendärer Faulheit überrascht es mich, dass er den früheren Fall überhaupt entdeckt hat.«

»Hat er ja nicht.«

»Wie hat er dann von dem Angelausflug und von Beshears Tod erfahren?«

»Ich hab's ihm gesteckt«, antwortete Steve.

»Sag, dass das nicht wahr ist.«

»Doch, Vic. Er wusste es von mir. Ich habe Pincher den Beweis geliefert, der zur Verurteilung meines Mandanten führte.«

Victorias Unterlippe schien zu zittern. Dann schüttelte sie den Kopf, als wolle sie das, was sie gerade gehört hatte, abwerfen. »Du hast gegen deinen Eid verstoßen?«

»Aus einem guten Grund.«

»Den kann es niemals geben.« Victoria wandte sich ab.

Sechs

Des Serienkillers liebstes Kind

Victoria gab sich Mühe, das Gehörte zu verdauen. Ein paar Schritte weiter suchten Studenten an der Ausgrabungsstätte mit Schaufeln, Kellen und kleinen Besen nach archäologischen Schätzen.

Was Steve ihr gesagt hatte, schien unglaublich. Einer wie er gab niemals klein bei. In seinen Prozessen kämpfte Steve oft mit harten Bandagen und manchmal mit fragwürdigen Tricks. Mehr als einmal hatte er wegen Missachtung des Gerichts eine Nacht hinter Gittern verbracht.

»Ein Anwalt, der den Knast fürchtet, ist wie ein Chirurg, der kein Blut sehen kann.«

Das hatte er Victoria gleich bei ihrer ersten Begegnung an den Kopf geworfen. Damals hatten sie in gegenüberliegenden Arrestzellen gesessen. Er hatte sie im Gerichtssaal provoziert, sie war explodiert, und der Richter hatte sie zu einer Auszeit hinter Gittern verdonnert. Steve und sie konnten einander damals nicht ausstehen. Er hatte sich über ihre penible Paragraphentreue lustig gemacht, sie hatte seine ethischen Prinzipien angeprangert. Oder vielmehr deren Fehlen.

»Sie verdrehen die Gesetze, wie es Ihnen gerade in den Kram passt.«

»Oder ich mache mir meine eigenen. Solomons Gesetze.«

Sie wusste, dass Steve für einen Sieg fast jedes Mittel recht war. Aber gegen das Gesetz verstoßen, um zu *verlieren*? Das war neu. Und vielleicht noch viel beängstigender, weil er damit seinen Anwaltseid gebrochen hatte. Von einem Verteidiger wurde erwartet, dass er seinen Mandanten nach bestem Können vertrat. Doch Steve hatte ihn ans Messer geliefert.

»Ich bitte dich, Steve, du kannst der Staatsanwaltschaft unmöglich belastendes Material zugespielt haben.«

»O doch.«

»Warum denn, um Himmels willen?«

»Kreeger hat mich belogen, und ich habe ihn ertappt.«

»Dann hättest du dein Mandat niederlegen sollen.«

»In dem Fall hätte er nur den nächsten Anwalt angeschmiert und wäre am Ende wahrscheinlich straffrei geblieben. Wie du schon sagtest: Abgesehen von Beshears Tod vor vielen Jahren hatte die Staatsanwaltschaft nicht viel in der Hand.«

»So funktioniert nun mal das System. Das Netz hat Löcher. Manchmal fallen auch Schuldige durch. Aber man will damit verhindern, dass Unschuldige darin hängen bleiben. Das weißt du selbst am besten.«

Hier stand sie nun, die frühere Staatsanwältin, und erklärte Steve, dem Schlaumeier, dass es in Ordnung war, wenn Mörder freikamen. Der Rollentausch erschien ihr selbst grotesk.

»Jemand musste ihm das Handwerk legen«, sagte Steve. »Kreeger hat Jim Beshears und Nancy Lamm umgebracht.«

»Verdammt noch mal, Steve! Das kannst du nicht beweisen!«

»Ich habe es gespürt. Ich war mir todsicher.«

»Selbst wenn du recht hast – ein Strafverteidiger darf kein heimlicher Staatsanwalt sein.«

Sie funkelte den Mann an, den sie liebte, den Mann mit dem sie zusammenleben wollte, und den sie vielleicht eines

Tages heiraten würde. Victoria war völlig durcheinander. Ihr fiel ein, was ihre Mutter einmal gesagt hatte.

»Die Betrügereien der Männer sind immer nur die Spitze des Eiswürfels.«

»Du meinst des Eisbergs, Mutter.«

»Nicht, wenn sie Scotch on the Rocks trinken. Aber damit will ich sagen, Prinzessin: Die erste Lüge, bei der man sie ertappt, ist selten die letzte.«

Im Laufe ihrer Karriere als glamouröse Witwe hatte Irene Lord Männern gegenüber einen gesunden Zynismus entwickelt. Ein wenig davon war auch bei Victoria zu spüren. Doch Steve passte nicht ins übliche Schema. Die meisten Männer versteckten ihre charakterlichen Mängel hinter einer glatten Fassade. Wie eine Archäologiestudentin bei einer Ausgrabung musste man schaufeln und kratzen, um ihre wahre Natur aufzudecken. Bei Steve war das anders. Er versteckte seine weiche, fürsorgliche Seite – die Liebe zu Bobby, den häufigen Honorarverzicht, seinen leidenschaftlichen Sinn für Gerechtigkeit – hinter einem Auftreten, das ebenso großspurig wie unerträglich sein konnte.

Victoria zwang sich, ganz ruhig zu sprechen. »Ich verstehe dein Motiv. Aber du bist so weit gegangen, dass ich mich frage, ob du als Anwalt überhaupt noch tragbar bist.«

»Jetzt hör aber auf! Warum nimmst du die Sache überhaupt so persönlich?«

»Wie sollte ich sie denn sonst nehmen? Ich bin deine Kanzleipartnerin. Und deine Freundin.«

»Damals warst du weder noch.«

Sie knirschte so heftig mit den Zähnen, dass ihre Kiefermuskeln schmerzten. »Würdest du diesen Zustand gern wiederherstellen?«

»Ach, Vic! So war das doch nicht gemeint. Ich wollte nur

sagen, dass ich – bevor du deinen guten Einfluss auf mich ausüben konntest – ein paar Dinge getan habe, die ich heute nicht mehr tun würde.«

»Gut pariert, Schleimer. Dein Vorgehen war trotzdem unethisch und illegal.«

»Okay, ich hab's verstanden. Aber ich bin drüber weggekommen, und du solltest es auch versuchen.«

»Einfach so! Gestehst du mir dafür vielleicht ein paar Minuten zu?«

An der Ausgrabungsstätte richtete sich eine Studentin in Shorts auf und rief etwas. Sie hielt einen Gegenstand in der Hand und winkte damit den anderen. Aus dieser Entfernung war schwer zu erkennen, worum es sich handelte. Eine Tonscherbe? Eine Pfeilspitze oder ein anderes Artefakt aus der Zeit der Tequesta-Indianer? Wie eifrig diese Studenten schabten und kratzten, um die Geheimnisse der Vergangenheit aufzudecken!

Victoria wechselte in den Anwaltsmodus. Sie sprach so leise, als denke sie nur laut: »Kreeger kann dich vermutlich nicht verklagen, weil diverse Verjährungsfristen abgelaufen sind. Aber für Verstöße gegen die Berufsethik gilt das nicht. Er könnte dafür sorgen, dass man dir die Lizenz entzieht.«

»Oder mir mit dem Fischhaken eins überbraten.«

Steve erzählte Victoria von dem Landungshaken, der im Büro abgeliefert worden war. »Der Schwertfisch an der Tür. Der Haken. Kreeger will mir klarmachen, dass er weiß, dass ich seinen Fall absichtlich torpediert habe.«

»Weshalb macht er das?«

»Ich soll vermutlich daran denken, dass er mir dasselbe antun kann wie Beshears und Lamm.«

»Das heißt, es war nicht nur illegal, deinen Mandanten

derart reinzureiten«, sagte Victoria mit ungläubigem Kopfschütteln, »sondern auch noch unglaublich dumm.«

Victorias Ärger überraschte Steve. Wo blieb ihre Herzenswärme? Wo der Trost, den er sich erhofft hatte? Warum zeigte sie kein Verständnis?
Wieso zog sie ihn nicht an ihre nährende Brust?
Steve dachte an den Tag, an dem er Kreegers Geheimnis entdeckt hatte. Er hatte nach Entlastungszeugen gesucht, nicht nach Leuten, die seinem Mandanten noch zusätzlich schaden konnten. Kreeger war inzwischen ziemlich bekannt. Der Psychiater hatte mit der Abteilung für Verhaltensforschung beim FBI zusammengearbeitet und sich einen Namen als Experte für Serienkiller gemacht. Trieb irgendein durchgeknallter Schlächter sein Unwesen, tauchte jedes Mal Kreegers Gesicht bei CNN oder im Gerichtsfernsehen auf. Später beschäftigte er sich vorwiegend mit persönlichen Beziehungen, was aus Steves Sicht nur eine geringfügige Veränderung seines Arbeitsfeldes darstellte. Telegen wie er war, bekam Kreeger bald eine eigene Nachmittagsshow, in der er an Frauen, die von ihren Männern die Nase voll hatten, gute Ratschläge verteilte. Ein ebenso dankbares wie unerschöpfliches Publikum.

Steve fuhr auf der Suche nach Entlastungszeugen zur Medizinfakultät in Gainsville. Er fand einen Professor, der sich an Kreeger erinnerte und Steve eine verschwommene Geschichte über einen Angelausflug mit tragischem Ende erzählte. Ein paar Anrufe, und die frühere Freundin des verblichenen Jim Beshears war gefunden. Sie erzählte Steve von Beshears Behauptung, Kreeger habe Testergebnisse umgedeutet. Sie erzählte auch, wie zornig Kreeger reagiert hatte. Die beiden Männer hatten sich gestritten.

Vom Cockpit aus hatte sie nicht alles genau beobachten können, hielt es aber für ziemlich wahrscheinlich, dass Kreeger Beshears über Bord gestoßen und ihm den Schlag mit dem Landungshaken absichtlich versetzt hatte. Aber alles war sehr schnell gegangen, und sie war so durcheinander gewesen, dass sie nichts mit Sicherheit sagen konnte. Nach einer oberflächlichen polizeilichen Untersuchung wurde Beshears Tod zum Unfall erklärt.

Dann las Steve Kreegers Bestseller ›*Wo Du bist, ist vorn!*‹ Die Ansichten dieses Mannes über die menschliche Natur waren schlichtweg makaber. Im ersten Kapitel – »Betrüge deinen Nachbarn« – erklärte Kreeger Gier, Hedonismus und Selbstsucht zu wichtigen Tugenden. Altruismus, Barmherzigkeit und Opfermut bezeichnete er als pure Dummheit. Nur Eigeninteresse zählte. Sei der Hammer, nicht der Amboss, der Betrüger, nicht der Betrogene. Je mehr Steve las, desto unbehaglicher wurde ihm zumute.

Er fuhr noch einmal nach Gainsville und stöberte in der Bibliothek des Shands Hospitals. Dort fand er Kreegers Monographie, *Mord – die treibende Kraft der Evolutionsbiologie*. Während seiner Zeit als Psychiater des Krankenhauses hatte Kreeger geschrieben, menschliche Wesen seien zum Morden geboren. Mörderische Instinkte, behauptete er, gingen auf prähistorische Überlebensstrategien zurück. Im Laufe der Menschheitsgeschichte habe sich gezeigt, dass es nur logisch und folgerichtig sei, jeden zu töten, der einem die Höhle, den Partner oder das Abendessen streitig mache. Diese Instinkte seien noch heute in unserem Erbgut verankert.

»*Mord sollte nicht als Perversion menschlicher Werte betrachtet werden, sondern im Gegenteil als grundlegendes menschliches Prinzip.*«

Aber damit nicht genug. Selbstverteidigung, so Kreeger, sei beileibe nicht die einzig vorstellbare Rechtfertigung für einen Tötungsakt. Lasse man die künstlichen, von Menschen erdachten Vorstellungen von Gut und Böse, Richtig und Falsch einmal außer Acht, sei es nur logisch, um einer Beförderung willen einen beruflichen Rivalen aus dem Weg zu schaffen. Dasselbe gelte im Kampf um die Liebe einer Frau oder um den letzten Sitzplatz im Bus.

Plötzlich wurde Steve einiges klar.

Dr. William Kreeger stellte die Ausgeburt einer Paarung von Serienkillern wie Ayn Rand und Ted Bundy dar.

Der Mann war so narzisstisch und selbstsüchtig, so gefühllos und ohne Mitleid, dass er jeden umbringen würde, den er als Bedrohung betrachtete.

Das konnte sein Mitstudent sein. Seine Freundin. Oder sein Anwalt.

Ja, Victoria hatte recht. Es war nicht nur illegal gewesen, der Staatsanwaltschaft belastendes Beweismaterial zuzuspielen. Bei einem Mandanten wie Kreeger war es auch lebensgefährlich. Aber was jetzt? Tote Fische, Landungshaken und böse Worte im Radio würden Kreeger nicht genügen. Das war bestenfalls ein müdes Vorgeplänkel.

Womöglich legte er sich in diesem Augenblick einen Schlachtplan zurecht.

Was bedeutete, dass Steve eine Verteidigungsstrategie brauchte. Oder besser noch, eine Idee für einen Gegenangriff. Er musste Kreeger erledigen, bevor der Kerl selbst zuschlagen konnte. Aber wie?

Den Radiosender stürmen, Kreeger an die Wand drücken und ihn schütteln, bis die Plomben rasselten.

Nein.

Steve war Anwalt. Ein Schwätzer, Schauspieler und

Schmeichler. Er konnte eine Jury zum Weinen bringen und den Staatsanwalt an der Nase herumführen. Aber Gewalt? Das war nicht sein Stil. Schön, er hatte einem Mann mit einem Knüppel fast den Schädel zertrümmert. Aber das war zu Bobbys Rettung notwendig gewesen. Und sonst?

Dass er, in dem Irrglauben, Ceces Tugend verteidigen zu müssen, ihren Bewährungshelfer niedergeschlagen hatte? Wenig beeindruckend. Dass er bei einem lange zurückliegenden Baseballspiel eine Keilerei angefangen hatte? Ach was. Ein paar blaue Flecken, nichts weiter.

Ganz anders Kreeger: Der Mann hatte Erfahrung mit tödlicher Gewalt. Also brauchte Steve einen Plan und hatte damit gleich ein Problem. Er musste schlauer sein als ein Mann, der hochintelligent und noch dazu ein Killer war, obwohl weder das eine noch das andere auf ihn selbst zutraf.

Solomons Gesetze

§ 3 Wenn du nicht mehr weiterweißt, frag deinen Vater um Rat ... auch wenn er nicht alle Kerzen im Leuchter hat.

Sieben

König Solomon und die Königin von Saba

Steve brauchte einen Rat. Er musste mit dem Mann sprechen, der früher auf Verbrecher aller Art hinuntergestarrt, sie schuldig gesprochen und an Orte geschickt hatte, wo sie sich nur noch gegenseitig schaden konnten. Der ehrenwerte Herbert T. Solomon wusste, wie man mit solchen Problemen umging.

Dad, was tue ich, wenn ein Verrückter hinter mir her ist?

Steve ging durch die Küchentür in den Garten hinter dem Haus. Sein Vater und sein Neffe saßen im Schneidersitz im Schatten eines Zylinderputzerbaums. Sperrholzstücke und Dachlatten lagen über den Rasen verstreut. Dazwischen Hammer, Säge und die offene Werkzeugkiste.

»*Shalom* Sohn!«, rief Steves Vater. Sein Kinn war stoppelig, er trug weiße Koteletten. Das lange, silbrige Haar war zurückgekämmt und wellte sich im Nacken. In Reichweite stand eine Flasche Sour Mash Whiskey. Herbert T. Solomon sah aus wie ein Revolverheld mit Jarmulka.

Oder wie ein biblischer Prophet. Er hielt eine abgegriffene Ausgabe des Alten Testaments in der einen und einen Drink in der anderen Hand. »Die Königin von Saba«, intonierte Herbert in breitem Südstaatenakzent, »hatte von dem ruhmreichen Solomon vernommen und wollte ihn mit listigen Fragen auf die Probe stellen.«

»Lies an der sexy Stelle weiter«, sagte Bobby. »Wo Solomon es Saba und den Konkubinen besorgt.«

Herbert nahm einen Schluck Whiskey. »Alles zu seiner Zeit, Boychick.«

»Was treibt ihr da, Dad?«

»Ich lese Robert aus der Bibel vor.« Herbert blätterte um. »Die Königin von Saba schenkte Solomon Gold und Gewürze, und ...«

»›Gewürze‹ – das heißt in der Bibelsprache, sie machen's.« Bobby grinste Steve an. »Das hat Grandpop mir erklärt.«

»Grandpop ist der reinste Talmudgelehrte.«

Bobby plapperte aufgeregt weiter. »Im ersten Buch der Könige heißt es, Solomon gab Saba ›*alles, was sie sich erwünschte und worum sie bat.*‹ Eindeutiger kann man es kaum sagen, Onkel Steve.«

»Ich glaube, ich weiß, was gemeint ist.«

»Wusstest du, dass König Solomon siebenhundert Ehefrauen und dreihundert Konkubinen hatte?«

»Kein Wunder, dass er es zu Hause nicht aushielt und lieber Mesopotamien erobern wollte.« Steve wandte sich an seinen Vater, der gerade Whiskey über die Eiswürfel goss. »Dad, warum stopfst du Bobby mit diesem Quatsch voll?«

»Unsere Wurzeln sind kein Quatsch.« Geräuschvoll schlürfte Herbert von dem Drink und wandte sich wieder an seinen Enkel. »Robert, unsere Vorfahren waren Krieger vom Hofe Solomons. Wir sind die direkten Nachfahren des großen weisen Königs.«

»Der Allmächtige steh uns bei«, stöhnte Steve.

»Lästere nicht in meiner Gegenwart.«

»Wieso trägst du eigentlich die Jarmulka? Musst du eine kahle Stelle bedecken?«

»Ich werde für dich beten, Stephen. Du bist zum Philister geworden.«

»Und du bist übergeschnappt. In deinem Alter plötzlich orthodox zu werden, ist mehr als seltsam.«

Herbert schüttelte den Kopf. »Ich will einfach nicht glauben, dass mein Sohn ein Heide ist und meine Tochter eine Hure.«

»Hey, Dad, halt dich vor Bobby ein bisschen zurück.«

»*Nu?* Wozu die Aufregung? Glaubst du, der Junge weiß nicht, dass seine Mutter ein Junkie ist und eine Schlampe noch dazu?«

»Dad, es reicht.« Nicht dass sein Vater unrecht hatte. Aber man rieb einem Kind so etwas nicht ständig unter die Nase.

»Kein Problem, Onkel Steve.« Bobby beschäftigte sich mit einer Dachlatte und zeigte sich nicht weiter beeindruckt. Doch Steve kannte den Gesichtsausdruck. Diese ausdruckslose, neutrale Maske. Hinter ihr verbarg Bobby seinen Schmerz. Aber was zum Teufel war plötzlich in seinen Vater gefahren? Wusste er denn nicht, wie sensibel Bobby war? Durchaus möglich. Steve erinnerte sich nur zu gut an Herberts Boshaftigkeiten während seiner eigenen Kindheit. Hatte sein Vater ihn nicht eine Heulsuse genannt, als ihn in der Nautilus Middle School vier *Marieltos* verprügelt und ihm das Essensgeld abgenommen hatten?

Ohne aufzublicken, sagte Bobby: »In der Cafeteria haben mich kürzlich ein paar Kids nach meinen Eltern gefragt.«

Steve hielt den Atem an. Kinder konnten so grausam sein. Junge Raubtiere, die über jeden herfielen, der nicht ganz ins Schema passte.

»Ich sagte ihnen, dass ich meinen Vater nicht kenne und dass meine Mutter im Knast ist«, fuhr Bobby fort.

»Musstest du dir deshalb irgendwelches blödes Zeug anhören, Kiddo?«

Bobby schüttelte den Kopf. »Alle fanden das cool. Manuel sagte, er wünschte, sein Alter wäre ihm auch nie begegnet, und Jason fragte, ob ich Mom manchmal im Gefängnis besuche.«

Bobby ließ die Bemerkung in der Luft hängen. Seine Art zu fragen, warum Steve ihn nie zum Homestead Frauengefängnis fuhr. Die Sehnsucht des Jungen zu verstehen, fiel ihm schwer. Janice hatte ihren Sohn vernachlässigt und misshandelt. Sie hatte ihn wie einen Hund in einen Schuppen gesperrt und ihn hungern lassen, während sie sich mit Drogen zudröhnte. Und was tat Bobby? Vermisste er sie etwa? Steve beschloss, das Thema nicht zu vertiefen. Er wusste sowieso nicht, was er dazu sagen sollte.

Vielleicht: »*Wenn du deine Mutter wiedersiehst, kommen die Albträume zurück, Kiddo.*«

Nein, über Janice Solomon – Junkie, Schlampe und absolut unfähige Mutter – redete er lieber nicht.

»Wenn mein Sohn den Sabbat nicht mit mir feiern will«, verkündete Herbert, »kommt vielleicht mein Enkel mit.«

»Ich muss Hausaufgaben machen«, sagte Bobby.

»Am Freitagabend? Du solltest erst beten und dann Hummer fangen gehen. Man kann auch darum beten, dass man welche erwischt.«

»Was zum Teufel ist mit dir los, Dad? Du bist seit dreißig Jahren in keiner Synagoge gewesen.«

»Blödsinn. Als ich noch meine Kanzlei hatte, war ich an jedem Feiertag dort.«

»Stimmt. Du hast an Yom Kippur Visitenkarten verteilt. Aber was treibt dich jetzt plötzlich zurück?«

»Mein Großvater war Kantor. Wusstest du das eigentlich?« Steve hatte die Geschichte in seiner Kindheit unzählige Male gehört. Herbert behauptete, den Familienstammbaum über fast drei Jahrhunderte zurückverfolgen zu können. Ezekiel Solomon war einer der ersten englischen Kolonisten gewesen, die sich nach 1730 in Savannah niedergelassen hatten. Die Solomons hatten sich vermehrt und bis nach Atlanta, Birmingham und Charleston ausgebreitet. Laut Herbert – dem beflissenen Bewahrer der Tradition der Übertreibung nach Art der Rechtsgelehrten, Händler und Südstaatler – wuchsen an dem Baum, der aus Ezekiels Samen spross, Farmer, Weber, Steinmetze und Müller sowie gelegentlich ein Rabbi oder ein Kantor. Außerdem ein Börsenbetrüger und ein Buchmacher, der in den 1940-ern wegen gekaufter College-Football-Spiele in den Bau gewandert war.

Aber was sollte nun das Gefasel über den Hof des Königs Solomon? Seine Wurzeln bis zu den Gründervätern zurückzuverfolgen, war eine Sache. Aber den dreitausend Jahre alten Namen eines biblischen Königs für sich zu beanspruchen, ging eindeutig zu weit.

Bis vor Kurzem war Herbert jede Form von Spiritualität ziemlich gleichgültig gewesen. Wieso interessierte er sich jetzt plötzlich dafür? Schön, er war nicht mehr der Jüngste. Wurde ihm vielleicht gerade die eigene Sterblichkeit bewusst?

Oder ging es um seine Ehre?

Vor beinahe fünfzehn Jahren war Herbert in einen Korruptionsskandal verwickelt gewesen, hatte zwar stets seine Unschuld beteuert, sein Amt als Richter aber dennoch aufund seine Anwaltslizenz abgegeben. Steve vermutete, dass hier der Grund für die neue Frömmigkeit zu suchen war.

Verloren – gefunden. Sein alter Herr hatte den Glauben entdeckt. Damit kompensierte er wohl erlittene Verluste.

Karriere und Status: Geschichte. Die Ehefrau, Steves Mutter Eleanor: an Krebs gestorben. Seine Tochter Janice: entweder im Knast oder bei einer Entziehungskur. Die Beziehung zu seinem Sohn Steve: seit jeher problembeladen.

Herbert griff nach dem Hammer, einer Handvoll Nägel und einer Dachlatte. »Ich habe zu tun, Sohn.«

»Was bastelst du denn?«

»Ein maßstabgetreues Modell von Solomons Tempel«, antwortete Herbert.

»Hast du dafür eine Baugenehmigung?«

»Nein. Aber die Pläne. Weißt du zufällig, wie lang eine Elle ist?«

Steve bezweifelte, dass sein Vater auch nur einen Nagel gerade einschlagen konnte. Als Steve in Bobbys Alter gewesen war, hatte Herbert es nicht einmal geschafft, die Flügel an den Rumpf eines Modellflugzeugs zu kleben.

»Robert, König Solomon bewahrte die Bundeslade im Tempel auf«, erklärte Herbert. »Genauso wie die Tafeln, die der Herr Moses gegeben hatte.«

»Ich weiß, Gramps. Ich habe *Jäger des verlorenen Schatzes* gesehen.«

Steve reichte es jetzt. »Bobby, ich muss kurz mit deinem Großvater reden«, sagte er.

»Und?«

»In der Küche liegen frische Mangos. Mach dir davon einen Smoothie.«

»Du kannst mich nicht einfach herumkommandieren. Ich stamme vom König Solomon ab.« Bobby schloss die Augen. »König Solomon. SO KEIN MONOLOG.«

»Wunderbar, Kiddo. Und jetzt lass uns ein paar Minuten allein.«

»Okay, okay.« Der Junge rappelte sich hoch und schlurfte zur Küchentür.

»Ich habe ein Problem, Dad. Ich brauche einen Rat.«

»Dann bist du bei mir genau richtig«, sagte Herbert Solomon.

Steve erzählte auch seinem Vater alles, genau wie Victoria. Wie er durch die Lektüre der Monografie über die Vernünftigkeit des Mordes in Kreegers seelische Abgründe geblickt hatte. Dass er von Beshears Tod erfahren und Kreeger dann verraten und verkauft hatte, indem er Pincher im Nancy-Lamm-Prozess den entscheidenden Tipp gab. Steve berichtete von dem Schwertfisch an der Tür und dem Landungshaken in seinem Büro – beides Symbole für Kreegers tödlichen Angelausflug. Steve erzählte seinem Vater auch, wie entrüstet Victoria auf die Beichte seiner anwaltlichen Sünden reagiert hatte.

Als Steve fertig war, stieß Herbert mit einem langen leisen Pfiff den Atem aus. »Jesus und Magdalena. David und Batseba.«

»Ich glaube, diese Paare sind nicht vergleichbar.«

»Dann hast du *Sakrileg* nicht gelesen. Mein lieber Sohn, wenn du über eine Kuhweide spazierst, solltest du nicht deine besten Schuhe tragen.«

»Was zum Teufel soll das denn wieder heißen?«

»Dass du mitten in der Scheiße stehst. Also, was erwartest du von mir? Meinen Rat über den Umgang mit Frauen oder meinen Rat als Jurist? Wenn es nämlich um deine Freundin geht, würde ich sagen, es ist höchste Zeit, dass die Schickse konvertiert. Ein kurzer Dip in die *Mikwe* ist das Tor zur Reinheit. Miriams Brunnen in der Wüste.«

»Verdammt noch mal, Dad! Kannst du dich mal aufs Wesentliche konzentrieren? Ich habe dir gerade erklärt, dass der Kerl hinter mir her ist.«

»Du meinst, er will dir was antun?«

»Nein. Er will mir ein schönes Chanukka wünschen. Hast du nicht verstanden? Kreeger hat bereits zwei Menschen getötet. Ich hätte ihn verteidigen sollen und habe dafür gesorgt, dass er im Knast landete. Jetzt ist er wieder draußen und stinksauer. So wie in *Kap der Angst*.«

»Blödsinn. Erst heute hat er sich wieder im Radio darüber ausgelassen, was für ein beschissener Anwalt du bist. Manches war ziemlich lustig.«

»Schön, dass es dir gefallen hat.«

»Er ist ziemlich hart mit dir ins Gericht gegangen. Aber es klang nicht hasserfüllt. Eher, als wolle er dich aus der Reserve locken.«

»Und welche Botschaft steckt dahinter?«

»Mir kommt es vor, als wollte er dir sagen, dass er weiß, was du getan hast. Er bestätigt deine Vermutung, dass er ein Killer ist. Brüstet sich damit. Glaubt vielleicht, du würdest seine Kunstfertigkeit anerkennen.«

»Wieso sollte ich jemanden dafür bewundern, dass er zwei Leute umgebracht hat?«

»So, wie du ihn schilderst, schätzt er Menschen, die Regeln brechen. Menschen wie dich, Sohn.«

»Aber ich töte nicht. Ich bin nicht wie er.«

»Dr. Bill nimmt wahrscheinlich an, dass du nur ein, zwei Schritte über ihm am selben schlüpfrigen Abhang stehst.«

»Und was will er von mir?«

»Dass du ihn beim Wort nimmst. Er will dich in seiner Sendung. Vielleicht hält er sich für einen großen Talkshow-Star, und du sollst sein Sidekick werden. Sein Partner. Ich glaube nicht, dass Kreeger dich umbringen will, Stephen. Kreeger sucht einen Kumpel.«

»Der Mann ist nicht ganz dicht.«

»Du musst dir nur mal sein Gelaber anhören. Kreeger ist geschwätzig. Aber mit wem soll er über die Morde reden? Das kann er nur mit dir, Sohn. Er glaubt, du wärest der Einzige, der ihn versteht.«

»Ich will nicht mit ihm reden. Ich will, dass er mich in Ruhe lässt.«

»Okay. Dann sag ihm das. Aber was, wenn er nicht aufgibt und immer weiterstichelt?«

»Dann mache ich ihn fertig. Ich weiß noch nicht wie, aber ich werde es tun.«

»Sei bloß vorsichtig.«

»Du meinst also, ich soll gar nichts unternehmen? Ich soll zulassen, dass er mich ständig in die Pfanne haut?«

»Ich sage nur, falls du dich mit ihm anlegen willst, wirst du mich brauchen. Dieser Dreckskerl ist kein Ein-Mann-Job.«

Bobby schnitt so um die Kerne der Mangos herum, dass sie aus dem Fruchtfleisch flutschten. Das hatte Onkel Steve ihm beigebracht. Er hörte die beiden Männer draußen sprechen. Seit er in dem dunklen Schuppen auf der Farm eingeschlossen gewesen war, besaß er ein sehr scharfes Gehör. Nachts hatte er den Kojoten gelauscht, bis er ihre Stimmen unterscheiden konnte. Er hörte die Pferde in ihren Verschlägen scharren und das klatschende Geräusch, mit denen ihre Leiber die Wände berührten. Wenn sie schnaubten oder wieherten, konnte er ihren warmen Atem fast spüren. Tagsüber hörte er die Pick-ups. Türen wurden zugeknallt, Männer fluchten. Wenn er zur Feldarbeit herausgelassen wurde, lauschte er dem Vogelgezwitscher und dem Bienengesumm.

Draußen gefiel es ihm, auch wenn die Männer ihn manchmal schlugen, weil er nicht hart genug arbeitete. Diese Männer rochen seltsam. Ihre Bärte waren verfilzt und eklig. Die Frauen arbeiteten vornübergebeugt im Gemüsegarten. Das strähnige Haar fiel ihnen ins Gesicht.

Mom behauptete, sie seien Bio-Bauern. Aber Bobby sah

Fässer voller Insektizide und Düngersäcke. Und er wusste, dass die blättrigen grünen Pflanzen Marihuana waren.

In mondlosen Nächten hörte er Fahrzeuge ankommen, hörte die Männer grunzen, wenn sie die Ballen hochwuchteten. Er hörte sie in den Nachthimmel brüllen, hinter den Frauen herjuchzen. Und manchmal zerschossen sie leere Schnapsflaschen in tausend Scherben.

Jetzt hörte Bobby mit, wie Onkel Steve Grandpop von einem Psychiater namens Kreeger erzählte. Onkel Steve klang besorgt, und das war seltsam. Er steckte ständig in Schwierigkeiten, machte sich aber nie etwas draus. Diesmal war es anders. Hatte Onkel Steve etwa Angst?

Bobby warf die Mangoscheiben, Bananenstücke, eine Handvoll Eis und zwei Messlöffel Protein-Pulver in den Mixer. Er wollte zunehmen, damit er nicht mehr aussah wie ein Würstchen. Aber es funktionierte nicht. Trotz der Smoothies, der Schinken-Paninis und so viel Pistazieneiscreme, wie er nur essen konnte, bestand er nur aus Haut und Knochen. Das Heulen des Mixers übertönte die Stimmen der Männer. Sprachen sie jetzt von seiner Mutter?

Onkel Steve versteht das einfach nicht. Er glaubt, bloß weil Mom mich krank gemacht hat, will ich sie nicht mehr sehen. Aber sie ist immer noch meine Mom.

Er musste Onkel Steve etwas erzählen, wusste aber noch nicht wie. Seine Mutter hatte ihn gestern angerufen. Sie hatte geweint und er auch. Sie hatte gesagt, dass sie ihn liebte und dass sie sich geändert hätte.

»*Ich bin ein völlig neuer Mensch, Bobby. Ich bin sauber und clean.*«

»*Das ist toll, Mom.*«

»*Es wird nie wieder so wie früher. Mein Leben hat jetzt einen Sinn. Es gibt ein Licht, das mir den Weg zeigt.*«

»*Und welches ist das, Mom?*«

»*Ich habe Jesus gefunden. Ich habe Jesus Christus in mein Herz gelassen.*«

Warte nur, bis Grandpop das hört, hatte Bobby gedacht.

Aber nicht darüber musste Bobby mit Onkel Steve sprechen. Er musste ihm von dem Letzten erzählen, was Mom gesagt hatte.

»Ich komme dich holen, Bobby, Honey. Ich komme zurück und bin wieder deine Mutter.«

Acht

Wachs und Nostalgie

Ohne es zu wollen, starrte Victoria Lord genau zwischen die Beine der Queen. »Vielleicht sollten wir später reden, Mutter.«

»Quatsch. Es ist deine Pflicht, meine Langeweile zu lindern.« Irene Lord lag, von der Hüfte abwärts nackt, auf dem Rücken. Sie hatte die Hände unter den Hintern geschoben, die Beine angewinkelt und aufgestellt. »Benedita, du machst ganz schnell. Nicht wahr, Darling?«

»Ich mache schnell, damit Ihr Lover langsam sein kann«, versprach Benedita in einem rauen brasilianischen Akzent. Die junge Frau mit der zimtfarbenen Haut und dem flammend roten Lippenstift trug pinkfarbene Nylonshorts, ein rotes, ärmelloses Paillettenshirt und dazu kniehohe Wildlederstiefel.

Sie befanden sich in einem privaten Abteil des Salon Rio in Bal Harbour. Die Queen unterzog sich ihrer monatlichen Bikiniwachstortur. Victoria bereute längst, dass sie hergekommen war. Doch sie brauchte dringend einen Rat.

Sollte sie mit Steve zusammenziehen? Warum war der Gedanke an eine Vollzeitbeziehung nur so beklemmend?

Steve gegenüber hatte Victoria ihre Ängste nicht ausgesprochen. Wie konnte sie? Die Idee zusammenzuziehen stammte von ihr. Doch wenn Steve bessere Antennen für ihre seelischen Befindlichkeiten besäße, hätte er die Schwingungen längst spüren müssen. *»Bist du ganz sicher, dass du zu diesem Schritt bereit bist?«*, hatte sie gefragt.

Er hatte schnell Ja gesagt und gar nicht gemerkt, dass sie

mit der Frage eigentlich nur ihre eigenen Zweifel in Worte fasste. Eine typisch männliche Form von Taubheit.

Inzwischen befand sie sich mitten in einer Gefühlskrise. Konnte sie wirklich den ganzen Tag mit Steve zusammenarbeiten und nach Feierabend noch Tisch und Bett mit ihm teilen? Waren 24 Stunden Zweisamkeit, sieben Tage die Woche, nicht schlichtweg zu viel?

Aber das war noch nicht alles. Nach der Bombe, die Steve überraschend hatte platzen lassen – er hatte gegen die Grundregeln der Anwaltsethik verstoßen, hatte seinen eigenen Mandanten verpfiffen – fragte sich Victoria, ob sie überhaupt weiterhin mit ihm zusammenarbeiten konnte.

Oder sah sie die ganze Angelegenheit viel zu eng? Waren Steves berufliche Verfehlungen nur ein Vorwand für ihr Zaudern?

Benutze ich unbewusst Steves lange zurückliegenden Fehltritt, um unsere Beziehung auf dem Ist-Stand einfrieren zu können?

All diese Fragen wollte sie ihrer Mutter stellen. Schließlich verfügte die Queen über jahrzehntelange Erfahrung mit Männern von allen Kontinenten und war auf diesem Gebiet viel bewanderter als sie. Doch ihre Mutter war wie üblich mit sich selbst beschäftigt.

»Du musst Carl unbedingt kennenlernen.« Die Queen schielte auf ihren Venushügel hinab. »Er ist ein Traum und könnte George Clooneys Zwillingsbruder sein.«

»Womit er um wie viele Jahre jünger wäre als du, Mutter?«

»Mein Geburtsdatum habe ich ihm nicht verraten. Ich habe nur angedeutet, dass ich zu jung bin, um mich an Neil Armstrongs erste Schritte auf dem Mond zu erinnern.«

»Dann musst du mich im zarten Alter von etwa zehn Jahren zur Welt gebracht haben.«

»So etwas soll schon vorgekommen sein, meine Liebe.«

»Nicht bewegen«, befahl Benedita. Sie bestäubte Irenes Intimregion mit parfümiertem Babypuder. Neuschnee auf der Heide.

»Du solltest dich unbedingt auch mal wachsen lassen, Prinzessin«, sagte Irene.

»Nein danke, Mutter.«

»Ich habe deinen Busch gesehen. Kein Durchkommen ohne Machete.«

»Mutter!«

Benedita schwang sich eins von Irenes Beinen über die Schulter.

»Ich will nur dein Bestes, Liebes. Männer lieben nackte, zarte Lenden. Liegt vermutlich an ihren Lolita-Fantasien.«

»Darüber möchte ich jetzt nicht reden.«

»Ich meine es wirklich gut.« Mit geschürzten Lippen musterte die Queen ihre Tochter. »Und was hast du mit deinem Haar gemacht? Mit dem auf deinem Kopf?«

»Nichts.«

»Du hast es getönt. Das sehe ich doch.«

»Ich habe es nur gewaschen.«

»Anders hat es mir besser gefallen.«

»Wieso anders? Verdammt, Mutter, du bist unmöglich.«

»Kein Grund, laut zu werden. Männer mögen keine schrillen Frauen.«

Victoria seufzte. »Himmel, warum bin ich bloß hergekommen?«

»Um mir Gesellschaft zu leisten, natürlich.«

Victoria platzte heraus: »Ich bin nicht sicher, ob ich mit Steve zusammenziehen soll.«

»Das ist eine idiotische Idee. Ich frage mich, wie du

überhaupt darauf kommen konntest. Welcher Mann kauft sich eine Kuh, wenn er die Crème fraîche gratis bekommt?«

»Ich dachte, du willst nicht, dass ich Steve heirate.«

»Oooh«, seufzte die Queen, als Benedita die warme Bienenwachsmischung zwischen ihre Beine strich. »Daran hat sich auch nichts geändert, Prinzessin. Dieser Mann ist völlig unpassend für dich.«

»Warum? Weil er kein Protestant ist oder weil er nicht reich ist?«

»Autsch!« Ein Rupfgeräusch und die Queen japste. »Verdammt, Benedita ...«

Benedita betrachtete zufrieden lächelnd den ausgehärteten Wachsfetzen, den sie gerade abgerissen hatte.

»Ich bin weder so bigott noch so materialistisch, wie du glaubst«, antwortete Irene. »Aber die Frage stellt sich tatsächlich: Wenn es schon ein Jude sein muss, warum hast du dir dann keinen begüterten ausgesucht? An denen herrscht weiß Gott kein Mangel.«

»Ich wusste, dass es sinnlos ist.«

Noch ein Ruck, ein weiteres »Autsch!«

»Ich mache mir nur Gedanken, weil wir so unterschiedlich sind, Mutter.«

»Selbstverständlich seid ihr das, Liebes.«

Als wäre das ein Naturgesetz und jede Diskussion darüber überflüssig.

»Ich möchte einen schönen schmalen Landestreifen haben, Benedita«, instruierte Irene die Brasilianerin, die mit einer Pinzette einzelne versprengte Härchen ausriss. »Das lässt die Männer größer wirken.«

Die Ästhetik ihrer Intimregion ist ihr wichtiger als das Lebensglück ihres einzigen Kindes.

Victoria beschloss, noch einen weiteren Versuch zu unternehmen. Einen letzten Anlauf, die Aufmerksamkeit ihrer Mutter von fleischlichen Genüssen auf wichtigere Themen zu lenken. »Steve hat etwas völlig Unerklärliches getan, und ich komme nicht damit zurecht.«

»Er hat dich betrogen?«

»Nein, natürlich nicht. Es geht um einen Fall.«

»Du weißt, wie sehr mich Juristengeschwafel langweilt, Liebes.«

Victoria erzählte ihr trotzdem, dass Steve belastendes Material weitergegeben hatte, mit dessen Hilfe sein Mandant verurteilt worden war. Am Ende von Victorias Bericht war die Queen mit einem Landestreifen, schmal wie ein Lutscherstil, ausgestattet. Die umgebende Haut leuchtete flammend rosa.

»Ich weiß nicht, Liebes ... Was Steve getan hat, hört sich für mich gar nicht so furchtbar an. Sein Mandant ist ein Mörder, der ungeschoren davongekommen wäre. Stephen hat immerhin dafür gesorgt, dass er ein paar Jahre hinter Schloss und Riegel saß.«

»Aber das ist nicht seine Aufgabe. Verstehst du nicht, Mutter? Er hat gegen eines der wichtigsten Prinzipien unseres Berufsstandes verstoßen. Was tut ein Anwalt, der zu so etwas fähig ist, als Nächstes? Wenn Steve eine Firma vertritt, deren Geschäftsgebaren ihm nicht passt, wird er dann die Betriebsgeheimnisse verraten? Wenn ihm eine Mandantin in einem Scheidungsfall einen Seitensprung beichtet, erzählt er dann dem Richter davon? Welche Regeln darf man brechen? Welche nicht? Wo ist die Grenze?«

»Habe ich schon erwähnt, dass Carl ein fantastischer Golfspieler ist?«

»Wie bitte?«

»Er möchte mit mir nach Schottland reisen und auf allen berühmten Plätzen spielen.«

Was für ein gigantischer Sprung, dachte Victoria. Ihre Mutter hechtete mühelos zurück zu ihrem eigenen Liebesleben. *Na klar. Sie hat meinen Problemen schließlich beinahe fünf Minuten ihrer kostbaren Zeit gewidmet. Wie konnte ich mehr erwarten?*

Victoria beschloss aufzugeben. Sie hatte ohnehin keine andere Wahl. »Das ist ja toll, Mutter.«

»Carls Vorfahren sind auf der Mayflower herübergekommen. Ich persönlich hatte für Kreuzfahrten ja nie viel übrig, obwohl ich sagen muss, die Gänsestopfleber auf der *S.S. France* war eine Offenbarung. Ach, da fällt mir ein: Feiern wir meinen Geburtstag im Club?«

»Das liegt ganz bei Steve, Mutter. Er bezahlt die Rechnung.«

»Falls er an die Chili-Burger-Bude am Causeway denkt – sag ihm, das kann er vergessen.«

»Bringst du den fantastischen Golfer mit?«

»Natürlich. Das wird der perfekte Abend für unsere Bekanntmachung.«

»Wie bitte?«

»Hör auf, deine Stirn zu runzeln, Liebes. Die zarten Linien von heute sind morgen tiefe Gräben. Und keine Sorge, Carl und ich werden nicht heiraten.« Sie lächelte schelmisch. »Noch nicht.«

»Ich wusste gar nicht, dass es euch beiden so ernst ist.«

»Weil du deiner Mutter nie richtig zuhörst. Du bist nur mit deinen eigenen Problemen beschäftigt. Mein Leben driftet unbeachtet und vergessen an dir vorbei.«

»Wohl kaum, Mutter. Projiziere deinen Egozentrismus bitte nicht auf mich.«

»Ach, papperlapapp. Du bist mein einziges Kind, Victoria. Du bist mein Leben.«

Dieser Disput war nicht zu gewinnen, das wusste Victoria.

»Und was Carl betrifft«, fuhr Irene fort, »seit dem Tod deines Vaters habe ich mich zu keinem Mann mehr so hingezogen gefühlt wie zu ihm. Wir passen perfekt zueinander. Er hat so ein – *je ne sais quoi* – ich kann es kaum beschreiben.«

Irgendetwas stimmt da nicht, dachte Victoria. Normalerweise verdrehte die Queen den Männern den Kopf, nicht umgekehrt. »Und was habt ihr bekannt zu geben?«

»Überraschung!«, tirilierte die Queen. »Du musst einfach abwarten. Aber eins sage ich dir jetzt schon: So glücklich war ich seit Jahren nicht mehr. Sieh mich doch nur an: Glühe ich nicht geradezu?«

»Am meisten glüht dein Venushügel.«

Wie ungeheuer hilfreich, dachte Victoria sarkastisch, während sie auf dem Weg zurück zum Festland über den Broad Causeway fuhr. Der Indian Creek Country Club lag an einem schmalen Kanal zu ihrer Linken. Dort hatte sie als Kind Tennis gespielt, im Clubhausrestaurant tonnenweise in Limonade schwimmende Eiskugeln gelöffelt und in der geschützten Bucht das Segeln gelernt. Ein Erwachsenenleben voller persönlicher und beruflicher Probleme hatte sie sich damals wahrhaftig nicht ausgemalt. Wie verheißungsvoll war die Zukunft gewesen, als ihr Vater noch gelebt und ihre Mutter sich noch mehr um sie als um sich selbst gekümmert hatte! Doch bislang war keine der Verheißungen in Erfüllung gegangen.

All diese Entscheidungen ... Steve betreffend. Mich. Mein ganzes Leben.

Zehn Minuten später musste Victoria an einer Polizeisperre auf dem Biscayne Boulevard anhalten. Eine Parade zog vorbei. Eine Steelband von einer der Inseln. Die Leute trugen Schilder. Ob sie ein Fest feierten oder die Lebensbedingungen auf ihrer Insel anprangerten, konnte Victoria, die in einer Schlange hinter vier weiteren Fahrzeugen stand, nicht erkennen.

Sie beschloss, auf ihr Gefühl zu vertrauen. Riet Steve ihr das nicht immer?

»Vergiss die Bücher, folg deinem Gefühl.« Okay. Damals war es um die Auswahl einer Jury gegangen. Aber ließ sich das nicht auch auf die Partnerwahl übertragen?

Ihr Gefühl sagte ihr, dass sie Steve liebte. Aber bedeutete das, dass sie zusammenleben mussten? Andererseits durften sie Bobby nicht vergessen. Wenn er von »Familie« sprach, schloss er sie mit ein. Der Junge hatte so viele Enttäuschungen erlebt! Sie wollte keine weitere hinzufügen.

Als die Parade um die Ecke bog und die Polizei die Sperre aufhob, gab Victoria Gas. Sie beschloss, den Sprung zu wagen. Ihr Gefühl sagte ihr, dass sie mit Steve zusammenziehen sollte, ihrer Beziehung jede Chance geben – um herauszufinden, ob sie das *je ne sais quoi* hatte, das so ganz und gar unbeschreiblich war.

Solomons Gesetze

§ 4 Wenn du dich schon lächerlich machst, dann tu es wenigstens vor Zeugen.

Neun

Der Seelenklempner und der Schlaumeier

»Sie müssen sich um die *numero uno* kümmern. Tun Sie, was Ihnen Spaß macht, nicht was andere von Ihnen erwarten. Hedonismus ist gut. Egoismus ist gut. Gier ist gut. Nein, was sage ich? Gier ist sehr gut!«

Die Stimme war tief, rhythmisch und beschwörend. Dr. Bill Kreeger trug eine seidene Guayabera und auf dem Kopf ein Headset. Er gurrte in ein von der Decke hängendes Mikrofon. Steve stand im Kontrollraum und sah über die Schulter des Tontechnikers hinweg durch die Glasscheibe. Kreegers Mund befand sich so nahe an dem Mikrofon, als würde er das kalte Metall im nächsten Moment küssen. Er hatte Steve noch nicht entdeckt. Steve wollte nur kurz etwas klarstellen und hoffte, danach nie wieder etwas von Kreeger zu hören.

»Eigeninteresse ist der höchste moralische Wert«, predigte Kreeger gerade. »Sie können andere Menschen nicht glücklich machen, also versuchen Sie es gar nicht erst. Spenden Sie zu Thanksgiving hundert Dollar an irgendeine Hilfsorganisation, und man wird Sie zu Weihnachten um zweihundert anbetteln. Backen Sie einen Thunfischauflauf für die kranke Nachbarin, und sie erwartet beim nächsten Mal Filet Mignon. Die Leute, denen Sie etwas Gutes tun, werden Ihren Einsatz nicht wertschätzen. Also lassen Sie sie links liegen. Augenblick mal, sagen Sie. Das ist kaltherzig, Dr. Bill. Falsch! Seien Sie kein Waschlappen. Ein wirklich moralisches Leben ist von Eigennutz geprägt. Wenn jeder sich um sein eigenes Glück kümmern würde, gäbe es die vielen Loser nicht, die ständig Hilfe brauchen. Alles auf der Welt wäre dann viel besser!«

Die letzten Worte sang Kreeger beinahe. Dann stieß er ein tiefes, grollendes Lachen aus. Seit Steve ihn zum letzten Mal gesehen hatte, hatte der Mann graue Schläfen bekommen. Doch er wirkte erstaunlich fit und gesund. Sein welliges Haar war zurückgekämmt, er hatte Geheimratsecken. Kreegers energisches Kinn blieb, selbst wenn er auf seine Notizen hinabsah, straff.

»Nach einer kurzen Pause«, raunte Kreeger ins Mikrofon, »hören Sie meine sieben Bausteine zur Selbstverwirklichung. Baustein Nummer eins: Der Wahlspruch ›Ich bin unbesiegbar‹, beginnt mit ›Ich‹. Und *ich* bin gleich wieder da.«

Kreeger hob die Kaffeetasse und blickte durch die Scheibe. Als er Steve entdeckte, lächelte er breit. Einen Moment lang konnte man dieses Lächeln für echt halten. So freute sich jemand, der angenehm überrascht war, einen alten Freund wiederzusehen. Dann sackten die Mundwinkel ein wenig nach unten, als fiele Kreeger ein, dass der alte Freund ihm noch Geld schuldete. Und eine Sekunde später wurde das Lächeln zu einer eisigen, festgefrorenen Maske.

»Was verschafft mir die Ehre?« Kreeger winkte Steve auf den Platz an seiner Seite.

»Ich bin nur hier, um Ihnen eins zu sagen: Ich habe keine Angst vor Ihnen.«

»Wieso sollten Sie mich fürchten?«

»Falls Sie sich an mir vergreifen, werden Sie glauben, ein Betonmischer habe Sie überrollt.«

»Das sind gleich zwei Botschaften: Sie haben keine Angst, und Sie sind ein Betonmischer.«

»Aber ich bin keine zugedröhnte Frau in einem Whirlpool.«

»Ich weiß nicht, worauf Sie hinauswollen. Heißt das, Sie wären gern eine zugedröhnte Frau in einem Whirpool? Haben Sie ein Problem mit Ihrer geschlechtlichen Identität?«

»Ich sage bloß: Lassen Sie die Pfoten von mir.«

»Interessante Wortwahl. Haben Sie als Kind exzessiv masturbiert? Tun Sie es jetzt noch?«

»Ficken Sie sich ins Knie, Kreeger.«

Aus dem Lautsprecher an der Wand tönte ein mechanisches Fiepen.

»Huch, Nellie!«, lachte Kreeger. »Gut dass wir mit sieben Sekunden Verzögerung senden.«

Verwirrt sah Steve durch die Scheibe in den Kontrollraum. Das rote *Achtung-Sendung*-Schild leuchtete auf.

O verdammt. Kann uns jetzt jeder hören?

Kreeger beugte sich zum Mikrofon. »Sie hören Dr. Bill auf WPYG, live aus South Miami. Mein Gast ist Steve – der Schlaumeier – Solomon. Egal, ob Sie gerade in Palm Beach oder auf den Keys sind, auf Marco Island oder Bimini – Sie können uns jetzt anrufen.«

Steve war schon halb aus seinem Sessel, da drückte Kreeger einen blinkenden Knopf am Telefon. »Jerry aus Pinecrest, Sie sind auf Sendung.«

»Ich habe eine Frage an den Anwalt.«

»Schießen Sie los, Jerry«, sagte Kreeger. »Aber bitte nichts Kompliziertes. Solomon hat die Anwaltsprüfung erst im vierten Anlauf geschafft.«

»Im dritten«, berichtigte Steve.

»Was ist der Unterschied zwischen einem Anwalt und einem Wels?«, fragte Jerry.

»Der Witz ist uralt«, sagte Steve.

»Der eine wühlt dauernd im Schlamm«, antwortete Jerry. »Der andere ist ein Fisch.«

Kreeger röhrte, als wäre Jerry aus Pinecrest der neue Robin Williams.

»Ich habe gesagt, was ich sagen wollte.« Steve war auf dem Weg zur Tür.

Kreeger drückte die Räuspertaste und schaltete damit das Mikro aus. »Bleiben Sie noch, Solomon. In der nächsten Pause erzähle ich Ihnen etwas Interessantes.«

Steve zögerte. Kreeger schaute auf einen Monitor und drückte einen weiteren Knopf am Telefon. »Lou aus Miramar, hier spricht Dr. Bill.«

»Ich bin ein großer Hurricane-Baseball-Fan und erinnere mich gut an die Zeit, in der Solomon noch aktiv war.«

»Hören Sie, Solomon?« Kreeger winkte Steve zurück zu seinem Sessel. »Sie haben einen Fan, der mit Sicherheit nie ein Mandant von Ihnen war.«

»Ich sehe immer noch vor mir«, sagte Lou aus Miramar, »wie Solomon beim College Endspiel an der dritten Base rausflog.«

Steve stöhnte.

Weshalb bin ich eigentlich hergekommen? Um zu zeigen, dass ich nicht den Schwanz einziehe. Um Kreeger zu warnen. Und was habe ich nun davon? Ich werde in einer Radio-Talkshow der untersten Kategorie lächerlich gemacht.

»Ich hatte die Base schon erreicht«, protestierte Steve und trat ans Mikrophon. »Der Schiedsrichter hat falsch entschieden.«

»Da hören Sie es, Lou. Und wenn Solomon einen Prozess verliert, ist vermutlich der Richter schuld.« Kreeger drückte einen weiteren Knopf. »Lexy aus South Beach. Sie sind live im Radio.«

Lexy? Nein. Völlig unmöglich.

»Warum lassen Sie Steve nicht einfach in Ruhe?« Die anklagende Stimme einer jungen Frau. Lexy. Kein Zweifel.

Was immer du tust, Lexy, versuch bloß nicht, mir zu helfen.

»Er ist ein toller Anwalt, und außerdem ist er süß.«

Das Lächeln, das Kreeger Steve zuwarf, erinnerte an einen Barrakuda, der einen Beutefisch sichtet. »Dann hat Solomon Sie wohl schon mal verteidigt?«

»Ohne ihn hätte ich Zillionen für Falschparken zahlen müssen.«

»Verkehrsdelikte. Genau seine Kragenweite.«

»Es ist nicht so, wie Sie denken, Doc. Die Strafzettel waren alle für Parken auf einem Behindertenparkplatz. Aber Stevie fand einen Chiropraktiker, der bestätigte, dass ich Bulimie habe. Deshalb passierte mir nichts.«

»Großartig«, freute sich Kreeger. »Dank Solomon werden die Schuldigen freigesprochen und die Unschuldigen sitzen sechs Jahre im Knast.« Der Psychiater senkte die Stimme, als vertraue er den Zuhörern ein Geheimnis an. »Sie werden es kaum glauben, Freunde, aber Solomon hat einmal einen Surfer verklagt, der einem anderen Surfer die Welle geklaut hatte. Wer kann da noch behaupten, wir bräuchten keine Strafrechtsreform?«

»Surfer betrachten Wellen als ihren Besitz«, sagte Steve. Doch die Musik hatte bereits eingesetzt, und der Tontechniker auf der anderen Seite der Scheibe zeigte mit dem Finger auf Kreeger.

»Nach den Kurzmeldungen hören wir uns wieder«, sagte Kreeger. Das *Achtung-Sendung*-Zeichen erlosch, und Kreeger zog sich das Headset herunter. »Das war großartig. Wir sollten damit auf Tournee gehen. *Der Seelenklempner und der Schlaumeier*. Vielleicht bekommen wir eine gemeinsame Show und sind innerhalb eines Jahres im Satellitenradio.«

Womöglich hatte sein Vater ja recht, dachte Steve, und Kreeger suchte tatsächlich einen Sidekick.

»Ich bin die Stimme des Volkes«, fuhr Kreeger fort. »Die geplagte Bevölkerungsmehrheit hasst Anwälte. Spielen Sie einfach weiterhin den Deppen.«

»Ich habe nicht gespielt.«

Der Bariton des Nachrichtensprechers schallte aus dem Lautsprecher. Die Aktienkurse stiegen. Der Grundwasserspiegel sank. Die Stadtväter waren schockiert, *schockiert* über das Ausmaß der Prostitution entlang des Biscayne Boulevard. Kreeger zog am Lautstärkeregler und stellte leiser. »Sie wissen, dass ich Sie bewundere, Solomon. Für das, was Sie getan haben, braucht man Eier in der Hose.«

Steve schwieg.

»Interessiert es Sie nicht, wie ich es herausgefunden habe?«, fragte Kreeger.

Steve atmete tief durch, sagte aber nichts. Aus dem Lautsprecher schallte der Fischbericht. Die Makrelen liefen, wohingegen die Schnapper lediglich schwammen.

»Mitten in meinem Prozess«, fuhr Kreeger fort, »stellt die Staatsanwaltschaft plötzlich den Antrag, einen ähnlich gelagerten Vorfall in die Beweisaufnahme einbringen zu dürfen. Wie war doch gleich der Fachausdruck dafür?«

»Williams-Urteil-Material«, sagte Steve. »Die Staatsanwaltschaft kann vergleichbare Ereignisse aus dem Vorleben des Angeklagten verwenden, um ein Verhaltensmuster aufzuzeigen.«

»Ja, ja. Der arme Jim Beshears ertrank unten bei den Keys. Und Jahre später ertrinkt die bedauernswerte Nancy

Lamm in meinem Whirlpool. Ein Zusammenhang lässt sich nur ziemlich mühsam konstruieren, finden Sie nicht?«

»Nicht, wenn beiden Personen vorher mit einer Stange auf den Kopf geschlagen wurde, die Sie in der Hand hielten. Der Richter fand den ersten Vorfall ähnlich genug, um ihn zuzulassen.«

»Gegen den Richter will ich auch nichts sagen, Solomon.«

Im Hintergrund hörte Steve den Werbespot eines ortsansässigen Partnervermittlungs-Services für überarbeitete aber paarungswillige Karrieremenschen.

»Eines Tages, während der Vorbereitung auf das Berufungsverfahren«, fuhr Kreeger fort, »ging ich jedes einzelne Blatt Papier in den Akten noch einmal durch. Und wissen Sie, was ich dabei fand? Zwei Kopien des Polizeiberichts über den Bootsunfall. Eine war an die Stellungnahme der Staatsanwaltschaft geheftet, die andere lag bei Ihren Akten.«

»Na und? Pincher musste mir eine Kopie geben, sobald er den Antrag im Sinne des Williams-Urteils stellte.«

»Richtig. Aber Ihr Bericht trug den früheren Eingangsstempel. Sie hielten das Schreiben als Erster in der Hand und haben es für Pincher kopiert. Sie sind Ihrem eigenen Mandanten in den Rücken gefallen.«

Steve sagte kein Wort. Vielleicht lief irgendwo ein Rekorder mit. Immerhin befanden sie sich in einem Aufnahmestudio.

Die verdammten Eingangsstempel. Steve musste zugeben, dass er schlampig gearbeitet hatte. Aber war das ein Wunder? Schließlich hatte er nie zuvor einen Mandanten verpfiffen und keine Übung in solchen Dingen.

»Anfangs hätte ich Sie am liebsten umgebracht«, sagte Kreeger. »Und Sie wissen selbst am besten, dass ich dazu fähig bin, nicht wahr? Dann wurde mir klar, dass Sie tun, was Sie tun müssen. Sie leben nach Ihren eigenen Regeln. Sie haben Ihren Eid gebrochen, damit Ihr Mandant hinter Schloss und Riegel kommt.« Kreeger stieß wieder sein grollendes Lachen aus. Es klang, wie wenn Kohle in den Keller polterte. »Wenn ich daran denke, bekomme ich eine Gänsehaut. Sie haben meine Theorien in die Praxis umgesetzt, Solomon. Wir sind wie Brüder, Sie und ich.«

»Ich bin kein Mörder.«

»Noch nicht.« Ein weiteres Lachen. Dann sagte Kreeger mit scheinbar todernster Aufrichtigkeit: »Wir werden Freunde sein und viele tiefschürfende Gespräche führen.«

»Den Teufel werden wir.«

»Ich bitte Sie, Solomon! Das sind Sie mir schuldig. Genau genommen schulden Sie mir volle sechs Jahre. Ich habe in der Zeit Unmengen Kohlehydrate vertilgen müssen und in einer Zelle mit Edelstahltoilette gehaust, während Sie es sich draußen gut gehen ließen. Sie haben sich eine Freundin zugelegt. Wie heißt sie doch gleich? Victoria, richtig? Ich freue mich schon darauf, sie kennenzulernen. Und Ihr Neffe lebt bei Ihnen. Robert. Sagt man nicht, er hat gesundheitliche Probleme? Und es gab Scherereien wegen des Sorgerechts. Nun, Sie lassen sich besser nichts zuschulden kommen. Wir wollen schließlich nicht die Hardliner von der Jugendfürsorge auf den Plan rufen. Ach, und übrigens, wie geht es Ihrem Vater? Trinkt Richter Solomon immer noch zu viel?«

Es gab viele Arten, jemanden zu bedrohen, dachte Steve. Man konnte seinem Anwalt einen Brief schreiben und mitteilen lassen, notfalls würden alle Rechtsmittel ausgeschöpft. Oder man zwängte jemandem einen Pistolenlauf in den Mund, brach ihm dabei ein paar Zähne ab und schrie, man würde ihm das Hirn wegpusten. Es gab aber auch einen Mittelweg: Man erwähnte all die Menschen, die der Bedrohte liebte, und beließ es dabei. Steve merkte, wie ihm heiß wurde und wie sich sein Magen zusammenkrampfte.

»Machen Sie keinen Fehler, Kreeger. Sie halten sich verdammt noch mal von meiner Familie fern, oder ich hacke Sie in kleine Stücke und verfüttere Sie an die Haie.«

»Das bezweifle ich. Wie Sie bereits sagten, Steve: Sie sind kein Killer.«

»Und wie *Sie* bereits sagten: Noch nicht.«

»Sie werden entschuldigen, dass ich nicht gleich vor Angst auf meine Socken pinkle. Ich habe gerade sechs Jahre in einem Klapperschlangennest hinter mir und bin kein einziges Mal gebissen worden.«

»Vielleicht haben Sie bei Ihrem nächsten Aufenthalt weniger Glück.«

»Weshalb sollte ich wieder ins Gefängnis müssen?«

»Weil es nur eine Frage der Zeit ist, bis Sie das Gefühl haben, jemand hätte Ihnen Unrecht getan. Sie werden Ihre Handlungen mit Ihrer Schwachsinnsphilosophie rechtfertigen, und bevor Sie ›Mann über Bord‹ sagen können, treibt wieder eine Leiche mit dem Gesicht nach unten im Wasser. Vielleicht sollte ich in Ihrer Nähe bleiben, Kreeger. Ich wäre gern dabei, wenn die Cops an Ihre Tür klopfen.«

Angeklopft wurde nicht, doch die gepolsterte Tür zum Kontrollraum sprang auf, und zwei City-of-Miami-Beach Cops marschierten herein. Seltsam, dachte Steve, aber so ist das Leben manchmal. Man denkt an eine Frau, die man jahrelang nicht gesehen hat, und plötzlich steht sie vor der Tür. Mit einem kleinen Jungen an der Hand, der dir beunruhigend ähnlich sieht. Nicht, dass ihm das schon einmal passiert wäre. Aber man hörte so einiges.

Was suchten die Beach Cops außerhalb ihres Reviers? Hatte Kreeger in der Warteschlange vor Joe's Stone Crab einem Touristen die Kehle durchgeschnitten?

»Sind Sie Stephen Solomon?« Der Polizist trug Sergeantenstreifen und einen Schnauzbart. Er war Mitte vierzig und hatte einen müden Blick.

»Schuldig«, antwortete Steve. »Worum geht es?«

Am Rande nahm er wahr, dass sich Kreeger zum Mikrofon beugte und mit wichtiger Stimme zu flüstern begann. »Exklusivbericht. Sondermeldung bei WPYG. Sie hören Dr. Bill ...«

»Sie sind verhaftet, Mr. Solomon«, sagte der Sergeant matt.

»Wofür? Was habe ich getan? Im Radio geflucht?«

»Steve – der Schlaumeier – Solomon *verhaftet*, hier an Ort und Stelle, in Studio A«, jubilierte Kreeger.

»Körperverletzung.«

»Ich hab dem Idioten doch noch gar keine verpasst!« Steve nickte in Richtung Kreeger.

»Ihm nicht. Aber einem Mann namens Freskin.«

»Wer zum Teufel soll das sein?«

Der jüngere Polizist nahm die Handschellen von seinem Gürtel. »Bitte legen Sie die Hände auf den Rücken, Sir.«

Verdammt höflich. Genau wie sie es in der Ausbildung lernten.

»Ich kenne keinen Freskin.«

»Ich muss Sie abtasten, Sir«, beharrte der Uniformierte.

»Die Spannung steigt«, verkündete Kreeger wie ein Sportreporter beim Finale. »Solomon werden Handschellen angelegt.«

»Verdammt noch mal! Wer ist Freskin?« Steve fühlte sich über alle Maßen gedemütigt.

»Ein Bewährungshelfer«, antwortete der Sergeant. »Arnold Freskin. Sie haben ihn in Ihrer Kanzlei angegriffen.«

Ach der!

»Dieser Freak? Der geilte sich gerade beim Catchen mit meiner Sekretärin auf.«

Noch während er das sagte, wusste Steve, dass er gegen den Rat verstieß, den er jedem Mandanten gab.

»Reden Sie nie mit den Cops. Sie reiten sich dabei nur noch tiefer rein.«

»Sie haben das Recht zu schweigen«, erklärte ihm der Sergeant. »Sie haben das Recht auf einen Anwalt. Wenn Sie sich keinen Anwalt leisten können ...«

»Ich weiß, ich weiß.«

»Er wird jetzt abgeführt.« Kreeger flötete förmlich. »Ist Steve Solomon nicht nur ein Schlaumeier, sondern auch ein gewalttätiger Schläger? Bleiben Sie dran.«

Zehn

Auch Mörder brauchen Freunde

Steve stand an der Spüle und schrubbte Tinte von seinen Fingerkuppen. Er war festgenommen und erkennungsdienstlich behandelt worden. Man hatte seine Fingerabdrücke genommen und ihn fotografiert. Von den Cops und Vollzugsbeamten, die ihn kannten, hatte er sich spöttische Bemerkungen anhören müssen. Zwei Stunden lang hatte Steve in einer Arrestzelle gesessen, deren Wände mit gelbbraunen Graffitis beschmiert waren. Generationen von Festgenommenen hatten dort mit dem Senf für die vom Staat spendierten Bologna-Sandwiches ihre fehlerstrotzenden Profanitäten hinterlassen. Obwohl längst nicht so beeindruckend wie steinzeitliche Höhlenmalereien, erlaubten die Graffitis dennoch soziologische Rückschlüsse auf die Befindlichkeiten der Unterklasse und den beklagenswerten Zustand des staatlichen Schulwesens.

Richter Alvin Elias Schwarz ließ Steve ohne Kaution frei, weil Seine Ehren mit dem Vater des Beschuldigten früher Binokel gespielt hatte. Steve würde sich in einer Woche der Anklage wegen Körperverletzung und Behinderung der Amtsausübung eines staatlichen Angestellten stellen müssen. Im Klartext hieß das, er hatte Mr Arnold G. Freskin gewaltsam an der Ausübung seiner Pflichten gehindert. Laut der vorliegenden Beschwerde gehörte zu dessen Aufgaben auch ein »Vorortgespräch am Arbeitsplatz betreuter Personen«. Steve nahm an, das klang besser als »erotisches Wrestling mit einer hüllenlosen Schreibkraft«.

Steve war in einem brutheißen Taxi nach Hause gefahren. Der jamaikanische Fahrer behauptete, die Klimaanlage sei kaputt, doch Steve vermutete, dass er nur Sprit sparen wollte. Steves Hemd und seine Hose klebten am Vinyl der Sitzpolster. Den Fahrer, der auf einem Sitzschoner aus Holzperlen saß, schien die Hitze nicht zu kümmern.

»Du hast dich heute im Radio angehört wie ein Vollidiot.« Herbert Solomon saß am Küchentisch, schlürfte koscheren Rotwein und zerlegte seinen Sohn. »Wie ein echter *putz*.«

»Danke für die freundlichen Worte, Dad.« Steve hatte keine Lust auf die abfälligen Sprüche seines Vaters. Der Tag war grauenhaft gewesen und noch nicht vorbei. In einer Stunde würde er ein Lächeln aufsetzen und Irene Lord einen Kuss auf die Wange hauchen müssen. Der Queen. Victorias Mutter. Die Frau war so kalt und gebieterisch, dass Maria Stewart neben ihr liebereizend und anschmiegsam gewirkt hätte.

»Ich hab dich immerhin rausgeholt.«

»Ich wurde entlassen, weil man mich kennt. Du hast lediglich den Richter angerufen.«

»Das war ein großer Gefallen.«

»Du hättest auch in die Stadt fahren und mich vom Gefängnis abholen können.«

»Doch nicht nach Sonnenuntergang, Boychick.«

»Weshalb? Bist du seit Neuestem nachtblind?«

»Es ist Sabbat, du *shmoe*!«

»Gibt es im Tempel heute Freibier?«

»Es würde dir nichts schaden mitzukommen und ein, zwei *Sh'mas* zu sprechen.«

Womit das Outfit seines Vaters erklärt war: ein zweireihiger blauer Blazer, eine Krawatte, dazu khakifarbene Wandershorts und Turnschuhe. Seit der alte Mann ortho geworden war, hielt er sich an die Regel, zwischen Sonnenuntergang am Freitag und Sonnenuntergang am Samstag nicht Auto zu fahren. Jetzt sah er aus wie ein debiler Engländer in der Mittagshitze und war bereit für den Dreimeilen-Marsch zum Temple Judea.

»Irene hat heute Geburtstag«, sagte Steve. »Sonst würde ich mich mit dir in die erste Reihe setzen.«

»Ha, du weißt ja nicht mal, wo die *shul* ist.«

»Auf dem Granada Boulevard, gegenüber vom Dixie Highway und vom Baseballstadion.« Im Mark Light Stadion der University of Miami hatte Steve kaum einen Ball richtig getroffen, sich aber als Sprinter und Base-Stehler einen gewissen Star-Status erkämpft. Hin und wieder hatte er an der Uni auch eine Seminarveranstaltung besucht, im Hauptfach Theaterwissenschaften, und nebenher den Swimming Pool studiert. Herbert hatte Steve geraten, Politik und Rechtslehre zu belegen und sich damit auf das eigentliche Jurastudium vorzubereiten. Doch es hieß, die heißesten Girls studierten Theaterwissenschaften. Das reichte Steve. Er blätterte seinen Shakespeare noch einmal durch und machte sich dann auf den Weg zum Ring Theater, das erfreulicherweise neben dem campuseigenen Ratskeller lag.

Erst später wurde Steve bewusst, dass die Schauspieltechniken, die er fast versehentlich lernte, ihm vor Gericht zugutekamen. Als Studienanfänger spielte er den zynischen Reporter E. K. Hornbeck in *Wer den Wind sät* – eine Rolle, die ihm leichtfiel. Als Nächstes gab er den Teach in *American Buffalo*. Der Part gefiel ihm, weil er ständig ›fuck‹ sagen konnte. Ein paar Trimester später bekam er die Rolle des Biff, des älteren Bruders in *Tod eines Handlungsreisenden*. Das Leben dieses vielversprechenden jungen Mannes geriet völlig aus den Fugen, als er erkennen musste, dass sein Vater ein Blender gewesen war.

»*Pop wird sich umbringen! Ist dir das bewusst?*« In dem Augenblick, als Steve auf der Bühne diesen Satz ausrief, wurde sein eigener Vater, Herbert Solomon, und nicht etwa Willy Loman vor einen Untersuchungsausschuss gezerrt. Rückblickend wusste Steve, dass seine Theatertränen echte Tränen gewesen waren.

Aus demselben Grund, aus dem er Theaterwissenschaften studierte – heiße Kommilitoninnen –, trat Steve der Bürgerrechtsbewegung ACLU bei. Es hieß, liberale junge Mädels seien leichter rumzukriegen als beispielsweise die Mitglieder der Legion Junger Republikanischer Frauen für Keuschheit. Die ACLU-Treffen gaben Steve Einblicke in das Leben der Underdogs. Insgesamt erwiesen sich der Schauspielunterricht und die Bürgerrechtspolitik als eher zufällige aber dennoch hilfreiche Vorbereitungen auf seine Anwaltskarriere.

»Also, wie lautet dein Plan?«, fragte Herbert jetzt.

»Für Irenes Geburtstag? Krabben essen bei Joe's.«

»Ich meine den Plan bezüglich Kreeger!«

»Daran arbeite ich noch, Dad. Offenbar will er, dass wir Kumpels werden.«

»Was habe ich dir gesagt? Auch Mörder brauchen Freunde.«

»Allerdings klang das eher wie eine Drohung. Sei mein Freund, oder ...«

»Und dein Plan?«, beharrte Herbert.

Steve wusste nicht, inwieweit er seinen alten Herrn einweihen sollte. Als Vater hatte Herbert ihn jahrzehntelang entweder wohlwollend übersehen oder mit beißendem Zynismus bedacht. Jetzt brach sich erneut eine tiefsitzende Angst Bahn – die Angst vor Spott und Zurückweisung. Die Angst, nicht gut genug zu sein.

»Ich muss runter auf die Keys, einen Zeugen suchen.«

»Wozu?«

Steve beschloss, aufs Ganze zu gehen. Sein Ego hatte die Beulen und blauen Flecken, die sein Vater ihm zugefügt hatte, bislang schließlich auch irgendwie verkraftet. »Es geht um den Angelausflug, von dem ich dir erzählt habe. Um Kreeger und seinen Studienkollegen Beshears.«

»Alte Kamellen. Du glaubst, Kreeger hat den Kerl über Bord gestoßen und ihm mit dem Landungshaken eins übergebraten.«

»Mehr habe ich nicht. Den Mord an Nancy Lamm kann ich nicht beweisen.«

»Außerdem kann niemand zweimal wegen desselben Delikts angeklagt werden. Und im Nancy-Lamm-Fall wurde Kreeger immerhin wegen Totschlags verurteilt.«

»Richtig. Aber nach Beshears Tod wurde keine Mordanklage gegen Kreeger erhoben. Hier kann ich ansetzen. Dazu brauche ich jemanden, der damals dabei war. Einen Zeugen. Beshears Freundin konnte keine wirklich sichere Aussage machen. Aber auf dem Boot befand sich noch eine Person.«

»Der Charter-Captain.«

»Oscar De la Fuente. Er stand auf der Brücke, hielt das Boot auf Kurs und rief Anweisungen. Von dieser Position aus hätte er eigentlich alles genau sehen müssen. Leider habe ich ihn nie gefunden.«

»Eigentlich sollte das kein Problem sein. Schließlich brauchte er eine staatliche Charterlizenz.«

»Per Computer sind nur die Registrierungen der letzten zehn Jahre zugänglich. Der Vorfall liegt aber neunzehn Jahre zurück. Möglich, dass De la Fuente damals eine Lizenz hatte. Heute hat er jedenfalls keine mehr.«

»Das Immobilienverzeichnis seines Wohnbezirks?«

»Kein Grundbesitz in Miami-Dade, Monroe und Collier. Kein angemeldetes Gewerbe. Kein eingetragener Geschäftsname, kein Telefonanschluss.«

»Deine Hausaufgaben hast du offenbar gemacht.«

Das Kompliment klang halbherzig, Steve akzeptierte es trotzdem. »Jetzt bleibt mir nur noch übrig, die Straßen abzuklappern. Oder die Strände.«

»Wie? Du willst in deinem Anwaltsanzug unten auf den Keys Fragen stellen?«

Eigentlich hatte Steve geplant, dabei abgeschnittene Jeans und ein T-Shirt mit dem Schriftzug »*Mach Safer Sex. Mach's dir selbst!*« zu tragen. Aber das kam seinem Vater nicht in den Sinn, und Steve beließ es dabei.

»Die Conchs werden glauben, du bist vom Drogendezernat«, warnte Herbert ihn. »Kein Mensch wird mit dir reden. Und wenn irgendjemand diesen De la Fuente kennt, wird er ihm sagen, er soll sich von dir fernhalten. Die Keys sind für dich fremdes Territorium. Dort brauchst du dich nicht blicken zu lassen, Sohn.«

Es war mal wieder so weit, dachte Steve. Sein alter Herr zückte das Messer und machte Einzelteile aus ihm. »Habe ich denn eine andere Wahl?«

»Du hast *mich*, du *shmoe*! Wer kennt die Bars und Häfen besser als ich?«

Herbert hatte recht. Wenn er nicht gerade auf dem Sofa in Steves Gästezimmer logierte, saß er auf seinem lecken Hausboot auf dem Sugarloaf Key und hielt die Angel ins Wasser. »Das würdest du für mich tun?«

»Ich bin dein Vater. Was soll diese Frage?« Zufrieden mit sich griff Herbert nach dem weißen Strohhut, den er auf dem Weg zur Synagoge über der Jarmulka tragen würde.

Der Hut hatte einen schmalen, nach oben gebogenen Rand. Steve glaubte gehört zu haben, dass man diese Kopfbedeckung Porkpie – Schweinepastete – nannte. Koscher klang das nicht.

»Danke, Dad. Das wäre eine große Hilfe.«

»Nicht der Rede wert. Ach übrigens, was verlangt denn heutzutage ein Privatdetektiv pro Stunde?«

»Schönen Sabbat, Dad.«

Herbert ging zur Tür. »Bobbys Abendessen steht im Kühlschrank.«

»Wo ist denn der Bobster?«

»In seinem Zimmer. Mit dem Zigeunermädchen.«

»Was? Mit wem?«

»Mit der kleinen Nachwuchsnutte mit dem Glitzerkram im Bauchnabel. Dem jüdisch-kubanischen Mädchen aus der Nachbarschaft.«

»Das ist ziemlich unhöflich, Dad. Man beschreibt Menschen nicht anhand ihrer Religion oder anhand ihrer ethnischen Zugehörigkeit.«

»Tatsächlich nicht, Judenbengel?«

»So was kannst du heute nicht mehr sagen, Dad.«

»Ach, küss meinen kosheren *tuches*. Ich kann schließlich nichts dafür, dass die Kleine eine kubanische Jüdin ist. Sag ihr, sie soll ihren Namen ändern, wenn sie sich so schämt. So wie die anderen Weicheier: Aus Cohen wird Kane, aus Levine Landers. *Schmendricks.*« Herbert schnaubte abfällig.

»Sie heißt Maria Munoz-Goldberg, und ich glaube nicht, dass sie sich deswegen geniert«, sagte Steve.

»Wie du meinst. Aber an deiner Stelle würde ich mal einen Blick in Roberts Zimmer werfen. Sonst rennt vielleicht bald ein Balg namens Munoz-Solomon durchs Haus.«

Elf

Das jübanische Mädchen

Steve trank das Glas koscheren Wein aus, das sein Vater auf dem Tisch hatte stehen lassen. Das Zeug schmeckte wie flüssige Götterspeise mit Traubenaroma. Aber Bobby war mit Maria in seinem Zimmer, und Steve musste sich erst stärken, bevor er sich auf den Weg dorthin machte. Er würde vor dem Eintreten anklopfen. Doch wenn die Tür verschlossen war, würde er sie eintreten wie ein Sondereinsatzkommando die Tür zu einem illegalen Drogenlabor.

Wie ging man eigentlich heutzutage mit pubertierenden Kids um? Erst kürzlich war Steve aufgegangen, dass Bobby kurz vor dem gefährlichen Abgrund der Pubertät vielleicht ein väterliches Gespräch über Bienchen und Blümchen nötig hatte. Als er seinen Neffen darauf angesprach, hatte Bobby behauptet, über sämtliche Geschlechtskrankheiten genauso gut Bescheid zu wissen wie über die Benutzung von Kondomen. Er hatte sogar von einem Mädchen aus der Ponce de León Middle School erzählt, das schwanger geworden war.

»Danach wollte kein Mädchen mehr ... ach du weißt schon ... es machen. Stattdessen gab es ganz viele Regenbogen-Partys. Leider war ich zu keiner einzigen eingeladen.«

»Regenbogen-Partys?«

»Jetzt komm, Onkel Steve! Wo die Mädels alle unterschiedlichen Lippenstift tragen und die Jungs die Hosen runterlassen. Man versucht, möglichst viele verschiedene Farben auf seinen ...«

»Grundgütiger!«, hatte Steve gehaucht.

Jetzt blieb er vor Bobbys Zimmertür stehen und schnüffelte wie ein Bluthund. Kein Zigarettenrauch, kein Gras. Aber irgendetwas Seltsames. Ein Zitrusduft. Orangen und Tangerinen.

Steve klopfte an und trat ein.

Die beiden hatten ihre Bücher aufgeschlagen. Bobby hing in weiten Shorts und einem Hurricanes-Football-Shirt in seinem Beanbag Sessel. Maria fläzte auf Bobbys Bett. Sie trug Hüftjeans mit so vielen Löchern und Rissen, dass der Eindruck entstand, sie sei in die Klauen eines ganzen Wolfsrudels geraten. Ihr ärmelloses Netzshirt gab den Blick auf einen Spitzen-BH frei. Sie hatte karamellfarbene Haut, und ihr grellroter Lippenstift glänzte wie nasse Farbe. In ihrem zwölf Jahre alten Bauchnabel glitzerte ein Strassstein.

Bobby winkte Steve lässig zu, sprach aber weiterhin mit Maria. Er klang wie ein kleiner Professor. »Die Schlacht von Gettysburg war ein Versehen. Lee und Meade sagten nie: ›Kommt, wir treffen uns in einer Kleinstadt in Pennsylvania und veranstalten eine große Keilerei.‹ Dort hat nur zufällig die Union den Vorstoß der Konföderierten aufgehalten. Damit will ich sagen: Wäre das nicht geschehen, dann hätte Lees Armee Philadelphia eingenommen, danach vielleicht Washington, und der Süden hätte den Krieg gewonnen.«

»Krass«, sagte Maria. »Hallo, Mr Solomon.«

»Hi, Maria. Was lernt ihr denn da?«

»Pfff. Algebra«, sagte Bobby. Zeigte seiner kleinen Freundin, wie cool er war.

»Amerikanische Geschichte, Mr Solomon. Bobby weiß einfach alles.«

»Das ist nichts Besonderes«, sagte Bobby.

»Für mich schon.« Maria lächelte ihn an. Es war ein einladendes, aufreizendes Lächeln. Das Zitrusaroma schien jetzt noch kräftiger.

»Wonach riecht es denn hier?«, fragte Steve.

»Ach, das ist wahrscheinlich mein Parfüm, Mr Solomon.«

Parfüm! Bobby hat nicht die geringste Chance.

»Boucheron«, fuhr Maria fort. »Gehört meiner Mutter.«

Steve kannte Marias Eltern aus dem Sicherheitskomitee des Viertels. Eva Munoz-Goldberg, die stolze Tochter eines militanten Castro-Gegners, zog häufig durch die Nachbarschaft und verteilte Flyer mit Aufrufen zur Bombardierung Venezuelas und zur Ermordung von Hugo Chávez. Als Kind war Eva an den Wochenenden mit ihrem Vater und einer Horde Cousins durch die Everglades gestapft, wo sie mit Uzis auf Fidel-Castro-Pappfiguren schossen. Hinterher hatten sie zu Hause Burger gegrillt, Cuba Libre getrunken und sich im Fernsehen ein Dolphins-Spiel angeschaut. In letzter Zeit sah Steve Eva häufig ihren schwarzen Hummer durch Coconut Grove kutschieren. An der hinteren Stoßstange prangte ein NRA-Aufkleber. Schusswaffen für alle!

Marias Vater, Myron Goldberg, war ein Parodontologe mit einer Praxis an der Miracle Mile in Coral Gables. Auf Myrons Hybridfahrzeug klebten Greenpeace- und Rettet-die-Seekühe-Sticker. Seine gefährlichste Waffe war ein Wurzelbohrer aus Titan. Die Monoz-Goldbergs konnten als Musterbeispiel für die Multikulti-Familien gelten, von denen es im paella-dampfenden Schmelztiegel Südflorida nur so wimmelte.

Beim Anblick der beiden Kids in Bobbys Zimmer war Steve sicher, dass er seinem Neffen unbedingt einen Vortrag über Selbstbeherrschung in Zeiten hormoneller Verwirrung halten musste. Aber noch etwas ging ihm durch den Kopf. Etwas ganz anderes. Nutzte diese kleine Hexe Bobby vielleicht nur aus, weil sie ein paar gute Noten brauchte? So sehr Steve seinen Neffen liebte – er musste zugeben, dass der Junge nicht gerade ein Kandidat für einen Abercrombie-&-Fitch-Katalog war. Genau genommen war Bobby ein spindeldürrer, liebenswerter Eigenbrötler mit dicker Brille, der in keine Clique passte.

»Hier steht irgendwas von einem Wendepunkt.« Maria blätterte in ihrem Schulbuch. »Klingt nach einer guten Prüfungsfrage.«

Bobby nickte wissend. »Seit Gettysburg hatte die Union die Oberhand.«

»Oh. Okay.« Maria machte sich eine Notiz.

»Pickett's Charge«, fuhr Bobby fort. »Fünfzehntausend konföderierte Soldaten. Einige schafften es bis zu den Linien der Union. Sie wurden zerfetzt. Ein Angriff bergauf, auf breiter Front und freiem Feld, kann nur schiefgehen. Wenn der Feind auf dem Hügel steht, muss man über die Flanken kommen. Eine Scheinattacke auf einer Seite.« Bobby deutete einen linken Haken an. »Aber in Wirklichkeit greift man von der anderen aus an.« Schwungvoll stieß er die Rechte durch die Luft. »Wenn der Feind zick macht, machst du zack.«

»Du bist so schlau!« Maria bedachte den Jungen mit einem weiteren verheißungsvollen Lächeln. Dann wandte sie sich an Steve. »Wir haben Sie heute im Radio gehört, Mr Solomon.«

»Ja«, fügte Bobby hinzu. »Hätte nie gedacht, dass dich der Psychofuzzi so nass machen kann.«

»Müssen Sie jetzt ins Gefängnis?«, fragte Maria.

»Onkel Steve war schon oft im Knast.« In Bobbys Stimme

schwang Stolz mit. »Wenn er zu viel Rabatz macht, lochen die Richter ihn über Nacht ein.«

»Es kommt alles wieder in Ordnung«, sagte Steve. »Was ich getan habe, war nur rein technisch gesehen illegal.«

Bobby schnaubte. »Stimmt. Du hast nur rein technisch die Scheiße aus dem Kerl geprügelt.«

»Falsche Wortwahl, Kiddo.«

»Lässt du diesen Seelenheini eigentlich weiterhin Sprüche über dich klopfen?«

»Nein. Ich werde dafür sorgen, dass er den Mund hält.«

»Krass! Und wie willst du das anstellen?«

Steve schüttelte den Kopf. Was sollte er sagen? *»Dein Onkel und dein Großvater versuchen, einen Mörder zu überführen. Aber mach dir keine Sorgen.«* Nein. Er wollte den Jungen nicht verunsichern.

»Streng vertraulich«, sagte Steve.

»Pass bloß auf, dass es dir nicht so geht wie der Frau im Whirlpool. Wenn Dr. Bill sie nämlich kaltgemacht hat ...«

Ohne den Satz zu beenden, wandte sich Bobby wieder dem Buch zu.

Eine halbe Stunde später hing Bobby noch schräger in seinem Beanbag Sessel. Maria lag noch immer auf dem Bett und blätterte in ihrem Geschichtebuch. Ein paar Sekunden zuvor hatte Bobby mit einem Hirntrick seine Gedanken absichtlich gesplittet. Wie auf einem geteilten Bildschirm konnte er zwei Sachen gleichzeitig ablaufen lassen.

Ich will Maria küssen. Und ...

Warum behandelt Onkel Steve mich wie ein Baby?

Mehr hatte Bobby an ihm nicht auszusetzen.

Meist fand er Onkel Steve absolut okay. Er nahm sich viel Zeit für ihn. Sie spielten Ball und übten Sprinten. Manchmal durfte er mit ins Gericht, und sogar zu ein paar Autopsien hatte Onkel Steve ihn schon mitgenommen. Das war besonders cool, mal abgesehen von dem Geruch.

Aber er hält Sachen vor mir geheim. Hat Angst, dass ich mit irgendwas nicht zurechtkomme.

Onkel Steve wollte es mit Dr. Bill aufnehmen. Das war beängstigend.

Warum spricht er nicht einfach mit mir darüber?

Maria, die schräg über Bobby auf dem Bett lag, legte ihm plötzlich ein Bein über die Schulter. Sie wackelte mit den Zehen. Die Nägel waren in einer Farbe lackiert, die an Flammen erinnerte.

Die Hirnwellen, die Bobbys Gedanken an Dr. Bill trugen, verflachten urplötzlich. Bobby spürte ein angenehmes Kribbeln in der Unterhose. Doch er befand sich in einer ungünstigen Position. Sein Hintern steckte tief im Beanbag Sessel, er saß mit dem Rücken zum Bett und konnte Maria nicht mal sehen. Um sie zu küssen, musste er sich hochstemmen, umdrehen, aufs Bett kriechen ... und dann? Das würde ein paar Sekunden dauern, geplant wirken und blöd aussehen – alles andere als selbstbewusst und cool.

Nächstes Problem: *Zunge – ja oder nein?*

Er hörte Blätter rascheln. So schnell konnte sie unmöglich lesen. Wurde ihr etwa langweilig? Wartete sie darauf, dass er endlich etwas unternahm? Er wünschte, er könnte Onkel Steve um Rat fragen. Und zwar genau jetzt.

Oder Mom. Gestern hat sie mir gesagt, dass sie mit zwölf zum ersten Mal Sex hatte. In meinem Alter!

Bobbys Hirn öffnete eine weitere Datei. Maria lag auf seinem Bett und hielt ihm ihren Fuß mit den Flammenzehen ins Gesicht. Gleichzeitig redete seine Mutter über Sex.

Bobby würde Onkel Steve nie erzählen können, dass Mom da gewesen war. Geschweige denn, was sie gesagt hatte. Onkel Steve dachte schließlich, Mom sei noch im Gefängnis.

Sie war im Park aufgetaucht und hatte ihn abgeholt wie eine richtige Mutter, nicht wie eine Ex-Knastbraut. Sie waren zu Whip 'N Dip gegangen und hatten Pistazieneiscreme gegessen. Dabei hatte sie angefangen, von ihrem Leben zu erzählen. Die Geschichten waren einfach so aus ihr herausgeblubbert, und manche waren ziemlich eklig. Die Kerle – oft kannte sie nicht mal ihren Namen. Die Drogen – die hatten sie fertiggemacht und waren der Grund für ihre anderen Probleme. Aber jetzt war sie clean. Sie dankte Jesus für seine Hilfe, meinte, Gottes Sohn sei der wahre Messias, und fand, vielleicht sei es Zeit, dass Bobby getauft würde.

Klar Mom. Gleich nach meiner Bar Mitzwa.

Bobby hatte ihr von Maria erzählt, und wie sehr er sie mochte. Das schien sie zu interessieren. Aber besonders interessant fand sie Marias Familie, weil die Mutter katholisch und der Vater Jude war.

»Hört sich an, als sei sie eine gute Kandidatin für ›Juden für Jesus‹«, hatte seine Mutter gesagt.

Jetzt legte Maria ihm das andere Bein über seine andere Schulter. Sie drückte die Schenkel zusammen, klemmte seine Ohren ein. Bobbys Brille verrutschte. Er roch ihr Parfüm. Orangen und Vanille. Wie Softeis. Er wollte ihr Gesicht lecken.

»Genug gelernt«, flüsterte sie.

Okay.

Action! Bloß wie?

Wenn er es irgendwie schaffte, sich umzudrehen und aufzustehen, war sein Schritt für sie auf Augenhöhe. Eigentlich nichts Besonderes. Aber im Augenblick hatte er einen Weltklasseständer. Was, wenn sie ihn gar nicht küssen wollte? Würde sie in der Schule herumerzählen, er sei ein geiler Perversling?

Bobbys Gehirn öffnete eine dritte Datei. Er hörte Onkel Steve sagen: »*Du musst immer Achtung vor Mädchen zeigen. Manchmal musst du sogar mehr Achtung vor ihnen haben, als sie für sich selbst aufbringen.*«

Und Mom erklärte: »*Wie Jesus sagte: Wenn du ein Mädchen lustvoll ansiehst, begehst du eine Sünde. Aber das Coole an unserem Erretter ist, dass er vergibt. Deshalb ist mein Motto: Tu das, wonach dir gerade ist. Bereuen kannst du später.*«

Zwölf

Report and Rapport

Warum ist Steve heute so still?

Darüber zerbrach sich Victoria den Kopf, während sie auf dem Weg zum Geburtstagsdinner der Queen über den Causeway fuhren. Schön, Steve war nicht gerade verrückt nach ihrer Mutter, die ihn behandelte, wie sie die meisten Menschen behandelte: als wäre er ihr Dienstbote.

Der Gedanke, Steve könnte in die Familie einheiraten, ließ in der Demitasse der Queen die Milch sauer werden.

»*Steve hat sicher viele Qualitäten, Liebes. Aber ist er wirklich der Richtige für dich?*«

Übersetzung: »*Ich hasse ihn, und du wirst doch wohl noch etwas Besseres finden.*«

Sicher war es nicht wirklich hilfreich, dass Steve in Irenes Gegenwart oft ein T-Shirt mit dem Schriftzug »*Deine Mutter ist schuld*« trug.

Irene betrachtete Steve als unter ihrer Würde. Steve meinte, Irene sei nur hinter dem Geld ihrer zahlreichen Verehrer her. Victoria liebte sie beide, musste jedoch manchmal wie ein Zirkusdompteur mit der Peitsche knallen, um sie davon abzuhalten, einander zu zerfleischen.

Die Queen und ihren neuen Beau zum Dinner auszuführen, entsprach also garantiert nicht Steves Vorstellung von einem gelungenen Abend. Trotzdem glaubte Victoria nicht, dass Steve deshalb so abwesend wirkte. Okay, im Radio gedemütigt und wegen Körperverletzung verhaftet zu werden, ließ selbst einen Typen wie ihn nicht kalt. Aber Steve war an verbale Schlammschlachten gewöhnt und das

Gefängnis für ihn ein vertrauter Ort. Was steckte also hinter seiner ungewöhnlichen Schweigsamkeit?

Seit einiger Zeit schien er irgendwie neben sich herzulaufen. Bei der gemeinsamen Wohnungsbesichtigung hätte leicht der Eindruck entstehen können, Steve fände die Idee zusammenzuziehen ziemlich ätzend. Eigentlich war abgemacht, gemeinsam mit Jackie noch weitere Immobilien zu besichtigen, aber hatte Steve wirklich Lust dazu? Als typischer Mann sprach er natürlich nicht von sich aus darüber. Also blieb Victoria nichts anderes übrig, als nachzuhaken.

»Erzähl mal, wie lautet dein Plan?«, fragte sie, während sie an Fisher Island vorbeifuhren.

Die Frage schien Steve zu verblüffen. »Wow. Alle Achtung.« Er drohte ihr spielerisch mit dem Finger. »Du kannst meine Gedanken lesen.«

»Gut. Und jetzt raus damit.«

»Ich weiß nicht, ob ich dir das sagen kann.«

»Mit wem könntest du darüber reden, wenn nicht mit mir?«

»Es wird vielleicht gefährlich«, sagte er, »und ich will nicht, dass du dir Sorgen machst.«

Sie war verwirrt. »Zusammenziehen soll gefährlich sein?«

»Was? Wer redet denn vom Zusammenziehen?«

»Wir. Oder jedenfalls ich. Ich versuche herauszufinden, was du vorhast. Haus oder Wohnung? Jetzt gleich zusammenziehen oder noch eine Weile warten?«

»Oh.«

»Woran dachtest du denn?«

»An Kreeger. Und wie ich ihn drankriegen kann.«

War das nicht wieder typisch für Steve? Oder für jeden anderen Mann? Der Kerl sitzt still da, gart im eigenen Saft, und die Freundin denkt, er macht sich Gedanken über die Beziehung. Dabei grübelt er nur darüber nach, ob die Dolphins die

Jets diesmal schlagen werden. Und wenn Männer doch mal reden, hört es sich an wie eine Nachrichtensendung. Wirbelsturm über dem Golf. Dow Jones um zwanzig Punkte gestiegen. Stau auf der I-95. Bitte nur die Fakten, Ma'am.

Sie hatte in Princeton Psychologie und Linguistik studiert und wusste, dass Männer und Frauen auf unterschiedliche Weise kommunizierten. Das mochte eine Binsenweisheit sein, aber es stimmte. Frauen sprachen über Gefühle. Wissenschaftlich nannte man das »Rapport-Gespräche«. Männer gaben Informationen von sich und führten damit »Report-Gespräche«. Falls sie überhaupt redeten.

»Dad und Bobby wollten beide wissen, was ich bezüglich Kreeger plane«, sagte Steve. »Deshalb dachte ich, du sprichst auch ...«

»Schon okay, Steve. Aber vielleicht solltest du die Sache mit Kreeger vergessen. Euer gemeinsamer Radioauftritt klang nicht sehr vielversprechend.«

Victorias weibliche Art zu sagen: *»Kreeger hat dir heute öffentlich den Arsch versohlt, Partner.«* Die Kritik an einem Lover polsterte man lieber mit Lammwolle, statt ihn mit Stacheldraht zu peitschen.

»Ich war nur noch nicht richtig in Fahrt. Die Cops kamen zu früh.«

»Für mich hörte es sich an, als mache es Kreeger Spaß, dich zu quälen. Und wenn er wirklich so gefährlich ist, wie du sagst ...«

»Genau. Und deshalb wird mein Plan auch funktionieren.«

Steve bog vom Causeway auf die Alton Road ab. In drei Minuten würden sie bei Joe's sein, wo die Touristen von der Bar bis in den Innenhof Schlange standen. Aber mit Hilfe von Dennis, dem Maître d', und Bones, dem Captain, würde Steve der kleinen Gesellschaft innerhalb von neunzig Sekunden einen Tisch gesichert haben.

»Ich habe fast Angst zu fragen«, sagte Victoria.

»Kreeger hat zwei Leute umgebracht.«

»Zwei, von denen du weißt.«

»Richtig. Beide stellten für ihn eine Bedrohung dar. Jim Beshears wollte auffliegen lassen, dass Kreeger Rechercheergebnisse gefälscht hatte. Nancy Lamm wollte Kreegers Verstoß gegen die ärztliche Berufsethik anzeigen. Nehmen wir mal an, er fühlt sich wieder bedroht.«

»Auf welche Art?«

Steve erzählte Victoria, dass Herbert versuchte, den Charterboot-Captain zu finden, der vielleicht gesehen hatte, wie Kreeger mit dem Landungshaken auf Jim Beshears eindrosch.

Während Steve die Details erörterte, analysierte Victoria bereits die Optionen. Schließlich sagte sie: »Selbst wenn ihr den Mann findet und er sagt, ›Ja, ich glaube, Kreeger hat den Kerl über Bord gestoßen und ihm absichtlich auf den Kopf geschlagen‹, würde der Verteidiger euch in der Luft zerreißen. Warum wurde diese Information jahrelang zurückgehalten? Warum bestätigt die andere Zeugin, Beshears Freundin, diese Aussage nicht? Und das setzt bereits voraus, dass es überhaupt zu einer Anklage kommt. Die Chance dafür ist ...«

»Minimal bis nicht vorhanden.«

»Genau. Wozu also die ganze Mühe?«

»Wenn ich es dir sage, atmest du dann tief durch und denkst darüber nach, bevor du mir an die Gurgel gehst?«

»Es muss wohl etwas Illegales sein.«

»Ich habe Dad gebeten, überall zwischen Key Largo und Key West meine Visitenkarte zu verteilen. Er soll jedem

Barbesucher, jedem Fischer und jedem Strandfreak sagen, Stephen Solomon, Esquire, aus Miami Beach bezahlt demjenigen eine Belohnung, der ihm hilft, Oscar De la Fuente, den verschollenen Charter-Captain, zu finden. Ich habe im *Key West Citizen* eine Anzeige aufgegeben und auf einigen Websites Einträge mit demselben Inhalt hinterlassen.«

Victoria überlegte nur kurz. »Es ist dir völlig egal, ob du den Mann findest! Du willst Kreeger nur wissen lassen, dass du hinter ihm her bist.«

»Schon ziemlich warm. Weiter.«

»Du wirst Kreeger sagen, dass du De la Fuente gefunden hast, gleichgültig, ob es so ist oder nicht. Du wirst behaupten, du hast eine eindeutige Augenzeugenaussage in der Tasche. Vielleicht legst du sogar eine falsche eidesstattliche Erklärung vor, in der De la Fuente schwört, er habe gehört, wie Kreeger Beshears bedrohte, und dann gesehen, wie er ihn über Bord gestoßen und auf ihn eingeschlagen hat.«

»Die Idee mit der eidesstattlichen Erklärung ist mir noch gar nicht gekommen. Danke für den Hinweis.«

»Das ist also dein brillanter Plan? Dich als Köder anzubieten? Damit dieser Psycho versucht, dich zu beseitigen?«

Das Grinsen auf Steves Gesicht wirkte kindisch und arglos zugleich. Er sah aus wie ein Junge, der eine Viper gefangen hat, sie einem Mädchen zeigt und glaubt, es würde sich sofort für ihn die Kleider vom Leib reißen. »Die beiden Morde, die er begangen hat, kann ich ihm nicht nachweisen, Vic. Aber falls er einen dritten versucht, schnappe ich ihn mir.«

»Ist dir je der Gedanke gekommen, dass Kreeger vielleicht ein besserer Killer ist, als du glaubst?«

»Ich habe einen Vorteil, den Beshears und Lamm nicht hatten. Ich werde nüchtern sein und wissen, was er vorhat.«

Diesmal versuchte Victoria nicht, ihre Worte abzumildern. »Was du da ausgebrütet hast, ist völlig unverantwortlich. Nein schlimmer: Du verschwendest keinen Gedanken an die Menschen, die dich lieben.«

»Ich verstehe nicht, wie du das sagen kannst.«

»Was ist mit Bobby? Mit deinem Vater? Mit mir? Wenn du verletzt oder getötet wirst, was wird dann aus uns?«

»Ich habe keine Angst vor Kreeger, Vic. Der Kerl ist ein Feigling, der eine zugedröhnte Frau in einem Whirlpool und einen Betrunkenen auf einem Boot umgebracht hat.«

Ihr Wagen war der Fünfte in der Schlange, die sich langsam zum Eingang des Restaurants schob. Gäste strömten aus den Fahrzeugen und drängten sich auf der Veranda. Aus einem Lautsprecher schallte die Stimme von Dennis, dem Maitre d': »Grossman. Stuart Grossman. Ein Tisch für acht Personen.«

»Und was die andere Sache betrifft ...«, sagte Steve.

»Was für eine andere Sache?«

»Das Zusammenziehen. Haus oder Wohnung.«

Augenblick mal, dachte Victoria. *Wir haben deinen hirnrissigen Plan noch nicht zu Ende besprochen. Du kannst nicht einfach das Thema wechseln, weil dein männliches Report-Gespräch für dich beendet ist.*

»Ich habe einen großartigen Kompromissvorschlag.« Das klang, als wäre Steve stolz auf sich. »Du magst Wohnungen. Wenig Aufwand. Abschließen und abreisen. Das verstehe ich. Ich mag Häuser. Privatleben. Mangobaum im Garten. Wie wäre es denn mit einem Stadthaus?«

So etwas kann man nicht als Kommunikation bezeichnen. Das Männchen der Spezies entfacht ein Buschfeuer, verbrennt die Erde und zieht weiter.

»Steve, das Stadthaus kommt später. Wir sind noch nicht fertig.«

Vor ihnen wartete nur noch ein Fahrzeug. Gleich würde ein Parkassistent den Wagen übernehmen. Viel Zeit blieb ihnen also nicht. »Du hast mich nicht mal nach meiner Meinung zu deinem Plan gefragt, den ich im Übrigen für selbstmörderisch halte. Und was jetzt? Thema erledigt? Sollen wir jetzt über ein Stadthaus mit Hibiskushecke diskutieren?«

»Ich dachte eher an Bougainvillea ...«

»Ich meine es ernst. Ich bin gar nicht glücklich mit deinem Plan. Wir können das nicht einfach so stehen lassen.«

Steves Augen weiteten sich. Ein Schlag mit einer Dachlatte hatte gemeinhin genau diesen Effekt. Einen Augenblick lang kaute Steve an seiner Unterlippe. Aus dem Lautsprecher schallte: »Berkowitz. Jeff Berkowitz. Sechs Personen.«

»Okay, Vic, hör zu. Es gibt drei Menschen auf dieser Welt, die mir ungeheuer viel bedeuten. Drei Menschen, die ich von ganzem Herzen liebe. Dich, Bobby und meinen verrückten Vater. Für euch würde ich sterben.«

Victoria blieb der Mund offen stehen. »Meinst du das wörtlich?«

Steve brauchte keine Bedenkzeit. »Für dich und Bobby ganz sicher. Für meinen alten Herrn würde ich mich notfalls zumindest verprügeln lassen.«

Das klang ziemlich aufrichtig. Kein anderer Mann hatte Victoria je gesagt, dass ihm im Zweifelsfall ihr Leben wichtiger war als sein eigenes.

»Außerdem gibt es noch ein paar Prinzipien, die mir auch sehr wichtig sind«, fuhr Steve fort. »Das vage, abstrakte Ding, das wir Gerechtigkeit nennen, zum Beispiel. Vor sieben Jahren habe ich einen Riesenfehler gemacht. Das gebe ich zu. Ich habe versucht, über meinen eigenen Mandanten zu richten, und das war falsch. Jetzt holt mich die Vergangenheit ein. Aber in einer Sache hatte ich recht: Kreeger ist ein Killer. Als ich heute beim Radiosender war, erwähnte er Bobby und Dad namentlich. Und von dir sprach er auch, Vic.«

Victoria lief ein Schauer über den Rücken. »Weshalb?«

»Er wollte mir damit sagen, dass er euch dreien etwas antun kann.«

»Hat er irgendwelche konkreten Drohungen von sich gegeben?«

»Er sagt, ich schulde ihm die sechs Jahre, die er im Knast verbracht hat. Jetzt will er die Schulden eintreiben. Sechs Jahre Knast haben ihren Preis, und Geld ist bei mir nicht zu holen. Deshalb nehme ich an, er will jemandem schaden, den ich liebe. Ich kann doch nicht einfach dasitzen und nichts tun! Und damit nicht einer von euch zu seinem Opfer wird, muss ich dafür sorgen, dass er sich mit mir beschäftigt.«

Was konnte sie dazu noch sagen? Steves Plan war hoch riskant. Doch er handelte nicht aus Leichtsinn, sondern aus Liebe, Fürsorge und Pflichtgefühl. Auch typisch für die männlichen Vertreter der Spezies: Der Mann betrachtete sich als Beschützer.

»Der Gedanke an das, was du vorhast, macht mir Angst«, sagte Victoria. »Versprichst du mir wenigstens, vorsichtig zu sein?«

»Klar doch. Das und alles, was du sonst noch willst.«

»Hand drauf.« Als der Parkassistent die Tür öffnete, lächelte Victoria Steve unschuldig an. »Versprich, heute Abend nett zu meiner Mutter zu sein.«

Dreizehn

Die Queen und der Pirat

»Sie sehen hinreißend aus, Irene«, sagte Steve artig.

»Danke, Stephen«, antwortete Irene Lord mit einem schmallippigen Eiszapfenlächeln.

»Und dieses Kleid...« Steve stieß einen anerkennenden Pfiff aus. »Mir fehlen die Worte.«

»Kaum vorstellbar, Stephen.«

»Wollen wir nicht das Essen bestellen?«, unterbrach Victoria. Steve war bereits beim dritten Tequila, und sie verspürte keine Lust auf die zweideutigen Limericks, die ihm einfielen, wenn er beschwipst war. Noch eine seiner irritierenderen Angewohnheiten.

»Die Farbe ist umwerfend, Irene.« Steve blieb hartnäckig. »Geradezu überwältigend.«

Die Queen trug ein knöchellanges, wallendes Gewand aus türkisem Chiffon und Seide. Für Joe's ein bisschen zu festlich, fand Victoria.

»Ich dachte, wir gehen in den Club«, sagte Irene. Sie gab sich keine Mühe, ihre Enttäuschung zu verbergen. »Deshalb habe ich dieses Kleid ausgewählt.«

»Und das Stirnrunzeln aufgesetzt«, fügte Steve hinzu und stürzte seinen Chinaco Blanco hinunter.

»Bei deiner Garderobe käme man nie auf die Idee, dass du ein Gespür für die passende Kleidung hast.«

Victoria unternahm einen weiteren Versuch. »Mr Drake, haben Sie sich schon etwas ausgesucht?«

»Nennen Sie mich Carl«, bat der vornehm aussehende Mann. Er war der viel gerühmte neue Beau. Fünfundvierzig.

Höchstens. Glänzendes dunkles Haar, an den Schläfen leicht ergraut. Das Gesicht ein bisschen zu sehr gebräunt, das Lächeln ein wenig zu strahlend. Carl Drake trug einen marineblauen Blazer mit Goldknöpfen, ein blau gestreiftes Hemd und eine schmale Krawatte. Seine Fingernägel waren manikürt und schimmerten matt. Der ordentlich gestutzte Oberlippenbart war etwas dunkler als sein Haar. Victoria fragte sich, ob der Bart gefärbt war, und musste sich bemühen, nicht dauernd hinzustarren. Der Mann sprach mit dem Anflug eines britischen Akzents, so wie viele Amerikaner, die einige Zeit in Großbritannien gelebt hatten. Alles in allem wirkte Drake wie ein erfolgreicher Investment-Banker und Gentleman und gab einen äußerst präsentablen Begleiter für einen Opernabend oder einen Besuch im Country Club ab.

»Darf ich einen Toast aussprechen?«, fragte er jetzt.

»Herzlich gern, Carl«, antwortete Irene. »Vielleicht macht ein weiterer Drink den Lärm erträglicher.« Sie deutete auf die hungrigen Horden.

»Genießen Sie den Abend, Irene. Wir sind bei Joe's, im Zentrum des kulinarischen Universums.« Steve verteidigte sein Lieblingsrestaurant.

»In einer Fischbude.« Irene schnüffelte. »Voller verschwitzter Touristen.« Mit einer verächtlichen Geste deutete sie auf einen Tisch, um den sich zehn Herren mit sonnenverbrannten Gesichtern und nagelneuen Aloha-Hemden drängten. Die Tropenverkleidung wies noch die Knitterfalten von der Verpackung auf. »Was ist das hier? Ein Kieferorthopäden-Kongress?«

»War das eine diskriminierende Bemerkung, Irene?«, gab Steve zurück.

»Wie bitte?«

»Kieferorthopäden gleich Juden? Ist es das, Irene? Stört Sie der Tisch voller Israeliten?«

»Ach, um Himmels willen!«

Nicht schon wieder, dachte Victoria. Für einen nicht praktizierenden Juden konnte Steve ganz schön empfindlich sein, wenn er irgendwo Diskriminierung witterte. Oder sie sich nur einbildete.

Die Queen starrte Steve direkt ins Gesicht. »Ich habe keine Ahnung, ob diese lärmenden Männer mit der Senfsoße im Gesicht Juden sind. Ich weiß auch nicht, ob Kieferorthopäden überwiegend der jüdischen Religionsgemeinschaft angehören.« Sie fletschte die Zähne zu einem übertriebenen Lächeln. »Glücklicherweise musste ich nie die Dienste eines Kieferorthopäden in Anspruch nehmen.«

Stimmt, dachte Victoria. Dafür hatte Irene vor ein paar Jahren ein kleines Vermögen in ihr Gebiss investiert. Das makellose Lächeln verdankte sie zwei Reihen strahlend weißer Veneers.

»Ein Toast?« Drake versuchte es noch einmal. Er hob seinen Gin Tonic und zwang die anderen damit, es ihm gleichzutun. »Auf die liebreizende Irene, den strahlenden Diamanten in einer Welt voller Strassklunker, der Sternschnuppe in einem Universum voller ausgebrannter Asteroide, auf eine Frau von Format und großer Zielstrebigkeit. Auf eine Frau, die stets heraussticht aus dem Getümmel ...«

»Mein Neffe schwimmt mit Tümmlern«, unterbrach Steve ihn.

»Wie bitte?« Drake war verwirrt.

»Sie sagten grade etwas von Irene und einem Tümmler.«

»*Getümmel*. Ich sagte, sie steche aus dem *Getümmel* heraus.«

»Stephen, langsam wünsche ich mir, man hätte Sie nicht

so schnell wieder aus dem Gefängnis gelassen«, sagte Irene.

»Aus dem Gefängnis?«, wiederholte Drake mit dem erstaunten Blick eines Mannes, der unversehens in einem Affenkäfig im Zoo erwacht.

»Stephen verbringt mehr Zeit hinter Gittern als seine Mandanten. Nicht wahr, mein Lieber?«

»Für einen Anwalt ist das ein Kompliment«, erklärte Steve. »Danke, Irene.«

Drakes Blick huschte von einem zum anderen. »Vielleicht sollte ich meinen Toast beenden ...«

Irene drehte einen Diamantohrring zwischen Daumen und Zeigefinger. Dabei neigte sie kokett den Kopf. »O ja, bitte, Carl. Ich liebe Männer, die sich ausdrücken können. Apropos, Stephen, ich habe Sie heute im Radio gehört und war überrascht, dass sich ein Strafverteidiger derart in die Enge treiben lässt.«

»Wie wär's mit einem Waffenstillstand, Mutter?« Victoria beschloss einzugreifen, bevor die Anwesenden mit Krabbenscheren aufeinander losgingen. Steve hatte das Versprechen, nett zu sein, bereits gebrochen, und ihre Mutter benahm sich nicht viel besser. »Können wir uns an deinem Geburtstag nicht einfach mal alle vertragen?«

»Du hast recht, Darling. Genießen wir den Abend in Stephens lautem Lieblingsrestaurant.« Sie warf einen Blick auf die Gäste am Nebentisch. Ob sie nun jüdische Kieferorthopäden oder protestantische Börsenmakler sein mochten – laut waren sie auf jeden Fall. Ein übergewichtiger Mann in kanariengelben Bermudashorts warf Steinkrabbenscheren quer über den Tisch. Sie landeten geräuschvoll in einer Metallschale. Seine Freunde applaudierten bei jedem gelungenen Wurf.

»Wenn es nach mir gegangen wäre«, fuhr die Queen fort, »säßen wir jetzt im Club.«

»Wenn es nach Ihnen ginge«, gab Steve zurück, »würde Ihr Club keine Mitglieder meines Stammes zulassen.«

»Unsinn«, antwortete Irene. »Mein Steuerberater ist Jude. Mein Kürschner ist Jude. Genau wie alle meine Ärzte.«

»Ach was.«

»Das stimmt! Oder glauben Sie, ich würde in irgendeine *medico clinica* in Little Havana gehen?«

Drake schlug verzweifelt mit dem Löffel an sein Wasserglas und räusperte sich. »Ein Toast auf Irene. Möge dieser Geburtstag schöner werden als alle vorherigen.«

»Wirklich *alle*?«, stichelte Steve. »Ich glaube nicht, dass Irenes Erinnerung so weit zurückreicht.«

»Auf Irene!«, wiederholte Drake und nahm einen großen Schluck Gin Tonic.

»Herzlichen Glückwunsch, Mutter.« Victoria nippte an ihrem Margarita und warf Steve einen Blick mit einer völlig eindeutigen Botschaft zu: *Benimm dich!*

»*L'chaim.*« Steve schüttete seinen Tequila in sich hinein. Dann deklamierte er: »Ein Mädchen mit Namen Irene ...«

»Steve!«, sagte Victoria warnend.

»... das gurgelte gern mit Benzin. Doch der Arzt sagte bald, das Benzin macht Sie alt. Weshalb sie umstieg auf Kerosin.«

Steve lachte über seinen eigenen Witz. Allerdings *a cappella*, denn niemand stimmte mit ein. »Den Limerick hat Bobby für Sie gedichtet, Irene.«

»Wie süß von dem Kind«, antwortete die Queen mit einem festzementierten Lächeln.

Steve gab der Bedienung einen Wink, die Gläser noch einmal zu füllen. In Victoria regte sich Panik. Sie hatte auf einen halbwegs zivilisierten Abend gehofft. Wenigstens bis zum Dessert. »Steve, bist du sicher, dass du vor dem Essen noch einen Drink haben willst?«

»Ach komm, Vic. Du kennst mich doch. Ich bin halb Ire, halb Jude. Ich trinke exzessiv, und hinterher suhle ich mich in Schuldgefühlen.«

»Zwei Lügen in einem Satz«, entgegnete sie. »Du bist kein Halbire, und Schuldgefühle kennst du nur vom Hörensagen.«

Victoria kam sich vor wie ein Ringrichter.

In einer Ecke saß mit einsachtzig und etwas mehr als achtzig Kilo der ehemalige Starsprinter des Baseballteams der University of Miami, Absolvent der obskuren Key West School of Law, die Stimme von South Beach, Steve Verklag-die-Saftsäcke Solomon.

In der anderen Ecke lauerte mit einsfünfundsiebzig – Prada-Absätze mitgerechnet – und neunundfünfzig Kilo (nach Abzug der abgesaugten Fettpolster und Addition diverser Silikonkissen) die Frau, die für *Haute Couture* ebenso bekannt war wie für ihre Hochnäsigkeit: Irene, die Queen.

Auf einer Seite wetterte Steve, der die übliche Lanze für die Underdogs brach, gegen das Establishment, den Materialismus und die Republikaner. Auf der anderen behauptete sich ihre Mutter, die einmal gesagt hatte: »*Diamanten sind mitnichten der beste Freund eines Mädchens. Ein Portfolio mit einer Mischung aus Rentenpapieren und Aktien ist unbedingt zu bevorzugen.*«

Irene Lords Vermögensverhältnisse waren weitaus weniger komfortabel, als man nach dieser Bemerkung glauben konnte. Nachdem Victorias Vater Selbstmord begangen hatte, war Irene auf sich allein gestellt gewesen. Eine Zeit lang hatte sie sich an wohlhabende Männer geheftet wie ein Putzerfisch an ein Rudel Haie. Flüge mit Privatjets, Tipps für den Aktienkauf und einige ansehnliche Klunker waren dabei durchaus für sie herausgesprungen. Doch die Queen erreichte nie den Status, den sie sich erhofft hatte und von dem sie glaubte, er stünde ihr zu. Victoria wusste, dass ihre Mutter fürchtete, der Sand riesele langsam aus ihrem Stundenglas. Reiche Männer warfen ihre Netze nach jüngeren Fischen aus. Vielleicht erschien ihr Carl Drake deshalb so begehrenswert.

Die Platten mit den leeren Krebsscheren wurden abgetragen. Berge von Kohlsalat und Tomatenscheiben verschwanden. Die Schüsseln mit dem Sahnespinat waren leer, die frittierten Süßkartoffelschnitze verspeist. Während sie auf das Dessert warteten, betupfte die Queen anmutig mit der Serviette ihre Lippen und richtete dann die kristallblauen Augen auf Drake.

»Carl, Darling, verrate Victoria doch unser kleines Geheimnis.«

»Und wo Sie schon dabei sind, können Sie es mir auch gleich sagen«, schlug Steve vor.

Victoria erstarrte. Sie hatte heute schon genügend Überraschungen erlebt.

Die Bedienung brachte drei Stücke Limettenkuchen. Mutter und Tochter würden sich eines teilen. Drake setzte sich gerade hin. »Also, Victoria, es sieht so aus, als wären Ihre Mutter und ich miteinander verwandt. Sehr entfernt zwar, aber immerhin.«

»Keine Angst, allzu eng ist unser Verwandtschaftsgrad nicht«, schnurrte Irene. »Vielleicht weißt du das gar nicht, Liebes, aber der Mädchenname meiner Großmutter war

Drake, und wenn man weit genug zurückgeht, sind unsere Drakes mit Carls Familie verwandt.«

»Faszinierend.« Steve verteilte mit der Gabel Sahne über die Limettenschicht.

»Das Beste kommt erst noch.« Irene strahlte. »Wer unseren Stammbaum bis nach England und vierhundert Jahre weit zurück verfolgt, kann daran ablesen, dass Carl und ich Nachfahren von Sir Francis Drake sind.«

»Dem Piraten?«, fragte Steve. »Das erklärt einiges, Irene.«

»Des Privatiers«, verbesserte Carl Drake. »Königin Elisabeth ließ offizielle Papiere ausstellen, die es Drake erlaubten, spanische Schiffe zu plündern.«

»Ähnlich wie bei der Bush Administration und diversen großen Ölfirmen«, kommentierte Steve hilfreich.

»Ist das nicht aufregend, Victoria?«, fragte Irene. »Wir stammen von einem berühmten Seefahrer ab!«

»Mein alter Herr glaubt, wir seien Nachfahren von König Solomon«, sagte Steve. »Er hat natürlich einen Sprung in der Schüssel.«

»Captain Drake pflegte eine besonders enge Beziehung zu Ihrer Majestät«, sagte Carl. »So eng, dass ihr Beiname, ›die jungfräuliche Königin‹, womöglich irreführend war.«

Irene schnalzte mit der Zunge, und Steve rülpste zu diesem gewagten kleinen Witz.

»Drake häufte Gold und Edelsteine von unschätzbarem Wert an. Als er 1596 starb, konfiszierte die Krone sein Vermögen. Nun könnte man glauben, seine gesamte Beute sei an die königliche Familie gefallen. Aber das ist ein Irrtum. Elizabeth hatte noch immer eine Schwäche für den gut aussehenden Haudegen. Sie gründete den Drake Trust, der später von der Royal Bank verwaltet wurde. Kurzum, das Kapital wurde nie angetastet, Erträge daraus nie ausgeschüttet. Die Investitionen brachten vierhundert Jahre lang ordentliche Zinsen. Inzwischen sprechen wir von einem Gesamtvolumen von dreißig Milliarden Dollar.«

»Sie sind offenbar ein Experte auf diesem Gebiet«, stellte Victoria fest.

»Anfangs war es nur ein Hobby«, gestand Carl. »Als ich herausfand, dass ich mit Captain Drake verwandt bin, begann ich, den Familienstammbaum zu rekonstruieren. Keine leichte Aufgabe, muss ich sagen. So viele Generationen ... Von dem Geld erfuhr ich erst, als die Treuhänder des Trusts Kontakt mit mir aufnahmen und mir für meine Recherchen eine ansehnliche Summe boten.«

»Eine ansehnliche Summe«, wiederholte Steve. »Ich habe mich schon immer gefragt, was eine unansehnliche Summe ist.«

»Meine Arbeit ersparte den Treuhändern jahrelanges Stöbern in muffigen Dokumenten in Bibliotheken und Museen.«

»Und wozu brauchen diese Leute den Familienstammbaum?«, fragte Victoria.

»Um die Erben aufzuspüren«, antwortete Irene. »So ist es doch, Carl, nicht wahr?«

»Genau. Vor nicht allzu langer Zeit haben die Treuhänder in einer geheimen Abstimmung beschlossen, die Erträge und Einlagen an alle bekannten Blutsverwandten von Captain Drake auszubezahlen. Sie wollen die Erbangelegenheit abschließen.«

»Ich weiß, dass so etwas lange dauern kann. Aber sind vierhundert Jahre nicht etwas üppig?«, fragte Steve.

»Mag sein. Aber dieser Fall ist gänzlich einzigartig«, antwortete Drake. »Bislang habe ich zweitausendneunhundertzwölf Nachfahren ermittelt. Die Treuhänder schätzen, dass es noch etwa sechshundert weitere gibt. Dreißig Milliarden Dollar gehen an dreitausendfünfhundert Erben. Rechnen können Sie selbst.«

»Mir wäre es lieber, Sie machten das für mich.« Steve ließ mit genießerisch geschlossenen Augen einen Bissen des erfrischenden Desserts auf seiner Zunge zergehen.

»Das ergibt etwa achteinhalb Millionen für jeden Erben«, sagte Drake.

Steve riss die Augen auf. »Sie sagen, Irene erbt *acht Millionen*?«

»Ungefähr. Sobald sie eine zertifizierte Nachfahrin ist.«

»Habe ich Ihnen schon gesagt, wie ausnehmend gut Sie heute Abend aussehen, meine liebe Irene?«, fragte Steve.

Die Queen verdrehte die Augen.

»Und wie sehr ich Sie immer bewundert habe ...« Steve suchte nach Worten. »... für Ihr Format und Ihre Zielstrebigkeit«, verkündete er triumphierend.

»Lassen Sie die Albernheiten, Stephen«, sagte Irene. »Was sagen Sie zu meinem Glück?«

Steve wandte sich an Drake. »Was wird das kosten?«

»Kosten?«, fragte Drake erstaunt. »Wie meinen Sie das?«

»All die vielen Erben, die müssen doch Formulare ausfüllen, oder? Sie brauchen eidesstattliche Erklärungen. Geburtsurkunden. Bevor der Kuchen verteilt werden kann, entsteht ein immenser Verwaltungsaufwand.«

»Natürlich muss viel Schreibkram erledigt werden.«

»Und was berechnen Sie den Glückskindern? Zehntausend? Zwanzigtausend pro Nase? Das ist der Beschiss, habe ich recht? Die Leute werden diesen Betrag gern berappen, wenn sie glauben, dass sie dafür Millionen bekommen. Ich muss Ihnen sagen, Carl, meine alter Herr würde diese Geschichte eine *bubbe meise*, ein Ammenmärchen, nennen. Ich bezeichne sie schlicht als gequirlte Scheiße.«

»Ste-phen!« Die Queen zischte seinen Namen.

»Steve, das ist sehr beleidigend«, sagte Victoria. »Entschuldige dich auf der Stelle.«

Drake wehrte lächelnd ab. »Kein Problem. Ein gewiefter Anwalt muss skeptisch sein. Es entstehen keine Gebühren, Steve. Keine versteckten Kosten. Ich werde Irene beim Ausfüllen der Formulare behilflich sein, und wenn sie es möchte, stehe ich an dem Tag, an dem die Treuhänder unsere Anteile an uns auszahlen, an ihrer Seite.«

Drei Augenpaare bohrten sich in Steve, der den letzten Krümel von seiner Gabel leckte. »Vielleicht habe ich mich unglücklich ausgedrückt.«

»Das kann man kaum als Entschuldigung werten«, sagte Irene.

Er warf ihr ein schiefes Grinsen zu. Victoria ahnte das Schlimmste. Er würde sich sicher gleich noch einmal unglücklich ausdrücken.

»Wenn das Ganze kein Riesenschwindel ist«, sagte Steve, »gibt es in England bestimmt öffentlich zugängliche Aufzeichnungen, die Ihre Geschichte belegen.«

Drake schüttelte den Kopf und rührte in seinem Kaffee. »Es handelt sich um einen privaten Trust. Alles sehr vertraulich. Sehen Sie, es gibt kein Gesetz, welches den Treuhändern vorschreibt, das Geld an die Nachkommen auszuzahlen. Sie hätten das Kapital auch der Regierung oder einer Wohltätigkeitsorganisation überlassen können. Um zu verhindern, dass sich jetzt jede Menge falsche Nachfahren melden, wird auf öffentliche Ankündigungen gänzlich verzichtet. Die Abwicklung muss in aller Stille erfolgen.«

»An Ihrer Stelle, Irene«, riet Steve, »würde ich das Geld noch nicht ausgeben.«

»Ach, seien Sie kein solcher Spielverderber«, fauchte die Queen.

Während sie auf die Rechnung warteten, rief eine Stimme: »Was für eine Überraschung! Hallo, Solomon!«

Steve wandte sich nicht um. Er erkannte das sonore Organ sofort. Was zum Teufel wollte *der* denn hier?

Dr. Bill Kreeger schlängelte sich an den Tisch. Er trug einen dunklen, maßgeschneiderten Anzug, dazu ein gelbes Seidenhemd ohne Krawatte. Ein Einstecktuch in derselben Farbe wie das Hemd quoll wie eine Narzisse aus der Brusttasche. Einen halben Schritt hinter ihm stand eine junge Frau in einem pinkfarbenen Stretchtop. Die Löcher darin gaben den Blick auf die Konturen ihrer Brüste frei. Das Top endete weit oberhalb ihrer tief sitzenden Slacks, sodass ihr hübscher Waschbrettbauch deutlich sichtbar war. Ihr welliges rotblondes Haar trug sie schulterlang. Älter als zwanzig konnte die Frau kaum sein. »Solomon, das ist meine Nichte Amanda.«

Nichte?

Steve gelang es, nicht laut aufzulachen. Klar. Das Mädchen war Kreegers Nichte, Irene die Erbin von Sir Francis Drake und er ein direkter Nachfahre von König Solomon.

Nach dem Austausch einiger Belanglosigkeiten richtete Kreeger sein Lächeln auf Victoria. »Sie müssen die liebreizende Ms. Lord sein.« Sein Blick wanderte zur Queen. »Und ich wette, Sie sind ihre Schwester.«

Irene strahlte. »Das sagen alle.«

»Wo?«, fragte Steve. »Im Blindentreff?«

Weitere Vorstellungen, Händeschütteln. Die Queen behauptete, sie höre Dr. Bills Talk täglich und teile seine Auffassungen weitgehend. Besonders was Steve betraf. Die junge Frau – Nichte Amanda – stand scheu dabei. Ihr Blick huschte durch das Restaurant.

Vielleicht war sie gelangweilt. Oder sie fühlte sich nicht wohl in ihrer Haut. Steve konnte das schwer beurteilen. Wer war diese Frau in Wirklichkeit?

»Ups, das ist meins.« Steve zog sein Handy aus der Tasche.

»Wie unhöflich«, sagte Irene.

»Ich habe gar nichts gehört«, sagte Victoria.

»Ich hab auf Vibration gestellt.« Steve klappte das Telefon auf und drückte auf eine Taste. »Hey, Bobby. Nein, Maria darf nicht über Nacht bleiben. Weshalb? Weil ihre Mutter automatische Handfeuerwaffen besitzt.«

Steve spürte, dass Victoria ihn anstarrte. Lag in ihren grünen Augen ein Anflug von Misstrauen? O Mann. Sie durchschaute ihn immer sofort.

»Bis später, Kiddo.« Steve klappte das Handy zu.

Bobby hatte nicht angerufen. Und auch niemand sonst. Aber Steve hatte drei Fotos von Amanda gemacht, von ihrem rotblonden Haar bis zum Waschbrettbauch.

Solomons Gesetze

§ 5   Wenn eine Frau nicht kämpferisch und streitlustig, sondern still und nachdenklich ist, nimm dich in Acht. Wahrscheinlich stellt sie sich gerade das Badezimmer ohne deine vom Duschkopf hängenden Boxershorts vor.

Vierzehn

Verschlungene Pfade

Eine Woche nach der Geburtstagsfeier schob sich eine Kaltfront von Kanada herab. Die Orangenplantagen in Floridas Norden wappneten sich gegen den Frost. Die Fernsehmeteorologen trugen bunte Parkas und rieten den Zuschauern, ihre Katzen, Hunde und Frettchen ins Haus zu holen.

Eiseskälte war im Übrigen auch in den Büroräumen von Solomon & Lord zu spüren.

Auf der Fahrt zur Arbeit dachte Steve noch einmal über die Ereignisse der zurückliegenden Woche nach. Die frostige Stimmung hatte sich bereits auf der Heimfahrt vom Dinner mit der Queen eingestellt. Sie waren gerade am Hafen vorbeigefahren, in dem die Kreuzfahrtschiffe wie die Flotte von Pearl Harbor aufgereiht vor Anker lagen. Der Überraschungsangriff kam aus dem Nichts. »Du warst absolut grässlich zu meiner Mutter«, sagte Victoria.

»Nur bis ich hörte, dass sie bald reich sein wird.«

»Du hattest versprochen, nett zu ihr zu sein. Doch dann hast du dich einfach grässlich aufgeführt.«

»Grässlich« schien das Wort des Tages zu sein, dachte Steve. Wahrscheinlich hatte die Queen ihrer Tochter diesen Ausdruck wie ein Familienerbstück vermacht.

»Und Carl Drake gegenüber hast du dich geradezu ekelhaft benommen«, fuhr Victoria fort.

»Ist ›ekelhaft‹ nicht ein bisschen zu hart, Vic?«

»Okay. Unhöflich und daneben.«

»Dafür bin ich kein Langweiler. Und was Drake betrifft:

Einem Kerl mit lackierten Fingernägeln und einem falschen Akzent traue ich nun mal nicht.«

Victoria starrte Steve so lange an, bis er einen strategischen Rückzug für angesagt hielt.

»Okay, okay. Falls ich jemandem zu nahegetreten bin, tut es mir leid.«

Doch selbst die halbherzige Entschuldigung stimmte Victoria nicht milder. Jetzt, eine Woche später, wartete Steve noch immer darauf, dass beide Kaltfronten – die kanadische und die beziehungsmäßige – endlich vorüberzogen.

Allein fuhr er in dem alten Mustang über den Causeway. Trotz der Kälte hatte er das Verdeck geöffnet. Im Radio sang Jimmy Buffet »Jamaica Mistaica«. Steve dachte weiter über die vergangenen sieben Tage nach. Er und Victoria hatten viele Gerichtstermine gehabt und ziemlich halbherzig weiter nach einer gemeinsamen Bleibe gesucht ... aber nicht miteinander geschlafen. Nicht eine einzige Nacht hatte Victoria bei ihm verbracht. Steve hatte lässig ein gemütliches Dinner vorgeschlagen und sich an drei aufeinanderfolgenden Tagen einen Korb geholt. Victoria war anderweitig beschäftigt: ein Essen mit Jackie Tuttle, Shoppen mit ihrer Mutter, Fallrecherchen. Alles lahme Ausreden.

Steve hatte schließlich sogar seinen Vater angerufen, weil er ein bisschen Gesellschaft brauchte. Aber der alte Mann befand sich auf der fruchtlosen Suche nach dem Bootskapitän Oscar De la Fuente auf den Keys. Herbert wollte überall kräftig auf den Busch klopfen, damit Kreeger bald davon erfuhr.

Steve fühlte sich einsam und hätte gern mehr Zeit mit Bobby verbracht. Vielleicht konnten sie im Park eine Wurfmaschine mieten und ein paar Bälle schlagen. Doch sein Neffe hing lieber mit Maria ab. Nur ein Mädchen schaffte es, zwischen zwei Männer zu treten und sie von ihren Übungsschlägen abzuhalten. Wenigstens hatte Bobby ihm geholfen, die Fotos von Amanda vom Handy auf den Computer zu laden.

»Heiße Braut«, hatte Bobby beim Ausdrucken der Bilder festgestellt.

»Wie alt schätzt du sie?«

»Uralt. Zwanzig vielleicht.«

Erst am Tag zuvor hatte Steve versucht, Victoria in eine Diskussion über Kreeger und Amanda zu verwickeln. »Also, was glaubst du? Nichte, Freundin oder etwas anderes?«

»Was macht das für einen Unterschied?«

»Ich muss so viel wie möglich über Kreeger wissen. Wissen ist Macht.«

»Hm.«

»Jetzt komm, Vic. Ich brauche deine Hilfe. Deine Menschenkenntnis ist unschlagbar. Das zeigt sich immer wieder, wenn du eine Jury zusammenstellst.«

»Steve, bitte. Du bist unglaublich leicht zu durchschauen.«

»Siehst du, was ich meine? Du wusstest sofort, dass ich schleime. Wahr ist es trotzdem. Bei der Geschworenenauswahl bist du besser als ich. Du hast Amanda gesehen. Also sag mir, was du denkst.«

Victoria seufzte, schien aber nachzudenken. »Das Top, das sie anhatte, war von der Stange. Gap oder Victoria's Secret. Aber die Jeans? True Religion. Sündhaft teuer. Und ist dir die Umhängetasche aufgefallen?«

»Nee, wieso?«

»Ich weiß nicht, wie du sie übersehen konntest. Kiwigrün. Krokoleder. Wahrscheinlich Nancy Gonzalez. Fünfzehnhundert Dollar. Mindestens.«

»Ich kenne einen Wilderer, der dir für hundert Eier einen ganzen Alligator besorgt.«

»Und die Sandalen mit den Zehn-Zentimeter-Absätzen?«

»Hast du nachgemessen?«

»So was sehe ich sofort. Das waren Manolos. Was die kosten, willst du gar nicht wissen.«

»Das ist gut, Vic. Sehr gut.«

»Warum?«

»Weil diese Beträge auf einen reichen Lover schließen lassen.«

»Was für eine unglaublich sexistische Bemerkung. Vielleicht hat Amanda das Geld selbst verdient! Sie könnte Model sein. Oder sie ist Personal Shopper bei Saks und bekommt Rabatt. Vielleicht arbeitet sie auch bei ihrem Onkel Bill.«

»Bill Kreegers Schwester hat zwei Söhne. Und er war nie verheiratet. Er hat keine Nichte.«

»Wenn du das bereits wusstest ...«

»Ich wollte einfach wissen, was dir aufgefallen ist. Ich muss herausfinden, wie Kreeger tickt.«

»Und du glaubst, seine Freundin ist der Schlüssel dazu?« Das klang skeptisch.

»Was, wenn ich ihr sagen würde, dass er ein Mörder ist?«

»Sie würde dir nicht glauben.«

»Vielleicht kann ich ihr Vertrauen gewinnen.«

»Wie denn?«

Steve warf Victoria ein Schauspielerlächeln zu. »Indem ich meinen ganzen Charme in die Waagschale werfe.«

»Wahrscheinlich kommst du mit einem Baseballschläger weiter.«

»Hast du eine bessere Idee?«

»Ich meine ja nur, selbst wenn es dir gelingt, Amanda

aufzustöbern und an sie heranzukommen, wird sie es doch sofort Kreeger sagen.«

»Vielleicht wäre das gar nicht so verkehrt. Vor allem, weil ich dadurch den Druck auf ihn erhöhen kann.«

Victoria bedachte Steve mit einem Blick, der Petunien hätte welken lassen. »Du willst also Kreegers Freundin anbaggern und hoffst, dass er es bemerkt. Außerdem soll er glauben, dass du versuchst, ihm einen Mord nachzuweisen. Warum zündest du nicht gleich sein Haus an?«

»Ich muss etwas unternehmen. Von dem Augenblick an, in dem er den Fisch in meine Haustür gerammt hat, war ich in der Defensive. Der ganze Müll, den er im Radio erzählt, die verdeckten Drohungen gegen dich, Bobby und meinen Vater ... Selbst dass er bei Joe's aufgetaucht ist, kann kein Zufall sein. Er schlängelt sich in unser Leben, und ich will ihn wieder rausschubsen. Ich muss ihn aus dem Gleichgewicht bringen, ihn zu einem ungeplanten Zug bewegen.«

»Wenn Kreeger am Zug ist«, erinnerte Victoria Steve einigermaßen entnervt, »gibt es meistens eine Leiche.«

Der Weg zur Fisher-Island-Fähr-Station war von Touristen verstopft. In der Hoffnung auf schnelleres Vorankommen wechselte Steve immer wieder die Spur. Er musste zur anderen Seite der Bucht. Seine Gedanken wanderten zurück zu dem Dinner bei Joe's, dem Ursprung des Ärgers mit Victoria. Okay. Er hatte sich nicht gerade vorbildlich verhalten. Aber auch die Queen war nicht ganz unschuldig am wenig harmonischen Verlauf des Abends. Allein ihre Gegenwart förderte seine sarkastische Ader zutage.

Die Queen und die Prinzessin.

Es hieß, an der Mutter der Freundin sehe man, wie die

Liebste in dreißig Jahren aussehen würde. In dieser Beziehung gab es keine Beanstandungen. Auch ohne chirurgische Hilfe wäre die Queen immer noch ein Schnittchen gewesen – um es mit einem ihrer eigenen Ausdrücke zu sagen.

Aber wie stand es mit ihrer Persönlichkeit? Übernahm die Tochter auch die Charaktereigenschaften der Mutter? Victoria schien auf den ersten Blick mit Irenes Wertvorstellungen nicht viel anfangen zu können. Sie hatte den stinkreichen Bruce Bigby fallen gelassen und den Avancen des ebenso gut aussehenden wie wohlhabenden Junior Griffin getrotzt. Um Bobby hingegen kümmerte sie sich annähernd so fürsorglich und selbstlos wie Steve.

Doch bei der Suche nach einer gemeinsamen Wohnung lief etwas verkehrt. Warum wollte Victoria ständig Penthouse-Apartments und Minipaläste mit siebenstelligen Kaufpreisen besichtigen? Wenn sie eine Immobilie erwarben, die sie sich nicht leisten konnten, würden sich Solomon & Lord in Zukunft Banken, Versicherungen und dollarschweren Mandanten andienen müssen.

Ist das Victorias geheimer Plan? Hat sie ihn vielleicht sogar gemeinsam mit der Queen ausgeheckt?

War hier ein unerforschter genetischer Faktor am Werk? Eine unsichtbare Zeitbombe? Das Materialismus-Gen in der Familien-DNA? Möglicherweise stammte dieser Zug von Sir Francis Drake, der spanischen Schiffen die Golddublonen abgenommen hatte.

Ein Minivan mit Michiganer Kennzeichen scherte knapp vor Steve ein. Er hupte und schlug einen Haken um den Schnösel. In fünf Minuten würde er am Bürogebäude sein und, in der Hoffnung, den magersüchtigen Models nicht in die Hände zu fallen, zur Treppe hasten. Vielleicht war Victoria schon da. Normalerweise war sie morgens die Erste, setzte Kaffee auf und stellte frische Lilien in die Vase.

Doch in der vergangenen Woche hatte sie getrödelt. Mehr noch, sie gab sich ungewöhnlich still. Machte ihm keine Vorhaltungen. Ein schlechtes Zeichen. Vor ein paar Tagen hatte Steve es mit einem alten T-Shirt mit dem Logo »*Bitte verzeih mir, ich wurde von Wölfen aufgezogen*« versucht. Keine Reaktion von der Prinzessin. Tags darauf trug er den Schriftzug, »*Oh nein, nicht schon wieder eine lehrreiche Erfahrung*«. Noch immer nichts. Heute hatte sich Steve in Anzug und Krawatte geworfen. Die Anzugfarbe war ein freundliches Braun, kein machtverliebtes Grau oder Dunkelblau. Er hatte sich allerdings nicht für Victoria herausgeputzt, vielmehr musste er später noch ins Gericht. Zur Anhörung im Fall *Der Staat gegen Solomon*.

Doch im Augenblick kreisten seine Gedanken um Victoria. Musste ihr Schweigen ihn beunruhigen? Wo waren die Funken? Wo die Hitze? Mit Wut und Geschrei konnte er umgehen, nicht aber mit Stille und Gleichgültigkeit. Steve wusste aus Erfahrung, dass auf ausgedehnte weibliche Nachdenklichkeit oft erdbebenartige Verwerfungen folgten – Veränderungen kosmischen Ausmaßes. Was war eigentlich los? Verdammt, was beschäftigte diese Frau?

Als Victoria ihren Mini Cooper über den Causeway steuerte, entdeckte sie ein Stück weiter vorn Steves Mustang. Steves Haar wehte im Fahrtwind. Warum fuhr er an einem so kühlen Tag mit offenem Verdeck? Warum musste er immer unangepasst sein? Sie hörte eine Hupe aufjaulen, wusste, dass es seine war, und sah, wie er nach links ausscherte und einen Minivan mit Michiganer Kennzeichen umkurvte.

Hier waren sie nun, Solomon & Lord, fuhren in dieselbe Richtung aber auf unterschiedlichen Spuren und in unterschiedlichem Tempo. Bald würden sie sogar getrennte Routen einschlagen.

Ist das eine Metapher für unser Leben?

Sie würde bis zum Strand auf der Fifth Street bleiben, er nach rechts auf den Ocean Drive abbiegen. Sie musste nur einmal um die Ecke fahren und stand dann, zwei Straßen weiter, vor dem Les-Mannequins-Gebäude. Steve würde auf der Alton Road nach Süden rollen, dann nach links auf die Fourth Street abbiegen, auf der Meridian Avenue nach rechts und auf der Third wieder nach links fahren.

Warum wählt er immer die verschlungensten Pfade?

Eigentlich hatten sie dasselbe Ziel. Oder täuschte sie sich? Sie liebte Steve, doch manchmal fragte sie sich, warum. Er konnte so irritierend sein! Normalerweise hätten seine Sticheleien gegen ihre Mutter Victoria kaltgelassen. Häufig provozierte Irene nämlich dieses Verhalten. Steve und die Queen blieben sich gegenseitig nichts schuldig.

Aber es war ihr Geburtstag gewesen!

Und warum hatte er sich Carl Drake gegenüber danebenbenommen? Ihrer Mutter lag etwas an dem Mann, und Steve hatte ihn mehr oder weniger deutlich einen Betrüger genannt. Zwar klang die Sache mit Sir Francis Drakes Beuteschatz tatsächlich etwas dubios. Doch Drake behauptete, er habe vertrauliche Papiere, die er der Queen zukommen lassen wollte, damit keine Fragen offen blieben. Außerdem musste sie kein Geld vorstrecken. Die Sache war also völlig harmlos. Vielleicht erbte sie ja wirklich etwas. Schließlich gab es auch Leute, die auf dem Flohmarkt für zehn Dollar einen Jackson Pollock erstanden.

Victoria sah Steves Mustang, gerade als die Ampel auf

Rot sprang, auf die Alton Road abbiegen. Eindeutig: Er nahm die verschlungene Abkürzung. Sie beschloss, nicht gleich ins Büro sondern erst einmal zum Lummus Park zu fahren, ein wenig am Meer entlangzuspazieren und nachzudenken.

War Steve überhaupt bewusst, dass sie ein Problem hatten? Oder ahnte er gar nicht, auf welch wackeligen Beinen ihre Beziehung im Augenblick stand?

Fünfzehn

Der Fall des überbuchten Rabbi

»Lassen Sie mich noch einmal wiederholen«, sagte Steve. »Der Rabbi kam zu spät zu Ihrer Hochzeit.«

»Dadurch habe ich ein emotionales Trauma erlitten«, jammerte Sheila Minkin.

»Der Mann hat uns mindestens einen Tausender extra für Getränke gekostet«, fügte Max Minkin, der frischgebackene Ehemann hinzu. »Wir mussten den Empfang vor die Trauung legen. Wissen Sie, was die Flasche Champagner im Ritz-Carlton kostet?«

Steve wusste es nicht, und es war ihm auch egal. Er wollte nur die dürren Fakten dieses *farshlugginer* Falls hören und dann zu seinem Gerichtstermin fahren. Und es würde weiß Gott nichts schaden, wenn seine Anwältin, Victoria Lord, Esq., endlich auftauchte und ihn begleitete.

Wo zum Teufel trieb sie sich herum?

In den vergangenen zwei Minuten hatte Steve erfahren, dass Max als Börsenmakler tätig war und Sheila als Personal Shopper für Neiman Marcus in Bal Harbour. Braut und Bräutigam waren beide Anfang dreißig und gut angezogen. Steve überschlug, dass der Fall fünfzehn Minuten seiner Zeit wert war. Zwanzig, falls er das Paar mochte. Bislang war das nicht der Fall.

Sie saßen im Büro von Solomon & Lord. Der Nordwestwind hatte die sanfte karibische Brise vertrieben und rüttelte an den Fenstern. Auf der anderen Straßenseite schlugen auf dem Balkon, den sonst eine Steel-Band belagerte, mit lautem Geklirr Windspiele aneinander. Immer noch besser als ein halbes Dutzend barbrüstiger Männer mit Dreadlocks, die mit Stöcken auf Metallbehälter eindroschen. Im Empfangszimmer stemmte Cece eine Langhantel. Ihr Grunzen wurde nur vom Klirren der Griffstange in der metallenen Halterung unterbrochen.

»Drei Stunden«, sagte Sheila Minkin. »Rabbi Finsterman kam drei Stunden zu spät, und er hatte eine Alkoholfahne.«

»Während der Trauung hat er unsere Namen verwechselt«, erklärte Max Minkin. »Das muss doch ein paar Dollar wert sein.«

Steve versuchte, aufmerksam zuzuhören. Dies war zweifellos ein Drecksfall. Aber manchmal konnte man einfach einen Brief schreiben ...

»Meine Mandanten haben durch Ihre Fahrlässigkeit einen nicht wiedergutzumachenden Schaden erlitten.«

Und der Kerl spuckte fünftausend Eier aus, damit Ruhe war. Ein Drittel davon waren immerhin 1666,67 Dollar. Nicht übel, selbst wenn man sich dafür das Genörgel und Gejaule der frisch getrauten Minkins anhören musste.

»Erst behauptete der Rabbi, es habe auf dem Rickenbacker wegen eines Tennisturniers einen Stau gegeben. Dann sagte er, ein Purim-Festival in Aventura hätte länger gedauert als erwartet. Aber ich habe ein paar Nachforschungen angestellt.«

Sheila Minkin hielt inne, als warte sie auf Applaus. »Der alte *k'nocker* hatte eine Dreifachbuchung! Er musste zu einer anderen Hochzeit im Diplomat in Hallandale, und eine dritte fand in der Church of the Little Flower in Gables statt.«

»In einer katholischen Kirche?«

»Eine ökumenische Ehe«, erklärte Sheila. »Finsterman ist ein Reformierter.«

»Ein Tausender extra für Getränke«, wiederholte Max Minkin. »Mein Onkel Sol war so *shikker*, dass er anstelle der Brautführerin Tante Sadie zwickte.«

»Ich muss Ihnen leider sagen, dass bei diesem Fall nicht viel zu holen ist«, erklärte Steve. »Der materielle Schaden ist nicht übermäßig hoch.«

Man musste solche Mandanten bearbeiten, ihre Erwartungen zurechtstutzen und hoffen, dass sie die Kanzlei zügig verließen.

Und wo zum Teufel blieb Victoria?

»Was ist mit meinem emotionalen Trauma?«, beharrte Sheila. »Als die Band ›Hava Nagila‹ spielte, bekam ich einen Ausschlag.«

»Bräute sind oft sehr angespannt und stehen unter Stress.« Steve mimte den Advokaten des Teufels, wobei der Teufel diesmal ein imaginärer gegnerischer Anwalt war.

»Das ist noch nicht alles. Sag es ihm, Max.«

Der Ehemann errötete und schwieg.

»Okay. Dann sag ich es eben. Später brachte Max keinen hoch. Eine Sechshundert-Dollar-Suite im Ritz-Carlton, und er brachte keinen hoch. Ein Bräutigam in der Hochzeitsnacht! Dafür gibt es doch einen juristischen Ausdruck, oder?«

Mängelrüge, dachte Steve. Doch er sagte: »Kein Vollzug.«

»Genau. Zwei Tage lang kam kein Vollzug zustande. Das können wir doch als Schaden geltend machen, oder?«

Steve wollte in diesem Zusammenhang nichts von kaum nachweisbaren harten Fakten sagen. »Man könnte daraus gewisse Ansprüche ableiten.« Er versuchte, wie ein Anwalt zu klingen. »Aber ich möchte Ihnen keine Hoffnungen auf eine höhere Entschädigung machen.«

Die Tür ging auf, Victoria spazierte herein. Rosige Wangen. Ihre helle Haut war vom Wind gerötet. Das hieß, sie war nicht gerade erst aus dem Wagen gestiegen. Sie hatte einen Spaziergang gemacht. Allein. Das tat sie, wenn sie ein Problem hatte. Kein gutes Zeichen. Er brauchte Victoria in vielerlei Hinsicht – und sie zog sich zurück.

»Entschuldigen Sie die Unterbrechung«, sagte sie freundlich. »Steve, hast du nicht einen Termin im Gericht?«

»*Wir* haben einen.«

»Brauchst du mich dabei wirklich? Es ist doch alles geklärt, oder?«

Sie hatte recht. Die Anhörung würde höchstens fünf Minuten dauern. Die Staatsanwaltschaft hatte sich einverstanden erklärt, ihn nur wegen einer Ordnungswidrigkeit anzuklagen, denn Steve würde ein Antiaggressionstraining absolvieren. Eine Verhandlung würde es nicht geben, und wenn Steve nach dem Kurs den schriftlichen Nachweis vorlegte, dass er die Sanftmut in Person war, wurde die Eintragung ins Strafregister gelöscht. Streng genommen brauchte er Victoria nicht als Anwältin, aber er wollte sie an seiner Seite haben. Nur brachte er es nicht fertig, das auch zu sagen. Betteln kam nicht infrage.

»Nein. Du musst nicht unbedingt mitkommen, Vic. Warum machst du nicht einfach hier weiter?«

Er stellte sie Max und Sheila Minkin vor und erklärte ihr den Sachverhalt, den er als »schockierendes Beispiel einer rabbinischen Fehlleistung« bezeichnete.

»Schockierend«, stimmte Victoria fast ohne jeden sarkastischen Unterton zu. An die Turteltäubchen gewandt, sagte sie: »Sicher können wir zu einer fairen, gerechten Übereinkunft kommen.«

»Scheiß drauf«, gab Sheila Minkin zurück. »Klemmen Sie dem Rabbi die Eier ein, bis er quietscht.«

Sechzehn

Warmlaufen im Gericht

Harry Carraway, ein junger Cop aus Miami Beach, fuhr auf seinem Segway-Roller den Ocean Drive entlang und sah dabei in seinen Safari-Shorts und mit Sonnenbrille wie ein Volltrottel aus.

»Morgen, Steve!«, rief er über das Summen des Motors hinweg.

»Dirty Harry!«, rief Steve zurück. »Heute schon einen Verkehrssünder überführt?«

»Nein, Sir. Heute schon einen Schuldigen rausgehauen?«

»Der Tag hat gerade erst angefangen.«

Der Cop winkte, gab dem Segway Saft und schnurrte davon.

Steve fand die Fahrräder schon peinlich genug, auf denen die Strandcops in engen Shirts und Baumwollshorts die Lincoln Road auf und ab strampelten und mit hübschen Mädchen flirteten. Aber die biederen Segway-Roller gingen eindeutig über die Schmerzgrenze. Cops sollten auf Harleys sitzen oder am Steuer großer hässlicher Crown Vics.

Steve sprang in den Mustang und fuhr zum Gericht.

Allein.

Victoria hatte ihn im Stich gelassen. Nicht, dass er die Sache nicht ohne sie durchstehen konnte. Aber er hätte sie im umgekehrten Fall niemals allein losziehen lassen. Wobei der umgekehrte Fall nicht vorstellbar war. Dass Victoria je einen Gerichtssaal als Angeklagte betreten würde, war völlig ausgeschlossen. *Aber abgesehen davon wüsste ich gern, was los ist,* dachte Steve. Bis zum Gericht war es nicht mehr weit. Im Radio sang Jimmy Buffet »Incommunicado«. In dem Lied fuhr jemand ganz allein eine Straße mit einem gewaltigen Schlagloch entlang. Noch einmal fragte sich Steve: *Was zum Teufel brütet Victoria aus?*

»Was gibt's denn heute, Cadillac?« Steve überquerte den Vorplatz des Gerichts.

»Rippchen, Ochsenschwanzsuppe und Schinkencroquetten«, antwortete Cadillac Johnson, ein älterer schwarzer Mann mit breiter Brust und einem Salz-und-Pfeffer Afro.

Steve blieb an der Theke des Sweet Potato Pie stehen, einem Verkaufsanhänger, der immer vor dem Gericht zu finden war. Cadillac, ehemaliger Bluesmusiker, Ex-Mandant und derzeitiger Seniorchef des Pie – offiziell war er in Rente –, schob Steve eine Tasse Malzkaffee hin. »Soll ich dir ein paar Rippchen aufheben, Anwalt?«

»Nein. Ich bin jetzt Vegetarier.«

»Klar. Und ich Republikaner.« Cadillac schenkte sich ebenfalls einen Kaffee ein. »Hast du heute Morgen Dr. Bill im Radio gehört?«

Steve zuckte die Achseln. »Ich höre mir immer Mad Dog Mandichs Football-Talk an und Jimmy Bs Lieder über Tequilla.«

»Der Doc hat wieder von dir gesprochen.«

»Ich weiß schon. Solomon, der Schlaumeier. Steve, die Schlange.«

»Das war gestern. Heute meinte er, du hättest psychische Probleme, bräuchtest professionelle Hilfe, seiest tief drinnen aber kein schlechter Mensch.«

»Du machst Witze.«

»Wenn ich lüge, soll ich tot umfallen.«

Fünf Minuten später ging Steve den Korridor im dritten

Stock entlang, wich Cops, Bewährungshelfern, Gerichtsangestellten, Kautionsbürgen sowie Freundinnen und Müttern jener mutmaßlich unschuldigen Horden aus, die in Handschellen durch den Gefängnistunnel zu den Wartezellen geführt wurden.

»Hey, *boychick*! Wohin so eilig?«

Marvin – der Methusalem – Mendelsohn trippelte heran. Er war ein kleiner, adretter Mann um die achtzig und trug zu seiner schimmernden Vollglatze einen ordentlich getrimmten Oberlippenbart. Die Brille mit dem schwarzen Rand war zu groß für sein schmales Gesicht, sein hellblauer Polyesterfreizeitanzug war in den 1970-ern sicher mega-hip gewesen. »Warum rennst du denn so, Stevie? Sie können deine Anhörung sowieso nicht ohne dich anfangen.«

»Liest du immer noch täglich alle Aushänge, Marvin?«

Der kleine Mann zuckte die Achseln. »Der Staat gegen Solomon. Körperverletzung. Vorsitz: *alter knocker* Schwartz.«

Jeden Morgen um acht blätterte Marvin der Methusalem die Computerausdrucke an den Clipboards vor den Gerichtssälen durch. Als inoffizieller Anführer der Gerichts-Gang, einer Gruppe von Rentnern, die sich lieber Verhandlungen als Fernsehsendungen ansahen, wählte Marvin die Fälle aus.

»Wo ist denn Ms. Lord?«, fragte er.

»Die brauche ich nicht«, antwortete Steve.

»Was für ein *mishegoss*! Natürlich brauchst du sie.«

»Der Deal steht bereits.«

»Du solltest doch am besten wissen, dass ein Anwalt, der sich selbst vertritt, einen *shmendrick* zum Mandanten hat.«

»Und als Rechtsbeistand einen *shlemiel*?«

»Exakt.«

Auf dem Weg zur Tür von Richter Schwartz' Gerichtssaal fragte Marvin: »Hast du heute Morgen Dr. Bill gehört?«

»Offenbar bin ich der Einzige in der Stadt, den seine Sendung nicht interessiert.«

»Er hat ein paar nette Dinge über dich gesagt. Dass du eine bezaubernde Freundin hättest. Dass ein Mann einige Qualitäten haben müsste, wenn eine so wunderbare, vernünftige Frau sich für ihn interessiert.«

»Er spricht von sich selbst, Marvin.«

»Das musst du mir erklären.«

»Er will damit sagen, dass er und ich uns ähnlich sind. Irgendwie.«

Steve betrat den Gerichtssaal. Marvin folgte. Drinnen erfolgte gerade das »Warmlaufen«. So nannte Steve das Chaos an einem Anhörungstag. Anwälte, Cops, Gerichtsangestellte und Mandanten drifteten durch den Raum. Selbst auf den Plätzen der Geschworenen saßen Angeklagte, und alle redeten durcheinander. Wie wenn ein Basketballteam Wurfübungen machte und ein Dutzend Bälle gleichzeitig am Rand des Korbes abprallten. Über dieses Gewirr präsidierte der ehrenwerte Alvin Elias Schwartz, die einzige Person im Gericht, die noch älter war als Marvin.

Richter Schwartz thronte auf zwei Kissen – entweder, weil seine Hämorrhoiden wieder Ärger machten, oder weil er mit deutlich unter eins sechzig sonst nicht über den Richtertisch sehen konnte. In jüngeren Jahren hatte er sich den Spitznamen »König der Querulanten« eingehandelt und war im Laufe der Zeit noch übellauniger geworden. Inzwischen trug er den Titel »Senior Richter«, was bedeutete, dass er sich irgendwo zwischen öffentlicher Gesundheitsfürsorge und Leichenschauhaus befand. Prozessen durfte er wegen seiner schwindenden Hörfähigkeit, der schwachen

Blase und den chronischen Blähungen nicht mehr vorsitzen. Doch Anhörungen, Anträge und Anklageerhebungen waren nach wie vor sein Aufgabengebiet.

Im Augenblick starrte Richter Schwarz durch eine Brille in der Stärke von Panzerglas auf einen Teenager in weiten, tief sitzenden Hosen. Dürr und mit hängenden Schultern, hatte der Junge den leeren Blick der unheilbar Begriffsstutzigen. Soweit Steve hören konnte, hatte er sich gerade des Besitzes von Marihuana schuldig bekannt und bekam eine Bewährungsstrafe.

»Du kriegst noch eine Chance, verstehst du das, José?«, sagte Richter Schwartz.

»Mein Name ist Freddy, Richter«, sagte der Junge. »Die Abkürzung von Fernando.«

»Hernando? Wie der Bezirk? Mir gehören oben bei Weeki Wachee dreißig Ar.«

»*Fer*-nando!«, wiederholte der Jugendliche.

»Ich gebe keinen feuchten Fandango darauf, wie du heißt, José. Aber wenn du auch nur auf den Gehweg spuckst, schicke ich dich direkt nach Raiford, wo die Oberböcke deinen süßen Arsch als Pinata benutzen werden. *Comprende?*«

»*Viejo comemierda*«, murmelte der Junge.

Entweder hatte der Richter ihn nicht gehört, oder er wusste nicht, dass er gerade Scheißefresser genannt worden war, denn er begann, geistesabwesend einen Stapel Papiere durchzublättern.

Steve arbeitete sich bis zur vorderen Reihe des Zuschauerbereichs vor und setzte sich auf einen Stuhl neben dem Mittelgang. Erst einen Augenblick später bemerkte er, dass er neben Dr. Bill Kreeger Platz genommen hatte.

»Was zum Teufel ...«

»Guten Tag, Steve.«

»Was machen Sie hier?«

»Sie wissen doch, dass ich hin und wieder als Gutachter auftrete. Man betrachtet mich gemeinhin als sehr beeindruckenden Zeugen.«

»Das sind pathologische Lügner oft.«

Es konnte kein Zufall sein, dachte Steve. Erst tauchte Kreeger bei Joe's auf. Dann fing er an, im Radio nette Dinge über ihn zu sagen. Jetzt erschien er im Gericht. Kreeger sah in dem dunklen Anzug und der burgunderroten Krawatte regelrecht distinguiert aus. Was führte der Bastard im Schilde?

»Wie geht es der hinreißenden Ms. Lord?«

»Gut. Und wie geht es Ihrer Nichte? Amanda – so hieß sie doch?«

»Niedliches junges Ding, nicht wahr?«

»Sie ist eine *Frau*«, antwortete Steve. »Eine hübsche junge Frau. Nur Psychopathen bezeichnen Menschen als Dinge.«

»Das ist eine Redensart, Solomon. Ich versichere Ihnen, dass niemand auf der Welt Amandas Qualitäten mehr zu schätzen weiß als ich. Sie ist intelligent und viel verständiger, als man es von jemandem in ihrem Alter erwarten würde.«

»Wie sagten Sie doch gleich, war ihr Nachname?«

»Den habe ich gar nicht genannt.«

»Und wie sind Sie mit ihr verwandt?«

»Zu viele Fragen, Solomon. Sie wissen doch – Neugier kann böse enden.«

»Der Staat Florida gegen Stephen Solomon!«, rief der Gerichtsdiener.

Steve sprang auf und ging durch die Schwingtür in den Bereich vor dem Richtertisch.

»Ist die Staatsanwaltschaft so weit?«, fragte Richter Schwartz.

»Das Volk ist bereit, und ich weiß Bescheid, Euer Ehren.«

Die Stimme kam aus dem hinteren Teil des Saales. Mit federnden Schritten marschierte ein elegant aussehender Afroamerikaner in einem zweireihigen Nadelstreifenanzug zum Richtertisch. Seine silbernen Manschettenknöpfe in Form kleiner Handschellen klimperten bei jedem Schritt. Der Mann war Mitte vierzig und sah immer noch aus, als könne er jederzeit als Mittelgewichtler in den Ring steigen wie früher in seiner Jugend in Liberty City.

Was sollte das? Pincher tauchte normalerweise nur bei Fällen auf, bei denen er sein Gesicht in eine Fernsehkamera halten konnte.

Irritiert raunte Steve ihm zu: »Sugar Ray, was geht hier vor?«

»Ein besonderer Fall ist mir niemals egal.«

»Verdammt, was soll an meinem Fall denn Besonderes sein?«, zischte Steve den Staatsanwalt an. »Wollen Sie etwa den Deal rückgängig machen?«

»Cool bleiben, Solomon.« Pincher setzte sein Politikerlächeln auf und wandte sich an den Richter. »Euer Ehren, wir sind zu einer Übereinkunft gekommen.«

»Sie meinen, es gibt eine Abmachung?«, fragte Richter Schwartz.

»Ein guter Deal erspart uns viel.«

»Hören Sie mit dem verdammten Bebop auf und kommen Sie zur Sache.«

Pincher antwortete mit einer so höflichen Verbeugung, als habe der Richter ihm gerade ein Kompliment für seinen gut sitzenden Anzug gemacht. »Euer Ehren, die Staatsanwaltschaft ist bereit, auf eine Anklage wegen Körperverletzung zu verzichten. Mr Solomon räumt die Vorwürfe ein, wird sich aber nicht dazu äußern. Wir werden den Fall als Ordnungswidrigkeit behandeln. Natürlich unter der Voraussetzung, dass Mr Solomon erfolgreich an einem Antiaggressionstraining teilnimmt.«

Steve atmete tief durch. Okay, genau so hatte er es mit einem von Pinchers Untergebenen abgesprochen. Aber warum war der Boss selbst gekommen? Wieso interessierte ihn dieser Fall?

»Mr Solomon?« Der Richter schien Steve zum ersten Mal überhaupt wahrzunehmen. »Sind Sie nicht der Anwalt, den ich immer mal wieder in die Arrestzelle schicke?«

»Schuldig, Euer Ehren.«

»Okay. Zur Sache.«

Der Richter zelebrierte das übliche Ritual. Verstand Steve die Vorwürfe, die gegen ihn erhoben wurden? Wusste er, dass er ein Recht auf einen Prozess hatte? Stimmte er der vorab getroffenen Übereinkunft aus freien Stücken zu?

Steve gab die richtigen Antworten, und der Richter hatte in weniger als drei Minuten alle Kästchen auf seinem Formular angekreuzt und die Anweisung unterschrieben, die Pincher ihm reichte. Richter Schwartz beugte sich tief über das Dokument und erlaubte den Anwesenden einen ausführlichen Blick auf seine von einem Haarkranz umgebene Glatze. »Das Gericht befindet«, las er, »dass der Angeklagte im Vollbesitz seiner geistigen Fähigkeiten ist und die Konsequenzen dieser Einigung anerkennt. Die Anklageerhebung wird ausgesetzt und ist im Falle des erfolgreichen Besuchs eines Antiaggressionstrainings hinfällig. Die Durchführung der Maßnahme obliegt Dr. William Kreeger, einem zu diesem Zweck zertifizierten Psychiater.«

Wie bitte? Hat der Richter gerade tatsächlich gesagt, was ich gehört zu haben glaube?

»Dr. Kreeger wird dem Gericht einen schriftlichen Bericht über die angeordnete Therapie vorlegen.«

Ja. Definitiv. Aber das ist verrückt. Es muss ein Fehler vorliegen.

»Im Erfolgsfall wird auf eine Anklage verzichtet, alle Aufzeichnungen werden gelöscht. Andernfalls ist mit einer Anklage und einer Verurteilung zu rechnen.«

»Augenblick mal, Richter!«, rief Steve so laut, dass der alte Uhu ihn hören konnte. »Kreeger ist ein verurteilter Straftäter.«

»Jetzt nicht mehr«, gab Pincher zurück. »Nach Verbüßung seiner Strafe genießt er wieder alle Bürgerrechte. Die Justizbehörde hat sein Engagement bei der psychologischen Betreuung von Gewalttätern während seiner Haftzeit lobend erwähnt. Die Ärztekammer hat ihm die Zulassung wiedererteilt. Er ist ein Musterbeispiel für eine gelungene Rehabilitation.«

»Er ist ein Musterbeispiel für einen Wahnsinnigen«, widersprach Steve.

»Sie haben meine Anweisung vernommen«, knurrte der Richter. »Jetzt hören Sie auf zu nörgeln und bringen Sie Ihre Aggressionen unter Kontrolle.«

Der Richter ließ seinen Hammer niedersausen. »Nächster Fall.«

»Fuck, nein! Das können Sie nicht machen!«, widersprach Steve.

»Was haben Sie gesagt?«

»Ich finde das nicht zum Lachen, Euer Ehren.«

»Das sollen Sie auch nicht. Sie sind schließlich ein Krimineller, oder nicht?«

»Nein, Sir. Ich bin ein Strafverteidiger.«

»Der Unterschied ist marginal. Ihnen wird ein tätlicher Angriff auf einen gewissen ...« Der Richter befeuchtete seinen Zeigefinger und blätterte die Unterlagen durch. »... Arnold Freskin vorgeworfen. Einen Angestellten des wunderbaren Staates Florida.« Richter Schwartz stieß sich mit den Füßen vom Richtertisch ab und ließ seinen Sessel ein Stück weiter zur Fahnenstange rollen. Er packte das Tuch und zog es stramm. »Was sehen Sie hier, Solomon?«

»Ich sehe das Staatswappen, Euer Ehren. Eine amerikanische Ureinwohnerin, die Blumen verstreut.«

»Verdammt richtig. Heutzutage würde die Squaw im Casino Jetons zusammenschieben.« Der Richter ließ die Fahne los und rollte zu seinem Tisch zurück. »Damit will ich sagen, Mr Solomon, dass Sie die Würde des wunderbaren Staates Florida verletzt haben und Mr Pincher großzügigerweise beschlossen hat, Milde walten zu lassen.«

»Ja, Sir. Aber ...«

»Kein ›Aber‹. Ich habe in diesem getrockneten Hundehaufen von einem Fall gerade eine Anweisung erteilt.«

»Ich wurde reingelegt, Richter. Von Mr Pincher und Dr Kreeger.«

»Sie sprechen in Rätseln, Mr Solomon. Ich habe den nächsten Fall bereits aufgerufen, und bei Gott, ich werde ihn hören.«

Der Gerichtsdiener rief: »Miami Beach gegen Weingarten Feinkost. Verstoß gegen die Verordnung für koschere Lebensmittel.«

Pincher fasste Steve am Ellbogen und flüsterte: »Nicht aufregen, auf Dr. Bills Couch legen.«

»Sie haben mich *rein*gelegt, Sugar Ray.« Steve wandte

sich noch einmal an den Richter. »Euer Ehren, ich möchte mich aus dem Deal zurückziehen.«

»Sind Sie immer noch da?« Richter Schwartz zog eine finstere Grimasse. »Demnächst verlange ich Miete von Ihnen.«

Steve spürte jemanden neben sich. Kreeger war durch die Schwingtür getreten. »Euer Ehren, Mr Solomons Aufsässigkeit ist eine völlig normale Manifestation seines Verhaltenstypus. Ich bin sicher, die Therapie wird ihm weiterhelfen.«

»Als würde mich das einen Rattenarsch scheren«, antwortete der Richter. »Wo ist jetzt dieser Metzger, der *trayf* als koscher verkauft hat?«

»Richter, ich habe einen Antrag gestellt«, beharrte Steve. »Ich möchte mich aus dem Deal zurückziehen und einen Prozess haben.«

»Antrag abgelehnt. Mein Kalender quillt über. Und ich meine nicht den mit den Playboy-Bunnies drin.«

»Euer Ehren, ich habe das Recht auf ...«

Peng! Der Richter ließ den Hammer so heftig niedersausen, dass Steve die Vibration in den Zähnen spürte. »*Ich fahre hier den Studebaker, Mr Solomon. Und Sie sind nur ein Stück Fliegendreck auf der Windschutzscheibe.*«

Steve gab sich nicht geschlagen. »Richter, ich habe Kreeger einmal in einem Fall vertreten. Oberstaatsanwalt Pincher hat damals Anklage erhoben. Die beiden haben sich das hier ausgedacht. Wenn Kreeger mir keine positive Prognose gibt, verurteilen Sie mich zu einer Gefängnisstrafe. Verstehen Sie nicht, Richter? Das ist eine Verschwörung!«

Richter Schwartz richtete seinen trüben Blick auf Kreeger. Einen Augenblick lang hoffte Steve, dass er vielleicht Gehör gefunden hatte.

»Fragen wir den Psychofritzen selbst«, sagte der Richter. »Doc, was sagen Sie zu diesen Anschuldigungen?«

»Die Lage ist nicht allzu ernst, Euer Ehren«, antwortete Kreeger in einem beschwichtigenden Bariton. »Während ich mich mit Mr Solomons Aggressionen beschäftige, kann ich mich auch gleich um seinen Verfolgungswahn kümmern.«

Solomons Gesetze

§ 6   Ein kreativer Anwalt betrachtet eine richterliche Anweisung lediglich als Vorschlag.

Siebzehn

Die nie endende Aufgabe Elternschaft

»Womit hast du denn den Richter so auf die Palme gebracht?«, wollte Victoria wissen.

»Mit gar nichts«, antwortete Steve. »Nada. Bupkes.«

»Irgendetwas musst du doch getan haben.«

»Wieso?« Steve war in der Hoffnung auf Trost und Unterstützung nach Hause gefahren. Stattdessen wurde er nun in seiner eigenen Küche ins Verhör genommen. »Warum gehst du automatisch davon aus, dass es meine Schuld war?«

»Weil du ein ungeheures Geschick dafür hast, Leute um den Verstand zu bringen.«

»Richter Schwartz hatte schon Jahrzehnte vor unserer ersten Begegnung nicht mehr alle Zinken im Kamm. Ich finde es unverschämt, dass ein Psychopath wie Kreeger mich therapieren soll.«

»Soziopath«, verbesserte Bobby ihn. »Mit narzisstischen Tendenzen und Allmachtsfantasien.« Der Junge hatte Psychologielehrbücher gelesen und diverse medizinische Websites konsultiert. Zumindest hatte er das auf die Frage geantwortet, warum unter seinen Bookmarks nymphomaniacs.com auftauchte. Nun musterte Bobby die Erwachsenen unter dem Schirm seiner Solomon-&-Lord-Baseballmütze hervor mit einem altklugen Blick. Steve hatte eine Softballmannschaft für Anwälte gegründet. Leider fehlten ihm Spieler dafür. Deshalb rekrutierte er gelegentlich Mandanten. Taschendiebe gaben exzellente Sprinter ab. Fußgänger, die von Taxis überfahren worden waren, eher nicht.

Draußen ließ der Wind Palmwedel gegen die Hauswand klatschen. Drinnen musste sich Steve gegen eine Flut kritischer Fragen stemmen.

»Ich habe gar nichts falsch gemacht«, beharrte er. »Kreeger hat mich reingelegt, und Pincher war ihm dabei behilflich.«

»Warum? Was hat Pincher denn davon?«

»Frag lieber, was er zu verlieren hat. Kreeger hat gedroht, alles an die Öffentlichkeit zu bringen. Überall herumzuerzählen, dass der hoch geschätzte Staatsanwalt mit Beweisen zweifelhafter Herkunft zu seiner Verurteilung beigetragen hat.«

»Das hat Pincher dir gesagt?«

»Das habe ich mir zusammengereimt. Pincher stellt sich nächstes Jahr zur Wiederwahl. Wen macht er sich da lieber zum Feind – einen Strafverteidiger oder einen Kerl mit einer eigenen Radiosendung?«

»Ach, was soll der *tsimiss*?« Herbert Solomon kam mit einem Behälter voller Eiswürfel in die Küche. »Mach die Therapie, und der Fall ist erledigt.«

»Das ist nicht so einfach, Dad. Kreeger zum Therapeuten zu haben, ist, als ließe man einen Einbrecher ins Schlafzimmer.«

Herbert hatte sein Glas so üppig mit Bourbon gefüllt, dass er etwas davon abschlürfen musste. »Behalt die Familiengeheimnisse einfach für dich. Lass den Kerl auflaufen.«

»Dann schreibt er in seinen Bericht, ich würde meine krankhaften Impulse verbergen.«

»Wenn der Richter angeordnet hat, dass du zu Kreeger gehst«, sagte Victoria, »hast du keine andere Wahl.«

»Das ist der Unterschied zwischen dir und mir, Vic«, antwortete Steve. »Ich betrachte eine richterliche Anweisung lediglich als Vorschlag.«

»Das ist der Unterschied zwischen Zivilisation und Anarchie. Und in deinem Leben regiert Letztere.«

»Anarchie regiert«, wiederholte Bobby. »RATE NIE RACHGIER.«

»Kein Grund zur Verzweiflung, Sohn«, sagte Herbert. »Je mehr Zeit du mit dem Psychoonkel verbringst, desto besser.«

»Wie meinst du das, Dad?«

»Der Bootskapitän ist spurlos verschwunden. Du brauchst einen neuen Plan.«

Victoria warf Steve einen Blick zu. Er hatte seinem Vater nicht alles gesagt, und sie wusste es.

»Dad, dass du De la Fuente nicht gefunden hast, ist völlig nebensächlich. Kreeger soll nur wissen, dass ich nach ihm suche.«

Herberts buschige Augenbrauen schienen sich noch höher zu wölben. »Du hast deinen alten Herrn also völlig umsonst durch die Gegend gejagt? Ein feiner Sohn bist du.«

»Aber du hast recht, Dad. Mehr Zeit mit Kreeger zu verbringen, hat auch Vorteile. Vielleicht komme ich dadurch an seine Freundin heran und erwische sie allein.«

»Glaubst du immer noch, du kannst sie überzeugen, dass Kreeger ein Mörder ist?«, fragte Victoria.

»Nein!« Steve schlug sich an die Stirn, um zu zeigen, wie blöde er war. Niemand widersprach. »Das war ein Denkfehler. Ich glaube, sie kennt seine Vergangenheit.«

»Und worauf stützt du diese Annahme?«, fragt Victoria.

»Kreeger hat zu mir gesagt, wie sehr er Amandas Qualitäten schätzt. Dass sie für ihr Alter sehr intelligent und verständig sei. So etwas in der Art.«

»Ach?«

»Bei dieser Frau fühlt er sich sicher, bei ihr findet er Trost und Ruhe. Möglicherweise hat er ihr von Beshears und Lamm erzählt. Und wer weiß? Vielleicht gibt es ...«

»Noch einen dritten Mord«, sagte Victoria.

»Genau. Wenn Amanda Kreegers Geheimnisse kennt und es mir gelingt, einen Keil zwischen die beiden zu treiben, hilft sie mir vielleicht, ihn dranzukriegen.«

»Und dieser Keil – wie soll der aussehen?«

»Das weiß ich noch nicht, Vic. Bislang improvisiere ich nur.«

»Glaubst du nicht, dass ein so gewiefter Typ wie Kreeger dich durchschauen könnte?«

»Okay, er ist clever. Aber was bin ich? Ein Pfund Rinderhack?«

»Deine Geisteskraft verbiegt nicht unbedingt Löffel, Onkel Steve.« Bobby drehte die zwei Hälften eines Oreokekses auseinander und kratzte mit den Zähnen die Vanillefüllung ab.

»Besten Dank auch«, sagte Steve. »Aber Kreeger hat Schwächen. Er ist so verdammt überzeugt von sich – wahrscheinlich glaubt er gar nicht, dass ich es mit ihm aufnehmen kann.«

»Die Allmachtsfantasien«, sagte Bobby. »Damit hat sich schon Freud beschäftigt.«

»Und wenn Kreeger mein Kumpel sein will, wie Dad vermutet, ist das auch nicht schlecht.«

»Es ist wichtiger, die Nähe deiner Feinde zu suchen als die Nähe deiner Freunde«, zitierte Bobby.

»Freud?«, fragte Steve.

Bobby zog ein verächtliches Gesicht. »Al Pacino. *Der Pate, Teil II.*«

»Musst du nicht noch Hausaufgaben machen?«

»Nö.«

»Und wo warst du gestern Abend?«

»Nirgends.«

»Physisch unmöglich.«

Bobbys Schulterzucken hieß in der Teenagersprache: »Wen juckt's?« oder: »Geht dich das was an?«

»Du warst nicht zur verabredeten Zeit zu Hause, Kiddo.«

»O Mann, das ist ja wie im Knast.«

»Lass den Jungen in Frieden«, sagte Herbert. »Als du und Janice in seinem Alter wart, war ich ...«

»Unauffindbar«, sagte Steve.

Bobby wollte Onkel Steve die Wahrheit sagen.

»Ich war mit Mom unterwegs. Wir haben unten am Strand in ihrem Wagen gesessen und stundenlang geredet.«

Aber das konnte er nicht. Onkel Steve glaubte, sie habe einen schlechten Einfluss. Dabei hatte er selbst gar nicht das Gefühl. Sie kam ihm nur sehr verloren vor. So als ob sie ihn mehr brauchen würde als er sie.

Mom ist so allein. Sie kann mit niemandem reden.

Also hatte sich Bobby angehört, wie sie mit einer kranken Mutter und einem abwesenden Vater aufgewachsen war. Grandpop war immer unterwegs gewesen, und Steve hatte irgendwo Sport getrieben. Mom war immer die Außenseiterin. Zumindest hatte sie sich so gefühlt.

Während sie von dem Mann erzählte, der sie beim Trampen aufgegabelt hatte – an seinen Namen erinnerte sie sich nicht, obwohl er möglicherweise Bobbys Vater war –, fragte sich Bobby, ob er sie liebte. Ja, wahrscheinlich schon. Auf irgendeine seltsame Weise. Dass sie ihm leidtat, wusste er ganz sicher.

Nun hörte Bobby zu, wie sich Onkel Steve und Grandpop zum zillionsten Mal über die Vergangenheit stritten.

»Erzähl mir nicht, dass du immer noch wütend bist, weil ich nicht zu deinen Spielen in der Junior-Liga gekommen bin«, sagte Grandpop.

»Und nicht zu den Buchstabierwettbewerben, den Wettläufen, und als mir die Mandeln rausgenommen wurden, nicht ins Krankenhaus.«

»Grundgütiger. Du warst doch nur ein paar Stunden dort.«

»Weil du dich geweigert hast, ein Zimmer zu bezahlen. Der Arzt wollte mich über Nacht dabehalten.«

»Räuberische Erpressung.«

Manchmal wünschte sich Bobby, die beiden würden endlich erwachsen werden.

Victoria überlegte, wer sich kindischer benahm – Steve oder sein Vater. Streitlustig und aufbrausend waren sie beide. Sie versuchte, sich die Familie Solomon während Steves Kindheit vorzustellen. Nicht unbedingt ein Hort der Glückseligkeit. Und mit Sicherheit keine Oase der Ruhe.

Eine Weile stritten die Männer noch miteinander. Herbert nannte Steve eine »undankbare Heulsuse«, Steve nannte Herbert einen »unsichtbaren Vater, vom Winde verweht«. Als ihnen die Luft ausging, wandte sich Steve wieder an Bobby. »Du hast mir immer noch nicht gesagt, wo du gestern warst.«

»Wahrscheinlich bei der kleinen Schickse«, mutmaßte Herbert.

»Dad! Das war abfällig.«

»Was du nicht sagst.«

Na wunderbar, dachte Victoria. *Diese beiden würden es auch schaffen, einen Streit über »Happy Chanukka« vom Zaun brechen.*

»Eine Schickse ist ein Mädchen von hohem Stand«, dozierte Herbert. »Abfällig ist daran gar nichts. Und was die kleine Miss Havana-Jerusalem betrifft: Ihre Mutter ist katholisch, also ist sie eine Schickse.«

»Dann bin ich auch eine«, stellte Victoria fest.

»Himmel, nein. Du bist Jüdin durch Osmose.« Herbert nahm lachend einen Schluck Bourbon. »Es sei denn, ihr beide habt in letzter Zeit keinen Flüssigkeitsaustausch betrieben.«

»Dad, das reicht jetzt«, knurrte Steve.

Herbert grinste Victoria an. »Wie steht es denn, *bubele*? Hat Steve dir den Hebräer gezeigt?« Er keckerte noch einmal. Dann ging er, ohne eine Antwort abzuwarten, ins Wohnzimmer. »Falls jemand anruft: Ich bin nicht da. Ich schaue mir jetzt auf Cinemax eine Tittenshow an und dann mache ich ein Nickerchen.«

Victoria wirbelte zu Steve herum. »Weshalb musst du immer provozieren?«, wollte sie wissen.

»Ich könnte es dir erklären, Vic. Aber wahrscheinlich würdest du es nicht verstehen.«

»Versuchs einfach, Partner. Den College-Abschluss habe ich auch irgendwie geschafft.«

»Das hat etwas mit der jüdischen Mentalität zu tun. Wir zoffen uns gern, haben immer einen Grund zur Klage, und wir reden mit vollem Mund. Du bist eine Episkopale. Ihr trinkt gern Tee, tragt Burberry und liebt die Königin von England.«

Victoria fand diese klischeehafte Darstellung nicht sehr erbaulich. Aber das konnte sie Steve später sagen. Bobby war noch hier und stöberte in der Oreotüte. »Steve, hast du als Sorgeberechtigter hier nicht noch etwas zu Ende zu bringen?«

»Elternarbeit endet nie.« Er wandte sich an den Jungen. »Also Kiddo, hatte dein Grandpop recht? Warst du gestern Abend bei Maria?«

»O Mann, das ist ja die reinste Inquisition.« Bobby drehte zwei weitere Kekshälften auseinander. »Nein, ich war nicht bei ihr. Marias blöder Vater will nicht, dass wir uns weiter treffen.«

Victoria fragte vorsichtig: »Was ist denn passiert, Bobby?«

»Nichts. Dr. Goldberg denkt bloß, ich sei verrückt.«

»Du sollst verrückt sein?«, fragte Steve. »Das muss gerade ein Parodontist sagen.«

Victoria zauste Bobbys Haar. »Warum sagt er so etwas?«

Bobby ließ die Schultern hängen. »Aus mehreren Gründen, denke ich. Dr. Goldberg hackt dauernd auf mir rum. Das T-Shirt, das Onkel Steve mir geschenkt hat, gefällt ihm auch nicht.«

»Welches T-Shirt?«

Steve schüttelte den Kopf. Doch entweder verstand ihn der Junge nicht, oder es war ihm egal. »*Wenn wir nicht miteinander schlafen, siegen die Terroristen.*«

Victoria warf Steve einen vernichtenden Blick zu. Von den drei Männern im Solomonschen Haushalt war er ihrer Ansicht nach eindeutig der infantilste.

»Und das Gedicht, das ich für Maria geschrieben habe, fand er total daneben. Ich habe aus jedem einzelnen Vers von ›Omar Khayyams Rubaiyat‹ ein Anagramm gemacht.«

»Das muss doch wunderschön geworden sein.« Victoria wollte den Jungen ein wenig aufbauen.

»Dr. Goldberg behauptet, das Gedicht sei anzüglich.«

»Anzüglich!« Steve schlug mit der Hand auf die Arbeitsplatte.

»Wer sagt denn heutzutage noch ›anzüglich‹? Was hat dieser verklemmte Spießer sonst noch zu dir gesagt?«

»Nichts.« Bobby nagte die Vanillepaste von einer Kekshälfte.

»Raus damit, Bobby. Lass deinen Onkel Steve nicht zappeln.«

Ohne aufzublicken, murmelte Bobby: »Dass ich ein *klutz* bin und er nicht will, dass ich mit Maria rumhänge. Außerdem soll ich mir nicht einbilden, dass sie mich mag, weil es nämlich nicht so ist. Sie wollte nur, dass ich die Hausaufgaben für sie mache.«

Steve schlug mit *beiden* Handflächen auf die Arbeitsplatte. »Dieses Arschloch. Ich gehe rüber und hau ihm eine rein.«

»Das wäre unheimlich clever«, sagte Victoria trocken. »Gib Kreeger ruhig Munition für seinen Bericht.«

»Vergiss Kreeger. Dieser Idiot hat kein Recht, so mit Bobby zu sprechen.«

»Schon in Ordnung, Onkel Steve.«

»Nein, kein bisschen!«

»Steve«, warnte Victoria. »Jetzt schalt mal einen Gang runter. Du gehst auf keinen Fall zu den Goldbergs.«

»Das geht nur Bobby und mich etwas an, Vic.«

Sie erstarrte. »Was willst du damit sagen?«

»Gar nichts.«

»Willst du mich auf Distanz halten?«

»Ich weiß nicht, wovon du redest.«

»Dann beantworte mir eine Frage: Bin ich ein Mitglied dieser Familie oder nicht?«

Steve zögerte. Nur einen Sekundenbruchteil lang. Dann sagte er: »Sicher. Natürlich bist du das.«

Victoria erinnerte sich daran, wie ein früherer Freund ihr

gesagt hatte, dass er sie liebte. Sie hatte ein paar Sekunden überlegt – eintausendundeins, eintausendundzwei – und schließlich geantwortet: »*Ich liebe dich auch.*« Aber wenn man erst darüber nachdenken musste, existierte das Gefühl ganz einfach nicht.

»Du betrachtest mich also nicht als Familienmitglied?«

»Ich habe doch gerade gesagt, dass ich das tue.«

»Dann sehen wir uns am besten mal die Wiederholung an«, sagte Victoria. »Denn es hatte den Anschein, als würdest du in Zeitlupe antworten.«

»Ich denke nur gern nach, bevor ich etwas sage.«

»Seit wann? Du schaffst es einfach nicht, Nähe zuzulassen, Steve.«

»Vic, bitte, du lenkst ab. Nenn mir einen guten Grund, warum ich nicht zu Myron Goldberg rübergehen und ihn aus seinem Haus zerren sollte.«

»Weil es pubertär, illegal und selbstzerstörerisch wäre«, antwortete Victoria. »*Drei* gute Gründe.«

Das schien Steve zu denken zu geben. Schließlich sagte er: »Okay. Verstanden. Ich kümmere mich erst mal um meine eigenen Angelegenheiten, erlaube Kreeger, in meinem Hirn rumzuwühlen, und sorge dafür, dass man die Anklage gegen mich fallen lässt. Anschließend gehe ich zu Myron Goldberg und bitte ihn höflich aber bestimmt, sich bei Bobby zu entschuldigen.«

»Und wenn er es nicht tut? Was dann?«

»Dann trete ich seinen Arsch von hier bis Sopchoppy«, sagte Steve.

Solomons Gesetze

§ 7   Wenn dir eine nackte Frau begegnet, tu so, als hättest du schon mal eine gesehen.

Achtzehn

Hautschau

Halloween war vorüber, Thanksgiving stand vor der Tür, doch das Wetter war wieder heiß und feucht wie die Luft in einer Waschküche. Die Palmwedel hingen schlaff von den Bäumen, keine Brise wehte vom Ozean aufs Land. In grünen Hurricanes Shorts und einem T-Shirt mit der Aufschrift *»Bestückt wie Einstein, klug wie ein Pferd«* fuhr Steve durch die gewundenen Straßen von Coral Gables. Im Margaritaville-Sender sang Jimmy Buffet von einem Besuch bei einem Leguan.

Von der Alhambra Plaza bog Steve in eine Sackgasse ein und parkte in der Nähe des Biltmore-Golfplatzes neben ein paar Reisigbündeln. Ein Stück die Straße entlang stand Dr. William Kreegers Wohnhaus samt Praxis.

Steve sprang aus dem Wagen und ging das letzte Stück zu Fuß. Hinter einem der Häuser dröhnte ein Rasenmäher. Steve roch das frisch geschnittene Gras. Um die Ecke, auf der Trevino Avenue, wurde gesägt und gehackt. Stadtarbeiter schnitten die Äste der Feigenbäume zurück.

Steve wusste selbst nicht genau, warum er so weit entfernt geparkt hatte. Kreegers Haus hatte eine Einfahrt, und davor am Straßenrand gab es ebenfalls kein Parkverbot. Vielleicht war ihm der Besuch bei einem Seelenflicker einfach peinlich. Oder hatte er nur wie ein Einbrecher den Fluchtwagen außer Sichtweite halten wollen? Der Spaziergang durch das Viertel voller mediterraner Häuser mit Ziegeldächern verschaffte ihm Zeit zum Nachdenken. Sollte er den Bootskapitän erwähnen? Er konnte schließlich bluffen und Kreeger eine dicke fette Lüge auftischen.

»Stellen Sie sich vor, Kreeger, ich habe den Typen gefunden, der das Boot steuerte, als Sie Ihren Kumpel Beshears umgebracht haben. Oscar De la Fuente. Er weiß ein paar interessante Details.«

Nein. Zu plump. Kreeger sollte das Thema selbst anschneiden. Inzwischen wusste er sicher, dass Steve nach dem Mann hatte suchen lassen. Herbert hatte Steves Visitenkarte in sämtlichen Saloons und Bootswerkstätten der Keys verteilt – wobei er in den Saloons wahrscheinlich sehr viel intensiver nachgeforscht hatte. Steve hatte in Zeitungsanzeigen und im Internet für das Auffinden von Oscar De la Fuente eine Belohnung geboten. Gemeldet hatte sich niemand.

Der Verputz von Kreegers Haus, das aus den 1920-ern stammte, war sandgestrahlt worden. Das Gebäude wirkte leichenblass. Die Praxis lag im hinteren Bereich. Steve folgte einem Pfad mit pinkfarbenen Pflastersteinen zwischen Hibiskusbüschen hindurch und stand bald in einem Garten, der von einer Hecke aus Birkenfeigen umgeben war. Zwischen mächtigen Korallenbrocken gurgelte ein Wasserfall hervor und ergoss sich in einen rechteckigen Swimmingpool.

Steve war schon einmal hier gewesen. Jeder Anwalt besichtigt den Tatort. Am Ende des Pools befand sich der Whirlpool, in dem Nancy Lamm ertrunken war.

Seit damals hatte sich nichts verändert. Nur hatte seinerzeit – falls Steve sich recht erinnerte – keine nackte Frau in einem Liegestuhl gelegen. Heute ruhte auf einer edlen Holzliege mit dicker Auflage eine ultraschlanke junge Schönheit, die eine Sonnenbrille und sonst gar nichts trug. Ihr nackter Körper glänzte ölig, in der Luft hing Kokosduft.

»Hallo!«, sagte Steve fröhlich.

Die Frau drehte schläfrig den Kopf in seine Richtung. »Sie erkennen mich nicht wieder, oder?«

»Aber sicher doch.« In Wahrheit hatte er ihr nicht ins Gesicht gesehen. »Amanda, richtig? Die Nichte. Leider kenne ich Ihren Nachnamen nicht.«

»Ist der wichtig?«

»Ich wüsste nur gern, wie Sie mit Dr. Bill verwandt sind.«

Sie rollte sich auf die Seite. »›Onkel‹ ist nur ein Ehrentitel. Aber das macht ihn umso wertvoller, finden Sie nicht?«

Steve staunte einmal mehr über die seltsamen Zufälle, die das Leben bereithielt. Man konnte an einem sonnigen Tag am Strand entlangwandern, und ein Vogel schiss einem auf den Kopf. Oder man wurde, wenn man Pech hatte, von einer Monsterwelle aufs Meer hinausgerissen. An einem anderen Tag machte man sich auf, einen Mörder zu besuchen, und *tadaa*: Direkt vor einem aalte sich eine nackte Frau. Eine Frau, die imstande war, Leben zu verändern. Die Gerechtigkeit walten lassen konnte, wo das Gesetz versagt hatte. Hier lag sie wie die Wächterin einer Brücke aus der griechischen Mythologie.

Das ist beinahe zu zufällig. Okay, vergessen wir das »beinahe«.

Kreeger schien ihm immer einen Schritt voraus zu sein. Amanda war ein Teil von Steves Plan, aber offenbar hatte auch Kreeger etwas mit ihr vor.

»Wollen wir ein bisschen schwimmen?«, fragte Amanda.

Mit dieser Frage hatte Steve nicht gerechnet.

»Onkel Bill ist noch mit einem Patienten beschäftigt«, fuhr sie fort.

Sie neigte den Kopf in die Richtung, in der Kreegers Praxis lag. Von dem umgebauten Wintergarten aus konnte man in den Garten blicken. Es schien zwar, als seien die Lamellen der hölzernen Läden geschlossen, aber möglicherweise wurden sie von drinnen beobachtet.

»Ich habe keine Badehose.«

»Ich auch nicht.«

»Das sehe ich.«

Idiotisch. »Das sehe ich.« Natürlich siehst du das, du schmuck.

»Trotzdem, ein schöner Tag für ein Bad«, sagte Steve. »So heiß.«

»Ich liebe heiße Tage«, schnurrte Amanda.

»Das sehe ich.«

Schon wieder? Locker bleiben. Tu so, als hättest du schon die eine oder andere nackte Frau gesehen.

Amanda reckte die Arme über den Kopf, gähnte und streckte die Zehen. Die Bewegung war anmutig und katzenhaft zugleich.

Ihre Brüste waren klein, rund und sonnengebräunt, die Brustwarzen kupferfarben. Sie war dünn, aber durchtrainiert. Als sie die Beine streckte, spannten sich ihre Wadenmuskeln. Ihre Bauchmuskeln waren beeindruckend. Ein Stück weiter südlich lief ein dreieckiger Streifen Schamhaar zwischen zwei kleinen Tattoos hindurch. Die Motive konnte Steve aus der Entfernung nicht erkennen.

»Ein Pfeil und ein Herz«, sagte sie.

»Wie bitte?«

»Die Tattoos, auf die Sie gerade starren.«

»Oh. Ja. Eigentlich habe ich das gar nicht getan. Hingestarrt, meine ich. Nicht wirklich.«

Im Vergleich dazu klang »Das sehe ich« ziemlich intelligent.

»Ich meine, ich habe Ihren ... ehm ... Landestreifen bewundert. So nennt man das doch, oder? Meine Freundin hat mich gefragt, ob sie sich auch einen zulegen soll. Aber genau genommen legt man sich so etwas ja nicht zu. Nicht so, wie wenn man sich eine Handtasche kauft.«

Er wusste, dass er Schwachsinn redete. Woran lag es, dass eine nackte Frau einen Mann so durcheinanderbrachte?

An ihrer Nacktheit, du Idiot! Stimmt. Das sehe ich.

Was war aus seinen Plänen geworden? Er hatte möglichst viel über Amanda herausfinden wollen. Wie lange kannte sie Kreeger schon? Sprach Kreeger über Nancy Lamm oder Jim Beshears? Würde sie Steve helfen? Aber angesichts einer nackten Frau verflüchtigten sich scharfsinnige Fragen schneller als Kokosöl.

»Sie waren Onkel Bills Anwalt, nicht wahr?«, fragte Amanda.

»Richtig.«

Augenblick mal. Wollte nicht ich die Fragen stellen?

»Wegen Ihnen musste er in den Knast.«

»Hat er Ihnen das gesagt?«

»Onkel Bill erzählt mir alles.«

»Das dachte ich mir schon. Vielleicht können wir uns gelegentlich mal unterhalten.«

»Das würde Onkel Bill nicht gefallen.«

»Kein Date. Nur ein gemütlicher Plausch.«

Amanda warf ihm ein herablassendes Lächeln zu. Eine ihrer Augenbrauen wölbte sich leicht über die Sonnenbrille.

»Genau dagegen hätte er etwas einzuwenden – dass wir uns über Privatangelegenheiten unterhalten. Aber wenn ich mit Ihnen ins Bett ginge, würde ihm das nichts ausmachen. Solange ich es selbst will.«

Oh.

»Das muss ich mir aber erst noch überlegen«, sagte Amanda. Sie schwang die Beine von der Liege und ging auf Steve zu. Ihr Gang war nicht verführerisch, eher federnd und athletisch. Ihre kleinen Brüste wippten nicht einmal. Sie steuerte so herausfordernd in Steves Richtung, als wolle sie testen, wann er zurückweichen würde. Er nahm die Herausforderung an, und Amanda blieb eine Handbreit vor ihm stehen. Sie nahm die Sonnenbrille ab. Ihre Augen waren grüngolden. »Ich weiß nicht, ob Sie so gut zu mir wären wie Onkel Bill. Ihm geht es immer nur um mich. Um mein Vergnügen, meine Wünsche. Auf die Art hat er sich seinen Ehrentitel erworben.«

»Ungewöhnlicher Onkel«, sagte Steve.

»Onkel Bill liebt mich. Schon seit Langem.«

Sie machte noch einen Schritt auf ihn zu, stellte sich auf die Zehenspitzen und hauchte Steve einen Kuss auf die Lippen. Er erwiderte den Kuss nicht, wich allerdings auch nicht zurück. »Aber ein Mädchen kann durchaus *zwei* Onkel haben«, flüsterte Amanda.

Dann schob sie sich an ihm vorbei. Eine ihrer Brüste berührte seinen Arm. Während sie mit tanzenden Wadenmuskeln zum Haus schwebte, gestattete sie ihm einen letzten Blick auf ihre Kehrseite. Ihr Hintern war hoch und fest, und direkt über der Spalte zwischen den Pobacken befand sich ein weiteres Tattoo: eine filigrane Qualle, schön und tödlich zugleich. Ihre Tentakel flossen über beide Hinterbacken.

Neunzehn

Psychospiele

Zehn Minuten später ließ sich Steve in dem braunen Sessel in Dr. William Kreegers Praxis nieder. Der Raum hatte einen Fußboden aus Pinienholz, die Wände waren in einem Graugrün gestrichen, das Steve nicht gefiel. Er hatte einmal gelesen, dass Seelenklempner Erdfarben und Natur einsetzten, um ihre aufgewühlten Patienten zu beruhigen. Doch hier gab es keine beigefarbenen Wände, keine Topfpflanze in der Ecke und kein gurgelndes Aquarium voller Papageienfische und Feuerfische, die sich in Korallenhöhlen tummelten.

Die einzigen persönlichen Gegenstände waren einige gerahmte Fotos auf einem Sideboard. Kreeger auf einem PS-starken Sportfischerboot der Sechzehn-Meter-Klasse. Soweit Steve sehen konnte, trieben im Wasser ringsum keine Leichen. Neben diesem Bild standen etliche grobkörnige Aufnahmen, die aus einem Videoband kopiert waren: Kreeger, der auf CNN erklärte, warum Ehemänner ihre Frauen und Mütter ihre Kinder töteten. Oder Mandanten ihre Anwälte.

»Haben Sie draußen Amanda gesehen?« Kreeger saß ebenfalls in einem Ledersessel.

»Ganz und gar.« Steve sah zu den Fenstern mit den Holzläden. Jetzt war er sicher, dass Kreeger sie beobachtet und das Zusammentreffen geplant hatte.

»Sie ist eine ungewöhnliche junge Frau«, sagte Kreeger.

»Erzählen Sie mir von ihr.«

»Wir sind hier, um über Sie zu sprechen, Solomon. Nicht über Amanda.«

»Sie haben damit angefangen.«

»Nur so viel: Als ich im Knast saß, war Amanda die Einzige, die mir geschrieben hat, die Einzige, der ich nicht egal war. Und als ich rauskam, wartete sie auf mich.«

»Für die Sorte Spinnerin, die sich in Mörder verlieben, erscheint sie mir ein bisschen jung.«

»Sie müssen noch viel lernen, Solomon, und haben nicht mehr allzu viel Zeit dazu.« Kreeger spitzte einen bereits spitzen Bleistift noch weiter an. »Worüber wollen wir uns zuerst unterhalten?«, fragte er. »Über Ihre gewalttätigen Tendenzen oder Ihre verquere Berufsethik?«

»Sie bringen mich zum Lachen, Kreeger. Von Ihnen über Ethik belehrt zu werden, ist, als belege man einen Benimmkurs bei einer Klapperschlange.«

»Ich bemerke einen aggressiven Unterton in Ihrer Stimme. Fällt es Ihnen noch immer schwer, Ihren Zorn unter Kontrolle zu halten?«

»O Mann.«

Kreeger schlug die Beine übereinander und balancierte ein ledergebundenes Notizbuch auf einem Knie. Eine altmodische Doktortasche stand geöffnet zu seinen Füßen. Zwischen den beiden Männern befand sich ein Rattantisch mit einem grünen Marmoraschenbecher. Über ihren Köpfen drehte sich still ein Deckenventilator. Das Gespräch hatte kaum begonnen, doch Steve wäre am liebsten schon wieder geflüchtet. Wenn dieser Psychofuzzi ihn fragte, ob er je daran gedacht hätte, seinen Vater zu töten und mit seiner Mutter zu schlafen – würde er einen zweiten Fall von Körperverletzung auf seinen Karteikarten vermerken müssen.

»Erzählen Sie mir von Ihrer Kindheit«, forderte Kreeger mit klinisch distanzierter Stimme. »Waren Sie ein glückliches Kind?«

»Sie können mich mal, Kreeger.«

»Hatten Sie eine gute Beziehung zu Ihrem Vater?«

»Mich und das Pferd, auf dem Sie hergeritten sind.«

Kreeger machte sich eine Notiz.

»Lassen Sie mich raten«, sagte Steve. »Der Patient ist unzugänglich, unkooperativ und zeigt asoziale Tendenzen.«

»Ich glaube, ich muss etwas klarstellen, Solomon. Sie sind nicht mein Patient. Ich habe nicht vor, Sie zu behandeln. Meine Aufgabe ist es, Ihnen beizubringen, wie Sie Ihre Aggressionen kontrollieren können. Inwiefern Sie meine Ratschläge beherzigen, liegt an Ihnen. In meinem Bericht wird stehen, ob davon auszugehen ist, dass Sie sich in Zukunft im Griff haben, oder ob Sie eine Gefahr für die Gesellschaft darstellen und hinter Schloss und Riegel gehören. Verstanden?«

»Ja.«

»Hervorragend. Wollen Sie jetzt weiter Spielchen mit mir spielen, oder reden wir vernünftig?«

Steve atmete tief durch und versuchte, seine Anspannung abzuschütteln. Die Sache verlief nicht ganz nach Plan. Er hatte durchaus kooperativ sein und an passender Stelle eine Bemerkung über Nancy Lamm einstreuen wollen, möglicherweise auch über Jim Beshears. Er hatte gehofft, Kreeger würde etwas über Oscar De la Fuente sagen.

»Okay, Doc. Bringen wir's hinter uns.«

Kreeger griff in die Doktortasche. Er zog eine Fotografie hervor und schob sie über den Rattantisch.

»Was empfinden Sie, wenn Sie dieses Bild betrachten?«

Steve nahm das Foto und lachte. Die körnige Schwarzweiß-Aufnahme zeigte ihn in einem U.M. Baseballtrikot aber ohne Kopfbedeckung. Er hatte die Mütze bereits auf den Boden geworfen. Die Arme hielt er seltsam seitlich abgespreizt, als wolle er gleich wegfliegen. Sein Gesicht war zu einer Grimasse verzogen. Schmerzerfüllt und wütend. An seiner Kehle trat dick wie eine Schlange eine Vene hervor. Er brüllte einen Schiedsrichter an, dessen Gesicht nur wenige Zentimeter von seinem eigenen entfernt war.

»Endspiel der College World Series«, sagte Steve. »Am Ende der Neunten. Ich wurde vor dem Erreichen der dritten Base abgepfiffen. Schiedsrichterentscheidung. Aber ich hatte die Base schon berührt.« Steve schüttelte den Kopf. »Was denken Sie, was damals in mir vorging?«

Kreeger schrieb etwas in sein Buch. »Was denn?«

»Ich war wütend. Fühlte mich ungerecht behandelt, gedemütigt. Ich war wütend.«

»Das sagten Sie bereits.«

»Ich hatte eine *Stink*wut, aber ich bin auf niemanden losgegangen. Schreiben Sie *das* auf.«

»Und was ist mit dem hier?«

Kreeger schob Steve einen fotokopierten Zeitungsausschnitt hin. Steve erkannte den Artikel aus dem *Miami Herald* sofort. Die Schlagzeile lautete: »Richter tritt zurück. Verdacht auf Amtsmissbrauch.« Das dazugehörige Foto – später preisgekrönt – zeigte einen hemdsärmeligen Herbert T. Solomon, der eine Pappschachtel die Treppe des Gerichts hinabtrug. Gut sichtbar war die Miniaturwaage einer kleinen Justizia. Die Waage hing mit verhedderten Ketten über den Rand der Schachtel. Aus Herberts Miene sprach tiefe Scham.

»Dad am schwärzesten Tag seines Lebens. Was soll damit sein?«

»Was empfinden Sie, wenn Sie dieses Bild anschauen?«

»Es tut weh. Ziemlich sogar. Zufrieden?«

»Analysieren wir Ihren Schmerz. Was war schlimmer?

Die Meisterschaft zu verlieren oder mitzuerleben, wie Ihr Vater sein Amt verlor?«

»Keine Frage: Dads Niedergang mitanzusehen war viel schmerzlicher.«

»Was glauben Sie, warum hat Ihnen das so viel ausgemacht, obwohl es doch nicht um Ihre eigene Ehre ging?«

»Weil ich meinen Vater liebe. Aber diese Vorstellung ist Ihnen vermutlich fremd.«

»Und falls die Anschuldigungen gegen Ihren Vater wahr wären? Wenn er die Bestechungsgelder tatsächlich angenommen hätte? Würden Sie ihn dann immer noch lieben?«

»Sicher. Aber Dad war unschuldig. Die Vorwürfe waren haltlos.«

»Warum hat der ehrenwerte Richter Solomon dann nicht dagegen geklagt?«

»Vielleicht hatte er Angst, dass der Schiedsrichter auch in seinem Fall eine Fehlentscheidung treffen würde.«

»Denkbar. Er hatte den Glauben an das System verloren. Wie der Vater, so der Hundesohn.«

»Worauf wollen Sie hinaus, Kreeger?«

Abermals griff Kreeger in die Tasche. Ein weiteres Foto. Auf einer Polizeiwache aufgenommen. Eine Frau in den Dreißigern mit einem runden, blassen Gesicht. Aus ihrem Top lugte eine Schlangentätowierung. Fettige Haarlocken klebten an ihrer Stirn. Die glasigen Augen starrten in ein weit entferntes anderes Universum.

Wie lange war es wohl her, überlegte Steve, dass diese Frau als hübsches Mädchen mit guten Manieren in einem ansehnlichen Haus am Pine Tree Drive gelebt hatte? Immer umgeben von einem Schwarm Freundinnen, die in einem Fünftklässler namens Steve Solomon schockierende elektrochemische Reaktionen auslösten.

»Meine Schwester Janice. Was hat sie denn mit unserer Sache zu tun?«

»Ihre Schwester, die Diebin. Die Drogenabhängige. Die Mutter, die ihr Kind verwahrlosen ließ.«

»Alles richtig.«

»Lieben Sie sie auch, Solomon?«

»Da mache ich nicht mit, Kreeger.« Steve stand auf und ging zum Fenster. Mit dem Zeigefinger hob er eine der hölzernen Lamellen. Er konnte den Pool sehen, den Whirlpool und die inzwischen verlassene Liege. Eine nackte junge Frau war nicht in Sicht.

»Ich fürchte, Sie haben keine Wahl. Sie haben Ihren Neffen aus der Obhut Ihrer Schwester entführt, nicht wahr?«

»Ich habe Bobby *gerettet*.«

»Sie haben einen Mann niedergeschlagen, ihm mit einem Knüppel den Schädel zertrümmert. Was war das für ein Ding?«

»Eine Art Hirtenstab aus Eichenholz.«

»Nicht ganz so schwer wie ein Landungshaken, nehme ich an.«

Endlich waren sie beim Thema, dachte Steve. Ein Boot vor den Keys. Beshears über Bord. De la Fuente am Steuer. *Okay. Langsam wird es interessant.* »Reden wir davon, dass ich einen Kerl namens Thigpen niedergeschlagen habe, oder geht es um Sie und Beshears?«

»Sie sind also auch der Ansicht, dass es gewisse Übereinstimmungen gibt? Außer natürlich, dass ich den bedauernswerten Jim Beshears retten wollte?«

»Seltsam. Ich habe Thigpen nicht umgebracht. Aber Sie haben Beshears getötet.«

»Erzählen Sie mir etwas über Thigpen, dann erzähle ich Ihnen von Beshears. Und Nancy.«

Steve wusste nicht, ob er Kreeger vertrauen sollte. Aber er hatte nicht viel zu verlieren. »Janice hatte Bobby in einen Hundekäfig gesperrt und ihn nur mit Haferschleim gefüttert. Sie hätte ihn für ein paar Krümel Crack verkauft. Ich habe den Jungen da rausgeholt und musste dafür jemanden niederschlagen.«

Steve dachte an jene Schneenacht im Pfannenstiel von Florida. An die Kommune, in der Janice und ihre hirntoten Freunde im Sommer Marihuana angebaut und ganzjährig verschiedene illegale Substanzen konsumiert hatten. An den Schwung mit dem Knüppel, an das Splittern von Schädelknochen und daran, dass er Bobby hinterher an einen sicheren Ort getragen hatte. Er hatte ihn mit nach Hause genommen, in sein erstes wirkliches Heim.

»Sie sind dran«, sagte Steve. »Haben Sie Beshears über Bord gestoßen? Hatten Sie geplant, mit dem Landungshaken auf ihn einzuschlagen?«

»Im Polizeibericht stand, es sei ein Unfall gewesen.«

»Soll das alles sein, Kreeger? Alles, was Sie dazu zu sagen haben?«

»Jim Beshears war ein Idiot, ein Trottel und außerdem krankhaft eifersüchtig auf mich. Er hat mit seinen dauernden Sticheleien einen ansonsten ziemlich gelungenen Angelausflug ruiniert.«

»Klingt, als hätte er verdient zu sterben.«

»Sie dürfen gern Ihre eigenen Schlüsse ziehen, Solomon.«

»Sie prahlen, nicht wahr? Sie wollen mich wissen lassen, wozu Sie fähig sind.«

»Wir sollten mal gemeinsam Angeln gehen, Solomon. Sie und ich.«

Steve lachte. Er konnte nicht anders. »Weshalb? Wollen Sie mich als Köder benutzen?«

Kreeger zeigte auf ein paar Fotos auf dem Sideboard. Das schnittige Sportangelboot an einem Dock vertäut. Das Boot, wie es sich durch einen Kanal pflügte, im Hintergrund eine Mangroveninsel. Ein drittes Foto zeigte Kreeger in Großaufnahme am Bug. »Ich liebe mein Boot. Auf ihm finde ich in schwierigen Zeiten Frieden und Ruhe. Wissen Sie, wie es heißt?«

Steve schüttelte den Kopf. Er hasste pseudo-originelle Bootsnamen. Einmal hatte er bei einer Scheidung eine Ehefrau vertreten, der schließlich das Boot ihres Mannes zugesprochen worden war. Sie hatte den Kahn sofort umgetauft – in *Ex am Strand*.

»*Psycho Therapie*«, sagte Kreeger. »Zwei Worte. Gefällt Ihnen der Name?«

»Ziemlich passend.«

»Sie können mich jederzeit anrufen. Dann fahren wir mit dem Boot zum Elliot Key.«

»Nur mit einer Eskorte von der Küstenwache.«

»Bei Ihrer gewalttätigen Vergangenheit müsste ich Angst vor *Ihnen* haben, nicht Sie vor mir. Hypothetische Frage: Würden Sie Janice töten, um Ihren Neffen zu retten?«

»Wie bitte?«

»Wenn Ihre Schwester eine Bedrohung für Robert darstellen würde, würden Sie sie töten, um ihn zu beschützen?«

»Wenn ich jetzt Ja sage, erzählen Sie Richter Schwartz, dass ich ein mordwütiger Verrückter bin, eine Gefahr für die Gesellschaft. Zumindest für eine Gesellschaft verkommener Junkies.«

»Ich kann dem Richter sagen, was ich will. Das hier geht nur Sie und mich etwas an. Es gibt doch so etwas wie einen gerechtfertigten Mord, nicht wahr?«

»Ja. In Notwehr. Zur Selbstverteidigung oder zur Verteidigung anderer.«

»Wer sollte Ihnen also einen Vorwurf machen, wenn Sie tödliche Gewalt anwenden müssten, um ein unschuldiges Kind zu retten? Welchen Unterschied würde es machen, wenn es dabei Ihre Schwester treffen würde?«

»Warum lassen Sie Janice nicht einfach aus dem Spiel? Sie ...« Steve hielt inne. Plötzlich verstand er. »Sie reden gar nicht von mir. Sie reden über sich selbst.«

Kreeger glättete eine Falte in seiner seidenen Guayabera, dann verschränkte er die Hände über dem Bauch. »Wie meinen Sie das?«

»Die Sache mit dem Baseballschiedsrichter und mir. Und dass mein Vater sein Amt aufgegeben hat. *Sie* sind derjenige, der den Richtern und dem Rechtssystem nicht traut.«

»Weiter, Solomon. Für einen Lehrer ist es immer beglückend, wenn ein langsamer Schüler etwas begreift.«

»All die Fragen, ob ich Janice umbringen würde, um Bobby zu schützen ... Damit sagen Sie, dass Sie Nancy Lamm getötet haben, weil sie für jemanden eine Bedrohung darstellte. Sie meinen, ich würde dasselbe tun.«

»Wir würden alle töten, um jemanden zu beschützen, den wir lieben. Sie und ich bilden da keine Ausnahme. Aber die Sache geht noch tiefer. Wir sind uns ähnlicher, als Sie zugeben wollen.«

»Sind Sie über den Blutsbrüder-Quatsch noch immer nicht hinweg?«

»Wo ist Ihre Schwester jetzt?«

»Im Knast. Sie hat noch achtzehn Monate abzusitzen. Aber wie ich Janice kenne, wird sie eine Mitgefangene verprügeln oder eine Wache angreifen und noch ein paar Monate extra kriegen.«

»Nein. Sie ist draußen.«

»Wie kommen Sie darauf?«

»Sie hat eine Entziehungskur gemacht, gilt als rehabilitiert und bereit für ein Leben als nützliches Mitglied der Gesellschaft.«

»Sie veräppeln mich.«

»Ich habe sie selbst untersucht. Freiwilliger Arbeitseinsatz beim Psychologischen Dienst im Strafvollzug. Janice gab sich vor der Begnadigungs-Kommission sehr überzeugend.«

»Sie haben ihr rausgeholfen? Weshalb?«

Kreeger lächelte. »Weil ich sehen wollte, wie weit Sie gehen würden, um jemanden, den Sie lieben, nicht untergehen zu lassen. Habe ich schon erwähnt, dass Ihre Schwester einen vollständigen Neuanfang plant? Wie nannte sie es gleich? ›Eine neue Kernfamilie bilden. Ich und mein Junge.‹ Grammatikalisch fehlerhaft, aber sehr bewegend.«

»Ich glaube das einfach nicht! Sie haben ihr rausgeholfen, damit sie sich Bobby holen kann?«

»Gibt es eine stärkere Macht als Mutterliebe?«

»Sie sind ein Scheißkerl. Sie haben Nancy Lamm ermordet. Sie haben Jim Beshears umgebracht. Und jetzt soll ich meine Schwester töten, um zu beweisen, wie ähnlich wir uns sind? Sie sind wahnsinnig! Ich bin nicht wie Sie, Kreeger.«

»Das werden wir sehen. Aber warum reden Sie die ganze Zeit von dem bedauernswerten Jim Beshears? Vielleicht, weil Sie überall nach dem Bootskapitän gesucht haben?«

Er weiß Bescheid!

Falls Kreeger dadurch beunruhigt war, zeigte er es nicht. Ein amüsiertes Lächeln umspielte seine Lippen. »Senor De la Fuente schon gefunden, Solomon?«

»Habe ich tatsächlich. Und er hat eine ziemlich aussagekräftige eidesstattliche Erklärung unterzeichnet. Vielleicht dürfen Sie eines Tages einen Blick darauf werfen.«

»Sie werden das Dokument der Staatsanwaltschaft übergeben, nehme ich an. Mord verjährt nicht. Sie hoffen, dass Anklage gegen mich erhoben wird. Ist das Ihr Plan?«

Kreeger öffnete eine Schreibtischschublade, und Steve hielt die Luft an. Wenn der Kerl eine Pistole zog, würde er über den Schreibtisch hechten wie früher auf die letzte Base.

»Wenn mir irgendetwas zustößt, wird mein Büro die Unterlagen automatisch an Ray Pincher weiterleiten.«

»Strenge Anweisungen also?« Kreegers herzhaftes Lachen klang wie das Klirren von Münzen in einem Spielautomaten. Eine Sekunde später zog er eine Feile aus der Schublade und begann, seine Nägel zu bearbeiten. »Wie geht es denn dem guten Captain? Ich habe ihn lange nicht gesehen.«

»Hat sich zur Ruhe gesetzt. Lebt sehr zurückgezogen, hat aber ein fantastisches Gedächtnis.«

Kreeger setzte ein geduldiges Lächeln auf. »Zur Ruhe gesetzt hat er sich mit Sicherheit. Und ich denke auch, dass es ziemlich still um ihn ist. Nur die Sache mit dem ›fantastischen Gedächtnis‹ klingt nicht sehr überzeugend. Als ich Oscar das letzte Mal sah, ging es ihm nicht besonders gut.«

Steve fröstelte, obwohl es in dem kleinen Raum ziemlich warm war. Plötzlich wusste er genau, was Kreeger ihm als Nächstes sagen würde.

»Oscar hatte ein ernsthaftes Alkoholproblem, müssen Sie wissen«, fuhr Kreeger fort. »Wenn er trank, redete er Schwachsinn. Erzählte Geschichten über zwei Medizinstudenten und einem Streit auf seinem Boot, den nur einer von ihnen überlebte. Einen Streit! Oscar muss an dem Tag ganz schön blau gewesen sein.«

»Was war, als Sie ihn das letzte Mal gesehen haben?«

»Er trieb mit dem Gesicht nach unten. Muss auf dem glitschigen Deck ausgerutscht sein, als er aufs Dock springen wollte. So etwas kann passieren.«

»Ich wette, er hatte eine Kerbe im Schädel.«

»Das ist nicht verwunderlich, wenn man sich beim Sturz ins Wasser den Kopf an einem Betondock anschlägt.«

Nun war es also heraus. Kreegers Botschaft war eindeutig. *Wenn du mir drohst, bringe ich dich um.* Genauso wie er Beshears, Lamm und De la Fuente getötet hatte. Steve spürte, wie sich seine Kiefermuskeln anspannten. Ja, *Psycho Therapie* war der richtige Name für das Boot dieses Freaks.

»Drei Tote im Wasser.« Steve schüttelte den Kopf.

»Gibt es einen besseren Ort, um zu sterben?«

»Wie soll ich das verstehen?«

»An ›Asche zu Asche, Staub zu Staub‹ habe ich nie geglaubt. Wir sind alle aus einem Sumpf gekrochen. Da ist es doch nur folgerichtig, wenn wir in ein feuchtes Grab zurückkehren. Vom Sumpf ins Meer, Solomon. Das ist unser Weg. Vom Sumpf ins Meer.«

Zwanzig

Dummes Gerede

»Du hast eine nackte Frau geküsst?«, fragte Victoria.

»Nein. Ja. Nicht direkt.« Steve merkte, dass er sich verhaspelte. Er öffnete den Kühlschrank aus Edelstahl und warf einen Blick hinein. Leer. Aber die kalte Luft fühlte sich gut an. Sie befanden sich in der Musterküche eines Musterstadthauses in einem Musterviertel dreihundert Meter vom Meer. Casa del Mar. Oder Mar Bella. Oder El Pollo del Mar. Steve war es einerlei. Er hatte sich nicht die Mühe gemacht, das Schild zu lesen.

»Du hast eine nackte Frau geküsst!« Victorias Stimme nahm den vorwurfsvollen Ton einer Richterin bei der Urteilsverkündung an. *»Sie haben ein hilfloses Kätzchen ertränkt!«*

»Ist das denn so wichtig?« Steve konnte es nicht glauben. Er hatte ihr noch kaum etwas von seinem Besuch bei Kreeger erzählt, und sie hielt sich an der sonnengebräunten Nackten im Garten auf. »Viel wichtiger ist doch, dass Kreeger einen weiteren Mord zugegeben hat! Den an De la Fuente. Das sind nun schon *drei*!«

»Ist sie hübsch?«

»Wie viele müssen es sein, damit man von einem Serienkiller spricht?«, sinnierte Steve.

»Ich wette, sie hat einen tollen Körper. An dem Abend im Restaurant wirkte sie ziemlich durchtrainiert.«

»Mehr als zwei Morde sicher. Aber reichen drei aus?«

»So wie sie dich angestarrt hat, wusste ich, dass etwas im Busch ist.«

»Weißt du, was das heißt, Vic?«

»Dass du mich betrügst.«

»Wie bitte? Wovon redest du eigentlich?«

»Du hast eine nackte Frau geküsst.«

»Genau genommen« – Steve wünschte es wäre Bier im Musterkühlschrank – »hat *sie* mich geküsst.«

»Aber du hast dich nicht gewehrt.«

»Was hätte ich tun sollen? Ihr eine kleben?«

»Nein. Das übernehme ich.«

»Sie behauptete, Kreeger würde ihr alles sagen. Ich habe versucht, einen Draht zu ihr zu bekommen.«

»Hört sich ganz danach an.«

Steve machte die Kühlschranktür auf und zu, um etwas zu tun zu haben. Die Küche war vier Meter hoch. Die Arbeitsplatten bestanden aus Granit, und die teakverkleidete Kochinsel in der Mitte hatte die Größe einer Rennjolle. Den siebenstelligen Betrag für das Stadthaus konnten sie sich nicht leisten. Doch Victoria hatte es besichtigen wollen, also waren sie hier. Steve wusste, dass sich Frauen beim Shoppen oft ohne jede Kaufabsicht viele verschiedene Dinge ansahen. Warum sie das taten, konnte er sich nicht erklären. Doch erst letzte Woche hatte Victoria ihn nach Bal Harbour geschleppt, wo er geduldig zugesehen hatte, wie sie eine ganze Kollektion exotischer Outfits von italienischen Designern anprobierte. Jeder Einzelne dieser hauchdünnen Fummel war preislich nördlich eines Flachbildfernsehers angesiedelt gewesen, und Victoria hatte selbstverständlich nichts gekauft. So etwas würde ein Mann nie tun. Allerdings musste Steve zugeben, dass er einmal eine Probefahrt in einem Ferrari gemacht hatte. Einfach so.

»Wie dem auch sei, es war rein geschäftlich.« Steve

schloss die Kühlschranktür und hoffte, dass damit auch das Thema »nackte Amanda« abgeschlossen war.

Victoria musterte ihn einen Moment lang mit gerunzelter Stirn. Steve hatte diesen Blick schon oft gesehen. Normalerweise bedachte sie damit beim Kreuzverhör die gegnerischen Zeugen. »Nur fürs Protokoll«, sagte sie, »warst du erregt?«

O Mann. Sie ließ einfach nicht locker.

»Nein. Dafür ging alles zu schnell.«

»Wenn euch also Zeit für einen zweiten Kuss geblieben wäre, hätte dich das erregt. Korrekt?«

»Verdammt, warum musste ich mich mit einer Anwältin einlassen? Hier stehe ich, bin ehrlich, erzähle dir alles, und du führst dich auf wie die Staranwältin in einer Fernsehserie.«

»Du musst mit ihr geflirtet haben.«

»Ich habe nur so unwiderstehlich wie immer dagestanden. Aber darum geht es doch gar nicht. Dieses Zusammentreffen gab mir die Chance, sie zu bearbeiten.«

»Deine Wortwahl ist sehr verdächtig.«

»Vielleicht will sie ihn ja verlassen. Wenn ich ihr dabei helfe, hilft sie mir vielleicht, ihn dranzukriegen.«

»Das heißt wohl, du und dein unwiderstehliches Selbst werdet mehr Zeit mit ihr verbringen müssen.«

»Amanda teilt Kreegers Bett. Gibt es eine bessere Verbündete gegen ihn?«

»Dein erster Plan gefiel mir besser. Der, in dem du Kreeger dazu bringen wolltest, dich zu ermorden.«

»Er sollte es nur *versuchen*.« Steve testete die eingebaute Mikrowelle. Sie hatte mehr Knöpfe und Anzeigen als das Cockpit eines Jets. »Komm schon, Vic. Du musst mir helfen.«

»Wie viele Hände braucht man denn, um Sonnenöl auf einen nackten Frauenkörper zu reiben?«

»Du könntest mir Tipps geben, wie ich sie dazu bringe, dass sie sich mir öffnet.«

»Was soll ich da noch sagen?«, entgegnete Victoria betont blasiert. »Sie stand ja bereits nackt vor dir.«

»Hallihallo, ihr Turteltäubchen!« Jackie Tuttle polterte von der Terrasse in die Küche. Sie war mit ihrem Black-Berry und einer ledernen Aktenmappe bewaffnet. Ihre Schuhe und ihre Bluse hatten etwas gemeinsam, fand Steve. Beide waren durchsichtig. Die Schuhe schienen aus Kunstharz zu bestehen, die Bluse aus irgendeinem hauchdünnen schwarzen Material. Durch Jackies goldene Kreolen konnte man mühelos einen Basketball werfen.

»Wie findest du den Whirlpool, Vic? Ich sehe schon bildlich vor mir, wie ihr beide darin an euren Drinks nippt und dabei den Sonnenuntergang über dem Ozean genießt.«

»Die Sonne geht über den Everglades unter«, sagte Steve.

»Von Whirlpools bekomme ich Pilzinfektionen«, sagte Victoria.

»Oh. Ihr habt Krach.«

»Haben wir nicht«, widersprachen beide einstimmig.

»Gut«, antwortete Jackie. »Habt ihr schon die Er-und-Sie Schränke angeschaut?«

Steve strich über die kühle Granitplatte. »Jackie, dieses Haus ist zu teuer für uns.«

Jackie starrte ihn an. »Habe ich schon erwähnt, dass die Fenster deutlich stabiler sind, als nach den Richtwerten für Sturmschutz verlangt?«

»Jackie, Steve hat recht«, sagte Victoria. »So viel können wir nicht ausgeben.«

Jackie drohte Steve mit einem Zeigefinger, dessen langer Nagel in zwei Farben lackiert war. »Das ist *deine* Schuld.«

»Was habe ich denn jetzt schon wieder angestellt?«

»Wenn du Tori erlauben würdest, die Kanzlei ein bisschen aufzupeppen, könntet ihr euch eine Immobilie in Gables Estates oder wenigstens in Cocoplum leisten.«

»Wir werden nicht für Banken oder Versicherungen arbeiten.«

»Ach, aber Stripclubs zu verteidigen ist die Erfüllung«, gab Jackie zurück.

»Verstöße gegen den ersten Zusatzartikel unserer Verfassung zu bekämpfen gehört zu den hehrsten Aufgaben eines Anwaltes.«

»Und was ist mit all den verschwitzten Saisonarbeitern und illegalen Einwanderern, die du umsonst verteidigst?«

»Als die Pilgerväter am Plymouth Rock landeten, waren sie nichts anderes.«

Jackie warf ihm einen finsteren Blick zu. »Du willst mich nicht verstehen, Steve. Wenn ihr nicht endlich richtig Geld verdient, könnt ihr euch nicht mal eine Hundehütte leisten. Jedenfalls nicht beim derzeitigen Markt.«

»Ich werde meinen Prinzipien treu bleiben. Vic kennt die Regeln.«

»Die Regeln?« Victoria fuhr auf. »Und die bestimmst wohl du allein. Anscheinend bist du in unserer Beziehung der oberste Verfassungsrichter.«

»So habe ich das nicht gemeint, Vic. Aber die Kanzlei heißt Solomon und Lord, nicht umgekehrt.«

Victoria verschränkte die Arme vor der Brust. »Vielleicht wäre es besser, wenn Steve Solomon den Laden in Zukunft wieder allein schmeißen würde. Solo.«

»Jetzt komm schon. Ich bin einfach länger dabei als du

und habe mehr Erfahrung. Das musst du einsehen. Ich habe deutlich mehr Mandanten vertreten, habe massenweise Prozesse gewonnen und ...«

»Und du hast schon viel mehr Zeit in der Arrestzelle verbracht als ich.«

»Aber abgesehen davon sind wir gleichberechtigte Partner«, schloss Steve.

Jackie Tuttle griff nach der Aktenmappe und machte sich auf den Weg zur Tür. Nur einmal blieb sie noch kurz stehen. »Tori ist viel zu nett, Steve. Deshalb sage ich es an ihrer Stelle: Du bist verdammt verbohrt.«

»Du irrst dich, Jackie. Das hat sie mir längst selbst gesagt.«

»Auch dass du manchmal ein richtiger Kotzbrocken bist? Und dass du die beste Frau der Welt verlieren wirst, wenn du dich nicht zusammenreißt?«

Steve wartete auf einen Widerspruch von Victoria. Er wartete fünf Sekunden lang. Oder waren es fünf Jahre? Nichts. Dann sagte er etwas Dummes. Nein, »dumm« war ein viel zu schwaches Wort dafür, fand er später. Vielleicht war er ein Opfer des idiotischen männlichen Bedürfnisses gewesen, stets cool und unerschütterlich zu wirken. So genau wusste er das nicht. Doch anstatt seine Liebe und Zuneigung für Victoria zu bekunden, erklärte er: »Hey, hier wird niemand zu irgendetwas gezwungen. Victoria kann tun und lassen, was sie will.«

Jackie ließ sich auf dem Weg zur Tür nicht mehr aufhalten. Victoria wandte ihm den Rücken zu.

Während sie die Collins Avenue entlangfuhren, schwieg Victoria. Steve suchte im Radio den Margaritaville-Sender mit der nervigen Inselmusik, die er so liebte, und die sie so pubertär fand. Als Jimmy Buffet von einem Strandhaus auf dem Mond sang, stellte Victoria leiser. Sie hatte über ihre jüngsten Gespräche nachgedacht – angefangen damit, dass Mr Sensibel ihr vor ein paar Tagen praktisch gesagt hatte, sie solle sich raushalten, er würde selbst entscheiden, was für Bobby richtig sei. Wenn er also zum Haus der Goldbergs rennen und sich dort wie ein derangierter Schimpanse von Kronleuchter zu Kronleuchter schwingen wollte, dann würde er das verdammt noch mal tun. Und vor ein paar Minuten hatte er von den »Regeln« in »seiner« Kanzlei gesprochen. Gefolgt von der Anmerkung, sie könne sich ja im Zweifelsfall vom Acker machen. Obwohl sie wusste, dass er es nicht so meinte, brodelte sie innerlich. Sein Interesse – ob nun beruflich oder anderweitig – an Amanda, der nackten Schlampe, war ebenfalls nicht sonderlich hilfreich.

So irritierend. So provozierend. So herablassend.

Und er weiß es noch nicht einmal.

Er verletzt meine Gefühle und reißt eine Kluft zwischen uns auf, ohne es zu merken.

Als sie durch das ziemlich verwahrloste Surfside fuhren, warf sie Steve einen Blick zu. »Meinst du wirklich, wir sollen zusammenziehen, Steve?«

»Klar doch. Haben wir das denn nicht bereits entschieden?«

Bitte keine weitere Diskussion, hieß das wohl.

»Was willst du damit sagen? Das hohe Gericht hat sein Urteil gefällt?«

»Was soll das? Ich fälle keine Urteile. Wir haben eine gemeinsame Entscheidung getroffen und ...«

»Gib es endlich zu, Steve. Du bist zu einer echten Beziehung noch immer nicht bereit.« Dann schwieg sie wieder.

Steve fand, die beste Art, Beziehungsprobleme zu umschiffen, war, übers Geschäftliche zu reden. Während Victoria stur geradeaus starrte, fasste er seine Sitzung mit Kreeger noch einmal zusammen. Bei der Hausbesichtigung hatte sich Victoria so sehr in die Sache mit Amanda verrannt, dass er ihr noch nicht alles hatte erzählen können. Nun berichtete er von dem hypothetischen Geständnis des Docs, *falls* er Nancy Lamm ermordet hätte, sei dies zum Schutz einer anderen Person geschehen. Dann erzählte Steve Victoria die schlechte Neuigkeit, dass seine diebische, drogenbenebelte Schwester Janice – heiße Anwärterin auf den Titel der schlechtesten Mutter des Jahrhunderts – dank Kreegers Unterstützung wieder auf freiem Fuß war.

»Kreeger wollte mich mit Janice provozieren. Er meinte, ich würde meine eigene Schwester umbringen, falls sie für Bobby eine Bedrohung wäre. Glaubst du, das ist sein Plan? Will er, dass ich Janice töte?«

Keine Antwort.

»Vielleicht möchte er es selbst tun und den Mord dann mir anhängen. Das könnte dem Irren so gefallen.«

Sie fuhren am Eden Roc und am Fontainebleau Resort vorbei, die beide gerade generalsaniert wurden. Weder Frank Sinatra noch Sammy Davis Jr. waren irgendwo in Sicht. An der Brücke zur Arthur Godfrey Road gab es an einer roten Ampel einen Rückstau. Steve hielt an.

»Ich wüsste gern«, monologisierte er weiter, »wen Kreeger angeblich schützen wollte, als er Nancy Lamm tötete. Kinder hat er nicht. Wer ist die mysteriöse Person, die er mit Bobby vergleicht?«

»Was hat Kreeger denn genau gesagt?«

Victoria brach ihr Schweigen. *Wunderbar. Einer intellektuellen Herausforderung kann sie nicht widerstehen.*

»Soweit ich mich erinnere, sagte er: ›Wer sollte Ihnen einen Vorwurf machen, wenn Sie tödliche Gewalt anwenden müssten, um ein unschuldiges Kind zu retten?‹«

»Er redet über sich selbst und dich – über euch beide. Das siehst du doch auch so, oder?«

»Ja. Er behauptet, um Bobby zu schützen, würde ich töten. Aber wer ist *sein* Kind? Kreeger hat keine Kinder.«

»Du genau genommen auch nicht.«

»Ich habe einen Neffen, den ich liebe, und Kreeger weiß das.«

Die Ampel sprang auf Grün, und Victoria sagte: »Du erkennst den Zusammenhang tatsächlich nicht?«

»Nein. Deshalb bitte ich dich ja um Hilfe.«

»Wenn du nicht immer nach den verschlungensten Wegen suchen würdest, wüsstest du längst, wie einfach und naheliegend die Antwort auf deine Frage ist.«

»Schon gut. Sag sie mir, bevor die Everglades ausgetrocknet sind.«

»Du bist Bobbys Onkel.«

»Richtig.«

»Und wer nennt Kreeger ›Onkel Bill‹?«

»Amanda!«

»Sie war – wie alt? – ungefähr dreizehn, als Nancy Lamm ums Leben kam. Ein Kind.«

Steve sprach die Fragen, die ihm durch den Kopf schossen, laut aus. »Aber weshalb brauchte Amanda Schutz? Wer ist sie eigentlich? Sagt Kreeger überhaupt die Wahrheit?«

»Das wirst du sicher noch herausbekommen, Steve.« Victoria deutete auf den Straßenrand. »Setz mich in der Lincoln Road ab.«

»Wie bitte? Wir kommen der Sache gerade langsam auf den Grund.«

»Und ich brauche neue Schuhe.«

»Hör schon auf. Um Schuhe geht es doch gar nicht. Was ist los?«

»Ich habe beschlossen, einkaufen zu gehen. Genau wie du beschlossen hast, ein wunderschönes Apartment in der Brickell Avenue und ein umwerfendes Stadthaus in Bal Harbour nicht zu mögen.«

»Du bist sauer auf mich? Deshalb willst du Schuhe kaufen?«

»Sagen wir einfach, wenn der Schuh drückt, kann ein neues Paar nicht schaden.«

Einundzwanzig

Das Frauenrecht auf Schuhe

Victoria brauchte eigentlich keine neuen Schuhe. Welche Frau braucht schon Jimmy-Choo-Sandaletten in Knallpink oder schwarze Leder-Dolce-&-Gabbanas, silbermetallicfarbene Via-Spiga-Slipper oder ein Paar Miu Mius aus beigefarbenem Schlangenleder?

Brauchen war ein relativer Begriff, fand Victoria. Möglicherweise waren Schuhe nicht ganz so lebensnotwendig wie Sauerstoff, aber brauchen tat sie im Augenblick vor allem eines: Zeit zum Nachdenken. Dabei purpurfarbene Samt-Manolos anzuprobieren, kostete nichts – im Gegensatz zu den Schuhen selbst. Victoria hatte keinesfalls die Absicht, etwas zu kaufen, was sie sich nicht leisten konnte. Aber verdammt noch mal, warum fehlte ihr das Geld dafür?

Hatte Jackie recht? War Steve ein Bremsklotz?

Nachdem Steve sie abgesetzt hatte, spazierte Victoria auf der Lincoln Road an Läden und Cafés vorbei nach Westen. An den Tischen im Freien saßen schlanke junge Frauen neben braun gebrannten jungen Männern und genossen den Nachmittag.

Wer waren diese Leute? Mussten die nicht arbeiten?

Je mehr Victoria über den gegenwärtigen Stand ihrer Beziehung nachdachte, desto niedergeschlagener wurde sie. Die Idee zusammenzuziehen, erschien ihr im Augenblick ziemlich idiotisch. Wohin sollte das führen? Steve hatte nie von Heirat gesprochen. Aber wollte sie das denn überhaupt? Würden sie langfristig miteinander zurechtkommen? Reichte Liebe allein für eine Beziehung aus? Musste es nicht wenigstens ein paar charakterliche Übereinstimmungen geben?

So viele Fragen.

Victorias Gedanken kehrten zu dem Haus zurück, das sie sich nicht leisten konnten, und zu den Schuhen, die so unirdisch teuer waren.

Warum kann ich mir kein hauchzartes italienisches Schuhwerk für neunhundert Dollar gönnen?

Sie dachte einen Augenblick lang darüber nach. Wurde hier vielleicht ein Grundrecht verletzt? Das Frauenrecht auf Schuhe? Ha!

Ihre Gedanken kehrten zurück zu Steve. Im Augenblick war er derart mit Kreeger beschäftigt, dass er die Kanzlei vernachlässigte. Doch der Schlüssel zum Erfolg lag darin, den Brunnen am Sprudeln zu halten. Es reichte nicht, nur an den Fällen zu arbeiten, die bereits auf dem Schreibtisch lagen. Aber was tat Steve, der selbst ernannte Regenmacher, in letzter Zeit, um Mandanten aufzutreiben?

City of Goral Gables gegen Fiore. Er verteidigte einen Hausbesitzer, der – amtlich aufgefordert, seinen Rasen zu mähen – »FUCK YOU« ins meterhohe Gras rasiert hatte. Dann gab es noch die Klage gegen den Fahrer der Eisbearbeitungsmaschine, der unter Alkoholeinfluss mitten in einem Florida-Panthers-Eishockeyspiel über die Fläche gekurvt war. Und nicht zu vergessen – Sheila und Max Minkin, die den Rabbi vor den Kadi zerren wollten. Für das verspätete Erscheinen zu ihrer Trauung. Steve hatte es bei diesen beiden Heulbojen wieder mal mit seinem alten Trick versucht.

Er schleppt einen lausigen Fall mit unausstehlichen Mandanten an und schiebt ihn dann mir zu.

Im Augenblick war sie so sauer auf Steve, dass sie wünschte, sie könnte einen von Herberts jiddischen Flüchen über ihn kommen lassen. Zum Beispiel den, dass in seinem Nabel eine Zwiebel wachsen möge. In Ermangelung fundierter Jiddisch-Kenntnisse musste Victoria ihren Partner zu ihrem Bedauern auf Englisch verfluchen und versuchte es mit dem gemeinsten Voodoozauber, der ihr auf die Schnelle einfiel.

Liebster Steve, mögest du den Nachmittag mit Max und Sheila Minkin verbringen müssen.

Dann warf sie alle Vorsätze über Bord und zückte die Kreditkarte. Sie würde sich die verdammten Schuhe kaufen.

Zweiundzwanzig

Mordmotiv

Im Empfangszimmer warteten die Minkins auf Steve.
Mist. Eigentlich hatten sie gar keinen Termin.
Womit hatte er das verdient?
Cece Santiago lag in Lycrashorts und einem Haltertop auf dem Rücken, stemmte die Langhantel und ließ die Querstange immer wieder geräuschvoll in die Halterung klirren. Die Minkins blätterten in *Lifestyle Mare* und *Architectural Digest*. Die Zeitschriften waren bereits ein Jahr alt gewesen, als Steve sie aus dem Wartezimmer eines Arztes gemopst hatte.
»Hey, Max! Hey, Sheila!« Steve legte so viel Begeisterung in seine Stimme, wie er nur vortäuschen konnte. »Wie geht es meinen Lieblings-Frischgetrauten?«
»Wie geht es unserem Fall?«, gab Sheila zurück. Max vergrub das Gesicht in der Zeitschrift.
»Rabbi Fisherman ist zu keinem Vergleich bereit. Jedenfalls noch nicht. Sein Anwalt hat eine Antwort auf unsere Beschwerde formuliert. Ich rechne mit einem Zivilrechts-Verfahren.«
Ich rechne mit einem Zivilrechts-Verfahren.
Steve versuchte wieder einmal, wie ein Anwalt zu klingen. Schließlich musste er sein Honorar rechtfertigen. Dass Finsterman keine Einigung wollte, war im Grunde keine schlechte Nachricht. Wenn die Sache vor Gericht ausgemacht wurde, konnte er anstelle von dreißig gleich vierzig Prozent des Streitwertes als Honorar beanspruchen.
»Und wann ist unser Prozess?«, wollte Sheila wissen.

»Sobald dem Gericht sämtliche Anträge vorliegen.« Steve gab sich Mühe, möglichst professionell zu klingen. »Und der Prozess wird kein Kindergeburtstag. Finstermans Anwalt wird sich alle Mühe geben, seinen Mandanten als Opfer höherer Gewalt darzustellen.«

»Was zum Teufel soll das heißen?«

»Das Übliche. Verspätungen gelten als allgemeines Lebensrisiko. Und er behauptet, der Rabbi sei von einem Gewitter aufgehalten worden, das den Verkehr zum Erliegen brachte. Das sei ein Akt Gottes gewesen.«

»Es war August! Im August regnet es an jedem verdammten Tag«, keifte Sheila.

»Ich werde vermutlich einen Experten als Zeugen laden müssen und dafür Auslagen haben.«

»Was denn für einen Experten?«

»Einen Talmud-Gelehrten.« Steve zählte auf Herbert, der ja inzwischen wieder zur Synagoge ging.

Das Telefon klingelte. Cece nahm ab. »Solomon und Lord. Ordnungswidrigkeiten und Straftaten. Schurkereien aller Art.« Einen Augenblick lang lauschte sie, dann sagte sie: »Für dich, *Jefe*.«

»Ah, wahrscheinlich der Rückruf von Richter Brandeis.« Steve warf Cece einen Seitenblick zu, damit sie nicht sagte: »*Nein, nur die Mietagentur, die wissen will, was aus den Raten für den Kopierer geworden ist.*«

Auf dem Weg in sein Büro dankte Steve den Minkins für ihren Besuch.

Zehn Minuten später saß er im Schneidersitz auf dem Fußboden und wühlte in der Akte *Florida gegen William Kreeger*. Es ging um Nancy Lamms Tod. Steve hatte sich die Unterlagen aus dem Archiv bringen lassen und las nun den

Autopsiebericht und sämtliche medizinische Aufzeichnungen noch einmal durch. Bislang hatte er nichts gefunden, was ihn weiterbrachte. Die Zeugenaussagen waren ebenfalls nicht sehr ergiebig. Langsam arbeitete er sich rückwärts, bis er schließlich seine Notizen über das erste Treffen mit Kreeger in den Händen hielt.

Alles hatte mit einer Scheidung und mit einem Sorgerechtsstreit begonnen. *Lamm gegen Lamm*, Leonard gegen Nancy. Leonard behauptete, Nancy sei kokainabhängig und deshalb als Mutter völlig überfordert. Der Richter bestellte Kreeger als psychiatrischen Gutachter. Er sollte beide Eltern sowie das Kind befragen und dem Gericht die Ergebnisse zukommen lassen.

Nach und nach fielen Steve die Einzelheiten wieder ein. Die Lamms hatten nur ein gemeinsames Kind – eine Tochter. Er erinnerte sich an ihren Namen: Mary. Kreeger hatte Steve damals erzählt, er habe Nancy gesagt, sie könne nur hoffen, dass ihre Tochter nie ein uneheliches Kind bekommen würde. Sonst würde man sie mit dem Kinderlied »Mary had a little Lamm« aufziehen. Steve hatte den Spruch schon damals nicht besonders lustig gefunden und konnte auch jetzt nicht darüber lachen.

Beim Stöbern in den Unterlagen fand er eine Kopie von Kreegers schriftlichem Bericht. Der Doc spielte Nancys Suchtproblem herunter. Er schien die Schuld dafür bei Leonard zu sehen. Ihr Ehemann war kalt, distanziert und wenig kommunikativ. Nancy beschrieb er hingegen als sehr sensibel aber fast ohne Selbstachtung. Die dauernden Beschimpfungen durch ihren Ehemann machten die Sache nur noch schlimmer. Kreeger deutete außerdem an, dass Leonard seine Tochter missbrauchte. Diesen Absatz seines Berichtes formulierte er allerdings äußerst vorsichtig. Ohne den Vater direkt sexueller Übergriffe zu bezichtigen, schilderte er, dass der Mann das Badezimmer betreten hatte, während Mary unter der Dusche stand. Es war auch vorgekommen, dass Leonard seine Tochter aufgefordert hatte, sich auf seinen Schoß zu setzen, was Kreeger als nicht altersangemessen sah.

Leonards Anwalt focht Kreegers Ausführungen an. Er bezeichnete die Anschuldigungen als haltlos und skandalös und beantragte deren Streichung. Dabei hätte es einen anderen, mehr als triftigen Einspruchsgrund gegeben, der Leonard zugutegekommen wäre, wenn er ihn denn gekannt hätte: Kreeger war inzwischen Nancys Liebhaber und hätte schon aus diesem Grund von dem Fall abgezogen werden müssen.

Zwei Wochen vor der Sorgerechtsverhandlung ertrank Nancy Lamm in Kreegers Whirlpool. Das Familiengericht sprach Leonard das Sorgerecht für Mary zu. Fast zur selben Zeit wurde gegen Kreeger Mordanklage erhoben.

Steve ging die Akten aus dem Familiengericht noch einmal genau durch. Nancy Lamms Tod hatte für eine zügige Abwicklung gesorgt. Alles reine Formsache. »Hiermit wird dem Antagsteller Leonard Lamm das Sorgerecht für sein minderjähriges Kind, Mary Amanda Lamm, zugesprochen.«

Mary Amanda Lamm.

Amanda.

»Onkel Bill liebt mich. Schon seit Langem.«

Plötzlich durchschaute Steve alles. Die Staatsanwaltschaft war vom falschen Mordmotiv ausgegangen. Pincher hatte den Geschworenen erklärt, Nancy Lamm habe sterben müssen, weil sie Kreeger wegen ihrer Affäre mit einer Anzeige gedroht hätte. Doch Psychofritzen ließen sich andauernd mit ihren Patienten ein. Das mochte hochgradig unethisch sein, wurde aber normalerweise nur milde bestraft. Kein Grund für einen Mord.

Die Wahrheit war viel schlimmer. Steve ahnte die hässlichen Tatsachen: Nancy musste herausgefunden haben, dass sich Kreeger an ihre Tochter, Mary Amanda, herangemacht hatte. *Das* hatte sie ans Licht bringen wollen, gegenüber dem Staatsanwalt genauso wie vor der Ärztekammer. Kreeger wäre wegen Vergewaltigung und Missbrauchs einer Minderjährigen im Knast gelandet. Das konnte er nicht geschehen lassen. Er tötete Nancy Lamm und hatte dadurch die Tochter für sich, selbst wenn er sich für eine Weile gedulden musste. Amanda lebte bei ihrem Vater, Kreeger saß seine Strafe wegen Todschlags ab.

»Amanda war die Einzige, die mir geschrieben hat, die Einzige, der ich nicht egal war. Und als ich rauskam, wartete sie auf mich.«

Als Kreeger ihm das erzählte, hatte Steve geglaubt, Amanda gehöre zu den wunderlichen Brieffreundinnen, die sich zu Mördern hingezogen fühlten. Doch das war nicht der Fall. Die beiden hatten eine gemeinsame Vergangenheit.

Steve versuchte sich vorzustellen, wie die Jahre, die Kreeger im Gefängnis verbracht hatte, verlaufen waren. Amanda Lamm hätte mit ihren Schulfreundinnen durch Einkaufszentren ziehen, zum Cheerleadertraining gehen und sich ein Kleid für den Abschlussball aussuchen sollen. Doch ihre Entwicklung war im Alter von dreizehn Jahren gestört worden. Durch Kreeger, halb Mann, halb geiler Kinderschänder.

Steve sah das Mädchen zu Hause sitzen, Briefe auf rosarote Bögen schreiben, diese sorgfältig falten und in parfümierte Umschläge stecken, die sie dann mit einem Lippenstiftkuss versiegelte. Sie schwelgte in süßen Träumen von dem Mann, der ihr die Kindheit gestohlen und ihr Lügen ins Ohr geraunt hatte. Sie lebte in einem pervertierten Märchen, in dem die Liebenden durch ein grausames Schicksal auseinandergerissen werden.

Sicher, Kreeger liebte sie. Liebte sie auf ebenso kranke wie heimtückische Weise. Und Amanda erwiderte diese Liebe. Die Liebe des Mannes, der ihre Mutter ermordet hatte. Und dieser Umstand, dachte Steve, war vielleicht ebenso traurig und so tragisch wie der Mord selbst.

Solomons Gesetze

§ 8   Liebe ist Chemie und ein Mysterium, nicht Logik und Vernunft.

Dreiundzwanzig

Wir sind, wer wir sind

Frauen rauschten heutzutage nicht mehr in Räume, fand Steve. Es gab keine Scarlett O'Haras mehr, die mit gerafften Röcken ins Zimmer segelten und ihre Allüren auslebten.

Mit Ausnahme von Irene Lord.

Die Queen stolzierte durch seine Bürotür, ließ den Blick über das bei Polizeiauktionen ersteigerte Mobiliar schweifen und schürzte die schimmernden aufgespritzten Lippen, als überlege sie, ob es ratsam sei, Platz zu nehmen, oder ob sie sich damit der Gefahr aussetzte, dass eine Kakerlake an ihrer Strumpfhose emporwuselte.

»Wir müssen reden«, hauchte Irene. Die Collagenlippen bewegten sich kaum.

»Vic ist nicht hier«, sagte Steve.

»Ich bin nicht blind, Stephen. Alt und tatterig vielleicht, aber mit hinreichender Sehkraft gesegnet.«

Steve wusste, dass sie mit dieser Bemerkung Widerspruch wecken wollte, und kam ihr ein Stück entgegen. »Sie sind weder tatterig noch blind, Irene.«

»Und ...«

»Und alt sind Sie auch nicht. Sie sind faszinierend und bezaubernd, und die Männer folgen Ihrer Duftspur wie ein Skunk dem Geruch einer Sonnenblume.«

»Danke, Stephen. Ich mochte Sie immer sehr gern.«

Das gab ihm zu denken. »Ist es für Gin Tonic nicht noch ein bisschen früh, Irene?«

»Ich habe nicht getrunken, und ich wollte *Sie* sehen,

nicht meine Tochter. Ich dachte, wir fangen mit höflichem Smalltalk an, aber Sie wissen vermutlich nicht, was das ist.«

»Das ist die Irene, die ich liebe.«

»Tatsache ist, dass ich Sie tatsächlich irgendwie mag. Obwohl Sie ziemlich nervtötend sein können.«

»Besten Dank.«

»Ich weiß, Sie sagen die unmöglichsten Dinge oft nur, um mich aus der Reserve zu locken. Aber manchmal sind Sie sehr aggressiv, rechthaberisch und anmaßend.«

»Rechthaberisch und anmaßend? Verdammt, Irene, schon wieder diese antisemitischen Vorurteile.«

»Ach, um Himmels willen! Müssen Sie andauernd damit anfangen?«

»Wir wollten in Ihre Country Clubs eintreten. Man nannte das anmaßend. Wir wollten in Princeton studieren. Anmaßend. Diese verdammten anmaßenden Juden!«

»Schreien Sie nicht, Stephen. Das lässt Sie unvorteilhaft wirken.«

»Laut bin ich also auch. Noch ein diskriminierendes Vorurteil.«

»Einige meiner Lieblingsverlobten waren Juden, also bitte mäßigen Sie sich. Sie fangen an, mich zu langweilen.«

»Von anmaßenden Anglikanern haben Sie sicher noch nie gehört. Oder von lauten Lutheranern? Ich glaube kaum. Und was kommt als Nächstes, Irene? Wie wäre es denn mit ›geldgierig‹?«

»Das sind Sie nun wirklich nicht. Der Himmel weiß, wie oft ich mir schon gewünscht habe, dass Geld Ihnen ein bisschen wichtiger wäre. Würden Sie sich nun bitte abregen und mir einen juristischen Rat geben?«

»Fragen Sie Vic. Die kennt sich mit Paragraphen besser aus als ich.«

»Ich brauche aber jemanden, der ...« Irene schnalzte mit der Zunge, als hake sie Begriffe ab, bis sie den richtigen gefunden hatte. »*Flexibler* ist. Und nachsichtiger. Meine liebste Tochter ist manchmal ein wenig ...« *Kluck-kluck-kluck.*

»Engstirnig?«, schlug Steve vor.

»Genau. Ich kann mich doch auf Ihre Diskretion verlassen?«

»Anwälte haben Schweigepflicht. Sogar ihrer Freundin gegenüber. Wen haben Sie denn umgebracht?«

Irene verdrehte die Augen und griff in eine samtweiche Lederhandtasche, die aus der Bauchhaut eines Alligatorbabys gemacht zu sein schien. Sie zog ein Dokument hervor, schob es über Steves Schreibtisch, wischte unsichtbare Schmutzpartikel vom rissigen Lederpolster des Besucherstuhls und setzte sich. Ihr seidiges weizenblondes Haar war zu einer Frisur arrangiert, die Steve an Prinzessin Gracia von Monaco erinnerte.

»First Dade Bank gegen Irene Lord« las Steve laut vor. »Sie haben Ihre Hypothekenzinsen nicht bezahlt?«

»Die sind hinter meinem Apartment her, Stephen. Sie müssen mir helfen.«

»Hier steht, Sie seien mit Ihren Zahlungen fünf Monate im Rückstand.«

»Ich bin im Augenblick ein wenig klamm. Was soll ich nur tun?«

»Was ist denn mit Ihren reichen Freunden? Rufen Sie doch den australischen Reeder an, der sie als seine Lieblingsfregatte bezeichnete.«

»Der hat sich schnittigeren Jachten zugewandt.«

»Und was ist mit dem Barrengoldhändler? Der wusste doch gar nicht, wohin mit seinem Geld.«

»Als ich letztes Jahr fünfzig wurde, hat er mich gegen zwei Fünfundzwanzigjährige eingetauscht.«

»Irene, ich bitte Sie. Sie sind letztes Jahr siebenundfünfzig geworden.«

»Dann waren es eben drei Neunzehnjährige. Jedenfalls bin ich jetzt mit Carl zusammen, und der hat keinen Cent.«

Steve staunte nicht schlecht. Carl Drake, der angebliche Erbe von Sir Francis Drake. Der elegante Meistersülzer mit dem gepflegten Oberlippenbart und dem Blazer mit Goldknöpfen. »Haben Sie ihm etwa Geld gegeben, Irene? Diesem Carl Drake?«

»Ich musste doch meinen Unkostenanteil für die Auflösung des Trusts übernehmen. Mit dieser Investition habe ich meine Ansprüche geltend gemacht.«

»Dieser Schleimbeutel! Als ich ihn bei Joe's gegrillt habe, behauptete er, Ihnen würden keinerlei Kosten entstehen.«

»Ich weiß, ich weiß.«

»Und Sie haben den Mund gehalten.«

»So wurde ich erzogen, Stephen. Eine Frau widerspricht ihrem Mann nicht in der Öffentlichkeit.«

»Schade, dass Sie das Ihrer Tochter nicht beigebracht haben.« Steve schüttelte den Kopf. »Verdammt, Irene. Drake ist ein Betrüger.«

»Es sind nun mal einige Spesen aufgelaufen. So etwas kommt vor, Stephen.«

»Irene, bitte. Sir Francis Drakes Geld hat nicht vierhundert Jahre lang auf Sie gewartet. Das ist ein billiger Schwindel. Oder ein teurer – wie man's nimmt.«

»Erwarten Sie, wenn ich meinen Anteil kassiert habe, keine Einladung auf meine Jacht.«

Doch Irene sprach mit so wenig Überzeugung, dass Steve sofort noch etwas anderes witterte. Sie wusste, dass sie einem Schwindel aufgesessen war. Vielleicht war ihr das sogar in dem Augenblick klar gewesen, als sie den Scheck unterschrieben hatte. Dabei war sie sonst diejenige, die sich mit Geld, Schmuck und Designerfummeln überhäufen ließ. Das Ganze konnte nur eines bedeuten – und es war beängstigend.

»Irene, bitte sagen Sie jetzt nicht, dass Sie den Kerl lieben.«

Ihre Augen, die dank einer Lidoperation unnatürlich weit geöffnet waren, füllten sich mit Tränen. »Von ganzem Herzen, Stephen. Dieser Mann hat mich wieder das Staunen gelehrt.«

»Grundgütiger.« Steve erhob sich. »Kommen Sie, Irene. Es ist nie zu früh. Ich spendiere Ihnen einen Drink.«

Sie saßen an einem Tisch vor dem Ocean Drive Café. Irene Lord, die Frau, die sich im tiefen, trügerischen Ozean der Liebe verloren hatte, lehnte jeden vernünftigen Vorschlag ab, den Steve ihr unterbreitete.

Nein, sie würde sich nicht von Carl Drake trennen. Nein, sie würde ihn weder verklagen noch seine Konten einfrieren lassen, geschweige denn die Staatsanwaltschaft einschalten.

Steve sagte, er würde tun, was er konnte, um eine Zwangsversteigerung zu verhindern. Er würde die Bank mit unzähligen Anfragen überziehen. Er würde die Kreditabteilung des Betruges bezichtigen, des Wuchers und des Verstoßes gegen diverse Bankgesetze. Notfalls würde er auch den Versailler Vertrag und das Abkommen zur Aussetzung von Atomtests ins Feld führen. Er würde verschleppen und verzögern, verdrehen und verwirren und versuchen, mit allerhand Ablenkungsmanövern Zeit zu gewinnen. Wenn das alles nichts half, konnte Irene immer noch in die Armee eintreten und sich auf das Gesetz zum Schutz von Seeleuten und Soldaten berufen. Das ging der Queen dann doch ein wenig zu weit, aber mit allem anderen war sie einverstanden. Und mit jedem Schluck Tanqueray wurde ihr Steve ein wenig sympathischer.

»Ich habe das Gefühl, wir könnten eine gewisse Wertschätzung füreinander entwickeln, Stephen.«

»Ich bitte Sie, Irene, die einzigen Werte, die Sie kennen, sind steuerfreie Aktiengewinne.«

Sie lachte. »Ich will nicht behaupten, ich wäre Ihr größter Fan. Weiß der Himmel, wie oft ich mir schon gewünscht habe, Victoria hätte einen etwas konventionelleren Mann gefunden, einen weniger...«

»Anmaßenden?«

»Draufgängerischen.« Ihr Lächeln ließ die strahlend weißen Veneers aufblitzen. »Aber irgendwie gefallen Sie mir auch.«

Steve vermutete, dass hinter den Freundlichkeiten ein Stachel lauerte.

»Victoria liebt Sie. Sie liebt Sie wie noch keinen Mann zuvor. Und damit haben Sie bei mir einen dicken Stein im Brett.«

Wow. So etwas hatte die Queen noch nie zu ihm gesagt.

»Stephen, das ist die Stelle, an der Sie sagen, dass Sie sie auch unsäglich lieben.«

»Das tue ich Irene. Ich liebe sie sehr. Dass eine Frau mir je so viel bedeuten könnte, hätte ich nie geglaubt. Ich habe Vic vom ersten Tag an, an dem wir uns vor Gericht als Gegner gegenüberstanden, nicht mehr aus dem Kopf bekommen. Das war aber nur der Anfang. Seither sind meine Gefühle für sie immer tiefer geworden.«

»Aha. Wenn ich jemals irgendetwas für Sie tun kann ...«

Dieses Angebot machte die Queen ihm zum ersten Mal, und sie würde es vermutlich nie wiederholen. »Ehrlich gesagt, könnte ich jetzt gleich einen Rat in Bezug auf ihre Tochter gebrauchen.«

»Dass Sie sich Gedanken machen, ist ein gutes Zeichen. Manche Männer sind so schwer von Begriff, dass sie es überhaupt nicht kommen sehen.«

»Was denn?«

»Prada-Pumps mit Pfennigabsätzen, die aus ihrem Leben stöckeln.«

Steve seufzte.

»Natürlich haben Sie Probleme, Stephen. Welches Paar hat die nicht? Nelson Lord war die Liebe meines Lebens, aber was haben wir uns gestritten!« Sie presste den Saft eines Limettenviertels in ihren Gin Tonic. »Bei Ihnen und Victoria ist es noch schwieriger, weil Sie so verschieden sind.«

In den nächsten siebzehn Minuten fasste Steve den Stand seiner Beziehung mit Victoria zusammen, gab zu, dass er tatsächlich nicht sicher war, ob sie zusammenziehen sollten, und dass sie das natürlich spürte. Im Augenblick wollte sie nicht mal eine Cola mit ihm teilen, von Tisch und Bett ganz zu schweigen.

»Sie will wissen, wie es mit Ihnen beiden weitergeht«, sagte Irene.

»Warum kann sie sich nicht einfach ganz entspannt treiben lassen und sehen, was passiert?«

»Ein so hochgradig organisierter Mensch wie meine Tochter braucht das Gefühl von Sicherheit. Spontaneität gehört nicht zu ihren Stärken und Berechenbarkeit nicht zu den Ihren.«

»Ich kann mich ändern.«

»Und wie stellen Sie sich das vor, Stephen?«

Er dachte darüber nach. Die übliche Ansammlung von Möchtegern-Models flanierte hüftenschwingend an ihrem Tisch vorbei. Männliche Teenager fuhren in den Geländewagen ihrer Eltern vorüber und verdrehten sich die Hälse nach den Mädchen. Die Soundsysteme der SUVs plärrten verzerrten Reggaeton, in dem Bässe und Drums dominierten.

»Ich lasse Vic bestimmen, wo wir wohnen sollen, gehe mit ihr ins Ballett und trete bei den Kiwianis ein, wenn sie das möchte.«

Irenes Lachen war etwas lauter als nötig. Die drei Gin Tonic waren nicht wirkungslos geblieben. »Wenn Victoria einen solchen Mann gewollt hätte, hätte sie Bruce geheiratet.«

Gemeint war Bruce Bigby, das wusste Steve. Der Bauunternehmer, Avocadofarmer – vom Bund der Gewerbetreibenden zum Mann des Jahres erkoren.

Irene winkte nach einem weiteren Drink, doch die Bedienung – offenbar ein arbeitsloser Schauspieler – posierte gerade vor einem Tisch mit Teenies in knappen Shorts und Trägertops. »Victoria hat Bruce für Sie fallen lassen«, fuhr Irene fort. »Weshalb hat sie das wohl getan?«

»Vorübergehende geistige Umnachtung?«

»Sie liebt Sie, so wie Sie sind. Trotz Ihrer diversen Unzulänglichkeiten. Wagen Sie es also ja nicht, sich zu ändern. Abgesehen davon, würde das gar nicht funktionieren. Wir sind, wer wir sind. Sie, ich, Victoria, Carl. Wir alle. Unsere wahre Natur wird immer wieder zum Vorschein kommen, ganz gleich, wie sehr wir uns verbiegen.«

»Ist das Ihr Rat, Irene? Ich soll mich nicht ändern?«

»Richtig. Obwohl ...«

Also doch, dachte Steve.

»Wie lautet das jiddische Wort für Geld?«, fragte sie.

»Ganz einfach: ›*Gelt*«, antwortete Steve.

Irene bemühte sich zu lächeln wie eine jüdische Matrone. »Würde es Sie sehr schmerzen, Stephen, ein bisschen mehr *Gelt* nach Hause zu bringen?«

Vierundzwanzig

Tanz für mich

Es war Nacht, doch der Dreiviertelmond – abnehmend, wie Bobby wusste – erhellte den Garten. Myron Goldberg hatte für die Außenbeleuchtung ein Vermögen ausgegeben. Deshalb lag auch das Haus in Licht getaucht. Bobby hörte ein Surren, gefolgt von einem *Whoosh*. Unter ihm sprossen Düsen aus dem Rasen wie Aliens in *Krieg der Welten*. Wassernebel schoss hervor und benetzte seine nackten Beine. Bobby saß dreieinhalb Meter über dem Boden, in der Gabel zwischen dem Stamm und dem knorrigen Ast eines Mangobaumes.

Marias Mangobaum. Das pfirsichartige Aroma der noch grünen harten Früchte stieg Bobby in die Nase. Auf einer Mango hockte mit tastenden Fühlern eine Wespe. Roch die Wespe den Duft ebenfalls? Bobby ärgerte sich, dass er nicht wusste, ob Wespen einen Geruchssinn besaßen.

Maria, wo bist du?

Um sich die Wartezeit zu vertreiben, flüsterte Bobby die Namen der Büsche und Blumen im Garten der Goldbergs vor sich hin. Selbst der Gärtner der Goldbergs kannte vermutlich die korrekte Bezeichnung für das Geißblatt nicht, dessen Blüten purpurnen Trompeten glichen.

Lonicera sempervirens!

Außerdem gab es Bougainvillearanken, deren Blüten so rot waren, dass ihr Saft, wenn man sie zerrieb, aussah wie Wein.

Maria, wo bist du?

Der Wind wurde stärker und ließ die Blätter rascheln. Bobby fröstelte und spürte Gänsehaut an seinen Beinen.

Bekam eine Gans, wenn ihr kalt wurde, auch eine? Und wie stand es mit dem Ganter?

Es war kurz vor Mitternacht. Gleich musste es so weit sein. Die Fenster des Goldberghauses waren dunkel. Nur die Außenbeleuchtung warf ihr gespenstisches Licht auf Bäume und Büsche.

»*Wenn die Uhr zwölf schlägt, musst du da sein.*«

Das hatte Maria gesagt. Als würde er zu spät kommen. Er saß seit mindestens einer Stunde in der Astgabel, und ihm tat längst der Hintern weh.

»*Soll ich Steinchen an dein Fenster werfen?*«

»*Das ist mega-out, Bobby. Ruf an Mitternacht an, nenne aber keinen Namen. Sag nur: ›Tanz für mich.‹*«

»*Was ist, wenn deine Eltern das Klingeln hören?*«

»*Ich stelle mein Handy auf Vibration und lege es zwischen meine Schenkel.*«

»*Wow.*«

Das Gespräch hatte ihm den Atem geraubt. Er übte seinen Satz noch einige Male, bemühte sich, seiner Stimme dabei männliche Tiefe zu verleihen und die Betonung auf das Wort ›tanz‹ zu legen. Dann betonte er versuchsweise das Wort ›mich‹.

»*Tanz für mich.*« *Er musste definitiv das* »*mich*« *betonen.*

Das heißeste Girl der sechsten Klasse würde für ihn tanzen. Von »nackt« war zwar nicht die Rede gewesen, aber man konnte schließlich hoffen.

Eigentlich war es nur fair, dachte Bobby. Er hatte Maria erklärt, wie man Dezimale durch ganze Zahlen teilte und wie man Brüche in Dezimale umwandelte. Sie hatte ihn gefragt, ob der Quotient größer oder kleiner wurde, wenn der Teiler ein Vielfaches von Zehn war.

Pfff.

Bobby las die Uhrzeit vom Display seines Handys ab. Himmel! 12:03. Er drückte die Kurzwahltaste für Marias Nummer, lauschte dem Klingeln und hörte gleich darauf ihre Stimme flüstern: »Was willst du?«

»Tanz für mich!«, würgte er hervor. Hinter einem der Fenster im Obergeschoss ging das Licht an. Marias Zimmer. Bobby erkannte in der Nähe des Fensters eine Lampe. Wahrscheinlich stand sie auf Marias Schreibtisch. Einen Augenblick später nahm das Licht einen rötlichen Schimmer an. Maria hatte ein rotes Tuch über den Lampenschirm geworfen. Oh. Das sah vielversprechend aus.

Maria stand am Fenster. Die Lampe tauchte ihre Silhouette in rotschwarzes Licht. Dann fing sie an zu tanzen. Die Bewegungen, die sie mit ihren schmalen Armen über dem Kopf vollführte, erinnerten Bobby an eine Ertrinkende. Wahrscheinlich hatte sie Musik angestellt, aber er konnte nichts hören. Maria schlüpfte aus ihrem Top und drehte sich zur Seite. Ihre Mini-Möpse hatten die Größe von Hühnereiern.

Bobbys Atem ging schwerer. Plötzlich war ihm gar nicht mehr kalt. Er musste seine Sitzposition in der Astgabel verändern, denn seine Hose wurde zu eng. Doch plötzlich drängten sich Gedanken in seinen Kopf. Ungebetene Gedanken. Wie Flusswellen schlugen sie gegen den Damm, den er in seinem Bewusstsein errichtet hatte.

Das Tuch über dem Lampenschirm. War das aus Baumwolle oder Polyester? Schwer oder leicht entflammbar?

Und die Glühbirne. Er hoffte, dass es sich nicht um einen Halogenscheinwerfer handelte. Die Dinger erhitzten sich leicht auf 250 Grad Celsius – beziehungsweise 482 Grad Fahrenheit. Das berechnete er innerhalb von drei Sekunden.

Maria wand sich aus ihren Shorts. Der Winkel ihres Ellbogens ließ darauf schließen, dass ihre Hand in ihrem Schritt lag. Doch Bobby konnte sich nicht konzentrieren. Er war sicher, dass das Tuch jeden Augenblick in Flammen aufgehen würde. Die Gardinen, das Bettzeug, die Tapeten, alles würde lichterloh brennen. Würde Maria auch nur genügend Zeit bleiben, aus dem Zimmer zu rennen? Wurde die Klimaanlage mit Gas betrieben? Wenn es so war, dann leckte sie sicher. Das Haus würde sich in ein flammendes Inferno verwandeln – und das war allein seine Schuld. Am Fenster wand sich Maria, sie ließ die Hüften kreisen. Doch Bobby sah nur einen orangefarbenen Feuerball explodieren, das Haus pulverisieren und Maria, ihre Mutter und ihren Vater verschlingen.

Das war der Augenblick, in dem er lauthals »Feuer! Feuer! *Feuer!*«, schrie.

Fünfundzwanzig

Mütterliche Ader

Steve sprintete die Kumquat Avenue entlang, bog links ab und gleich danach noch einmal nach links auf die Loquat Avenue. Er hörte nur das Geräusch seiner Nikes auf dem Pflaster und seinen eigenen Atem.

Der Anruf hatte ihn kurz nach Mitternacht aus einem Traum gerissen, in dem er im College-Endspiel den entscheidenden Punkt machte und nicht kurz vor der dritten Base abgepfiffen wurde. Seine Mannschaftskameraden trugen ihn auf den Schultern vom Feld.

»Hier Eva Munoz-Goldberg. Mein Mann ist Dr. Myron J. Goldberg ...«

Doktor. Als würde ich ihn sonst mit Myron J. Goldberg von der Müllabfuhr verwechseln.

»Kommen Sie sofort zu uns rüber und holen Sie Ihren kranken Neffen ab, bevor ich die Polizei rufe.«

O Shit.

Steve schnappte sich das nächstbeste T-Shirt – *»Ich spreche nicht fließend Idiotisch – also reden Sie deutlich!«* stand darauf –, sprang in orangefarbene Hurricane Shorts und rannte die Straße hinunter.

Was ist passiert, Bobby?

Beim Laufen malte sich Steve aus, dass sein Neffe in Marias Bett erwischt worden war. Wie hatte Herbert das Mädchen genannt? Eine Nachwuchsnutte? Aber vielleicht hatten sie nur Hausaufgaben gemacht, und Bobby war in Marias Bett eingeschlafen. Steve dachte wie ein Strafverteidiger.

Schnaufend blieb er vor dem hell erleuchteten Haus stehen. In den Boden eingelassene Punktstrahler warfen ihr Licht auf einige Sabalpalmen. Unter dem Giebel gleißten Flutlichter, der Gartenpfad war von niedrigen Laternen erhellt. Dazu passende Leuchter standen auf bronzenen Postamenten links und rechts der Haustür. Das Anwesen erstrahlte im Lichterglanz wie ein Football-Stadion am Samstagabend.

Bobby erwartete Steve schwankend und mit hängenden Schultern. Er hatte die Arme um sich geschlungen. Steve zog ihn an sich und flüsterte ihm ins Ohr: »Es kommt alles in Ordnung. Onkel Steve ist bei dir.«

Myron Goldberg, ein kleiner Mann Mitte vierzig, trug einen Frotteebademantel, Hausschuhe und einen konsternierten Ausdruck im Gesicht. Seiner Frau Eva hing das lange schwarze Haar aufgelöst bis über die Schultern. Sie hatte einen weißen Seidenmorgenmantel an, der ihre Oberschenkel nur bis zur Hälfte bedeckte. Eva war eine zierliche Frau mit auffallend üppigen Brüsten und mochte etwa gleich alt sein wie ihr Mann. Auch ohne Röntgenblick wusste Steve, dass sie unter der Robe nackt war. In der rechten Armbeuge hielt sie eine automatische Waffe mit kurzem Lauf.

»Sagen Sie mir, dass das keine Uzi ist, Mrs Goldberg«, sagte Steve.

»Wir sind in den Vereinigten Staaten. Das ist mein gutes Recht.«

Maria erschien in der Haustür. »Bobby hat gar nichts gemacht!«

»Zurück ins Haus!«, befahl Eva. »*Ahora mismo!*«

Das Mädchen murmelte etwas, was Steve nicht verstand, dann verschwand es.

»Also, es ist so«, begann Myron zögernd. »Ihr Neffe ist ein Spanner. Wir haben ihn in dem Baum vor Marias Zimmer erwischt.«

Bobby drückte den Kopf an Steves Seite und wimmerte.

»Das klingt gar nicht nach meinen Bobby«, sagte Steve. Er drückte die Schulter des Jungen.

»Fragen Sie ihn!«, forderte Eva. Dabei wedelte sie mit dem Arm und mit der Uzi.

»Würden Sie bitte die Waffe weglegen?«, sagte Steve.

Sie schnaubte abfällig. »Zweiter Zusatzartikel der Verfassung. Sie sind Anwalt. Lesen Sie nach.«

»Ich werde Bobby nach Hause bringen und dort mit ihm reden«, sagte Steve ruhig. »Ich rufe Sie morgen an, und wir klären die Sache.«

»Kommt gar nicht infrage. Ich will einen Polizeibericht.«

»Wir sollten nicht überreagieren«, sagte Myron so leise, dass ihn die Grillen des Viertels beinahe übertönten.

»Überreagieren?« Eva fuhr zu ihrem Gatten herum. Einen Moment lang dachte Steve, sie würde eine Salve abfeuern und ihn in Stücke schießen. »Willst du, dass der kleine Perverse das noch einmal tut?«

»Hey«, sagte Steve. »Wir sind alle ein bisschen aufgeregt. Vielleicht sollten wir erst mal darüber schlafen und ...«

Er wurde von quietschenden Reifen unterbrochen. Steve wandte sich zur Einfahrt um. Er rechnete mit einem Streifenwagen und damit, dass das Leben seines Neffen sich gleich in einen Haufen Dreck verwandeln würde. Bobby würde sein Mandant werden, vor dem Jugendrichter erscheinen müssen, psychologischen Tests unterzogen und als Sexualstraftäter registriert werden.

Aber es war nicht die Polizei. Vor der Einfahrt hielt ein mindestens zehn Jahre alter, schlammgrüner Dodge

Pickup. Eine Frau stieg aus und kam auf sie zu. Ein Großmutterkleid schlackerte um ihre Knöchel, und sie trug Birkenstocksandalen. Sie war groß und untersetzt. Die langen Haare hatte sie sich aus dem runden Gesicht nach hinten gebürstet. Sie wurden von einem Band zusammengehalten. Steve erkannte sie schon, bevor sie in den Lichtschein trat, und wünschte sich, es wäre doch die Polizei gewesen.

»Was zum Teufel machst du hier?«, fragte Steve.

»Bobby hat mich auf dem Handy angerufen. Was läuft hier für eine Scheiße?«

Bobby linste hinter Steve hervor. »Hi, Mom«, sagte er.

Alles passierte viel zu schnell, fand Steve.

Erst brachte sich Bobby in eine Situation, die ihn in die Mühlen der Justiz werfen konnte. Dann tauchte Janice auf – angeblich um Bobby zu helfen. Dem Kind, das sie vernachlässigt, misshandelt und verstoßen hatte.

»Bobby hat mich auf dem Handy angerufen.«

Das bedeutete, dass die beiden regelmäßig Kontakt hatten und dass der Junge ihm kein Wort davon gesagt hatte.

Bobby, Bobby, Bobby. Wie konntest du das tun?

»An Ihrer Stelle würde ich die Waffe weglegen«, sagte Janice zu Eva Munoz-Goldberg.

»An Ihrer Stelle würde ich mir die Haare waschen und zwanzig Kilo abnehmen«, gab Eva zurück.

»Ich bitte Sie jetzt noch einmal höflich: Weg mit der Scheißknarre, sonst ramme ich Sie Ihnen in Ihren verklemmten Arsch.«

»Ich muss doch sehr bitten ...«, sagte Myron.

»Überlass das mir, Janice«, sagte Steve.

»Du machst bislang keine sehr gute Figur, Brüderchen.« Janice wandte sich an die Goldbergs. »Soweit ich gehört habe, hat die kleine Miss Hot-Pants meinen Jungen zu einer Peepshow eingeladen. Also, was soll die ganze Aufregung?«

»Wie können Sie es wagen!«, schnaufte Myron.

»Hören Sie, Sie Tröte. Ich will hier nicht mit Steinen werfen. Verdammt, ich habe den Jungs schon mit zwölf hinter der Turnhalle einen geblasen. Machen wir uns nichts vor. Kids sind eben Kids.«

»Ich habe von Ihnen gehört«, sagte Eva. »Sie wissen nicht mal, wer Bobbys Vater ist.«

»Hey, ich glaube, wir verabschieden uns jetzt besser.« Steve schaltete sich ein – nicht seiner Schwester zuliebe, sondern wegen Bobby. Der Junge hatte schon ohne derartige Beleidigungen genügend Probleme. »Wir reden morgen weiter. Im Augenblick liegen die Nerven ziemlich blank.«

»*Chingate*, Stümper«, fauchte Eva. »Ich weiß alles über Sie. Aus dem Radio. Und ich weiß, dass Ihr Vater, der Richter, Dreck am Stecken hat.«

»Lassen Sie meine Familie aus dem Spiel«, warnte Steve.

»Eine Kokainhure. Ein Stümper und ein korrupter Richter. Eine ganze Sippschaft Degenerierter.«

»Soll doch die Hure, die ohne Sünde ist, den ersten Stein werfen«, sagte Janice.

Eva wedelte mit der Waffe. »Was soll das heißen, *puta*?«

»Jesus liebt dich. Alle anderen halten dich für eine Missgeburt.«

Eve trat einen Schritt vor, doch Janice holte als Erste aus. Die Kombination aus Schlag und Sprung wirkte für eine Frau ihrer Statur erstaunlich geschmeidig. Ihre Faust streifte nur Evas Wange, und sie wäre wahrscheinlich nicht gestürzt. Doch Janice kam mit dem Kopf voraus angesegelt. Ihre fleischige Schulter traf Eva mitten in die Brust. Ein *Umpf* – und beide Frauen wälzten sich auf der Erde. Die Uzi flog in einen Pflanztrog voller Fleißiger Lieschen. Die beiden Männer standen einander gegenüber und überlegten, ob von ihnen erwartet wurde, dass sie nun auch die Fäuste fliegen ließen.

»Silikonmöpse! Silikonmöpse!«, kreischte Janice. Sie saß auf Eva. Der Morgenmantel der kleineren Frau klaffte auseinander.

»Herr Jesus! Janice, geh von ihr runter!«, befahl Steve.

»Du sollst den Namen des Herrn nicht missbrauchen!«, tadelte Janice.

»*Requetegorda!*«, schrie Eva. »Runter von mir!«

»Ladys, bitte«, flehte Myron.

Steve fand die ganze Situation absolut surreal. Hörte er etwa Stimmen? Hatte seine Schwester, an deren Bat Mitzwa im Tempel Emanuel er sich noch vage erinnerte, gerade Jesus den »Herrn« genannt?

»Was haben dich die Dinger gekostet?«, fragte Janice. Sie zerrte an Evas Robe. »Ich dachte, ich leiste mir auch ein Paar. Gleich nach der Fettabsaugung.«

»*Puta fea*«, japste Eva. Janice hockte auf ihrem Bauch.

»Herr im Himmel«, schnaufte Myron Goldberg.

»Von wo er auf uns herabsieht«, antwortete Janice.

»Was soll das religiöse Gefasel, Janice?«, fragte Steve.

»Juden für Jesus, Brüderchen. Im Gefängnis habe ich den wahren Messias gefunden.«

»Ist nicht wahr.«

»So wahr mir Gott helfe.«

Die Sache wurde immer grotesker, dachte Steve. Sein Vater wurde mit einem Mal orthodox, seine Schwester zum Jesus-Freak. Plötzlich nahm er eine Bewegung wahr.

»Pass auf, Mom!«, schrie Bobby.

Myron hatte die Uzi aufgehoben.

Ein jüdischer Parodontist mit einer Uzi!

Falls der Mann keine israelische Armeeausbildung hatte, war das das sicherste Rezept für eine Katastrophe. Myron schien noch zu überlegen, wie er die Hand um den Griff legen musste, da trat Steve vor und verpasste ihm eine Rechte. Seine Faust traf Myron Goldberg am Kinn. Der Mann sank in sich zusammen und ließ die Uzi fallen.

Steve spürte einen pochenden Schmerz im Handgelenk.

Myron wälzte sich stöhnend auf der Erde.

Janice rutschte von Eva herunter, die sie mit spanischen Schmähungen überschüttete. »Gut gemacht, kleiner Bruder«, sagte Janice. »Hey, Bobby! Ich und Stevie sind ein tolles Team, oder?«

»Wir sind kein Team.« Steve schüttelte das Handgelenk, doch das schmerzhafte Pochen wurde nur noch stärker.

»Wir sind im Namen des Herrn unterwegs«, sagte Janice selig.

Myron kam wackelig wieder auf die Füße, hielt sich das Kinn und murmelte etwas, das nach »*Rechschanwalt*«, klang.

Er wurde von einer Polizeisirene übertönt.

»Ich muss hier weg.« Janice machte sich auf den Weg zu ihrem Truck.

»Hör mal Schwesterherz, bleib noch, bis die Cops hier sind. Ich könnte eine Entlastungszeugin brauchen.«

»Wer zur Gefangenschaft bestimmt ist, geht in die Gefangenschaft«, sagte sie so emotionslos wie ein evangelikaler Zombie. »Das Gericht ist erbarmungslos gegen den, der kein Erbarmen gezeigt hat.«

»Nette Predigt. Und was bedeutet das?«

Sie ließ sich auf den Fahrersitz des grünen Pick-up plumpsen und warf den Motor an. »Jeder ist sich selbst der Nächste, kleiner Bruder.«

Sechsundzwanzig

Nenn mich verantwortungslos

Victoria erwog, sehr diplomatisch und mit äußerstem Fingerspitzengefühl vorzugehen. Sie konnte beispielsweise sagen: »*Gestattest du die Frage, ob es klug war, Myron Goldberg niederzuschlagen?*« Oder auch: »*Für jemanden, der wie du noch wegen eines tätlichen Angriffs unter Anklage steht, könnte man dein Verhalten als wenig hilfreich bezeichnen.*«

Schließlich entschied sie sich für: »Du bist ein Kindskopf! Ein unbeherrschter, egozentrischer Kindskopf.«

»Jetzt hab dich nicht so, Vic. Ich war der Schlichter.«

»Vermutlich kann man dir unbefugtes Betreten eines Privatgrundstücks vorwerfen, auf jeden Fall aber einen tätlichen Angriff und Körperverletzung.«

»Ich habe die Sache geklärt. Die Cops haben mich befragt und sind danach zu Krispy Kreme gefahren.«

»Dann wird also keine Anklage erhoben?«

»Sie ermitteln noch.«

»Ich sollte mit Dr. Goldberg sprechen«, sagte Victoria. »Vielleicht kann ich ihn von einer Anzeige abbringen.«

»Eigentlich müsste ich ihn verklagen.« Steve hob die geschwollene Rechte. »Mein Handgelenk ist verstaucht.«

Sie steckten an einem schwülen Herbstmorgen im Verkehr auf dem South Bayshore Drive fest. Dankenswerterweise hatte Steve wenigstens das Verdeck des Mustang geschlossen, sonst hätte Victorias Haar längst wie ein Wischmopp ausgesehen. Es war der Morgen nach Janices Wiederkehr, nach Bobbys Spähmission in Marias Garten und Steves Beinahe-Verhaftung. Im Augenblick versuchten sie, aus Coconut Grove hinauszukommen.

Wieder ein Kapitel der Solomon-Familiensaga. Gehöre ich wirklich auch zu der Geschichte?

Steve benahm sich wie ein Trapezartist ohne Netz. Früher oder später würde er fallen. Konnte sie ihn auffangen, oder würde er auf sie plumpsen und sie platt walzen?

Okay, wenn Steve ein Trapezartist ist, was bin dann ich? Das Mädchen im knappen Bikini, das den stolzen Elefanten reitet?

Nein. Das arme Ding, das mit Besen und Schaufel hinter dem Elfanten hertappt.

Die Zirkusmetaphern hatte sie von Marvin dem Methusalem übernommen, dem über achtzigjährigen Anführer der Gerichts-Gang, einem von Steves hemmungslosesten Bewunderern. Marvin hatte ihr einmal anvertraut, warum er Steve von einem Saal zum anderen folgte. »*Mit Steverino ist es wie im Zirkus. Man weiß nie, wann ein Dutzend Clowns aus einem kleinen gelben Auto purzelt.*«

Doch Steves Zirkusnummern vor Gericht waren normalerweise einstudiert und dienten einem bestimmten Zweck, selbst wenn sie einer ethischen Überprüfung kaum standhalten würden. Seine jüngsten Aktionen – erst Arnold Freskin und jetzt Myron Goldberg mit Fausthieben zu traktieren – weckten in Victoria den Verdacht, dass er unter Kontrollverlust litt.

»Wie geht es Bobby?«, fragte sie.

»Besser, glaube ich. Er hat sich beruhigt.«

»Willst du, dass ich mit ihm rede? Über Mädchen und so.«

»Habe ich schon. Ich habe ihm erklärt, wie sich ein Gentleman benimmt und dass man Mädchen mit Respekt behandeln muss. Außerdem habe ich ihm gesagt, wie enttäuscht ich bin, dass er mir nichts von seinen Treffen mit Janice, der Junkiebraut, erzählt hat.«

Victoria warf Steve einen finsteren Blick zu.

»So habe ich sie nicht genannt«, sagte Steve hastig. »›Deine liebende Mutter‹ habe ich gesagt. ›Wie konntest du dich heimlich mit ihr davonschleichen?‹«

»Sei nicht zu hart mit ihm, Steve. Er hat es nicht leicht.«

»Ja. Kann sein. Ich auch nicht.«

Ein Hummer versuchte, sich von der Grove-Isle-Brücke aus in den stockenden Verkehr zu schieben. Steve lehnte sich auf die Hupe. »Arschloch! Der Kerl glaubt wohl, ihm gehört die Straße. Bloß weil er die dickste Stoßstange hat.«

Wunderbar, dachte Victoria. Das fehlt uns gerade noch. Nötigung und Beleidigung.

Steve ließ das Fenster auf der Beifahrerseite herunter und schrie: »Hey du! Große Karre, kleiner Schwanz!«

Victoria schlug seine Hand weg und drückte auf den Knopf, der das Fenster wieder hochfahren ließ. »Was ist bloß in dich gefahren? Weißt du eigentlich, wie viele Autofahrer in Miami bewaffnet sind?«

Steve stellte das Radio an. »Nein. Aber du wirst es mir sicher gleich sagen.«

»Du benimmst dich in letzter Zeit ziemlich seltsam.«

»Findest du?«

»Ja. Unverantwortlich und selbstzerstörerisch.«

Im Radio lief irgendein Sport-Talk. Ein Anrufer und der Moderator diskutierten, ob Shaquille O'Neil ein besserer Spieler war als Wilt Chamberlain. Schließlich einigten sie sich, dass Wilt sowohl auf dem Feld mehr Punkte, als auch mehr Stiche bei den Frauen machte.

»Könntest du bitte den Sender wechseln?«, bat Victoria.

Steve drückte auf einen Knopf. Wieder ein Sportprogramm. Der Moderator rief die Zuhörer auf, die heißeste Cheerleaderin der Dolphin Dolls zu wählen.

»Wie kannst du dir bloß diesen Müll anhören?«, fragte Victoria.

»Ich mag Sportsendungen nun mal. Findest du das auch unverantwortlich und selbstzerstörerisch?«

»Nein. Pubertär.«

»Der gute alte Bigby steht vermutlich nicht auf Sportprogramme.«

»Wie kommst du denn jetzt ausgerechnet auf Bruce?«

»Keine Ahnung. Ist mir nur gerade so eingefallen.«

Vor ihnen kam Bewegung in den Stau. Die Wagen schoben sich am Mercy Hospital vorbei Richtung Zentrum. Seltsam, dachte Victoria. Erst gestern Abend hatte ihre Mutter von Bigby gesprochen. Victoria hatte sich über Steve und dessen Talent beklagt, sich in Schwierigkeiten zu bringen. Erstaunlicherweise hatte die Queen Partei für ihn ergriffen. Was hatte sie genau gesagt? Victoria wusste es nicht mehr.

Steve ließ den Mustang anrollen und sagte: »Der gute alte langweilige Bruce Bigby.«

Ogottogott.

Die Queen hatte sich fast genauso ausgedrückt. »*Steve mag dich manchmal wahnsinnig machen, aber du liebst ihn. Und ehrlich gesagt, ist er viel unterhaltsamer als der gute alte langweilige Bruce.*«

»Hast du mit meiner Mutter gesprochen?«

»Wozu denn? Sie hasst mich.«

Victoria suchte nach einem anderen Sender. Steves verdammte Margaritaville-Musik begann zu plärren. Jimmy Buffet sang, er würde zwar älter aber nicht erwachsen. Wieder eine Ode des Beach-Barden auf das süße Leben.

Victoria drückte auf einen anderen Knopf. Aus den Lautsprechern tönte eine sonore Stimme. »... *und bereits in der dreiundzwanzigsten Auflage: ›Wo Du bist, ist vorn!‹ Also besuchen Sie Dr. Bills Website und bestellen Sie dieses einzigartige Buch noch heute. Bei jedem Kauf erhalten Sie gratis eine Dr.-Bill-Baseball-Mütze mit dem Aufdruck ›Ich zuerst.‹*«

»Ich schalte um.« Victoria streckte die Hand nach dem Radio aus.

»Nein. Hören wir uns an, was er heute unters Volk streut.«

»*Und jetzt eine Spezialsendung für Sie. Sie kennen Dr. Bills Behandlungstipps bei Suchtproblemen: Harte Arbeit. Willenskraft. Verlassen Sie sich auf sich selbst. Vergessen Sie sämtliche Therapiegruppen und Zehn-Punkte-Programme. Verschwenden Sie Ihre Zeit nicht damit, sich die Probleme anderer Leute anzuhören. Unser heutiger Gast hat sich selbst geholfen, und auch Sie schaffen das. Denken Sie immer daran: ›Ich-Stärke‹ fängt mit einem großen ›Ich‹ an.*«

»Was will er denn jetzt wieder verkaufen?«, fragte Steve.

»*Unser heutiger Gast ist eine Frau, die ihr Schicksal selbst in die Hand genommen hat – eine Frau, die im Teufelskreis von Kriminalität und Drogenkonsum gefangen war, dann aber die bewusste Entscheidung getroffen hat, sich auf ihre inneren Kräfte zu besinnen. Willkommen im Studio, Janice Solomon.*«

»O Shit!« Steve trat auf die Bremse und provozierte damit beinahe einen Auffahrunfall.

»*Ohne Sie hätte ich das nicht geschafft, Dr. Bill. Sie waren meine Inspiration.*«

»*Das ist sehr freundlich von Ihnen, Janice. Aber Sie haben Ihren Erfolg nur sich selbst zu verdanken. Und jetzt erzählen Sie unseren Zuhörern aus Ihrem Leben, von den zerrütteten Familienverhältnissen, in denen Sie aufgewachsen sind, Ihrem Abgleiten in die Drogensucht, wie Sie sich davon befreit haben ...«*

»Gequirlte Scheiße«, sagte Steve.

»... und wie Sie nun zurückgekehrt sind, um Ihren Sohn zu sich zu holen, den Sie lieben.«

Die Worte trafen Steve wie eine Kombination aus linkem und rechtem Haken. Sie gellten durch seinen Kopf.

»Ihren Sohn, den sie liebt?« Steve erstickte fast an den wenigen Silben. »Sie hat Bobby beinahe umgebracht!«

»Ihren Sohn, der Ihnen unberechtigterweise vorenthalten wird.«

Steve trat aufs Gaspedal und vollführte mit quietschenden Reifen eine verkehrswidrige 180 Grad-Wendung.

»Was soll das?«, fragte Victoria.

»Wir fahren zum Sender. Ich lasse nicht zu, dass er damit durchkommt.«

»Du kannst ihn nicht bei seinem eigenen Spiel schlagen. Erinnerst du dich an deinen letzten Radioauftritt?«

»Ich habe keine andere Wahl. Kreeger bereitet den Boden für eine Sorgerechtsklage. Ich muss ihn als Lügner entlarven.«

»Er provoziert dich. Er möchte, dass du auf ihn losgehst.«

»Schön. Wenn er Zoff will, kann er ihn kriegen. Und Janice auch.«

Typisch Steve, dachte Victoria. Rast blindlings in die Gefahr, ohne sich um die Konsequenzen zu scheren.

Sie sank in den Sitz zurück, während der Mustang mit quietschenden Reifen auf dem Weg Richtung Dixie Highway durch eine Kurve in der Seventeenth Avenue schlingerte. In einer Beziehung hat Steve absolut recht, dachte sie.

Er ist wirklich ganz anders als Bigby.

Bruce ging auch an klaren, sonnigen Tagen nie ohne Regenschirm vor die Tür. Steve konnte man mitten im schönsten Gewitter windsurfen sehen. Frech ließ er den Mast in den Himmel ragen, als wolle er Zeus herausfordern, Blitze auf ihn zu schleudern.

Im Augenblick wäre der gute alte langweilige Bruce vielleicht doch nicht so übel.

Im Radio erzählte Janice gerade, wie sehr sie ihren Sohn während ihres Gefängnisaufenthalts vermisst hatte, wie sie Besserung gelobt und sich vorgenommen hatte, sich nach ihrer Entlassung selbst um ihn zu kümmern.

»Während ich weg war, tat mein Bruder, was er konnte. Aber er ist Junggeselle und hat keine eigenen Kinder. Eigentlich ist er noch ziemlich unreif.«

»Die Eva Braun unter den Müttern kritisiert meine Bemühungen als Sorgeberechtigter«, knurrte Steve.

»Mein Bruder kann für den Jungen nicht dasselbe tun wie ich.«

»Stimmt. Ich würde Bobby niemals vernachlässigen und ihn halb erfrieren lassen.«

»Steve, tu jetzt nichts Unüberlegtes, okay?«

»Ich bin die Mutter, und nichts geht über Mutterliebe.«

»Ich werde nichts Unüberlegtes tun«, sagte Steve.

»Ich kann es kaum erwarten, das Versäumte nachzuholen.«

»Aber das eine sage ich dir, Vic: Bevor meine Schwester Bobby kriegt, bringe ich sie um.«

Siebenundzwanzig

Alle Rechtsgelehrten umbringen

Als Steve und Victoria den Kontrollraum betraten, beendete Dr. Bill Kreeger gerade den x-ten Werbespot für eines seiner Produkte, eine siebenteilige CD-Kollektion mit dem Titel: »In Ärsche treten – nicht kriechen.« Durch die Glasscheibe konnte Steve sehen, wie sich Kreeger und Janice, mit Kopfhörern und Mikrofonen ausgerüstet, gegenseitig ihr Ego krauten.

»Noch einmal heiße ich Janice Solomon herzlich willkommen, die wahrhaft tapfere Frau, die ihr Leben in die Hand genommen hat«, sagte Kreeger. »Janice, verraten Sie meinen Zuhörern, wie Sie das geschafft haben.«

»Ich habe in der Zelle alle Ihre Bücher gelesen«, antwortete Janice. »Aus ›Wo Du bist, ist vorn!‹ habe ich gelernt, dass ich mich selbst lieben muss. Als ich mich endlich selbst auf ein Podest stellte – wie das geht, steht in Kapitel drei –, verstand ich, wie sehr mein Sohn einen so wertvollen Menschen wie mich braucht.«

»Hervorragend«, frohlockte Kreeger.

»Hervorragend?«, sagte Steve. »Ein Soziopath lobt eine Frau, die ihr Kind beinahe sterben ließ?«

»Lass uns wieder verschwinden«, sagte Victoria.

»Erzählen Sie uns von Ihrer Kindheit, Janice«, drängte Kreeger.

»Als kleines Mädchen war ich bei den Pfadfindern, und als Schülerin habe ich ehrenamtlich im Mount Sinai Hospital geholfen. Ich wollte es immer allen recht machen.«

»Viertes Kapitel«, sagte Kreeger. »»Die Harmoniefalle.‹

Altruismus ist etwas für Schwächlinge – etwas für andere zu tun, reine Zeitverschwendung.«

»Aber so war ich. Ich backte Plätzchen für Bettlägerige und passte umsonst auf die Kinder bedürftiger Familien auf. Zu meinem eigenen Ich hatte ich keinerlei Kontakt. Ich habe nie gelernt zu sagen, ›Ich bin die Nummer eins.‹ Und je mehr ich von mir gab, desto mehr wurde ich ausgenutzt. Besonders von den Jungs.«

»Gutmenschen fahren immer schlecht«, pflichtete Kreeger ihr bei. »Keine gute Tat bleibt ungesühnt.«

»Und dann mein Bruder, Stevie.«

»Stammhörer werden sich an Steve Solomon, ein weiteres Familienmitglied mit einer bewegten Vergangenheit, erinnern«, bemerkte Kreeger hilfreich.

»Da sagen Sie ein wahres Wort, Dr. Bill.«

»Wenn man vom Schlaumeier spricht ...« Kreeger deutete auf die Glasscheibe. »Ihr Bruder ist hier. Kommen Sie rein, Solomon. Wir veranstalten ein Familientreffen.«

»Tu's nicht, Steve«, sagte Victoria. »Bitte lass das bleiben.«

»Ich muss, Vic. Mein eigenes Ich treibt mich dazu.«

Zwölf Minuten später, gleich nach einer Werbeinspielung für Kreegers neues Videospiel »Betrüge deinen Nächsten«, lauschte Steve erneut der Selbstbeweihräucherung des Seelenonkels.

»Im Laufe der Jahre wurde ich als Experte zu vielen Sorgerechtsverfahren hinzugezogen«, sagte Kreeger.

Ja. Zum Beispiel im Fall der verblichenen Nancy Lamm.

»Korrigieren Sie mich, wenn ich falsch liege, Herr Rechtsanwalt, aber gibt das Gesetz nicht Müttern den Vorzug vor Vätern – von Onkeln ganz zu schweigen?«

»Nur bei sehr kleinen Kindern«, sagte Steve. »Und nicht, wenn die Mutter erwiesenermaßen unfähig ist, das Kind selbst aufzuziehen.«

»›Erwiesenermaßen unfähig‹ – ein menschenverachtender Begriff aus der Juristensprache. Glauben Sie denn nicht an die Möglichkeit der Rehabilitation, Herr Anwalt?«

»Sprechen wir von Janice oder von Ihnen?«

»Wollen Sie dieses Thema wirklich vertiefen, Solomon? Ich sähe mich nämlich sonst gezwungen, Sie zu fragen, ob die Art und Weise, wie Sie mich verteidigt haben, Sie zu einem ›erwiesenermaßen unfähigen‹ Anwalt macht.«

»Dass Janice unfähig ist, ein Kind großzuziehen, kann ich beweisen.«

»Die Chance dazu werden Sie bekommen.«

»Warum halten Sie sich nicht einfach aus unseren Familienangelegenheiten raus, Kreeger?«

Neben ihm lachte Janice auf. »Zu spät, kleiner Bruder. Er wird zu meinen Gunsten aussagen.«

»Ich freue mich schon auf das Kreuzverhör«, sagte Steve.

»Planen Sie wieder mal einen Griff in die Anwaltstrickkiste?«, fragte Kreeger. »Haarspaltereien und Verwirrspiele? Kein Wunder, dass Shakespeare sagte, ›Das Erste, was wir tun müssen, ist, dass wir alle Rechtsgelehrten umbringen‹.«

»Shakespeare legte diesen Satz einem Schurken in den Mund«, entgegnete Steve, der sich wundersamerweise an ein lange zurückliegendes Uni-Seminar über englische Literatur erinnerte. »Dick, der Metzger, sagt es in einem Stück über einen der Heinriche. Seine Kumpane planen einen Staatsstreich und wollen, damit sie es leichter haben, vorher alle Rechtsgelehrten umbringen. Sie haben das Zitat aus dem Zusammenhang gerissen, Kreeger, und meiner

Schwester stellen Sie öffentlich ein falsches Charaktergutachten aus.«

»Fangen wir jetzt schon mit dem Anwaltschinesisch an?«, stichelte Kreeger. »Wollen Sie uns mit Kleingedrucktem und Zusatzklauseln erschlagen? Shakespeare hatte recht: Töten wir die Rechtsgelehrten, bevor sie uns erledigen.«

Janice beugte sich näher zum Mikrofon. »Ich denke, Stevie wäre fähig, einen Mord zu begehen. Als er Bobby entführte, hat er Rufus Thigpens Schädel zertrümmert.«

»Ich habe Bobby nicht entführt. Ich habe ihn aus dem Hundekäfig befreit, in den du ihn gesperrt hattest.«

»Wenn ich anstelle von Thigpen in den Schuppen gekommen wäre, hättest du mir dann auch den Schädel gespalten?«, bohrte Janice.

»Diese Frage werde ich nicht beantworten.«

»Ich hoffe, das ist unseren Zuhörern nicht entgangen!«, sagte Kreeger zufrieden. »Der Schlaumeier beruft sich auf sein Recht zur Aussageverweigerung.«

»Das ist doch Kacke!« Steve schlug mit der Hand auf den Tisch.

»Bitte keine Profanitäten und keine Gewalt, Herr Anwalt. Janice, soll ich den Sicherheitsdienst rufen?«

»Nicht nötig«, sagte sie. »Ich habe schon, als wir noch Kinder waren, die Scheiße aus Stevie rausgeprügelt.«

»Ja«, sagte Steve. »Du warst auch damals schon fünfzehn Kilo schwerer als ich.«

»Du solltest mir dankbar sein. Glaubst du, du könntest sonst heute so schnell rennen?« Janice senkte die Stimme, als verrate sie ein Geheimnis. »Ich habe ihn früher gezwungen, Dreck zu fressen.«

»Ein schönes Schlusswort vor der kurzen Unterbrechung. Bleiben Sie dran«, säuselte Kreeger. »Gleich nach den Kurznachrichten hören Sie uns wieder.« Er gab jemandem im Kontrollraum ein Zeichen und nahm den Kopfhörer ab. »Das ist großartiges Radio, Mr Solomon. Vielleicht können Sie auch Ms Lord für eine Weile hereinbitten. Ich würde gern mit ihr über Sie reden.«

»Reden wir lieber von Ihnen«, sagte Steve, während im Hintergrund ein Nachrichtensprecher die Meldungen verlas. »Von Ihnen und Amanda.«

»Was gibt es dazu zu sagen? Ich habe das arme Mädchen ebenso gerettet, wie Sie behaupten, Ihren Neffen gerettet zu haben.«

»Haben Sie nicht. Sie haben Amandas Mutter umgebracht, um die Tochter für sich zu haben. Sie sind ein völlig kaputter Pädophiler.«

»Hysterie und Verwirrung. Das muss ich unbedingt in meinen Bericht über Sie mit aufnehmen.«

In diesem Augenblick betraten zwei Uniformierte das Studio. Steve beschlich ein ungutes Gefühl von Déjà vu. Hier war er schon einmal verhaftet worden, weil er Arnold Freskin niedergeschlagen hatte. Aber diese beiden Cops gehörten zum Dezernat der City of Miami, nicht nach Miami Beach. Steve erkannte sie sofort. Sie hatten in der vergangenen Nacht vor Goldbergs Haus seine Aussage aufgenommen. Rodriguez und Teele. Ein Latino und ein Schwarzer, wie in einer bekannten Fernsehserie. Rodriguez trug einen schmalen Oberlippenbart und Teele einen Mini-Afro.

»Hallo, Mr Solomon«, sagte Rodriguez. »Ist das Ihre Schwester?«

»Ja! Nehmen Sie sie mit, Officers. Was ist es denn diesmal? Drogenbesitz? Ein Verstoß gegen die Bewährungsauflagen? Hat sie heute Morgen eine Bank ausgeraubt?«

»Ms. Solomon«, sagte Teele, »waren Sie letzte Nacht anwesend, als Ihr Bruder einen gewissen Dr. Myron Goldberg ins Gesicht schlug?«

»Ja. Stevie hat ihm voll eine in die Fresse gehauen.«

»Hat Ihr Bruder Sie zu diesem Zeitpunkt vor Dr. Goldberg geschützt?«

»Wie meinen Sie das?«, fragte Janice.

»Hat Dr. Goldberg Sie mit einer Waffe bedroht?«

Ein Augenblick der Stille.

»Los doch, Janice«, drängte Steve. »Erzähl Ihnen von der Uzi.«

»Mr Solomon, wir müssen Sie auffordern zu schweigen«, warnte Teele.

»Dr. Goldberg hat gar nichts gemacht«, sagte Janice. »Stevie ist ausgerastet und hat ihm eine aufs Maul gegeben.«

»Das ist eine Lüge!« Steve war schon halb aus dem Sessel, doch Rodriguez packte ihn an der Schulter und zwang ihn zu einer Drehung. Noch bevor Steve sagen konnte, er wolle telefonieren, hatte Teele ihm Handschellen angelegt.

Kreeger drückte auf einen Knopf und brüllte seinen Tontechniker an: »Zum Teufel mit den Nachrichten. Wir gehen live auf Sendung. Der Staat gegen Solomon – Teil zwei.«

Solomons Gesetze

§ 9 Frage: Wie nennt man einen alten, griesgrämigen Richter mit Blähungen?
Antwort: Euer Ehren.

Achtundzwanzig

Begeben Sie sich zum Psycho-TÜV

Eine Woche, nachdem er für den Kinnhaken, den er Myron Goldberg verpasst hatte, verhaftet und zum zweiten Mal innerhalb eines Monats vorläufig auf freien Fuß gesetzt worden war, fuhr Steve auf dem Dixie Highway nach Süden. Bobby saß neben ihm und verkündete unvermittelt: »Ich will nicht auf die Jiddi-Schule.«

»Wohin?« Steve hatte den Ausdruck noch nie gehört.

»Du weißt schon. Auf die Beth Am Day Schule.«

»Wer hat irgendetwas von einem Schulwechsel gesagt?«

»Grandpop.«

»Dieser alte *knocker*.«

Seit Herbert ortho geworden war, benahm er sich seltsam. Nicht nur, dass er jeden Freitagabend und jeden Samstagmorgen zum Tempel trabte, er schien auch jede Woche einen neuen Feiertag zu begehen. Es gab immer einen Anlass zum Feiern oder Fasten. Steve kannte das Schlemmen an Sukkot, dem Laubhüttenfest, und das Fasten an Yom Kippur. Doch sein alter Herr feierte plötzlich auch Esthers Fasten und mit einem Bankett Simchat Tora, das Fest der Torafreude. Er aß Blintzes und Käsekuchen an Schawuot, dem Fest der zehn Gebote, dafür aber keinen Krümel am siebzehnten Tamus, dem Beginn der Trauerzeit. Vielleicht verhielt sich der alte Mann vor allem deshalb so eigenartig, weil sein Blutzuckerspiegel Achterbahn fuhr.

»Wenn sich dein Großvater auf seine Wurzeln besinnen will, soll er das tun«, sagte Steve zu Bobby. »Aber du bleibst in der staatlichen Schule. Es ist gut, mit Kindern unterschiedlicher Herkunft zusammen zu lernen.«

»Das habe ich Grandpop auch gesagt. Ich kann in fünf Sprachen ›verpiss dich‹ sagen.«

Steve scherte auf die Linksabbiegespur ein und wartete, dass die Ampel umsprang. Wer in der morgendlichen Rushhour links abbiegen wollte, musste den Moment abpassen, in dem die Ampel von Gelb auf Rot wechselte. Rechts lagen der Campus der University of Miami und das Baseball Stadion, in dem er früher öfter mal ein Spiel gewonnen hatte. Rückblickend fragte er sich, ob das Abklatschen, der Jubel und der anschließende Abend mit einem heißen Hurricane Girl bereits die Glanzzeiten seines Lebens gewesen waren.

Immer schön bei den Fakten bleiben.

Victoria, die Frau, die er liebte, stellte im Augenblick offenbar ihre Beziehung infrage. Von Zusammenziehen war nicht mehr die Rede. Nicht einmal, ob sie zusammenbleiben würden, war ganz sicher. Verdammt, sie hatten seit einer Ewigkeit nicht mehr miteinander geschlafen.

Kreeger ließ ihn an seinen Fäden tanzen wie eine Marionette, provozierte ihn mit Janice und dem Damoklesschwert eines weiteren Sorgerechtsstreits. Steve kam einfach nicht voran, und Kreeger war ihm immer einen Schritt voraus.

Ich muss aufhören, in der Verteidigung zu spielen. Zeit für den Wechsel in die Offensive.

Und Bobby? Wenn Victoria Steves Herz war, dann war der Junge seine Seele. Steve hätte alles für seinen Neffen getan, jedes Opfer gebracht. Wenn er Bobby nur lächeln sah, zog sich sein Herz zusammen. In den ersten Monaten, nachdem er den Jungen aus der Kommune befreit hatte, hatte er ihn nicht oft lächeln sehen, geschweige denn lachen gehört. Halb verhungert, eingesperrt und nahezu völlig isoliert, hatte sich Bobby in ein Schneckenhaus zurückgezogen. In Steves Bungalow saß er im Schneidersitz in einer Ecke, wiegte den Oberkörper wie ein Pendel und redete wirres Zeug. Falls er überhaupt etwas sagte. Steve hatte Bobbys positive Entwicklung miterlebt und beobachtete inzwischen ehrfurchtsvoll, wie sein Gehirn mit unsäglicher Geschwindigkeit komplexe Zusammenhänge erfasste. Allein bei dem Gedanken an Bobbys Wandlung traten Steve Tränen in die Augen.

Wie konntest du mich so hintergehen, Bobby? Wie konntest du dich zu der Frau schleichen, der die Crackpfeife wichtiger war als ihr eigener Sohn?

»*Weil sie immer noch meine Mom ist.*«

Das war Bobbys Erklärung. In der Nacht, in der Steve Myron Goldberg niedergeschlagen hatte, hatte er Bobby nach Hause gebracht und ihm einen Smoothie gemixt. Sie hatten bis Sonnenaufgang geredet. Bobby hatte geweint und gesagt, es täte ihm leid, dass er nicht ehrlich gewesen sei. Seit ihrer vorzeitigen Entlassung aus dem Gefängnis einige Wochen zuvor drückte sich Janice in der Nachbarschaft herum. Nachts schlich sie in den Garten und spähte durch Bobbys Fenster, um einen Blick auf ihn zu erhaschen.

Klar, dachte Steve. Selbst nachdem sie ihre Hirnzellen zwei Jahrzehnte lang mit Narkotika und Halluzinogenen gepökelt hatte, war Janice noch so viel Verstand geblieben, dass sie es nicht fertigbrachte, an die Tür zu klopfen und ihren kleinen Sohn in die Arme zu schließen.

Sie hatte sich einfach wie viele andere Mütter in dem Park am Morningside Drive aufgehalten und Bobby zu sich gerufen, als er eines Tages an ihr vorbeigeradelt war.

»*Warum hast du ihr nicht gesagt, sie soll sich verpissen? In fünf Sprachen?*«

»*Weil sie immer noch meine Mom ist.*«

Steve konnte das nicht verstehen. Gleichzeitig wusste er, dass es keinen Sinn hatte, dagegen anzukämpfen. Wenn er Bobby verbot, sich mit seiner Mutter zu treffen, war er der Böse. Dann würden sich die beiden hinter seinem Rücken weiterhin verabreden und ein Versteckspiel daraus machen. In dieser Situation konnte er einfach nicht gewinnen.

Die Ampel blinkte gelb, Steve hupte den Wagen vor ihm an. *Willst du links abbiegen, oder sollen wir noch eine Viertelstunde hier warten?* Die Ampel zeigte bereits Rot, als Steve in die Augusto Street abbog. Er hielt vor dem Eingang der Ponce de León Middle School. Ein Meer von Kids in Shorts, T-Shirts und Rucksäcken wogte auf die Eingangstür zu.

Steve drückte Bobbys Schulter. Vor seinen Schulkameraden konnte er den Jungen unmöglich küssen.

Bobby machte keine Anstalten, die Wagentür zu öffnen. »Ich will nicht in die Schule.«

»Warum nicht?«

»In der ersten Stunde haben wir Sport, in der zweiten Stillarbeit. In der dritten ist Sozialkunde, und ich habe die Erlaubnis, selbstständig außerhalb des Schulgeländes zu recherchieren.«

»Selbstständig recherchieren? Außerhalb? Machst du gerade deinen Master?«

»Wenn du willst, könnte ich heute mit dir ins Gericht fahren.«

»Hast du irgendein Schriftstück, dass diese Story belegt?«

»O Mann, Onkel Steve. Vertraust du mir etwa nicht?«

»Kontrolle ist besser. Also, was ist los?«

»Du musst gleich vor dem Richter erscheinen, stimmt's?«

»Ja. Vor dem ehrenwerten Alvin Elias Schwartz. Na und?«

»Grandpop sagt, der Beschuldigte sollte immer so sympathisch wie möglich wirken. Deshalb bringen Serienkiller ihre Mütter mit zum Prozess.«

»Und?«

»Ich kann dich sympathischer wirken lassen. Ich bin Beweisstück A in deiner Prozessstrategie.«

»Ganz schön gewieft für einen Zwölfjährigen.«

»Sagst du nicht immer, ›Wenn das Gesetz nicht passt, dann mach es passend?‹«

»Aber ich würde nie so weit gehen, dich als Requisite zu missbrauchen.«

»Hab dich doch nicht so, Onkel Steve. Wenn das Gesetz nicht passt, versuch's mit deinem Neffen.«

Victoria marschierte im Korridor vor Richter Schwartz' Saal auf und ab. Wie an den meisten Vormittagen drängten sich hier die Beschuldigten, deren Ehefrauen, Freundinnen und Mütter, gelangweilte Cops, schmierige Kautionsbürgen, überarbeitete Bewährungshelfer und verlogene Zeugen – das gesammelte Strandgut des Justizsystems.

Victoria befand sich an einem vertrauten Ort. Trotzdem fühlte sie sich nicht wohl in ihrer Haut. Hier hatte sie ihre größte professionelle Demütigung erlebt. Ray Pincher, der Oberstaatsanwalt, hatte sie in Richter Gridleys Saal, kaum zwanzig Schritte entfernt, gefeuert. Sie erinnerte sich noch gut daran, wie sie rot geworden war, wie sich ihre Augen mit Tränen gefüllt hatten. Und wie der gegnerische Anwalt, der windige Strafverteidiger Steve Solomon, sie aufs Glatteis geführt hatte. Ein eher ungünstiger Auftakt für die dann folgende turbulente Beziehung.

Nun eilten zwei Richter – Stanford Blake und Amy Steele Donner – mit wehenden Roben den Flur entlang. Victoria nickte ihnen zu, wie Anwälte das üblicherweise taten – höflich, aber nicht anbiedernd. Seine Ehren und Ihre Ehren lächelten zurück.

Was sagten sie jetzt wohl zueinander? Victoria konnte nur raten.

»War das nicht Victoria Lord? Die hat sich doch damals von Steve Solomon bei einem Prozess aufs Kreuz legen lassen – und hinterher auch in seinem Bett.«

Ein paar Minuten zuvor hatte Victoria im Aufzug einen hohen Justizbeamten getroffen. Sie hatten einander gegrüßt, und der Mann hatte sich erkundigt, was sie auf diese Seite der Bay führte. Wahrscheinlich hatte er einen Mordprozess erwartet. Wirtschaftskriminalität. Einen Fall, der in der Kanzlei Solomon & Lord die Kassen klingeln ließ.

Aber nicht: »Ich verteidige meinen Partner. Er ist diesen Monat schon zum zweiten Mal wegen Körperverletzung angeklagt.«

Kein Wunder, dass sie verlegen war. Von Ray Pincher gefeuert zu werden, war nicht das Ende der Peinlichkeiten gewesen. Ihr Partner und Lover sorgte mit seinen Aktionen zuverlässig für Nachschub.

Am anderen Ende des Korridors öffnete sich die Fahrstuhltür, und Steve stieg aus.

Mit Bobby!

Victoria beobachtete, wie Steve immer näher kam, dabei alten Bekannten auf die Schulter klopfte und Staatsanwälten wie Strafverteidigern gleichermaßen lässig zuwinkte. Er lächelte und lachte, sein Gang war ein entspanntes Dahingleiten. Man hätte meinen können, er spaziere über einen sonnenbeschienenen Pfad und wolle Erdbeeren pflücken.

Dabei war er auf dem Weg zu einer Anklageerhebung. Gegen ihn. Er blieb kurz stehen und wechselte ein paar Worte mit Ed Shohat und Bob Josefsberg – beide absolute Top-Anwälte. Steves Art, sie wissen zu lassen, dass er nicht im Knast saß und dass er ihnen gern die Arbeit abnahm, falls sie irgendwelche Mandanten hatten, die sie für unter ihrer Würde befanden.

»Yo, Vic!«, rief er.

»Selber yo. Bobby, warum bist du nicht in der Schule?«

»Das ist mein Sozialkundeprojekt«, antwortete er.

»Bobby ist meine Strategie«, sagte Steve.

Victoria warf ihm einen Lass-den-Blödsinn-Blick zu.

»Ehrlich wahr. Bobby wird mir zur Seite stehen.«

»Aber das Reden überlässt du mir«, sagte Victoria. »Du musst nur sagen ...«

»Nicht schuldig. Ich weiß.«

»Nicht schuldig, *Euer Ehren*.«

»Okay. Du bist der Boss.« Steve wandte sich an Bobby. »Hör zu, Kiddo. Du setzt dich neben mich und stehst auf, wenn ich mich nicht schuldig bekenne.«

»Das ist deine Strategie?«, fragte Victoria.

»Und dein Motto für den Prozess. In der Nacht, in der ich aus Versehen Myron Goldberg niedergeschlagen habe, habe ich Bobby geschützt. Ich stehe hinter Bobby, und er steht zu mir. Das ist unsere Botschaft.«

»Bei Richter Schwartz' Sehschwäche bezweifle ich, dass er euch überhaupt wahrnehmen wird.«

»Sehen kann er ganz gut. Nur hören tut er nichts mehr.« Steve wandte sich an Bobby. »Und versuch, nicht zu lachen, wenn Seine Ehren einen Fünfzig-Dezibel-Furz knattern lässt.«

Bobby kicherte. »Kommt das öfter vor?«

»Ja. Aber wenn er einen ziehen lässt, beschuldigt er immer die Gerichtsschreiberin. Also bleib cool.« Steve wandte sich wieder an Victoria. »Bringen wir's hinter uns. Und vertrau mir. ›Nicht schuldig, Euer Ehren.‹ Kein Wort mehr.«

Richter Schwartz, unberechenbar, uralt und von Blähungen gepeinigt, pflügte sich durch die übliche Liste von Anträgen, Kautionsanhörungen, Statusberichten, Anklageerhebungen und anderen formalen Segnungen des Rechtssystems.

Steve, Victoria und Bobby setzten sich in die erste Reihe des Zuschauerbereichs. Auf der anderen Seite des Ganges entdeckte Steve Ray Pincher. Neben dem Oberstaatsanwalt saß Myron Goldberg. Die dicke Lippe des Parodontisten hatte die Farbe einer Aubergine. Außerdem trug er eine Nackenstütze. Steve fragte sich, welche Funktion diese haben sollte, außer im Fall einer Zivilklage ein höheres Schmerzensgeld herausschlagen zu können.

»*Oh, diese Schmerzen im Nacken.*«

Goldberg musste bei der Anklageerhebung gar nicht anwesend sein. Er musste keine Aussage machen. Warum zum Teufel war er also hier?

Die Gerichtsdienerin, eine junge Frau mit Dreadlocks, aber ohne wahrnehmbaren Gesichtsausdruck, rief: »Der Staat Florida gegen Stephen Solomon.«

Der Richter spähte über den Rand seiner dicken Gleitsichtbrille, während alle Beteiligten sich nach vorn zum Richtertisch bemühten. »Sie schon wieder?«

»Schuldig, Euer Ehren!«, rief Steve. »Aber nur, Steve Solomon zu sein. Was die Anklage betrifft, bekenne ich mich nicht schuldig.«

»Danach habe ich Sie noch gar nicht gefragt.«

»Ich weiß, Richter. Aber ich habe meiner Anwältin versprochen, nichts anderes zu sagen.« Steve und Bobby setzten sich wieder und überließen die eigentliche Arbeit Victoria.

»Was ist es denn diesmal?«, wollte der Richter wissen.

»Ein neuer Fall, Euer Ehren«, sagte Pincher. Er trug einen bordeauxroten dreiteiligen Anzug. Die Manschettenknöpfe in Form von Minihandschellen – Pinchers Markenzeichen – klimperten bei jeder seiner Gesten. Er deutete eine Verbeugung an, als sei er der Maître d', der die Dinnergäste in einem übertreuerten Restaurant willkommen hieß. »Mister Solomon hat einen weiteren tätlichen Angriff begangen und sich der Körperverletzung schuldig gemacht.«

»Mutmaßlich«, unterbrach ihn Victoria. »Victoria Lord, Verteidigung, Euer Ehren.«

»Sagen Sie jetzt nicht, dass Sie die Anwältin sind, auf die damals in Richter Gridleys Saal dieser Vogel geschissen hat.«

Victoria errötete. »Ein sprechender Kakadu, Euer Ehren. Mr Solomon hat ihn mit Pflaumenplunder gefüttert.«

»Ich mochte früher am liebsten Mohnteilchen. Aber jetzt bleibt mir das Zeug zwischen den Dritten hängen.«

»Euer Ehren, Mr Solomon wird sich ›nicht schuldig‹ bekennen.«

»Hat er ja schon«, sagte der Richter.

»In diesem Fall«, fuhr Victoria fort, »verzichten wir auf die weitere Verlesung der Vorwürfe und beantragen eine Verhandlung der Sache vor einer Jury.«

»Mit Vergnügen. Die Justizbeamtin wird einen Verhandlungstermin festsetzen, der nicht mit dem Florida Derby zusammenfällt. Mögen Sie Pferderennen, Missy?«

»Nicht besonders, Euer Ehren. Wir möchten darüber hinaus Mr Solomons Schuldeingeständnis im vorangegangenen Fall zurückziehen.«

»Mit welcher Begründung?«

»Mein Mandant hatte keinen Rechtsbeistand.«

»Antrag abgelehnt. Ihr Mandant ist selbst Anwalt. Wen hat er diesmal verprügelt, Pincher?«

»Dr. Myron Goldberg, einen Nachbarn«, antwortete der Oberstaatsanwalt. Goldberg, der offenbar auf seinen Einsatz gewartet hatte, erhob sich steif und mit gequältem Gesichtsausdruck. »Dr. Goldberg hat Mr Solomons Neffen dabei erwischt, wie er durch das Fenster seiner Tochter spähte. Bei der Auseinandersetzung, die darauf folgte, griff Mr Solomon Dr. Goldberg an.«

»Das stimmt so nicht, Richter.« Steve sprang auf, Bobby ebenfalls. »Ich habe meinen Neffen und meine Schwester verteidigt.«

»Setz dich!«, zischte Victoria.

»Ich bin kein Spanner!«, erboste sich Bobby.

»Erst Spanner«, sagte der Richter streng, »dann Exhibitionist. Und bevor man sich versieht, reißt du den Mädchen die Höschen runter und machst dich über sie her. Weißt du, was man im alten Rom mit Vergewaltigern gemacht hat?«

»Man hat ihnen mit zwei Felsbrocken die Eier zerquetscht«, sagte Bobby.

»Mit Geschichte kennt sich der kleine Perversling aus, das muss man ihm lassen.«

»Ich bin kein Perverser!«

»Reg dich ab, Söhnchen. Das kannst du beim Prozess beweisen.«

»Der Junge steht nicht unter Anklage«, erinnerte Pincher den Richter.

»Vielleicht sollte man darüber nachdenken«, gab Richter

Schwartz zurück. »Er fängt an, mir auf die Nerven zu gehen.«

In diesem Augenblick kam ein eindeutiges *Pop-pop-pop* von der Richterbank, eine kurze, harte Salve abgehender Winde.

Bobby kicherte und sagte: »Wer spielt denn hier die Darmflöte?«

»Das reicht jetzt, du kleiner Wicht.«

»Klang, als würde der Sessel Feuer fangen«, fuhr Bobby fort.

Steve legte ihm in dem Bemühen, ihn zum Schweigen zu bringen, die Hand auf die Schulter.

»Machst du dich über mich lustig, Junge? Weißt du eigentlich, wer ich bin?«

»Alvin Elias Schwartz«, antwortete Bobby und verzog konzentriert das Gesicht.

»Nein, Bobby«, befahl Steve. »Keine Anagramme.«

»Alvin Elias Schwartz«, wiederholte Bobby. »ANALER HASST ZIVIL-WC.«

Der Richter hustete sich den Schleim aus den Lungen. »Ich sollte Sie beide direkt ins Loch schicken.«

»Euer Ehren«, sagte Victoria, »Mr Solomons Verfahren hat noch nicht einmal begonnen, und gegen seinen Neffen liegt nichts vor.«

Der Richter wirbelte in seinem hochlehnigen Drehsessel herum. Eine volle Drehung. Zwei. Drei. Die Haarbüschel über Schwartz' Ohren wehten im Luftzug. Er verschwand, erschien wieder, verschwand erneut. Als der Sessel schließlich zum Stillstand kam, sagte er: »Ich stelle Solomons geistige Kompetenz infrage. Wo ist der Psychofuzzi-Bericht über den anderen Fall?«

»Noch nicht eingegangen, Euer Ehren«, antwortete Pincher. »Zu seinem letzten Termin ist Mr Solomon nicht erschienen.«

»Wenn das noch einmal vorkommt, wandert er in den Knast. Gehen Sie nicht über Los, nehmen Sie keine vierhundert Schekel ein.«

»Schicken Sie mich nicht wieder zu diesem Quacksalber, Richter«, bat Steve.

»Sie begeben sich zum Psycho-TÜV!«, befahl Richter Schwartz. »Wie war noch der Name dieses Hirnpoplers?«

»William Kreeger«, sagte Pincher.

»Ja genau. Sie gehen zu ihm, Solomon, mitsamt dem Jungen. Ich will wissen, ob Solomon eine Bedrohung darstellt und ob der kleine Wicht ein Kranker ist.«

»Euer Ehren können bezüglich eines Minderjährigen keine Anordnungen treffen«, sagte Victoria.

»Er ist in meinem Saal, Missy. In meinem Stammesgebiet. Die Regeln sind in der Magna Carta niedergelegt. Sie können dort gern nachlesen.«

»Aber Euer Ehren«, beharrte Victoria. »Die Prozessordnung verlangt ...«

Der Richter ließ den Hammer niedersausen. *Peng!* »Genug jetzt, Ms. Lord. Ihre Mandanten müssen beide zum Psychiater.« Noch ein *Peng!* »Zehn Minuten Pause. Meine Blase ist nicht mehr das, was sie mal war.«

Solomons Gesetze

§ 10 Weder bei Darwin noch im Deuteronomium steht ein Wort davon – doch die Bereitschaft zu töten, um diejenigen zu schützen, die wir lieben, liegt in der menschlichen Natur.

Neunundzwanzig

Betrügerblues

Carl Drakes Suite im Four Seasons entsprach in etwa dem, was sich Steve vorgestellt hatte. Im Wohnzimmer standen beigefarbene Sofas mit dicken Kissen, die Badezimmerausstattung war in grauem Marmor gehalten, und im sauber aufgeräumten Arbeitszimmer stand ein geschwungener Schreibtisch aus honigfarbenem Holz. Die Fenster gingen auf die Biscayne Bay hinaus, deren Wasser in der Mittagssonne türkisfarben schillerte. Key Biscayne lag als grünes Atoll in der Ferne, und jenseits des Causeway zog ein Dutzend Segelboote still dahin. Für zwölfhundert Dollar die Nacht konnte man das erwarten.

Aber wer bezahlte die Rechnung? Schon bevor Steve auf dem Sofa Platz nahm, war er sicher, dass die Queen von Carl Drake keine fünf Cent sehen würde. Ganz egal, wie viel Geld dieser Mann ergaunerte, er schien es gern bis zum letzten Dollar auszugeben.

Steve hatte die üblichen Anträge gestellt, um etwas Zeit für die Queen herauszuschlagen. Doch die Bank würde nicht ewig stillhalten. Deshalb wollte er heute ein paar Kröten aus Drake herausschütteln. Das Gespräch mit ihm war nur der erste von zwei unangenehmen Terminen in Steves Kalender. Beim zweiten handelte es sich um einen gerichtlich angeordneten Besuch bei Dr. William Kreeger.

»Was möchten Sie trinken, Steve?«, fragte Drake freundlich. Er stand an der auf Hochglanz polierten marmornen Bar. »Champagner?«

»Nein danke, Carl.«

»Augenblick. Ich habe ein gutes Gedächtnis. Seit unserem gemeinsamen Dinner weiß ich, dass Sie nach Einbruch der Dunkelheit Tequila bevorzugen. Und bei Tageslicht ...« Drake legte die Hand um eine Flasche Single-Malt Scotch, entschied sich dann aber für eine Flasche Maker's Mark. »Ich wette Sie sind ein Bourbon-Mann.«

»Hemlock, wenn Sie welchen haben. Ansonsten Drano on the Rocks.«

»Sie hatten eine harte Woche, nicht wahr?« Drake ließ wieder den britischen Akzent durchschimmern. Wenigstens beendete er den Satz nicht auch noch mit »alter Junge.«

»Carl, das Ganze ist mir sehr unangenehm«, sagte Steve.

Drake goss Scotch über die Eiswürfel in seinem eigenen Glas, ging zu dem Sofa, das Steves gegenüberstand, und setzte sich auf die Armlehne. Er trug eine Leinenhose in der Farbe geschmolzener Butter und ein schimmerndes blaues Hemd aus einem streichelweichen Stoff. »Hat Irene Sie gebeten herzukommen?«

»Sie hat mich gebeten, es nicht zu tun.«

»Setzen Sie sich oft über die Anweisungen Ihrer Mandanten hinweg?«

»Andauernd. Ich denke, wenn sie wirklich so schlau wären, bräuchten sie mich nicht.«

Drake warf ihm ein verbindliches Lächeln zu – die aufgesetzte Freundlichkeit eines aalglatten Kerls mit guten Manieren.

Steve atmete tief durch und sah sich im Zimmer um. Auf einer Staffelei stand ein Portrait von Sir Francis Drake, an der Wand hing eine Seekarte von anno 1550. In einen Kunstharzblock, der auf der Schreibtischplatte stand, waren spanische Dublonen eingelassen: Der verführerische Vorgeschmack für die potenziellen Erben des Privatiers aus dem sechzehnten Jahrhundert. Aus einer Aktentasche aus Rindsleder quollen wichtig aussehende Papiere.

Steve wandte sich wieder an Drake. »Was haben Sie denn in den Taschen Ihrer edlen Hose?«

»Wie bitte?«

»Geldbörse? Schlüssel? Zeigen Sie mal her.«

»Wollen Sie mich berauben?«

»Ich möchte nicht, dass etwas herausfällt, wenn ich Sie an den Knöcheln übers Balkongeländer halte.«

Drake lachte. Die Eiswürfel in seinem Glas klimperten, der Scotch wurde zum goldenen Whirlpool. »Ich nehme an, so etwas nennt man eine unmissverständliche Aufforderung, Bares herauszurücken. Aber soweit ich weiß, können Sie sich keine weitere Vorladung vor Gericht leisten.«

»Sie werden Irene ihr Geld zurückgeben.«

»Ich wünschte, das ginge so einfach. Mit dem Geld wurden Bearbeitungsgebühren für die Nachlassverwaltung beglichen.«

»Und das Zimmer im Four Seasons bezahlt?«

»Meine Reisekosten sind tatsächlich inbegriffen. Aber die Auszahlung an Irene wird weit ...«

»Beim Dinner sagten Sie, es entstünden keine Kosten.«

»Ich fürchte, das war nicht ganz aufrichtig. Aber ich wollte an Irenes Geburtstag nicht über Geldangelegenheiten diskutieren. Ich habe mir die Freiheit erlaubt, das Tischgespräch nicht damit zu belasten.«

»Sie sind gut, Drake. Mein Vater würde sagen, Sie sind schlüpfrig wie Eulenkacke.«

Drake hob sein Glas. »Ein Toast auf Ihren Vater.«

»Wissen Sie, dass die Bank Irenes Apartment zwangsversteigern will?«

Drakes sonnengebräuntes Gesicht gefror. »Sie machen Witze.«

»Irene wollte es Ihnen nicht sagen, es ist ihr zu peinlich. Genauso, wie es Ihnen peinlich wäre, ihr zu gestehen, dass Sie ein Betrüger sind. Ein Nachlass von Sir Francis Drake existiert nicht. Das Ganze ist ein riesiger Nepp, und ich wette, in Ihrer eleganten Aktentasche steckt ein Erste-Klasse-Ticket für einen Flug an einen Ort, an den Schleimbeutel wie Sie sich verdrücken, sobald sie eine Vorladung vom Gericht bekommen.«

Drake erhob sich, ging zur Bar und schenkte sich noch einen Scotch ein. »Zwangsversteigerung? Das verstehe ich nicht. Irene hat angedeutet, sie besäße Millionen.«

»Diese Rolle spielt sie gern und gut.«

Drake lachte auf. »Sieht aus, als wäre ich der Betrogene.«

»Mit einem Unterschied, Drake. Irene hat Ihnen kein Geld gestohlen.«

»Ich wollte ihr nicht schaden. Sie bedeutet mir sehr viel.«

»Ich wette, das sagen Sie allen Witwen.«

»Diesmal ist es anders.« Drake nahm einen herzhaften Schluck von seinem Drink. Sein vornehmer britischer Akzent wich bodenständigeren Lauten – Steve glaubte, den Tonfall Chicagos herauszuhören. Drakes Schultern hingen plötzlich schlaff herunter, und sein Glanz verblasste zusehends. Bald wirkte er in der Suite so deplatziert wie der US-Vizepräsident in einer Speedo-Badehose.

Drake nickte in Richtung der Aktentasche. »Das Ticket habe ich tatsächlich bereits, Solomon. Nach Rio de Janeiro. Normalerweise wäre ich längst weg. Nur wegen Irene bin ich noch geblieben. Die verdammte Wahrheit ist, ich liebe sie.«

»Wunderbar. Ich freue mich schon auf die Einladung zur Hochzeit. Aber geben Sie ihr vorher ihr Geld zurück.«

»Nichts würde ich lieber tun. Ehrlich. Aber das Geld ist weg.«

Steve betrachtete sich als menschlichen Lügendetektor. So wie Carl Drake nun vor ihm stand – die Maske verrutscht, die Stirn in Falten, die Stimme vor Bedauern belegt –, hatte er das Gefühl, dass der Betrüger die Wahrheit sagte. Aus irgendeinem Grund machte ihn das nur noch wütender. »Verdammt noch mal, Drake! Sie sagen, Sie lieben Irene, dabei haben Sie ihr das Dach über dem Kopf gestohlen.«

»Wollen Sie mich jetzt übers Balkongeländer baumeln lassen?«

»Würde ich gern tun. Aber ich habe mir die Hand verstaucht, als ich jemandem eine gelangt habe. Ich würde Sie wahrscheinlich fallen lassen.«

»Und was sollen wir jetzt machen?«

»Nehmen wir einen Drink«, sagte Steve. »Bourbon tut es ausnahmsweise auch.«

Cabanas – Zelte aus weißem Segeltuch – blähten sich wie Segel in der Brise. Steve und Drake saßen im Schatten einer Sabalpalme am Pool und nippten an ihren Drinks. Der Duft von Sonnenmilch wehte zu ihnen herüber.

»Sie können immer noch nach Rio fliegen«, sagte Steve. »Ich könnte Sie nicht aufhalten.«

»Zu deprimierend«, sagte Drake. »Charles Ponzi ist auch dorthin geflohen.«

»Charles Ponzi? Der mit dem Schneeballsystem?«

»Flüchtete nach Italien und von dort aus nach Rio. Er wurde Schmuggler.«

»Sicher ist der Mann Ihr Vorbild. So wie Rickey Henderson für mich: von den Amateuren zu den Yankees, dann zu den Padres und zu den Mets. Hat überall die entscheidenden Punkte für sein Team geholt.«

»Charles Ponzi starb im Armentrakt eines brasilianischen Hospitals.« In Drakes Stimme lag ein Anflug von Traurigkeit. »So möchte ich nicht enden.«

Steve gönnte sich einen Augenblick der Entspannung. Er bewunderte zwei junge Sonnenanbeterinnen in Bikinis. »Ricky Henderson spielte am Ende auch nur noch in der Unterliga.«

»Das Traurige ist, dass ich mein Geschäft verstehe«, erklärte Drake. »Wenn ich eine Zielperson ins Auge gefasst habe, suche ich nach ihrer Schwachstelle und komme so immer an ihr Geld.«

»Meist wird es wohl Gier sein.«

»Bei gewöhnlichen Betrügereien schon. Aber ich habe mich stets zu Leuten hingezogen gefühlt, die nach Höherem streben. Wenn Sie jemandem sagen, dass er von Sir Francis Drake abstammt, wirft er sämtliche Bedenken über Bord. Solche Leute glauben, ihr gegenwärtiges Leben hätte eigentlich großartiger und bedeutender verlaufen müssen. Die an sich harmlose Vorstellung, etwas Besonderes zu sein, nutze ich dann, um sie um ihr Geld zu erleichtern.«

»Dass Sie ein Dieb sind, scheint Ihnen nicht besonders leidzutun.«

Drake zuckte die Achseln. »Wir sind, wer wir sind.«

Ein Naturgesetz. So hatte sich auch Irene ausgedrückt.

»Was ist denn mit dem Geld passiert, Drake?«

»Ich habe damit Schulden bezahlt. Spielschulden. Und Schulden, die durch ein geplatztes Immobiliengeschäft aufgelaufen sind. Und für eine Goldmine, die nichts mehr abwirft. Ich bin pleite.«

»Warum bleiben Sie nicht, bis Sie genügend Leute ausgenommen haben und wieder schwarze Zahlen schreiben?«

Drake tat den Vorschlag schnaubend ab. »Ein Amateur würde das vielleicht riskieren. Ein Profi weiß, dass es besser ist, einen Monat zu früh zu verschwinden als einen Tag zu spät. Ich hatte bereits meine übliche Story parat: Verwaltungstechnische Komplikationen. Behördenkram. Ich muss nach London fliegen. So gewinne ich ein paar Wochen und habe bis dahin in Südamerika bereits neue Geldquellen aufgetan.«

»Und der Grund dafür, dass Sie noch nicht am Strand von Ipanema liegen, ist, dass Sie sich verliebt haben?«

Drake neigte sein Glas nach vorn und ließ die Eiswürfel aneinanderklimpern. Die Geste signalisierte Zustimmung. »Ich wollte Irene alles sagen. Sie um Verzeihung bitten. Ihr versprechen, von nun an ehrlich zu sein und gemeinsam mit ihr ein neues Leben beginnen.«

»Wo denn? In dem Apartment, das nun zwangsversteigert wird?«

»Da ich über keine eigene Bleibe verfüge, hatte ich diese Möglichkeit erwogen.« Das Lachen, das Drake ausstieß, klang mehr nach einem Seufzen. »Sieht aus, als würde ich jedes Mal, wenn ich versuche, ein Loch zu stopfen, ein neues aufreißen.«

»Wie lästig.«

»Sie wissen genau, was ich meine. Sie sind deutlich cleverer, als Sie vorgeben. Und sie verfügen über eine exzellente Menschenkenntnis.«

»Als Kind saß ich oft im Gerichtssaal meines Vaters und sah mir die Verhandlungen an. Manchmal schloss ich die Augen und hörte den Zeugen einfach zu. Oder ich steckte mir die Finger in die Ohren und beobachtete nur. Mit diesem Spiel versuchte ich herauszufinden, wer log.«

»Und von dieser Erfahrung profitieren Sie bis zum heutigen Tag. Sie haben mich sofort durchschaut.«

»Das war nicht schwierig. Ich bin nur überrascht, dass Irene zu mir kam. Ich stehe nicht auf der Liste ihrer fünfhundert Lieblingspersönlichkeiten.«

»Oh, da täuschen Sie sich. Irene mag Sie. Sie macht sich wegen dieses Dr. Bills Sorgen um Sie und glaubt, Sie spielen mit dem Feuer.«

Steve horchte auf. »Was weiß Irene denn darüber?«

»Was Sie Victoria erzählen, sagt diese Irene weiter. Und Irene erzählt es dann mir.«

Natürlich. Mütter und Töchter.

»Oje. Jetzt höre ich gleich, wann wir zum letzten Mal Sex hatten.«

»Vor zwei Wochen. Am Dienstag. Nach *Sports Center*.«

»Während. Die Hockey-Highlights gaben uns ein Zeitfenster.«

»Ich habe mir Dr. Bill im Radio angehört«, sagte Drake. »Viel belangloses Psychogelaber, um nutzlose Bücher und CDs zu verscherbeln.«

»Kennen Sie seine Theorie von der Evolutionspsychologie? Wir sind alle potenzielle Mörder. Im Laufe der Jahrtausende hat die Evolution stets Individuen begünstigt, die bereit sind, ihre Gegner abzuschlachten.«

»Und ich dachte immer, wir wären auf Diebstahl programmiert.«

»Die Theorie ist ziemlich simpel. In unseren Genen stecken noch die mörderischen Impulse der Altsteinzeitmenschen.«

»Interessant«, sagte Drake. »Wenn unsere DNA uns befiehlt zu töten – warum dagegen ankämpfen? So kann man sich wunderbar einen Mord zurechtrationalisieren.«

Nachdenklich starrten sie in ihre Drinks. »Kreeger behauptet, ich sei ebenso sehr ein Killer wie er«, sagte Steve nach einer Weile. »Eine Zeit lang dachte ich, er wolle diesen Gedanken in mein Hirn säen, um mich dazu zu bringen, meine Schwester zu töten.«

»Und jetzt?«

»Manchmal bezeichnet er uns beide als Mörder, dann wieder als Helden. Kreeger behauptet, ein Mädchen gerettet zu haben, so wie ich meinen Neffen gerettet habe. Aber was Kreeger tatsächlich getan hat, war krank und niederträchtig.«

»Klingt, als wäre das Ganze ein Spiel für ihn, als hätte er Spaß daran, Sie zu quälen.«

»Immer wenn der Schweinehund Bobbys Namen erwähnt, wird mir eiskalt.«

»Dann hat er Ihre Schwachstelle entdeckt.«

»Und das ist mein Neffe?«

»Ihre *Liebe* zu ihm. Falls Kreeger Ihnen wehtun will, wird er sich an dem Kind vergreifen. Ist das nicht offensichtlich?«

Viel zu sehr, dachte Steve.

Die einfachste Art, mich fertigzumachen, mir endlose Schmerzen zuzufügen, ist, Bobby zu schaden.

Welche Art Mensch war zu so etwas in der Lage? Bill Kreeger würde jedenfalls nicht davor zurückschrecken. Der Mann betrachtete sich als Produkt einer jahrtausendelangen genetischen Auslese.

Aber das bin ich auch.

Kreeger täuschte sich in fast allen Belangen. Nur in einer Beziehung hatte er völlig recht: Die Bereitschaft zu töten, um jemanden zu schützen, den wir lieben, liegt in der menschlichen Natur.

Dreißig

Von Nymphen und Volltrotteln

Mit Bobby als Beifahrer und Jimmy Buffet, der im Radio davon sang, dass sich mit den Breitengraden auch die Mentalität änderte, fuhr Steve über die Alhambra Plaza in Coral Gables nach Norden. Zwischen mediterranen Villen und Anwesen im Kolonialstil lugte der Biltmore-Golfplatz hervor. Am Taragona Drive überquerten sie die Brücke über die Wasserstraße. Auf dem Salvattierra Drive hielt Steve an.

Kreegers Praxis lag um die Ecke, und Steve war nervös. Bislang waren alle seine Pläne durchkreuzt worden. Erst hatte er Kreeger nur knallhart sagen wollen, er solle sich nicht in seine Nähe wagen. »Falls Sie sich an mir vergreifen, werden Sie glauben, ein Betonmischer habe Sie überrollt.« Sehr beeindruckend. Wirklich. Dann hatte er versucht, Kreeger mit der Suche nach dem Bootskapitän aus der Ruhe zu bringen. Doch De la Fuente war tot, und Kreeger hatte nichts zu befürchten. Amanda zu seiner Komplizin zu machen, hatte auch nicht funktioniert. Sie hatte ihm sogar aufgelauert – nackt, verführerisch und eindeutig von Kreeger dazu angewiesen. Vielleicht um seine Beziehung mit Victoria zu sabotieren. Durchaus denkbar. Der Stinkstiefel bekämpfte ihn an allen Fronten.

Und der heutige Plan? Nur ein vager Gedanke und alles andere als raffiniert.

Illegal, ja. Gefährlich, durchaus. Aber raffiniert nicht mal im Ansatz.

Richter Schwartz hatte angeordnet, dass Steve Bobby für ein Evaluationsgespräch zu Kreeger bringen musste. Und wenn sie schon bei Kreeger waren, konnte er sich dort auch ein bisschen umsehen. Vielleicht fand er ja etwas Verwertbares.

»Wir sind zu früh dran«, sagte Bobby. »Einundzwanzig Minuten und vierunddreißig Sekunden.«

Steve stellte den Motor ab. »Bitte warte hier im Auto auf mich. Ich habe noch was zu erledigen.«

»Was denn?«

»Kann ich dir nicht sagen. Und wenn wir bei Kreeger sind, erzählst du ihm bitte nicht, dass wir zu früh hier waren, okay?«

Bobby schürzte die Lippen, nahm die Brille ab und putzte sie mit einem Zipfel seines Florida-Marlins-Shirts. Die Solomon-&-Lord-Baseballmütze trug er mit dem Schild nach hinten. »Wirst du Schwierigkeiten kriegen, Onkel Steve?«

»Wie kommst du denn darauf?«

»Weil du einen Werkzeuggürtel trägst, obwohl du gar kein Schreiner bist.«

»Das ist ein Hüftbeutel für Jogger, kein Werkzeuggürtel.«

»Warum hast du dann den Dietrich und den Universalschlüssel hineingepackt?«

»Du stellst zu viele Fragen, Hüpfer.«

»Nachzulesen in den Florida-Statuten acht-zehn-Punkt-null-sechs«, erklärte Bobby. »Es ist ein Verbrechen, Einbruchswerkzeuge mit der Absicht zu besitzen, einzubrechen oder zu stehlen.«

Diese verdammte Echolalia, dachte Steve. Bobby war an dem Tag, an dem Steve Omar Ortegas Verteidigung übernommen hatte, mit in der Kanzlei gewesen. Dem Jugendlichen wurde der Besitz eines Metalllineals vorgeworfen, mit dem man Parkuhren aufbrechen konnte. Ortega beteuerte seine Unschuld – und bezahlte den Vorschuss an Steve in Münzgeld.

»Wir haben einen Termin bei Kreeger, Bobby. Das heißt, wir sind quasi in sein Haus eingeladen.«

»Ja. Der Richter sagt, wir müssen hingehen.«

»Ich breche also nicht ein, ich komme lediglich ein bisschen zu früh. Und falls es irgendwelche verschlossenen Schränke oder Türen gibt, macht mich das neugierig.«

»Mom sagt, wenn du in den Knast kommst, kann ich bei ihr wohnen.«

»Nett von ihr.«

»Sie meint, selbst wenn du nicht ins Gefängnis musst, wird sie versuchen, einen Richter zu finden, der ihr das Sorgerecht zuspricht.«

»Und wie denkst du darüber, Kiddo?«

»Ich weiß, dass sie mich ziemlich schlecht behandelt hat. Aber sie war damals total fertig. Wahrscheinlich konnte sie gar nicht anders. Ich hasse sie nicht, und irgendwie braucht sie mich, weil sie ganz allein ist. Ich glaube, sie hat nicht mal irgendwelche Freunde.«

Einen Moment lang saßen sie still nebeneinander. Steves Magen verkrampfte sich vor Angst. In wenigen Augenblicken würde er wie ein Dieb durch Kreegers Haus schleichen, doch das Einzige, was ihn ernsthaft beschäftigte, war, dass sein Neffe ihn verlassen könnte. »Was willst du damit sagen, Bobby? Willst du bei deiner Mutter leben, weil sie dir leidtut?«

Bobbys Augen füllten sich mit Tränen. »Ich weiß, du hasst sie für das, was sie mir angetan hat.«

»Tue ich nicht. Sie ist nun mal meine Schwester, und irgendwo tief drin bedeutet sie mir noch etwas.«

»Und sie ist immer noch meine Mom.«

Schon wieder.
Anders als Steve hatte Bobby einen barmherzigen Zug. In Wahrheit waren die Gefühle, die Steve für seine Schwester hegte, vorwiegend mörderischer Natur.

»Ich möchte einfach nur das tun, was für dich am besten ist«, sagte Steve. Dabei drängte es ihn zu schreien: »*Wenn ich dich nicht von ihr weggeholt hätte, wärest du jetzt tot!*«

»Ich möchte, dass ihr zwei aufhört, euch zu streiten.«

»Okay. Sonst noch was?«

»Ich will Mom besuchen, aber ich will bei dir wohnen, Onkel Steve. Du und ich, wir gehören doch zusammen, oder?«

Steve spürte, wie sich seine Muskeln entkrampften. »Okay. Mal sehen, welche Vereinbarung ich mit Janice treffen kann. Mir ist es lieber, ich weiß, wo du bist, als wenn du dich hinter meinem Rücken davonschleichst. Aber ich möchte einen Beweis dafür, dass sie sich geändert hat. In Ordnung?«

»In Ordnung.« Sie schlugen die Fingerknöchel aneinander.

Steve öffnete die Fahrertür und hatte schon einen Fuß auf die Straße gesetzt, als Bobby sagte: »Bitte sei vorsichtig, Onkel Steve. Wenn du Ärger kriegst, was wird dann aus mir?«

In Kreegers Einfahrt stand ein Lexus SUV. Steve nahm an, dass der Besitzer ein Patient war und mitten in einer psychiatrischen Sitzung steckte. Er folgte den pinkfarbenen Pflastersteinen an der Hibiskushecke entlang in den Garten hinter dem Haus. Womöglich lag Amanda wieder nackt, verführerisch und warm in der Mittagssonne. An der Hausecke, hinter der das Fenster von Kreegers Praxis lag, duckte sich Steve. Noch befand er sich außerhalb von Kreegers

Blickfeld, und die Seitentür, die zur Küche führte, war unverschlossen. Steve schlich hinein.

Die Küche hätte eine Modernisierung vertragen, war aber sauber und hell. Eine Kanne Kaffee stand noch warm in der Maschine.

»Ich wollte mir nur einen Schluck Java-Blend holen, Doc.«

Steve plante bereits sein Alibi.

Eine Tür führte in den Flur, von dem aus man in ein Wohnzimmer gelangte. Das übliche Mobiliar und Fenster, die von Lamellenläden beschattet wurden, dazu ein scheinbar selten benutzter offener Kamin. Darüber hing ein Bild, ein idealisiertes Portrait von Kreeger am Steuer seines schnittigen Bootes, der *Psycho Therapy*. Der Seelendoc wirkte darauf etwas größer und schlanker. Er war braun gebrannt und fit, hatte eine Hand am Steuer und die andere am Gashebel. Alles unter Kontrolle, sagte die Geste.

Steve fand, Portraits sollten verstorbenen Ahnen vorbehalten bleiben. Zeugte es nicht von einem überbordenden Ego, ein Bild von sich selbst in Auftrag zu geben? Vielleicht hätte Kreeger sein Boot in *Narzist* umbenennen sollen.

Geräuschlos stieg Steve die Treppe zum Obergeschoss hinauf.

Verdammt, wonach suche ich eigentlich?

Er wusste es nicht. Sicher würde er keine gerahmte Urkunde vorfinden, auf der stand: »*Ich habe Jim Beshears, Nancy Lamm und Oscar De la Fuente getötet. Hochachtungsvoll, Dr. Bill.*«

Aber man konnte nie wissen. Ein Tagebuch vielleicht? Eine unvollendete Autobiografie? Steve erinnerte sich an einen Mandanten, der sich einen Merkzettel geschrieben hatte, damit er nicht vergaß, eine Maske zu kaufen. Auch die Adresse der Bank, die er auszurauben gedachte, stand darauf.

Steve wollte irgendetwas finden und nicht nur darauf warten, dass Kreeger den nächsten Schachzug machte.

Die Treppe führte zu einem Korridor. Die Tür an seinem Ende stand offen. Steve betrachtete es als Aufforderung einzutreten.

Schlafzimmer.

Großes Doppelbett mit Baldachin. Ultraleichte Überdecke, silbrige Farbe.

Steve ließ den Blick durch den Raum schweifen, versuchte Schwingungen aufzufangen, die etwas über die Person verrieten, die hier lebte. In der Ecke stand auf einem Sockel eine Bronzebüste, der Torso eines Knaben. Karibische Kunst schmückte die Wände – farbenfrohe Bilder von spärlich bekleideten Insulanern, die an Booten arbeiteten und Felder bestellten. Junge Mädchen, die Feldfrüchte schleppten.

Auf einem Sideboard stand eine Herrenschmuckschatulle. Steve öffnete sie. Dazu brauchte er weder den Universalschlüssel noch eine Axt. Zwei teure Männeruhren lagen darin. Diverse Manschettenknöpfe. Gold, Onyx, Jade. Steve strich mit dem Finger über das Filzfutter der Schachtel. Offenbar war darunter nichts versteckt.

Irgendwo im Haus gurgelten Leitungsrohre. Steve warf einen Blick auf die Uhr. In zehn Minuten musste er Bobby aus dem Wagen holen.

Er hatte auf einen Computer gehofft, auf dessen Festplatte sich wichtige Informationen verbargen. Verbrecher, die nie einen Fingerabdruck am Tatort hinterlassen würden, legten gelegentlich doch eine überdeutliche Brotkrumenspur. Man musste nur nachsehen, welche Websites sie zuletzt besucht hatten. Der Hauptspeicher eines Typen, der versucht hatte, seine Frau zu töten, indem er einen Haarföhn in ihr Badewasser warf, war beispielsweise mit zahllosen Downloads zu Todesarten durch Stromstöße gespickt gewesen.

Doch in Kreegers Schlafzimmer stand kein Computer. Steve musste ganz altmodisch nach Spuren suchen. Er zog eine Schublade des Nachtkästchens auf. Vor ihm lag eine Neunmillimeter Glock in einem Holster. Okay, ziemlich normal für Süd-Florida. In der Schublade darunter fand Steve ein altes Fotoalbum. Vergilbte Bilder aus der Collegezeit und vom Medizinstudium. Steve blätterte in den plastikbezogenen Seiten.

Wieder gurgelten in den Wänden die Rohrleitungen.

Eine Seite mit Schnappschüssen weckte sein Interesse. Sie trug ein sieben Jahre altes handgeschriebenes Datum. Fotos von einer Frau Ende dreißig und von einem Mädchen, das etwa in Bobbys Alter sein musste. In Badeanzügen am Strand. Sie lächelten in die Kamera, blinzelten in die Sonne. Der Schatten des Fotografen schob sich über den Sand zu ihnen hin. Die Frau war Nancy Lamm. Steve hatte während des Mordprozesses so viele Bilder von ihr gesehen, dass er sie sofort erkannte. Bei dem Mädchen handelte es sich um Amanda – damals noch Mary Amanda. Ihre Hüften hatten sich noch nicht gerundet, von Oberweite konnte nicht die Rede sein. Aber die Züge waren dieselben.

Steve setzte sich auf die Bettkante und blätterte weiter. Noch sechs Fotos. Diesmal ohne Nancy. Amanda war allein. An Kreegers Pool.

Nackt.

Genauso nackt, wie Steve sie vor zwei Wochen gesehen hatte. Doch die Fotos zeigten sie in der Übergangsphase zwischen Kindheit und Pubertät. Die nackte Nymphe räkelte sich in verschiedenen Posen, wölbte in einem Bild den Rücken, im nächsten streckte sie die knochige Hüfte vor, warf die Schultern zurück und drehte sich zur Seite, so dass die winzigen Brustknospen gut zu sehen waren. Dann wieder schaute sie direkt in die Kamera und zeigte mit gespreizten Beinen ungeniert ihr kleines rotblondes Haarbüschel. Auf diesem Bild lächelte sie mit naivem Charme, scheinbar unschuldig. Auf einem anderen Bild schmollte sie verführerisch, das kindliche Zerrbild von Pornografie. Eine Nahaufnahme ihres Gesichts offenbarte noch etwas anderes: einen leeren, glasigen Blick.

Zugedröhnt. Das Kind stand unter irgendwelchen Drogen.

Zwölf oder dreizehn. Nackt und stoned. Der Anblick war traurig und erschütternd zugleich. Konnte es, was Kreeger betraf, nun noch irgendwelche Zweifel geben? Der Mann war ein Killer und pädophil noch dazu. Steve stellte sich vor, er wäre Amandas Vater. Was hätte er getan? Er wäre mit einen Baseballschläger auf Kreeger losgegangen. Zunächst. Hätte ihm jeden einzelnen Knochen gebrochen, mit den Knöcheln angefangen und sich von dort aus zu seinem kranken Schädel hochgearbeitet.

Ja, Kreeger – wir sind alle fähig zu morden. Und eine Rechtfertigung dafür finden wir ebenfalls.

Eines der Fotos erinnerte Steve an irgendetwas. Nur woran? Er studierte das Bild. Amanda beugte sich mit zurückgeworfenen Armen und Schultern nach vorn wie ein Schwimmer vor dem Startsprung.

Die Bronzestatue in der Ecke des Schlafzimmers.

Es handelte sich gar nicht um den Torso eines Knaben.

Das war Amanda, in Bronze gegossen, mit einer schmalen Jungenbrust. Kreeger hatte der Erinnerung an ihren vorpubertären Körper ein bronzenes Denkmal gesetzt. Und dann die Bilder an den Wänden, die karibischen Insulaner. Junge Mädchen, die Feldfrüchte trugen. Alle nackt bis zur Hüfte.

Alles ziemlich beklemmend.

Steve hörte ein Geräusch. Eine Tür ging auf. Die des Badezimmers.

Heraus spazierte Amanda mit pitschnassem Haar. Sie hatte sich in ein weißes Handtuch gehüllt. Ihr erstaunter Gesichtsausdruck gerann in Sekundenschnelle zu einem verspielten Lächeln. »Guten Morgen, Sir. Sie müssen der bestellte Handwerker sein.«

Steve hatte einen Aufschrei erwartet, kein Rollenspiel.

»Mami und Papi sind nicht zu Hause«, fuhr Amanda mit einer Kleinmädchenstimme fort. »Aber Sie dürfen gern überall rumschrauben.«

Sprach sie in dieser Kinderstimme auch mit Kreeger? Damals wie heute? In diesem Zimmer und in diesem Bett?

»Hier gibt es nichts, was ich reparieren könnte.« Steve ließ das Album in die Schublade zurückfallen. »So große Aufträge nehme ich nicht an.«

»Gefallen Ihnen die Bilder nicht?« Amanda kicherte. Als Steve nicht antwortete, ließ sie das Handtuch zu Boden gleiten. »Was finden Sie schöner? Mein altes oder mein neues Ich?«

Steve saß immer noch auf der Bettkante. Amanda kam näher, spreizte die Beine, drückte die Innenseite ihrer Oberschenkel gegen seine Knie und hielt ihn in seiner Position fest. Amandas Haut war rosig vom Duschen, die Brüste mit den aufgerichteten Warzen befanden sich genau auf Steves

Augenhöhe. Wenn sie noch näher kam, bestand die Gefahr einer Bindehautverletzung.

»Onkel Bill gefällt mein altes Ich besser.« Ein gespielt trauriger Ton. »Mit dreizehn konnte ich die Beine noch hinter dem Kopf verschränken.«

»Sie hätten bei den Olympischen Spielen antreten sollen.«

»Onkel Bill meint, meine Möpse wären jetzt zu groß. Dabei sehe ich doch nicht aus wie eine Kuh, oder?« Amanda bewegte die Schultern hin und her und ließ wenige Zentimeter vor Steves Nase ihre Brüste hüpfen.

»Ihre Brüste sind völlig in Ordnung, Amanda.«

»Onkel Bill steht auf Mini. Kleine Tulpen nennt er sie.« Amanda ließ sich rittlings auf Steves Schoß plumpsen. »Sind Sie sicher, dass sie Ihnen gefallen?«

»Was sollte es daran auszusetzen geben?« Er hörte sich an wie sein Vater und fühlte sich wie ein Volltrottel.

»Warum fassen Sie sie dann nicht an?« Ein kindlicher Schmollton. »Das dürfen Sie nämlich. Sie können meine Tittis küssen und alles damit machen, was Sie möchten.«

Steve rührte sich nicht.

Amanda drehte sich so, dass eine ihrer Brüste seine Wange streifte. Glatt und warm. »Sie müssen sich dringend rasieren, aber es fühlt sich gut an.«

»Sie sind ein ungezogenes Mädchen.«

»Dann verhauen Sie mich doch.« Amanda glitt zur Seite, legte sich quer über Steve Oberschenkel und präsentierte ihr Gesäß. Steve hatte Gelegenheit, die Quallentätowierung eingehend zu betrachten.

»Wenn ich Sie verhaue, sind Sie dann wieder artig?«

»Ich werde gaaaanz brav sein.« Ein mädchenhaftes Kichern. »Außer, Sie möchten, dass ich gaaaanz ungezogen bin.«

Steve zögerte, überlegte, was er tun sollte.

»Worauf wartest du, Onkel Steve?«

Onkel Steve.

Von Amandas Lippen klang der Name obszön.

Steve holte weit aus und schlug mit der flachen Hand, so fest er konnte, auf ihren Hintern. Das laute Klatschen klang, als falle ein Schwertfisch nach dem Sprung auf die Wasseroberfläche zurück.

»Au! Fuck!« Amanda sprang japsend von Steves Schoß. Ihre Stimme klang nun gar nicht mehr lockend. »Sie Idiot! Das hat richtig wehgetan!«

»Tut mir leid, Amanda. Aber ich bin nicht Ihr Onkel Steve.« Steve stand auf und ging zur Tür.

»Ich werde Onkel Bill sagen, was Sie getan haben.«

»Was habe ich denn getan?«

»Mich vergewaltigt.«

»Sicher. Ich habe Ihnen einen Schokoriegel hingehalten und mich dann über Sie hergemacht.«

»Er wird mir glauben. Und wissen Sie, was er dann tut?«

»Mir eins überziehen und mich in den Whirlpool werfen wie Ihre Mutter?«

Amanda lachte auf, doch ihre Augen waren hart geworden und hatten sich zu Schlitzen verengt. »Sie glauben, das sei er gewesen?«

»Die Geschworenen nannten es Totschlag. Aber Sie und ich wissen Bescheid, nicht wahr, Amanda? Wir beide wissen, dass Bill Ihre Mutter getötet hat, um Sie für sich zu haben.«

»Reiner Blödsinn.« Wieder ein Lachen, spitz wie Stacheldraht. »Sie haben ja keine Ahnung.«

Steve hätte zu gern gefragt: *»Was ist denn wirklich passiert, Amanda? Was geschah in der Nacht, in der Ihre Mut-*

ter ertrank?« Aber manchmal war Schweigen die beste Fragetechnik. Ein paar Sekunden quälender Stille brachten die meisten Zeugen zum Reden.

»Onkel Bill hat meine Mom nicht umgebracht, Sie Dummerchen«, sagte Amanda Lamm. »Ich war's.«

Während er zum Wagen rannte, ging Steve noch einmal durch den Kopf, was Amanda ihm erzählt hatte. Sie und ihre Mutter hatten das Wochenende bei Kreeger verbracht. Ihre Mutter hatte sie mit einem Joint am Pool erwischt. Daraufhin war ein heftiger Streit entbrannt, und Nancy hatte geschrien, sie würde das Sorgerecht verlieren, wenn sich Amanda nicht endlich am Riemen riss. Das Mädchen hatte zurückgebrüllt, Bill hätte mehr Spaß mit ihr als mit Nancy und würde sich mit einer so alten Frau doch nur noch abgeben, um in der Nähe ihrer jungen Tochter sein zu können. Nancy verpasste ihr eine Ohrfeige. Amanda griff nach der Poolreinigungsstange – das »Pooldings«, wie sie es nannte – und schlug zurück. Irgendwie endete ihre Mutter dabei im Whirlpool und ertrank. Später, als die Sanitäter Mom weggeschafft hatten und die Polizei Fragen stellte, brachte der gute alte Onkel Bill Amanda ins Bett, deckte sie zu, gab ihr warme Milch, eine Handvoll Pillen und das Versprechen, sie zu beschützen.

Aber so war es nicht gewesen. Amanda log.

Nein. Lügen ist das falsche Wort dafür, dachte Steve. Amanda würde jeden Lügendetektortest bestehen, weil sie ihre eigene Geschichte glaubte.

Doch Steve war sicher, dass sie ihre Mutter nicht getötet hatte. Das hatte Kreeger ihr nur eingeredet. Allzu schwer konnte das nicht gewesen sein. Amanda war damals eine Dreizehnjährige mit einem Drogenproblem. Ihre Eltern steckten mitten in einem hässlichen Scheidungskrieg. Ein älterer Mann schenkte ihr Aufmerksamkeit – ein hinterhältiger manipulativer Mann, der ihre Unerfahrenheit ausnutzte und sie in sein Bett holte.

Steve versuchte, sich das Ende der schrecklichen Nacht vorzustellen. Kreeger beugte sich über Amandas Bett. Was flüsterte er ihr zu? Wie formte er ihre Erinnerung?

»*Ich habe mich um alles gekümmert, Amanda. Mach dir keine Sorgen.*«

»*Was ist passiert, Onkel Bill?*«

»*Ich habe ihnen gesagt, deine Mutter sei ausgerutscht und hätte sich den Kopf angeschlagen. Es wird alles gut.*«

»*Wie meinst du das?*«

»*Du wolltest sie eigentlich gar nicht erschlagen.*«

»*Ich habe Mutter erschlagen?*«

Nur diese Version der Ereignisse erschien Steve plausibel. Nancy Lamm, die selbst ein Suchtproblem hatte, hatte gemerkt, dass Kreeger ihre Tochter unter Drogen setzte und sich an ihr verging. Nancy stritt mit Kreeger und drohte, ihn anzuzeigen. Kreeger tötete Nancy und redete dann Amanda ein, sie hätte es getan.

Beweisen ließ sich das allerdings nicht.

Steve ging langsamer. Die schwüle Luft hing schwer über der Stadt, der Golfplatz war wie ausgestorben. Steve erreichte den Mustang, den er im Schatten eines Feigenbaums abgestellt hatte. Der Wagen war leer.

Bobby! Wo bist du?

War der Junge davonspaziert? War er zum Golfplatz gegangen und sah zu, wie betuchte Rentner Abschläge übten?

Janice! Sie könnte uns hierher gefolgt sein. Sie könnte sich auf die Lauer gelegt haben und ...

Nein. Das war gar nicht nötig. Sie musste nur anrufen, und der kleine Stinker schlich sich zu ihr und ging mit ihr Eis essen.

Kreeger!

Steve machte auf dem Absatz kehrt und rannte zum Haus zurück.

Einunddreißig

Das Feuer meiner Lenden

Gelächter schallte aus Kreegers Praxis im Erdgeschoss. Es war Bobbys Lachen, kindlich und unschuldig wie Vogelgezwitscher im Sommerwind. Steve stieß die Tür auf. Kreeger saß hinter seinem Schreibtisch, Bobby im Schneidersitz auf dem Sessel davor.

»Hey, Onkel Steve. Wir haben schon mal ohne dich angefangen.«

»Kommen Sie rein, Solomon.« Kreegers Lächeln wirkte aufrichtig, so aufrichtig, als lächle ein Wolf ein Lamm an.

»Was zum Teufel geht hier vor?«

»Ihr Neffe erfreut mich mit seinen Kunststücken. Sollen wir es noch einmal versuchen, Robert?«

»Klar, Doc.«

»Wie wär's mit meinem Namen? ›William Kreeger‹?«

»Das ist einfach, weil er viele Vokale hat.« Der Junge dachte kurz nach, dann verkündete er: »ARMER KILLE EWIG.«

»Sehr erbaulich, wirklich.« Kreeger wandte sich an Steve. »Robert erzählte mir gerade von der liebreizenden Maria und dem unglücklichen Vorfall, der dazu geführt hat, dass er nun hier sitzt.«

»Sie ist einfach der Wahnsinn«, sagte Bobby.

»Hört sich so an.« Kreeger nahm ein Foto von seinem Tisch. »Süß, nicht wahr, Solomon?«

»Wo haben Sie das her?« Auf dem Bild flirtete Maria Munoz-Goldberg mit der Kamera. Sie trug Shorts und ein T-Shirt, das über ihrem Nabel endete. Ihr Rücken war auf eine Weise durchgedrückt, die ihren kleinen Hintern gut zur Geltung brachte. Abgesehen von der Kleidung hätte sie Amanda sein können, wie sie vor sieben Jahren für Kreeger posiert hatte.

»Das habe ich Dr. Bill gegeben«, sagte Bobby. »Er gibt mir dafür Tipps, wie ich sie rumkriegen kann.«

»Prima. Und ich besuche dich dann im Jugendarrest.«

»Nichts Schlimmes oder so. Der Doc meint, ich soll einfach ich selbst sein, nicht auf cool machen oder die Jungs aus der Footballmannschaft imitieren, weil das sowieso nicht funktioniert. Wir müssen so sein, wie wir wirklich sind. Denn clevere Leute durchschauen sofort, wenn wir uns verstellen.«

»Das ist ein guter Ratschlag«, musste Steve zugeben. Er sah Kreeger forschend an. »Früher oder später fallen alle Blender auf die Schnauze. Und dann holen ihre Taten und ihre Lügen sie wieder ein.«

»Wie wahr«, sagte Kreeger. »Also, Robert, worüber haben wir geredet, als dein Onkel hereinkam?«

»Sie haben mich gefragt, ob ich Maria für eine kleine Nutte halte.«

»Wie bitte?« Steve fuhr hoch. »Was soll die Frage? Das Mädchen ist gerade mal zwölf.«

»Also wirklich, Steve«, sagte Kreeger. »Sie haben die aufreizenden jungen Dinger doch gesehen, die in Grove herumhängen und die Kerle heißmachen.«

»Hey! So rede ich vor Bobby nicht.«

»Offenbar haben Sie mein Essay über verbale Ehrlichkeit nicht gelesen. Robert, hat Maria irgendwelche Piercings?«

»Im Nabel. So ein Glitzerding«, antwortete Bobby.

»Und ich nehme an, sie trägt Kleidung, die ihren nackten Leib zur Schau stellt?«

»Klar.«

»Genau wie ich dachte«, freute sich Kreeger. »Eine kleine Nutte.«

»Das ist absurd«, widersprach Steve.

»Das wird sich noch herausstellen. Robert, hast du schon mal Marias Brüste gesehen?«

»Bloß bei dem einen Mal, als ich im Dunkeln in ihr Fenster geguckt habe.«

»Hör mal, wenn du nichts unternimmst, wird sie glauben, du bist schwul.«

»Blödsinn!«, donnerte Steve. »Hör nicht auf ihn, Bobby.«

»Ich bin nicht schwul«, erklärte Bobby.

Kreeger lächelte. »Das weiß ich doch, Robert. Aber weiß Maria es auch?«

»Hoffentlich.«

»Für mich sieht es so aus, als wollte sie es wirklich mit dir machen.«

Steve sprang auf. »Das reicht. Wir gehen.«

»In diesem Fall muss Robert im Jugendarrest auf einen Termin für einen Test warten.«

Steve sank wieder in seinen Sessel.

»Maria hat noch nie gesagt, dass sie es tun möchte«, sagte Bobby.

»Das wird auch nicht passieren«, sagte Kreeger verschwörerisch. »Sieh mal, Robert, der Mann ist der Jäger. Über Jahrtausende hinweg hat der Mann Beute gemacht und sich die Weibchen genommen, die er haben wollte. Das Weibchen fügt sich dem Stärkeren. Wenn eine Frau ›Nein‹ sagt, meint sie ›vielleicht‹. Und ›vielleicht‹ bedeutet ›ja‹.«

»Unsinn!« Steve wandte sich an Bobby. »›Nein‹ bedeutet ›nein‹. ›Vielleicht‹ bedeutet auch ›nein‹. Und ›Ja‹ bedeutet immer noch ›nein‹, weil du dafür zu jung bist.«

»Bobby, dein Onkel und ich müssen miteinander reden«,

sagte Kreeger. »In der Küche gibt es Obst und Schokoladenkekse.«

»Cool. Ich bin schon weg.«

Bobby entknotete seine Beine und zockelte ab.

Als er die Tür hinter sich geschlossen hatte, stand Steve auf und beugte sich über Kreegers Schreibtisch. »Sie können dem Richter erzählen, was Sie wollen. Aber dass Sie Bobbys Gedanken vergiften, lasse ich nicht zu.«

»Immer mit der Ruhe, Solomon. Ich teste den Jungen doch nur. Ich mache mir Sorgen, wie Robert reagieren könnte, wenn Maria ihn zurückweist.«

»Wovon sprechen Sie überhaupt?«

»Darüber, wie sich Robert unter Stress verhält.« Kreeger machte sich eine Notiz. »Ich befürchte, dass der Junge Maria gegenüber gewalttätig werden könnte.«

»Was zum Teufel schreiben Sie da?«

»Erinnern Sie sich an das Mädchen, das vor ein paar Monaten in den Redlands verschwand? Ein Junge aus der Nachbarschaft hatte ein ähnliches entwicklungspsychologisches Problem wie Robert. Die Leiche des Mädchens wurde nie gefunden, die Polizei hat keinerlei Beweise. Aber ich bin ziemlich sicher, dass der Junge etwas damit zu tun hat.«

»Bobby ist nicht gewalttätig. Und falls Sie es vergessen haben, der Mörder hier sind *Sie*, Kreeger.«

»Sie wiederholen sich.« Kreeger legte die Hand auf Marias Foto. »Glauben Sie, Robert hat etwas dagegen, wenn ich es behalte?«

»Ja.« Steve ging zum Fenster. »Und ich auch.«

Kreeger setzte eine Lesebrille auf und studierte das Bild. Fünf Sekunden. Zehn Sekunden. Viel zu lange. »Lecker die Kleine, finden Sie nicht?«

»Sie sind krank, Kreeger. Krank und pervers.«

Kreeger schloss die Augen und murmelte: ›Lolita, Licht meines Lebens, Feuer meiner Lenden. Meine Sünden, meine Seele. Lo-li-ta.‹«

Indem er Nabokovs berühmt gewordene erste Zeilen zitierte, gestand Kreeger seine eigene Vorliebe für pubertäre Mädchen ein – fast so, als wäre er der Patient und Steve der Psychiater. Suchte er etwa Hilfe?

»Sie müssen darüber reden, stimmt's?« Steve ging zum Schreibtisch zurück. »Seit Jahren schleppen Sie es mit sich herum. Vielleicht wollten Sie damals, als ich Sie verteidigte, auch nur reden. Aber ich habe die Signale nicht verstanden.«

Kreeger intonierte so eintönig, als bete er: »Lo-li-ta. A-man-da. Ma-ri-a.« Das Lachen, das er hinterher ausstieß, erinnerte Steve an das heisere Krächzen eines Hahnes. »Glauben Sie, Robert hat Marias Kirsche schon gepflückt?«

Steve wollte seinen Ekel gar nicht verbergen. »Sie suchen keine Hilfe. Sie wollen sich nur im Dreck suhlen.«

»Oder haben Sie das Rennen gemacht? Haben Sie Ihrem Neffen sein Schmusehäschen abgejagt?«

»Man hätte Ihren kranken Arsch im Knast von Raiford verschimmeln lassen sollen. Sie haben Nancy Lamm umgebracht, weil Sie sich ungestört über ihre Tochter hermachen wollten.«

»Reden Sie kein dummes Zeug.« Kreegers Lächeln war messerscharf. »Glauben Sie einer nackten Frau etwa nicht? Amanda hat ihre Mutter getötet, und ich habe mich für sie geopfert. Genau wie Sie es auch getan hätten.«

»Was soll das heißen?«

»Sagen wir, der liebe Robert wird grob zu Maria, und das arme Mädchen stirbt.«

»Welche kranken Fantasien brüten Sie jetzt schon wieder aus?«

»Alles rein hypothetisch, Solomon. Wenn Robert Maria umbringen würde, täten Sie dann nicht alles, damit er nicht ins Gefängnis muss? Würden Sie nicht sogar die Schuld auf sich nehmen?«

»Bei Nancy Lamm war es anders. Sie haben lediglich einer Dreizehnjährigen eine Geschichte erzählt, um sie in Ihrem Bett zu halten. Welche Drogen hatten Sie ihr gegeben, als Sie ihr einredeten, sie habe ihre Mutter getötet?«

»Wenn ich Sie so sprechen höre«, sinnierte Kreeger, »scheint es zwischen uns beiden doch einen großen Unterschied zu geben. Ich stehe zu dem, was ich bin – aber Sie geben vor, ein ganz anderer zu sein.«

Zurück im Wagen ahnte Bobby, dass ihm ein längerer Vortrag blühte. Onkel Steve schien furchtbare Angst zu haben, dass er sich demnächst mit Maria in den Kissen wälzen und sie schwanger werden könnte. Das war komisch, denn bislang hatte er sie erst dreimal geküsst. Einmal hatte er dabei sein Ziel verfehlt und am Ende ihr Ohr im Mund gehabt.

»Du weißt, dass ich dir nie bewusst einen falschen Rat geben würde?«, sagte Steve, noch bevor sie die erste Straßenecke erreicht hatten.

»Klar weiß ich das.«

»Dann wirst du also auf mich hören und nicht auf Kreeger, diesen Freak?«

»Sicher.«

»Weißt du noch, was ich dir über Mädchen und Sex gesagt habe?«

»Habe ich schon jemals etwas vergessen, Onkel Steve?«

»Dann wiederhol es.«

»Dabei komme ich mir aber blöd vor.«

»Sag es einfach, Kiddo.«

Bobby spürte, dass kein Weg daran vorbeiführte. »Reif sein heißt rein sein.«

»Braver Junge.«

»Hast du dich daran gehalten, Onkel Steve? Bist du rein geblieben?«

»Das geht dich nichts an.«

»Dachte ich mir fast.«

Bobby nahm an, dass sein Onkel dieses Reinheitsgeschwafel, das so gar nicht zu ihm passte, aus den Büchern hatte, die sich im Wohnzimmer stapelten.

Jungen in der Pubertät. Pubertätsprobleme. Teenager: Eine Gebrauchsanweisung.

Als wäre ich ein Welpe.

Onkel Steve schien ständig Angst zu haben, dass ihm etwas Schlimmes zustoßen könnte.

Als wäre ich aus Glas.

Wahrscheinlich wegen Mom und dem Hundekäfig und ein paar anderen Sachen, an die er sich nicht mal erinnerte.

»Vor Einbruch der Dunkelheit bist du zu Hause.«

»Stell die Büchse mit den Bohnen nicht in die Mikrowelle.«

»Wenn deine Mutter anruft, will ich es wissen.«

Manchmal wollte Bobby am liebsten schreien: *»Ich bin kein Baby mehr, Onkel Steve.«*

Dr. Bill behandelte ihn wie einen Mann. Das merkte er auch an der Art, wie er über Sex redete, anstatt ihn mit »Reife« und »Reinheit« zuzutexten.

Onkel Steve hasste den Kerl. Das war seltsam, denn Onkel Steve hatte selbst zugegeben, dass er seinen Mandanten damals bei dem Mordprozess geleimt hatte. Auf der Fahrt zur Praxis hatte er gesagt, der Doc sei gefährlich. Aber das behauptete er auch von Mom, und Bobby sah das ganz anders. Onkel Steve war einfach ziemlich durcheinander. Deshalb beschloss Bobby, ein paar Dinge für sich zu behalten. Er würde Onkel Steve nicht alles verraten, was Dr. Bill gesagt hatte. Vor allem nicht den letzten Satz, bevor Onkel Steve hereingekommen war.

»Sei ein Mann, Robert. Nimm dir, was du haben willst. Maria wird begeistert sein. Vertrau mir. Ich kenne mich aus.«

Solomons Gesetze

§ 11 Ich würde einem Anwalt weder ins Gesicht lügen noch ihm ein Messer in den Rücken rammen. Aber wenn ich die Chance habe, schaue ich ihm in die Augen und trete ihm in die *cojones*.

Zweiunddreißig

Auftauen der eisigen Auserwählten

»Du hast einer nackten Frau den Hintern versohlt?« Victoria wollte nicht glauben, dass sie schon wieder so ein Gespräch führten.

»Es war nicht so, wie du denkst«, antwortete Steve. »Es hatte nichts mit der *Geschichte der O* zu tun.«

»Und sie hat ihre Brüste an deinem Gesicht gerieben?«

»Genau genommen war es nur eine.«

»Aber du hast absolut nichts getan, um sie dazu zu ermuntern?«

»Absolut nichts, Frau Anwältin.«

»Deine bloße Anwesenheit bringt Frauen dazu, Badetücher von sich zu werfen und dir ihre Brüste ins Gesicht zu drücken?«

»Eine Frau, eine Brust«, betonte Steve, als protokolliere ein Gerichtsschreiber alles mit.

Sie saßen in Steves Mustang, im Radio lief eine Sportsendung. Steve stellte lauter. Victoria nahm an, dass er sie damit von weiteren Fragen abhalten wollte. Einen Augenblick lang hörte sie zu, wie ein Anrufer mit ernster Stimme Vermutungen darüber anstellte, dass die Spieler-Neuerwerbung der University of Miami die 40 Yards eine Zehntelsekunde zu langsam laufen könnte. Dann drückte sie die Aus-Taste. »Dich in Kreegers Schlafzimmer zu schleichen, war eine Schnapsidee.«

»Ich habe nach Beweisen gesucht und welche gefunden.«

»Meinst du die Nacktbilder oder die nackte Frau?«

»Jetzt kann ich Kreeger wegen sexuellen Missbrauchs

drankriegen. Amanda war damals minderjährig. Die Sache ist noch nicht verjährt. Der Kerl ist erledigt, Vic!«

»Und wie willst du Amanda dazu bringen, dir zu helfen? Indem du dich nächstes Mal gleich zu ihr unter die Dusche stellst?«

»Ich muss ihr nur klarmachen, dass nicht sie ihre Mutter getötet hat.«

»Ist das alles?«

»Und nicht Kreeger *sie* schützt, sondern sie ihn.«

»Und wie willst du das anstellen?«

»Daran arbeite ich noch.«

Steve lenkte den Mustang quer über zwei Spuren und fuhr anstatt auf die I-95 die Brickell Avenue entlang.

»Wohin fahren wir?«, fragte Victoria.

»Ich muss zu einer Vergleichsverhandlung. Du kannst den Wagen nehmen.«

»Zu welcher Vergleichsverhandlung denn? Der Termin steht nicht in unserem Kalender.«

»Sachs gegen Biscayne-Supermärkte. Der Klobrillenfall.«

»Die bieten tatsächlich einen Vergleich an?«

»Erstaunlich, nicht wahr?«

Irgendwie hörte sich das nicht sehr plausibel an, dachte Victoria auf der Fahrt durch die Hochhausschluchten, in denen Miamis Banker und Anwälte hausten. »Wie lautet denn das Angebot?«

»Bislang gibt es noch keines. Aber bis zum Mittag werde ich *mucho dinero* in der Tasche haben.«

Das klang gar nicht nach Biscayne-Supermärkte, dachte Victoria. Normalerweise lehnte das Unternehmen jede Haftung für Ausrutscher und Stürze ab, ganz gleich, wie lange die halb verrottete Bananenschale bereits herumgelegen hatte. Und dieser Fall war noch komplizierter. Harry Sachs, einer von Steves Stammkunden, wie Cece sich auszudrücken pflegte, hatte eine Supermarkttoilette benutzt und war mit dem Hintern auf der Klobrille kleben geblieben. Ein Scherzbold hatte sie mit Klebstoff bestrichen. Die Sanitäter mussten das Zeug mit Hilfe eines Bunsenbrenners schmelzen, damit der Sitz sich löste. Dasselbe tat ein Halbkreis von Sachs' Gesäßhaut.

»Ich bin überrascht, dass die dir ein Angebot machen wollen.«

»Du weißt, wie überzeugungskräftig ich sein kann, Vic. Rolly Ogletree wird mir noch vor dem Lunch einen Scheck ausstellen.«

Seltsam, dachte Victoria. Sie hatte Rolly in der vergangenen Woche im Gericht getroffen, und er hatte ihr von einem Angelurlaub erzählt, den er für diese Woche plante. In Costa Rica. Doch sie sagte nichts. Warum sollte Steve sie wegen einer solchen Sache belügen?

Er hielt am Straßenrand vor dem State-Trust-Gebäude an, dem Eckhochhaus an der Kreuzung von Calle Ocho und Brickell Avenue. »Drück mir die Daumen.« Steve beugte sich zu Victoria und küsste sie.

Als er die Wagentür öffnete und hinausspringen wollte, fragte sie: »Wo sind deine Unterlagen?«

»Du kennst mich doch, Vic. Muffige Akten brauche ich nicht.«

»Aha.«

»Alles hier drin.« Steve tippte sich an die Stirn.

Die Sache mit dem Sachs-Fall war gelogen, entschied sie. Und auch, dass er eine Besprechung mit Rolly Ogletree hatte. Für jemanden, der es mit der Wahrheit häufig nicht so genau nahm, war Steve ein erstaunlich schlechter Lügner.

»Viel Erfolg, Steve.«

Victoria ging zur Fahrerseite. Sie ließ sich dabei Zeit und sah, wie Steve schwungvoll die Stufen zum State-Trust-Gebäude hinauflief. Okay, hier befand sich die Kanzlei von Ogletree & Castillo, P.A., die eine Handvoll geiziger Versicherungen vertrat. Aber irgendetwas stimmte nicht. Victoria fuhr an und wollte sich auf den Weg nach Miami Beach machen, folgte dann aber einem plötzlichen Impuls, bog nach rechts auf den Brickell Key Drive ab und parkte am Straßenrand.

Hey Victoria, was tust du da? Deinen Freund beschatten?

Eigentlich fand sie das peinlich. Doch Steve hatte eine nackte Frau befragt. Zweimal. Und nun diese ungeschickte Lüge. Was ging eigentlich vor? Plötzlich sah sie ihn im Rückspiegel die Straße überqueren.

Superschnelle Vergleichsverhandlungen, Partner.

Victoria beobachtete, wie er nach Norden Richtung Brücke ging. Als er aus ihrem Blickfeld verschwand, stieg sie aus und joggte zur Kreuzung, was in Samtpumps mit Fünf-Zentimeter-Absätzen gar nicht so einfach war. Sie blieb auf der Ostseite der Straße, behielt Steve im Blick, ließ ihm aber etwa hundert Schritte Vorsprung. Nach einer Minute überquerte Steve die kreuzende Seventh Street und schlüpfte dann durch einen Torbogen in eines der ältesten Gebäude des Viertels.

Es war eine Kirche – die First Presbyterian Church.

Wenigstens würde er dort nicht auf eine nackte Frau treffen. Aber was wollte er hier? Steve ging nicht einmal zur Synagoge. Weshalb dann plötzlich in diesen alten Kirchenbau? Victoria hastete in einem riskanten Manöver quer über die Straße und ging auf das wuchtige Gebäude zu. Die Kirche mit dem Kupferdach war ein verputzter Steinbau in mediterranem Stil und etwa so hoch wie ein viergeschossiges Haus. Victoria ging durch einen Torbogen, der sich seitlich am Kirchenschiff befand. Vor der schweren Tür hielt sie inne.

Was ist, wenn Steve mich hier sieht? Wie soll ich erklären, was ich hier tue? Aber dasselbe könnte ich auch ihn fragen.

Sie atmete tief durch und trat in die kühle Dunkelheit des Vestibüls. Hier roch es nach altem Holz und feuchten Steinen. Bemüht, kein Geräusch zu verursachen, wagte Victoria ein paar vorsichtige Schritte. Durch die farbigen Glasfenster fiel goldenes Licht in das Kirchenschiff. Schlichte Eichenbänke, kahle Wände und eine Decke aus Akustikplatten. Das Gotteshaus hatte den typisch protestantischen, schmucklosen und klaren Look.

In einer der hinteren Bänke beteten zwei ältere Frauen. Dann entdeckte sie Steve. Er saß in der Nähe des Mittelgangs, hatte einen Ellbogen auf die Banklehne gestützt und das Kinn in die Hand gelegt.

Dachte er nach? Betete er? Bereute er seine Sünden?

Auf jeden Fall suchte er Ruhe und wollte allein sein. Warum hatte er ihr das nicht sagen können? Victoria hatte geglaubt, Steve fehle die Fähigkeit zur inneren Einkehr. Aber vielleicht war dies der Ort, an den er sich zurückzog, wenn er nachdenken wollte oder geistige Führung brauchte – ohne großes Tamtam. Eine Flut warmer Gefühle schwappte über Victoria hinweg. Hier vor ihr saß Steve, und sie liebte ihn tatsächlich. Sicher hatte sie diesen Teil seiner Persönlichkeit gespürt, obwohl er ihn zu verbergen suchte. Sie kämpfte gegen den Drang an, zu ihm zu laufen und die Arme um ihn zu schlingen.

Nein. Er hatte sich die Auszeit verdient. Victoria wandte sich ab und verließ das Kirchenschiff. Dabei überlegte sie, ob ein Haus mit Garten vielleicht doch infrage kam.

Steve sah auf die Uhr. Er war pünktlich, was bedeutete, dass sich der gegnerische Anwalt verspätete. Das gab ihm Zeit nachzudenken. Hatte Victoria Verdacht geschöpft? Verdammt, wie er es hasste, sie zu belügen! Vielleicht hatte er ihr deswegen eine Halbwahrheit aufgetischt. Es würde tatsächlich eine Vergleichsverhandlung geben, auch wenn sie nichts mit Harry Sachs und seinem klebrigen Hintern zu tun hatte. Das hier war viel persönlicher. Steve hatte Irene Lord versprochen, ihr aus der Patsche zu helfen und die Zwangsversteigerung ihrer Wohnung zu verhindern, ohne dass Victoria je etwas davon erfuhr.

Rein juristisch war die Aufgabe kaum lösbar. Faule Hypotheken boten wenig Spielraum.

»Hat der Schuldner die Raten bezahlt?«

»Nein.«

»Das Urteil ergeht zugunsten des Gläubigers.«

Irene war fünf Monate im Rückstand, die Bank hatte ihr den Kredit gekündigt. Das bedeutete, dass die Gesamtsumme – mehr als vierhunderttausend Dollar – unverzüglich fällig war. Doch Steve konnte nicht zulassen, dass der Fall vor Gericht kam.

Er hörte das Klicken von Lederabsätzen auf den Fliesen, wandte sich um und sah Harding Collins den Mittelgang entlangkommen. Braun gebrannt, groß und gepflegt, mit akkurat geschnittenem, dichtem grauen Haar. Der Friseurbesuch war sicher teuer gewesen. Collins' dunkelgrauer Anzug schrie geradezu Brooks Brothers, das weiße Hemd hatte geschmackvolle blaue Streifen. Wenn Collins nicht tatsächlich ein Bankanwalt gewesen wäre, hätte er im Fernsehen einen spielen können.

»Sie müssen Solomon sein.«

»Setzen Sie sich, Collins.« Steve rutschte zur Seite und machte dem Mann Platz.

»Warum in aller Welt wollten Sie sich ausgerechnet hier mit mir treffen?«, fragte Collins.

»Ich liebe historische Gebäude. Das Holz hier drin stammt aus der ersten Presbyterianerkirche Miamis, aus der, in der William Jennings Bryan Sonntagsschule hielt.«

»Das ist mir bekannt.«

»Richtig. Sie sind Diakon.«

»Aber nicht hier.« Eine Spur von Herablassung. Nein, ein Harding Collins würde niemals einer Innenstadtgemeinde angehören.

»Ich bin Diakon der Riviera Presbyterian. Am Sunset Drive.«

Eine Vorstadtkirche.

Steve betrachtete sich als Stadt-Juden, obwohl er so wenig gläubig war, dass er das Gefühl hatte, diese Bezeichnung eigentlich nicht zu verdienen. In Wirklichkeit hatte er sich seinen eigenen Glauben an eine höhere Gewalt zurechtgelegt: Falls eine göttliche Macht die Geschicke der Menschen lenkte, dann war er (oder – der Himmel stehe uns bei – sie) entweder ziemlich naiv oder ein Sadist.

Weil er selbst nicht viel über die Presbyterianer wusste, hatte Steve Bobby und Cece mit Recherchen beauftragt. Cece fand Collins' schmutzige Wäsche, und Bobby stellte fest, dass »Presbyterianer« sich zu SIEB RARER TYPEN umstellen ließ.

»Meine Sekretärin hat die Predigt gehört, die Sie letzte Woche in Ihrer Kirche gehalten haben«, sagte Steve.

Collins lächelte, wurde ein wenig zugänglicher. »Ihre Sekretärin ist Presbyterianerin?«

»Nein. Sie hängt eher dem Körperkult an. Aber was Sie sagten, hat ihr gefallen. Es ging um Mitgefühl, Barmherzigkeit und Dienen.«

»Die Gabe der Diakone. Nächste Woche spreche ich über Erlösung. Betrachten Sie sich als eingeladen.«

»Eigentlich spiele ich für die andere Mannschaft.«

»Bei uns ist jeder willkommen«, sagte Collins mit einem krampfhaft ökumenischen Lächeln. »Aber sagen Sie, was kann ich für Sie tun?«

»Die First Dade Bank hat meiner Mandantin, Irene Lord, den Kredit gekündigt. Einer Ihrer Sachbearbeiter bearbeitet die Angelegenheit. Meine Mandantin steckt momentan leider in einem finanziellen Engpass und bräuchte ein wenig Aufschub.«

»Ich kenne die üblichen tragischen Geschichten, Solomon. Der Ernährer der Familie ist gestorben. Ein Kind liegt im Krankenhaus. Der Wind hat das Dach abgedeckt, und es gibt keine Versicherung.«

»Ja, die Welt ist voller Jammerlappen.«

»Ich vertrete die Bank und bin ihren Anteilseignern verpflichtet, nicht den armen Schluckern, die sich mit ihren Krediten übernommen haben.«

»Wie wäre es denn, wenn Sie das, was Sie predigen, auch tatsächlich leben würden? Sie wissen schon, Mitgefühl, Barmherzigkeit, die Gabe der Diakone.«

»Religion ist eine Sache, der Buchstabe des Gesetzes eine andere. Das müssten Sie eigentlich am besten wissen.«

»Warum gerade ich?«

»Ich habe mich informiert, Solomon. Gegen Sie wirkt jeder Hai sympathisch.«

»Meine Regeln sind einfach. Ich lüge gegnerische Anwälte niemals an und ramme ihnen auch kein Messer in den Rücken. Ich schaue ihnen ins Gesicht, wenn ich ihnen in die *cajones* trete.«

»Aus meiner Sicht sind Sie eher ein Ramsch-Anwalt mit Wühltisch-Skrupeln.«

»Vielleicht kann ich mir keine anderen leisten. Aber ich glaube, ich weiß, was Sie damit ausdrücken wollen.«

»Meine Antwort an Sie lautet, wie in diesen Fällen üblich«, fuhr Collins fort. »Es gibt keine Verhandlungen. Bezahlen Sie – oder Sie sitzen auf der Straße.« Sein Ton hatte sich verändert. Aus dem Diakon mit Prinzipien war in Sekundenschnelle ein knallharter Anwalt geworden. »Wenn Sie also keine stichhaltigen Gründe vorbringen können, die gegen die Kündigung der Hypothek sprechen ...«

»Jetzt, wo Sie es sagen, sehe ich tatsächlich ein Problem. Es betrifft die Bankpapiere, die meine Mandantin unterzeichnen musste«, sagte Steve. »Die Hinweise auf den variablen Zinssatz sind nicht fett gedruckt. Das verstößt gegen die Statuten.«

»Netter Versuch, Solomon. Aber jeder Kreditnehmer zeichnet die Zinsklausel extra ab. Damit bestätigt er, dass er zur Kenntnis genommen hat, dass die Zinsen steigen können. Und nur damit Sie es wissen: Wir wurden bereits mit einer ganzen Reihe von Verbraucherklagen überzogen, und bisher habe ich noch keine einzige verloren. Dabei hatte ich es, offen gesagt, mit Anwälten zu tun, die um einige Klassen besser waren als Sie.«

»Anders«, sagte Steve.

»Wie bitte?«

»Sie hatten es mit Anwälten zu tun, die *anders* waren, nicht besser.«

Collins lachte so herzhaft wie ein Pokerspieler mit einem

unschlagbaren Blatt. »Wenn Sie nicht mehr zu bieten haben, dann muss ich jetzt los ...«

»Ich habe mehr. Vor ein paar Tagen schickte ich meine Sekretärin ins Justizarchiv. Im letzten Jahr wurden Ihnen sieben Strafzettel wegen Falschparkens ausgestellt.«

»Ich bin sicher auch ein paar Mal bei Rot über die Ampel gegangen und habe vergessen, am Abholtag die Mülleimer rauszustellen.« Collins erhob sich.

»Drei der Strafzettel stammen aus der näheren Umgebung des Shangri-La-Motels an der Seventy-ninth Street. Sie kennen die Gegend, Collins? Die Cops nennen sie ›Hurenhimmel‹. Und in dem Motel bezahlt man – wie viel? – dreißig Kröten die halbe Stunde?«

Collins sank auf die Kirchenbank zurück. Er sah sich in alle Richtungen um, als fürchtete er, die Heiligen könnten lauschen.

»Dass Sie Ihr Mercedes-Cabrio nicht auf dem Motelparkplatz abgestellt haben, ist nachvollziehbar«, sagte Steve. »Aber Sie sollten sich eine Parkuhr suchen.«

»Was wollen Sie von mir, Solomon?« Collins Stimme hatte noch immer den überlegenen Anwaltston.

»Die Bank gewährt meiner Mandantin einen Aufschub von achtzehn Monaten. Bis dahin sind keinerlei Zahlungen fällig. Dann wird sie ohne jede Strafgebühr die Zahlungen wieder aufnehmen.«

»Und wenn ich mich nicht darauf einlasse?«

Kühl und distanziert, so als verträte er einen Fremden. Aber nannte man die Presbyterianer nicht auch die »eisigen Auserwählten«?

»Vielleicht ist Ihnen das nicht aufgefallen, aber über dem Empfang des Shangri-La-Motels ist eine Kamera montiert«, sagte Steve. »Während Sie das Zimmer bezahlen, wird ein exzellenter Digitalfilm von Ihnen aufgenommen. Von dem Mann und der jeweiligen Debütantin, die ihn begleitet.«

Collins schien unter der Sonnenbräune blasser zu werden. »Sie sind ein Stinktier übelster Sorte. Ganoven wie Sie ruinieren den Ruf unseres Berufsstandes.«

»Aber Hypotheken zu kündigen ist ein Werk christlicher Nächstenliebe?«

»Stinktier«, wiederholte Collins.

»Vielleicht wollen Sie Ihre Predigt über die Erlösung mit einer der Filmsequenzen ausschmücken?«

Collins schwieg ein paar Augenblicke lang. Keine Verunglimpfungen mehr. Der gewiefte Anwalt schien eine Kosten-Nutzen-Rechnung aufzustellen. Ein läppischer Immobilienkredit gegen ein Leben, das womöglich den Bach runterging.

Ich würde meine Drohung niemals wahr machen. Aber das kannst du nicht ahnen, Collins.

Der Bankanwalt verursachte auf Steves persönlicher Skala von Bösewichten kaum einen Ausschlag. Sicher, der Mann war ein Heuchler, aber dieses Vergehen nahm in Steves Sündenregister keinen sehr hohen Rang ein. Collins' kirchliches Engagement schien ernst gemeint und ihm sehr wichtig zu sein. Vielleicht war nun der Augenblick der Buße für einige lässliche Sünden gekommen.

Woher nehme ich das Recht, über diesen Mann zu richten?

Die Anwaltskammer. Die örtlichen Wirtschaftsverbände. Die presbyterianische Kirche. Frau und Kinder und ein Haus in Snapper Creek. Früher hätte man einen Mann wie Collins als Stütze der Gesellschaft bezeichnet. Steve wollte ihn nicht vernichten. Das hatte er einfach nicht verdient.

Aber ich werde bluffen, bis die Freudenmädchen Feierabend machen. Los, Collins. Ich raube schließlich nicht die ganze Bank aus. Ich will nur einen Aufschub.

Collins stieß ein leises Zischen aus. »Ich brauche ein oder zwei Tage, um die Papiere auszufertigen«, sagte er. Dann erhob er sich grußlos und ohne weitere Verwünschungen, warf einen Blick Richtung Altar und verließ die Kirche.

Steve blieb allein zurück und sah zu, wie Staubflusen im Licht der Buntglasfenster trieben. Er war alles andere als stolz auf sich. Obwohl es in der Kirche ziemlich kühl war, klebte sein Hemd an der Banklehne. Am liebsten hätte er den Kopf in kaltes Wasser getaucht.

Vor Jahren hatte er seinen Vater einmal gefragt, was es bedeute, ein Anwalt zu sein.

»Anwalt zu sein, heißt, Ideenpoker zu spielen«, hatte Herbert Solomon doziert.

Das hatte ebenso romantisch wie aufregend geklungen. Wie wenn man einem Kind erzählte, dass ein Cowboy ständig durch die Gegend reitet, übers Mistschaufeln aber kein Wort verlor. Anwalt zu sein, fand Steve, glich eher einem Stock-Car-Rennen als einem Pokerspiel und hatte mit Mistschaufeln mindestens ebenso viel zu tun wie mit einem Auftritt beim Rodeo.

Dreiunddreißig

Feelings – oh, oh, oh, feelings

Victoria trank von ihrem Chardonnay und begann, Blauschimmelkäse für den Salat zu zerkrümeln. Dann hielt sie inne. Steve mochte lieber geriebenen Parmesan. Also gab es heute den. Doch zuerst ein Blick in den Ofen. Die Süßkartoffeln, die Steve so gern aß, sahen schon recht gut aus und verströmten ein betörendes Aroma.

Es sollte ein ganz besonderer Abend werden. Kein Streit – nicht einmal eine Diskussion darüber, ob Eistanz als Sport bezeichnet werden konnte. Heute Morgen hatte Steve gesagt, er wolle reden. Nicht über die Arbeit, nicht über die Dolphins, sondern über ihre Beziehung.

»Ich möchte offener sein, über meine Gefühle sprechen.«

Ja, er hatte das gefürchtete G-Wort tatsächlich über die Lippen gebracht. Und das einen Tag, nachdem sie ihn in der Kirche hatte sitzen sehen. Einen stillen, nachdenklichen Steve, der meditierte, betete oder einfach nur über sie beide nachdachte. Nach einem solchen Mann konnte man heutzutage lange suchen.

Victoria spürte, dass sie sich einem Wendepunkt näherten. Und zwar gerade noch rechtzeitig. In den vergangenen Wochen hatte es einfach zu viele Spannungen gegeben.

Vielleicht war das ihre Schuld. Seit sich Kreeger wieder in Steves Leben drängte, stand er unter großem Druck. Außerdem gab es die beiden Anzeigen wegen Körperverletzung, und zu allem Überfluss lungerte auch noch Janice in der Gegend herum und drohte mit einer Sorgerechtsklage.

»Du solltest verständnisvoller und nicht so fordernd sein, Liebes.«

Das hatte ihre Mutter gestern Abend gesagt. Erstaunlich. Sie und die Queen hatten bei Norman's in Gables zu Abend gegessen, und ihre Mutter hatte während Barsch in Mangoglasur und einer Flasche Zinfandel ihren positiven Gefühlen für Steve Ausdruck verliehen.

»Stephen hat ein gutes Herz. Manchmal bist du zu streng mit ihm.«
»Streng? Ich?«
»Und zu selbstgerecht. Ein bisschen pingelig und verbohrt, wenn ich das so sagen darf.«
»Wie bitte?«
»Ich dachte, ich hätte eine etwas freimütigere Tochter großgezogen.«
»Wann willst du das denn getan haben, Mutter? Während du in Gstaad oder in Monaco warst?«
»Spar dir die Ironie. Ich sage doch bloß, dass eine Frau ihren Mann unterstützen muss. Steve steht im Augenblick unter Hochdruck. Und du machst ihm eine Szene, weil er sich zufällig mit einem nackten Mädchen unterhalten hat. Wenn du mich fragst, ist das tatsächlich ein bisschen verbohrt.«

Victoria war zu verblüfft gewesen, um sich zu ärgern. Die Queen sprach selten ausführlich über jemand anderen als sich selbst. Und dass sie etwas Nettes über Steve sagte, hatte bisher den Seltenheitswert einer totalen Sonnenfinsternis gehabt. Nun ergriff sie schon zum zweiten Mal innerhalb weniger Tage für ihn Partei. Was war eigentlich los? Von der Krabbenschaumvorspeise bis zur Crème-brûlée-Banane triefte ihre Mutter vor unerwarteter Sympathie für Steve.

»Wann zieht ihr denn zusammen, Liebes?«

»Das hat keine Eile.«

»Ich habe aber schon ein entzückendes Einweihungsgeschenk für euch im Auge.«

»Du denkst also urplötzlich, Steve sei der Richtige für mich?«

»Was Männer betrifft, kannst du mir vertrauen, Liebes. Trotz der rauen Schale ist Stephen tief im Inneren ein liebender, fürsorglicher Mann, der dich anbetet.«

Hatte ihr jemand etwas ins Mineralwasser getan?

Doch je mehr Victoria jetzt über Steve nachdachte, desto sicherer wurde sie, dass ihre Mutter recht hatte.

Was bedeutet, dass ich mich nicht getäuscht habe. Angefangen von der Nacht auf der Avocado-Plantage – auf Bruces Avocado-Plantage –, in der ich mit Steve davongeschlichen bin.

Steve hatte so viele gute Seiten! Seine Liebe zu Bobby. Sein Kampf für die Gerechtigkeit, auch wenn er dafür manchmal vom geraden Weg abwich. Sein ungewöhnlicher Sinn für Humor. Und natürlich die eine Sache, die ihre Mutter beim Verdauungs-Cognac ansprach.

»Darf ich annehmen, dass Steve gut im Bett ist?«

»Du darfst annehmen, was du willst, Mutter.«

»Ich stand schon immer auf hochgewachsene, drahtige Männer. Stephen wirkt unheimlich geschmeidig.«

Im Augenblick stand Mr Geschmeidig im Garten und träufelte Grillanzünderflüssigkeit auf die Holzkohle. Er machte Feuer für die Steaks. T-Bones, Süßkartoffeln, Salat, gefolgt von einem Gespräch über Gefühle, dazu Limettenkuchen. Ja, es würde wirklich ein besonderer Abend werden.

Fünf Minuten später kam Steve in die Küche und ging

direkt zum Kühlschrank. Was für Frauen Schuhe und Handtaschen waren, waren für Männer Kühlschrank und Fernseher, dachte Victoria. Steve stöberte kurz und nahm dann ein Sam Adams heraus.

Er mochte kaltes Bier und blutige Steaks. Sie liebte Weißwein und gegrillten Lachs. Aber heute Abend war das nebensächlich. Heute würden sie sich näher sein denn je. Victoria wusste es ganz genau.

»Wie lange dauert es noch, bis die Steaks auf den Grill können?«, fragte sie.

»Eine Weile. Du weißt, die Kohle muss glühen. Das Geheimnis für ein unvergleichliches Steak liegt ...«

»In einem möglichst heißen Feuer. Es versiegelt die Poren und hält den Saft im Fleisch. Ich weiß. Brätst du meins bitte ganz durch?«

Steve zog eine Grimasse. »Wenn du darauf bestehst ... Wo ist denn der Bobster?«

»In seinem Zimmer. Macht Hausaufgaben.«

»Allein?«

Victoria warf ihm ein bittersüßes Lächeln zu. Seit Bobby bei den Goldbergs Hausverbot hatte, ließ er den Kopf hängen. Maria durfte nicht einmal die Kumquat Avenue betreten. Laut königlichem Dekret der Munoz-Goldbergs.

Durch Janice wurde die Situation noch komplizierter. Steve erlaubte ihr inzwischen, Bobby zu Hause zu besuchen, ließ aber nicht zu, dass sie ihn irgendwohin mitnahm. Er hatte Angst, sie könnte ihn entführen.

Steve nahm die Salatschüssel und schüttelte sie. Salat, Tomaten und Gurken, alles dünn geschnitten, wie er es mochte, purzelten durcheinander.

»Du machst großartigen Salat«, sagte er.

»Danke.« Victoria trank einen weiteren Schluck Wein. Sie

wollte ihn auf keinen Fall unterbrechen. Wenn ein Zeuge von sich aus redete, hielt man tunlichst den Mund.

»Du kochst einfach wunderbar«, fuhr Steve fort. »Viele Frauen nehmen sich heutzutage gar nicht mehr die Zeit dafür. Aber wie du die Arbeit und alles andere organisiert bekommst, ist wirklich beeindruckend.«

Victoria nahm den Käsehobel zur Hand und begab sich ans Werk. Tatsächlich beschränkten sich ihre kulinarischen Fähigkeiten auf eine Handvoll Gerichte, aber sie spürte, dass dies nur die Aufwärmphase war. Steve machte ein paar Übungsschläge. Er sah ein bisschen nervös aus. Anscheinend fand er es weniger beängstigend, einen Serienmörder zu belauern, als seine eigenen emotionalen Untiefen auszuloten.

»Du kannst vieles richtig gut«, fuhr Steve fort. »Mit Bobby kommst du wunderbar klar. Der Junge ist ganz vernarrt in dich.«

»Das beruht auf Gegenseitigkeit.«

Okay. Wir bewegen uns in die richtige Richtung, wenn auch mit dem Tempo einer Schnecke. Los doch, Steve. Kommen wir von den Gefühlen des Neffen zu denen seines Onkels.

»Vielleicht können wir ein bisschen reden, solange Bobby noch in seinem Zimmer ist«, sagte Steve. »Über persönliche Dinge.«

Victoria hörte sofort auf, Käse zu hobeln. »Gern.«

»Es gibt einiges, was ich dir schon lange sagen wollte. Aber du weißt ja, wie das ist ...«

Steve fischte eine Tomatenscheibe aus der Schüssel und ließ die Worte im Raum hängen. Der große Schweiger. Sonst nicht unbedingt seine Paraderolle. Steves dunkles Haar war zerzaust, und auf einer Wange hatte er einen schwarzen Fleck von der Holzkohle. Victoria fand, er sah aus wie ein großer Junge. Das mochte auch an seinem T-Shirt liegen, auf dem stand: »*Ich bin nicht infantil, du beschissener Stinkefurz.*«

»Sprich weiter, Steve. Es wird bestimmt nicht wehtun.«

»Warum fühlt es sich dann an, als würde ich mir die Pulsadern aufschneiden?«

»In einer Beziehung musst du Vertrauen haben. Du kannst deine Gefühle mitteilen, dich zu deinen Ängsten und Schwächen bekennen.« Victoria wischte ihm den schwarzen Fleck von der Wange.

Steve atmete tief durch und seufzte, als wolle er sagen, »*Na dann.*«

Victoria nahm ihr Weinglas und wartete. Zwei Schlucke lang musste sie sich gedulden. Es gab so vieles, was sie gern hören wollte. Worte wie »Liebe«, »Pläne« und »Zukunft«. Sogar »Heirat« und »Kinder«. Sicher, sie wusste, dass Steve hin und her gerissen war. Welcher Mann war das nicht? Alle sehnten sich nach der Liebe einer Frau, und wenn sie das Ersehnte bekamen, brach ihnen der kalte Schweiß aus.

»Erinnerst du dich daran, was ich dir über das Endspiel bei den College-Meisterschaften erzählt habe?«, sagte Steve.

Victoria war überrascht, doch sie ging darauf ein. »U. M., kurz vor Ende des Spiels. Euch fehlte noch der entscheidende Punkt, aber du wurdest einen Sekundenbruchteil vor dem Erreichen der dritten Base abgepfiffen.«

»Und sonst? Was sage ich noch immer?«

Es muss sich um eine Art Metapher handeln, dachte Victoria. Steve rief sich die größte Demütigung seines Lebens ins Gedächtnis. Er hatte seine Mannschaftskameraden im

Stich gelassen. Vielleicht wollte er ja sagen: »*Ich möchte, dass wir für immer ein Team bilden, Vic, und ich werde dich nie enttäuschen.*«

»Du sagst immer, du hättest die Base schon erreicht gehabt«, antwortete sie. »Der Schiedsrichter hätte eine klassische Fehlentscheidung getroffen.«

»Ja. Auf den Fotos sieht es vielleicht danach aus. Aber es war so: Als ich auf die dritte Base hechtete, spürte ich, wie der Handschuh des dritten Basemans meine Hand streifte. All die Jahre, Vic, habe ich mich selbst und alle anderen belogen. Die verdammte Wahrheit ist, dass der Schiedsrichter zu Recht gepfiffen hat.«

Okay Steve. Du hast den Punkt verloren und deine Mannschaft das Spiel. Aber was hat das mit uns zu tun?

Doch Victoria wollte nicht zu ungeduldig oder zu kritisch erscheinen. Wie hatte ihre Mutter gleich gesagt?

Eine Frau muss ihren Mann unterstützen.

Victoria schlang die Arme um Steves Hals und trat so nahe an ihn heran, dass ihre Nasen sich fast berührten. »Ich verstehe dich, Süßer. Du hast das Gefühl, dein ganzes Leben sei eine Lüge gewesen.«

»Na ja, nicht mein ganzes Leben. Aber jetzt, wo ich es dir gesagt habe, geht es mir schon viel besser.«

»Sodass sich unsere Beziehung auf die nächste Ebene bewegen kann?« Vielleicht tat er sich leichter, wenn sie ihm ein Stichwort gab.

»Und welche Ebene wäre das?«

»Ich dachte, du wolltest dich öffnen und über Gefühle reden.«

»Ja. Ich habe mich schlecht gefühlt, und weil du nun die Wahrheit kennst, fühle ich mich besser.«

»Du fühlst dich jetzt schon besser?« Victoria machte

erstaunt einen Schritt zurück. »Was ist mit Worten wie ›Liebe‹ und ›Pläne‹ und ›Zukunft‹? Wie passe ich in dein Leben, jetzt, wo wir wissen, dass du tatsächlich zurecht abgepfiffen wurdest?«

Steve schien verwirrt. Er nahm einen Schluck Bier, dann ging er zum Fenster. Draußen stieg weißer Rauch aus dem Hibachi. Entweder war gerade ein neuer Papst gewählt worden, oder es war Zeit, die Steaks aufzulegen.

Langsam drehte sich Steve zu Victoria um. »Vic, all die Jahre habe ich nie jemandem gesagt, was bei dem Spiel wirklich passiert ist. Auch dir hätte ich es nie beichten können, wenn ich dich nicht lieben würde.«

»Weiter, Partner. Was noch?«

»Es tut mir leid, dass ich mich wegen des Zusammenziehens so idiotisch benommen habe. Ich dachte, alles wäre gut so, wie es ist. Wir hatten beide unser eigenes Reich, und ich hatte Angst vor der Veränderung. Ja, tatsächlich. Ich hatte Angst.«

»Und jetzt?«

»Das Leben ist voller Risiken. Wenn wir davor zurückschrecken, laufen wir vor dem Leben davon.«

»Hast du irgendwelche Pläne? Für uns beide, meine ich.«

»Mein Kopf ist voller Pläne. Nur dass ich sie ›Hoffnungen‹ nenne. Als wir uns kennenlernten, wagte ich nicht mal zu träumen, dass wir zusammen sein würden. Aber ich hoffte, dass du es auch willst. Doch selbst dann, als wir bereits zusammen waren, mischten sich in meine Hoffnungen immer wieder Ängste. Die größte war, dass du eines Morgens aufwachen und merken würdest, dass du einen gigantischen Fehler gemacht hast. Ich konnte nicht darüber reden. Selbst jetzt fällt es mir schwer zu glauben, dass du mit mir zusammenleben und mir helfen willst, Bobby großzuziehen. Und was die Zukunft angeht – na ja, da habe ich auch gewisse Hoffnungen.«

Victoria wusste nicht, wie weit sie ihn drängen sollte. Aber sie konnte das Thema unmöglich einfach fallen lassen. »Welche Art von Hoffnungen?«

»Du weißt schon. Auf etwas Festes, Dauerhaftes.«

»Wie zum Beispiel?«

»Ehe. Kinder.« Seine Stimme war ein Flüstern.

»Willst du das wirklich, Steve?« Sie fragte ganz vorsichtig, wollte ihn nicht in die Enge treiben.

»Eines Tages«, sagte er schnell. »Wenn alles gut läuft.«

Okay. Ein winziger Rückzug. Aber er war eine Meile vorangeschritten und hatte nur einen einzigen Schritt zurück gemacht. Wenn das Wort ›Ehe‹ einmal ausgesprochen ist, lässt es sich nicht mehr zurücknehmen.

Victoria legte sich Steves Arme um die Taille, weil der arme Kerl wie versteinert schien. Dann nahm sie sein Gesicht zwischen die Hände und küsste ihn. Als ihre Lippen sich berührten, murmelte sie: »Dieselben Hoffnungen habe ich auch.«

Sie küsste ihn noch einmal, und ihre Körper schmiegten sich aneinander. Sie passten perfekt zusammen, ein Yin und Yang aus Mann und Frau. »Und im Übrigen habe ich mir die Fotos von dem Spiel genau angesehen. Du hattest die Base erreicht.«

»Nein, Vic. Ich spüre noch den Handschuh, der meine Hand streifte.«

»Deine Erinnerung trügt, Liebster. Du warst sicher, du bist es immer gewesen.«

Vierunddreißig

Geräusch in der Nacht

Ein paar Stunden, nachdem die Worte »Ehe« und »Kinder« von seinen Lippen gepurzelt waren wie Fallschirmspringer aus einem Flugzeug, zog Steve Bilanz.
Ich bin ein glücklicher Mann.
Das streichen wir wieder, Madame Gerichtsschreiberin. »Glücklich« ist nicht der richtige Ausdruck. Ich lebe in einem Bierwerbespot. Ich spiele Beach-Volleyball mit der Frau, die ich liebe.
Er hatte Victoria seine Gefühle offenbart, und es hatte nicht einmal wehgetan. Sie liebten einander und hatten sich zueinander bekannt. Bald würden sie einen gigantischen Schritt tun, eine gemeinsame Bleibe erwerben und zusammenziehen. Steve, Victoria und Bobby. Eine Instant-Familie.
Bobby wirkte beim Abendessen ebenfalls glücklicher. Steve brachte ihn zum Lachen, und der Junge gab sein erstes Anagramm seit einer Woche zum Besten. Wer hätte gedacht, dass sich Präsident Bush zu PENIS HAUST DERB umstellen ließ?
Nun lag Victoria neben Steve im Bett. Sie hatten die Steaks gegessen und einen ganzen Limettenkuchen vertilgt. Im Schlafzimmer hatten sie weitergeredet, Liebe gemacht, wieder geredet, noch einmal Sex gehabt und danach tatsächlich noch einmal geredet.
Kurz vor dem Wegdämmern dachte Steve, dass er mit niemandem auf der Welt tauschen mochte. Dann hörte er den Schlag. Draußen wehte eine gleichmäßige Brise, und

manchmal brach ein gigantischer Wedel von einer Palme, streifte das Haus und klatschte zu Boden. Doch das Geräusch war anders. Steve war eigentlich zu müde und zu zufrieden zum Aufstehen, tat es aber doch.

Das Haus war dunkel, und er war nackt. Er griff unters Bett und zog einen Softballschläger aus Aluminium hervor. In der Küche spähte er durch die gläserne Schiebetür. Der Garten hinter dem Haus schimmerte in grünlichem Schwarz. Hinter Büschen und Bäumen leuchteten die Strahler des Nachbarn, die Einbrecher fernhalten sollten. Irgendetwas schien anders als sonst. Doch was?

Nach einer Sekunde fiel es Steve auf. Der Deckel des Grills lag auf dem Boden. Die Metallhaube hätte eigentlich an der Hauswand lehnen sollen, wo er sie hingestellt hatte. Doch sie war bewegt worden und lag einen Schritt weit vom Haus entfernt, so als hätte sich jemand an der Mauer entlanggeschlichen und wäre darüber gestolpert.

Steve schloss die Glastür auf, schob sie beiseite und schlüpfte hinaus. Den Schläger umklammerte er mit der rechten Hand. Er war leicht und federnd, konnte aber trotzdem zur tödlichen Waffe werden.

Steve bemerkte einen brandigen Geruch. Was war los, zum Teufel?

Zigarettenrauch.

Dann eine Frauenstimme aus der Dunkelheit. »Er ist gewachsen, seit du neun warst.«

Mit rasendem Herzen fuhr Steve herum, bereit, den Schläger zu schwingen.

»Hier drüben, Stevie.«

Er warf sich in die andere Richtung, sah die Glut einer Zigarette und eine kräftige Gestalt auf der Liege.

»Verdammt, Janice! Was suchst du hier?«

»Da. Nimm das.« Sie setzte sich auf und warf ihm ein Handtuch zu. »Weißt du noch, als du klein warst, wollte Mum immer, dass ich dich bade. Du hast es gehasst.«

Steve schlang sich das Handtuch – es war kalt und nass – um die Hüfte. »Bist du bekifft, Janice? Was ist los, zum Teufel?«

»Clean und klar. Ich wollte Bobby sehen.«

»Mitten in der Nacht?«

»Das ist die einzige Zeit, in der wir reden können, ohne dass du uns bewachst wie eine böse Stiefmutter. Oder ein Stiefonkel, oder was immer du bist.«

»Ich bin Bobbys Sorgeberechtigter. Ich bin sein Vater und seine Mutter und würde ihn lieber von Wölfen aufziehen lassen als von dir.«

»Wenn du das so gut kannst, wo ist er dann, verdammt?«

»Im Bett. Er schläft.«

»Ach, meinst du? Ich habe gerade zehn Minuten lang an sein Fenster geklopft, aber er ist nicht da.«

Steves erster Gedanke war, dass Bobby so fest schlief, dass er das Klopfen nicht gehört hatte. Aber nein. Der Junge hatte einen leichten Schlaf. Eine zuschlagende Autotür an der nächsten Straßenecke, eine Polizeisirene auf der Douglas Road, ein pfeifender Wasserkessel ... alles weckte ihn sofort.

Eine Sekunde später rannte Steve ins Haus und den Flur entlang. Er stieß Bobbys Zimmertür auf und machte Licht. Das Bett war zerwühlt. Und leer.

»Bobby!«, schrie Steve. »Bobby! Wo bist du?«

Fünfunddreißig

Mann sein

Steve marschierte im Wohnzimmer auf und ab. Victoria kochte Kaffee. Janice rauchte.

»Das sind die Fakten«, sagte Steve, bemüht, analytisch zu denken und nicht in Panik zu geraten. »Bobbys Fahrrad ist weg. Das ist ein gutes Zeichen. Wenn er entführt worden wäre, wäre das Fahrrad noch da.«

Beim Anblick des leeren Bettes war sein erster furchtbarer Gedanke gewesen, dass Kreeger den Jungen verschleppt hatte. Aber nein. Das Fahrrad sprach dagegen.

»Die jubanische Prinzessin«, sagte Janice. »Vielleicht ist er zu ihrem Haus gefahren und sitzt dort auf einem Baum.«

»Die Goldbergs wohnen nur eine Ecke weiter«, sagte Steve. »Dafür braucht er kein Fahrrad. Aber nachsehen müssen wir trotzdem. Ich gehe rüber.«

»Denk an die richterliche Anordnung. Du darfst dich dem Goldberg-Grundstück nicht mal nähern.« Victoria kam mit dem Kaffeetablett aus der Küche. »Ich übernehme das.«

»Ich komme mit«, sagte Janice.

»Nein. Du fängst nur wieder Streit an«, widersprach Steve.

»Ich? *Du* hast dem Kerl eine aufs Maul gehauen.«

»Schluss jetzt. Beide!« Victoria sprach mit solcher Autorität, dass Bruder und Schwester tatsächlich den Mund hielten. »Wir verschwenden wertvolle Zeit. Ich gehe allein. Ruft mich auf dem Handy an, falls ...«

Die Türglocke schrillte. Um diese nachtschlafende Zeit gellte das Geräusch durch die Stille wie ein Schrei. Steves

Fantasie ging mit ihm durch. Er stellte sich einen Streifenwagen vor, einen jungen Officer, der sich mit sorgenvoller Miene auf die Unterlippe biss.

»Sind Sie der Sorgeberechtigte eines Jungen namens Robert Solomon?«

Steve hastete zur Tür und riss sie auf.

Draußen stand Myron Goldberg in Bademantel und Turnschuhen. Seine Frau befand sich einen halben Schritt hinter ihm.

»Maria ist weg!« Eva stieß ihren Gatten beiseite. *»Desaparecida!«*

Steves Stimmung hellte sich auf. »Das ist großartig, Eva!«

»Was?«

»Ist sie hier?«, fragte Myron.

»Nein. Bobby ist auch weg. Aber das bedeutet, sie sind zusammen. Das heißt, es geht ihnen gut.«

»Aber wo sind sie?«, fragte Myron.

Eva drängte sich durch die offene Tür. »Wenn Sie sie dazu angestiftet haben, Solomon ...«

»Verzieh dich, du Schlampe.« Janice marschierte in die Diele.

»Das hätte ich mir denken können«, sagte Eva. »Stecken *Sie* dahinter?«

»Was soll die ganze beschissene Aufregung? Sie kommen wieder, sobald sie fertig sind.« Janice feixte Eva mit einem Doppelkinn-Grinsen an. »Jungfrauen sind sie dann allerdings nicht mehr.«

»Puta«, fauchte Eva.

»Okay, Leute. Ganz ruhig«, sagte Steve. »Denken wir gemeinsam nach. Myron, ist Marias Fahrrad noch da?«

»Keine Ahnung. Wir haben nicht nachgesehen.«

»Ich wette, es ist weg, und die beiden befinden sich im

Umkreis von ein paar Meilen. Wohin fährt Maria normalerweise?«

»Wir fahren oft den Old Cutler entlang«, sagte Eva. »Den Weg zum Matheson Hammock.«

»Bobby war auch schon öfter dort. Das ist ein Anfang. Ich fahre die Strecke ab, aber jemand muss unbedingt bei Ihnen und uns zu Hause sein.«

»Janice und ich bleiben hier«, sagte Victoria.

Was hieß, dass die Goldbergs heimgehen sollten. Schlau, dachte Steve. Andernfalls würden sich Eva und Janice noch vor Tagesanbruch einen Ringkampf liefern.

Steve brauchte nur einen Moment, um sich Shorts und ein T-Shirt überzuwerfen. Er war schon an der Tür, als Janice sagte: »Ich könnte einen Drink vertragen, Stevie. Hast du was im Haus?«

»Eine Flasche Jack Daniel's. Über der Bar.«

»Hab schon nachgesehen. Kein Jack da.«

Steve hatte Wichtigeres zu tun, als für seine Schwester Whiskey zu suchen. Doch während er in den Mustang stieg, fragte er sich, was aus der neuen Flasche Jack Daniel's geworden war. Der teuren Single Barrel ...

»Oh, der knallt rein.« Maria nippte an der goldenen Flüssigkeit. Sie nahm noch einen Schluck, dann gab sie Bobby die Flasche zurück. »Bourbon, oder? Mein Dad trinkt das auch.«

»Sour-mash Whiskey«, korrigierte Bobby. »Aber man sagt auch Bourbon dazu.« Er setzte die Flasche an die Lippen und trank einen Schluck. Seine Augen tränten, die hochprozentige Flüssigkeit versengte ihm die Kehle.

Sie gingen am Rand des Miniatur-Regenwaldes im Fairchild Tropengarten entlang, wanderten durch ein Gewirr armdicker Ranken. Es war unheimlich im Dunkeln, vor allem, wenn man Filme gesehen hatte, in denen Killer mit Hockeymasken hinter Bäumen hervorsprangen.

Bobby schraubte den Verschluss wieder auf die Flasche. Sie schlängelten sich an turmhohen Feigenbäumen vorbei. Riesenfarne streiften ihre Knie, ihre Sneaker sanken in die feuchte Erde. Bobby hatte eine Taschenlampe dabei, doch ihr Licht ließ die Schatten nur noch tiefer und furchterregender wirken. Er rutschte aus und fiel fast hin.

Total uncool, doch Maria lachte nicht. Dann, als er über einen glitschigen Baumstamm sprang, entglitt ihm die Taschenlampe. Der Lichtstrahl bohrte sich in das Gebüsch am Wegrand, und einen Augenblick lang glaubte Bobby, die Umrisse einer Gestalt zu sehen. Einer Person, die zu ihnen herüberschaute. Doch als er die Taschenlampe aufhob und in die Richtung leuchtete, war niemand da.

Er schüttelte den Gedanken ab. Dies war vermutlich die beste Nacht seines Lebens, und sie hatte gerade erst begonnen. Als sie sich vor einer Stunde auf ihre Räder gesetzt hatten, hatte Maria Bobby die Baseballmütze vom Kopf gezogen, sie aufgesetzt und ihr Haar daruntergestopft. Diese Geste – so feminin – ließ Bobbys Herz schneller schlagen. Maria trug winzige Shorts und ein pinkfarbenes ärmelloses Shirt. Die Glitzersteinchen darauf bildeten das Wort »Zicke«. Der i-Punkt war ein kleines Herz. Im Licht der Straßenlaternen hatte Marias Haut die Farbe von Café Cubano mit viel Milch.

Sie waren den Old-Cuttler-Pfad entlanggefahren und über die Wurzeln der alten Banyan-Feigenbäume geschanzt, die den Asphalt durchbrachen. Im Mondlicht betrachtete Bobby die sanften Kurven von Marias strampelnden Waden, sah den seidigen, karamellfarbenen Hautstreifen über ihren

Shorts. Sie war heiß, einfach total heiß. Es fiel ihm schwer zu glauben, dass er tatsächlich mit ihr hier war.

»*Beim nächsten Vollmond. Im Fairchild-Regenwald. Da kriegst du sie, das verspreche ich dir.*«

Das hatte Dr. Bill ihm gesagt. Der kannte sich viel besser aus als Onkel Steve. Oder aber Onkel Steve kannte sich genauso gut aus und sagte es ihm bloß nicht. Zum Beispiel, dass Mädchen bei Vollmond ganz wild wurden – sogar Mädchen, die keine Schlampen waren.

Sie waren bis Matheson gefahren, hatten das sumpfige Gehölz durchquert, die salzigen Düfte aufgesogen, dem Quaken der Frösche und dem Zirpen der Insekten gelauscht. Dann hatten sie an einem Gezeitenpool gestanden, der Mond hatte über der Bucht gehangen, und sie hatten sich geküsst.

Der Kuss war zaghaft. Bobby beugte sich vor und wartete, dass Maria mitmachen würde. Sie tat es, und sie roch nach Orangen und Vanille, dem Parfum ihrer Mutter. Der zweite Kuss war weicher, langsamer, nasser, tiefer. Bobby hatte einen gigantischen Ständer bekommen.

Wahnsinnsidee, Dr. Bill.

Dann hatten sie angefangen, Jack Daniel's zu trinken. Hochprozentig wie Raketentreibstoff, laut Etikett. Bobby hatte ein seltsames Gefühl im Magen und Schweiß auf der Stirn. Sie brauchten etwas zu essen.

»*Nimm etwas zu trinken mit. Wodka, Rum oder Bourbon. Je hochprozentiger desto besser. Dann wird sie ein bisschen lockerer.*«

Von Essen hatte Dr. Bill nichts gesagt. Dabei wären Salzgebäck oder Chips jetzt praktisch gewesen. Vielleicht ein, zwei Decken. Und Kondome?

Aber wo sollte er die hernehmen? Onkel Steve benutzte

keine. Bobby hatte Victorias Pillenschachtel im Badezimmer gesehen. Liebesperlen.

Nach drei Schlucken Bourbon, zweimal Schluckauf und fünf nassen Küssen setzten sich Bobby und Maria wieder auf ihre Räder, fuhren den Weg durch das Gehölz zurück und dann den Pfad nach Fairchild entlang. Die Tore waren geschlossen, also versteckten sie ihre Räder in der Hibiskushecke und kletterten über den Zaun. Auf der Suche nach etwas Essbarem gingen sie durch den Regenwald zum Pavillon tropischer Früchte.

Der Pavillon war ein riesiges Gewächshaus mit einem Pyramidendach, das auch hohen Bäumen Platz bot. Die Tür war unverschlossen. Drinnen fing Bobby sofort an, Früchte zu pflücken. Lichees und Passionsfrüchte kannte er, für die anderen musste er die kleinen Schilder lesen, die im Boden steckten. Jakobsfrucht, Langsat, Sapodilla und ein paar seltsame Gebilde, die schuppig und nicht sehr appetitlich aussahen.

Sie setzten sich auf einen Rasenfleck, naschten von den Früchten, tranken noch mehr Whiskey und küssten sich zwischendurch. Die Passionsfrüchte waren säuerlich, die kleinen schwarzen Samen darin knackten. Die Jakobsfrüchte schmeckten würzig und scharf, die Lichees süß wie Trauben. Eigentlich passten Obst und Whiskey nicht recht zusammen. Bobby legte sich ins Gras und betrachtete die Baumkronen, die sich in der Brise zu wiegen schienen. Dabei war es völlig windstill.

Mir ist schwindlig. Schwindlig vom Whiskey und von Küssen mit Passionsfruchtgeschmack.

Maria erzählte von einem Mädchen aus der Schule, einer absoluten Schlampe, die nach dem Sportunterricht mit einer Banane vorgeführt hatte, wie man es einem Kerl mit dem Mund macht, die sich dann aber so sehr verschluckt hatte, dass ihr der Brei zur Nase rauskam.

»Das war echt eklig«, sagte Maria. Die Geschichte wirkte nicht gerade beruhigend auf Bobbys Magen.

Maria schilderte kichernd noch einmal die Einzelheiten der Bananen-Episode. Bobby hörte schläfrig zu. Einmal glaubte er, das Tor des Pavillons quietschen zu hören. Aber wahrscheinlich hatte er sich geirrt. Dann beugte sich Maria über ihn und küsste ihn noch einmal. Plötzlich – er wusste nicht, wie es geschehen war – lagen sie im Gras, hatten die Beine umeinander geschlungen, küssten sich, stöhnten und rieben ihre Körper aneinander.

Bobby schob die Hand unter Marias T-Shirt. Doch sie packte sein Handgelenk und schob ihn weg. Eine Sekunde später täuschte er mit derselben Hand einen neuen Angriff vor, zwängte dann aber die andere unter ihr Shirt. *Wenn Pickett eine ähnliche Zickzackstrategie verfolgt hätte, wäre die Schlacht von Gettysburg vermutlich anders ausgegangen.* Schon hatte er die Finger an ihrem BH. Er spürte den weichen Baumwollstoff und konnte den oberen Rand unter ihrem Shirt hervorlugen sehen.

Dessous in Pink. In Bobbys Gehirn stellten sich die Buchstaben zu IN DEN PUSSIS OK um.

Er zog an Marias BH.

»Bobby, nicht.«

Dachte daran, was Dr. Bill ihm gesagt hatte: *»Der Mann ist der Jäger. Er macht Beute und nimmt sich das Weibchen, das er haben will.«*

»Nein, Bobby.« Erneut schob sie seine Hand weg. Energisch, wie ihre Mütter es sie lehrten, nahm Bobby an.

»Komm schon, Maria. Du willst es doch auch. Das weiß ich.«

Des Docs Stimme, so als wäre er hier und sähe ihnen zu.
»Wenn sie ›Nein‹ sagt, meint sie ›vielleicht‹. Und ›vielleicht‹ bedeutet ›ja‹.«

»Bobby, ich mag dich. Ich mag dich wirklich. Aber lass uns bloß ein bisschen knutschen. Für diesmal.«

Bobby war schweißüberströmt, sein Magen krampfte sich zusammen. Doch sein Ständer war so hart, dass er schon wehtat. Er nahm Marias linke Hand in seine rechte und hielt sie fest. Dann versuchte er mit der linken Hand ihren pinkfarbenen BH zu öffnen.

»Bobby! Nein!«

Sie wand sich hin und her, aber vielleicht wollte sie ihn nur noch heißermachen.

»Das Weibchen fügt sich dem Stärkeren.«

Er bekam das verdammte Ding nicht auf, deshalb riss er daran. Der BH verrutschte.

»Autsch! Bobby, was soll das?«

»Sei ein Mann, Robert. Nimm dir, was du haben willst. Maria wird begeistert sein. Vertrau mir. Ich kenne mich aus.«

»Es wird dir gefallen, Maria.« Bobby versuchte, mit tiefer Stimme zu sprechen. »Vertrau mir. Ich kenne mich aus.«

Sechsunddreißig

Was Frauen wollen

In einer solchen Nacht dürfte die Luft nicht so süß duften, dachte Steve.

Das Verdeck des Mustangs war offen, in der feuchten Luft hing der Geruch von Jasmin. Der Vollmond lugte zwischen den Wolken hervor. Steve fuhr die Old Cutler Road entlang. Er war besorgter, als er sich hatte anmerken lassen.

Außerdem fragte er sich, ob er wegen des ganzen Chaos', das im Augenblick herrschte – Janice und Kreeger, Victoria und Irene, Freskin und Goldberg –, Bobby vernachlässigt hatte. Hatte er sich durch seine eigenen Probleme von der absoluten Priorität in seinem Leben ablenken lassen?

Mach dir keine Sorgen. Bobby geht es gut.

Das redete sich Steve ein. Der Junge war nicht von zu Hause weggerannt, er war nicht entführt worden. Maria ist das erste Mädchen, das ihm sein Bauchnabel-Piercing gezeigt hat. Er experimentiert nur. Wahrscheinlich knutschen sie unter irgendeiner Palme und tauchen im Morgengrauen verschwitzt und voller Mückenstiche wieder auf. Das ist normal.

Er ist okay, verdammt. Hör auf, dir Sorgen zu machen.

Steve hatte schon in der Cocoplum Road nachgesehen, war hinunter zur Bucht gefahren und dann in einem Halbkreis am Gables Waterway entlang wieder zurück. Nun bog er am Matheson Hammock links ab. Er fuhr an einem verwaisten Picknickplatz vorbei und hielt sich parallel zum Fahrradweg, der sich durch ein Mangrovendickicht schlängelte. Am Salzwasserteich hielt er an. Der Parkplatz war leer, die Fahrradständer ebenfalls.

Kein Bobby und keine Maria.

Steve stieg aus und ging um den Teich, den nur wenige Schritte von der Bucht trennten. Es war Ebbe, und in der Luft hing ein brackiger Geruch. Eine Gruppe von Reihern stelzte über den nassen Sand und suchte dort nach einem Imbiss. Auf der anderen Seite der Bucht funkelte eine Handvoll Lichter in den Apartmentblocks von Key Biscane. Die Wolkenkratzer im nördlich gelegenen Stadtzentrum waren dunkel.

Das Tuckern eines Boston Whaler, der sich durch die Fahrrinne pflügte, durchbrach die Stille. Ein ziemlich früher Aufbruch zu einem Angeltag. Am Horizont über dem Ozean erhellten zuckende Blitze ein Wolkenband. Der Wind frischte auf und kräuselte das Wasser. Die wachsenden Wolkenberge begannen den Vollmond zu verdecken, dessen Licht den Himmel nun wie durch einen Lampenschirm erhellte. Es war Regen vorhergesagt, mehrere Schauer, gefolgt von einer Kaltfront.

Steve stieg wieder in den Wagen und fuhr auf der Old Cutler Road weiter nach Süden bis zum Fairchild-Tropengarten. Er war ein paar Mal mit Bobby hier gewesen. Dem Jungen gefiel dieser friedliche Ort. Lärm machte ihn nervös. Stille war wichtig, damit er weiter Fortschritte machte.

Steve parkte vor dem Tor. Alles war abgeschlossen. Er stieg aus dem Wagen, ließ aber die Scheinwerfer an. Auf dem schmalen, unbefestigten Pfad, der am Zaun entlangführte, ging er in die Hocke. Fahrradspuren neben einer Hibiskushecke. Hier hatten zwei Räder gestanden.

Okay. Und weiter?

Erstens, die Spuren waren frisch. Am späten Nachmittag hatte es geregnet, die Rillen mussten danach entstanden sein.
Großartig. Du hast dir ein Pfadfinderabzeichen verdient. Und jetzt?
Weiterradeln ging hier nicht. Der Pfad endete am Zaun des Tropengartens. Die Radfahrer mussten also angehalten und die Räder abgestellt haben. Vielleicht waren sie hineingegangen.
Ja. Und?
Steve hatte keine Ahnung. Aber Moment: In der rötlichen Erde führten die Spuren zweier Fahrräder auf den Zaun zu, aber nur eine davon weg. Was zum Teufel war mit dem zweiten Fahrrad geschehen?
In diesem Moment klingelte Steves Handy. Das Geräusch zerriss die nächtliche Stille. Auf dem Display erschien die Nummer seines eigenen Festnetzanschlusses.
»Ja? Vic?«
»Bobby ist gerade zurückgekommen.«
»Prima. Ist Maria schon bei den Goldbergs?«
»Nein.« Victorias Stimme klang angespannt. »Steve – Bobby weiß nicht, wo sie ist.«

Kurz vor der Morgendämmerung lenkte Steve den Mustang in die Einfahrt – und hörte einen Schrei.
Er hatte Eva Munoz-Goldberg nicht kommen sehen. Im letzten Moment sprang sie zur Seite. Der vordere Kotflügel verfehlte sie um Haaresbreite. Ziemlich fit durch Step-Gymnastik oder Tai Chi, nahm Steve an. Zum Glück, sonst hätte er jetzt mit einer Anklage wegen fahrlässiger Tötung rechnen müssen.
Der Schwung dieses Ausweichmanövers trug Eva weiter bis zu dem gepflasterten Weg, der zur Haustür führte. Sie

sprang über einen kleinen Strauch, verlor dann aber auf einem taunassen Pflasterstein die Balance. Den zweiten Schrei stieß sie aus, als sie vornüberfiel und sich das Knie aufschlug. Steve sah bewundernd zu, wie sich Eva aufrappelte und weiter auf die Haustür zuhastete, ohne für eine Verwünschung innezuhalten.

Bobbys Fahrrad lehnte am Pfefferbaum. Das hieß, er war im Haus. Steve hörte das Geschrei schon von draußen. Eva war inzwischen im Wohnzimmer, ihr Knie blutete, ihr Haar war zerzaust. Sie kreischte Bobby an: »Wo ist sie? Wo ist meine Tochter?«

Janice warf schützend den Arm um Bobbys Schulter und schob ihren beachtlichen Leib zwischen ihn und Eva. »Lass ihn in Frieden, du Schlampe. Sonst musst du noch mal zum Schönheitschirurgen.«

»Gott sei Dank, dass du da bist, Steve«, sagte Victoria.

Steve wusste nicht, was besorgniserregender war: Evas Gekreische oder dass Janice Bobby umklammert hielt. »Komm her, Kiddo.« Er entwand den Jungen seiner Mutter, hob ihn an den Achseln hoch und verschränkte dann die Arme unter seinem Po. Bei einem Kleinkind kein Problem, doch bei einem Zwölfjährigen, selbst bei einem so dürren wie Bobby, eher schwierig.

Bobby zitterte, er war blass und roch säuerlich. Er schlang die Beine um Steves Hüfte und legte ihm den Kopf auf die Schulter.

»Du stinkst, Kiddo.«

»Hab kotzen müssen.«

Steve trug Bobby in die Küche, damit er ein bisschen mehr Ruhe hatte. Er hörte, wie Victoria den beiden Frauen sagte, sie sollten Bobby nicht weiter bedrängen und die Sache Steve überlassen.

»Es tut mir leid, Onkel Steve.«

»Schon okay. Wo ist Maria?«

»Weiß nicht. Wir waren in Fairchild. Sie wurde sauer und ist abgehauen.«

»Warum wurde sie sauer?«

»Weil ich blöd war.«

»Ach?«

»Ich wollte es so machen, wie Dr. Bill ...«

Steve spürte, wie sein Kiefer sich verkrampfte. Ihm wurde heiß. »Dr. Bill?«

»Er hat gesagt, ich soll Maria bei Vollmond dorthin bringen. Dann seien alle Mädchen heiß. Und sie würde es tun wollen.«

»Aber als ihr dort wart, hat Maria Nein gesagt?«

»Ja.«

»Und was hast du gemacht?«

»Erst habe ich gedrängelt. Aber dann habe ich aufgehört. Wegen dem blöden Zeug, das du immer sagst. ›Nein heißt nein. Vielleicht bedeutet nein. Reif sein heißt rein sein.‹ Diese Sprüche eben.«

»Gut gemacht. Aber Maria war immer noch sauer auf dich?«

»Ich glaube schon. Ich musste in die Bromelien reihern. Dann bin ich zum See gegangen, weil ich mich waschen wollte, und als ich zurückkam, war sie nicht mehr da. Ich habe mich auf mein Rad gesetzt, aber ihres war weg. Ich dachte, sie sei nach Hause gefahren.«

»Hast du versucht, sie einzuholen?«

»Ja. Woher weißt du das?«

»Weil ich dasselbe getan hätte. Ich wäre gefahren wie der Teufel. Wenn sie nur ein paar Minuten Vorsprung gehabt hat, hättest du sie einholen müssen.«

»Ich hab's versucht, aber ich habe sie nicht gesehen.«

Weil sie verschleppt wurde. Als sie zu ihrem Fahrrad ging, hat jemand auf sie gewartet.

In diesem Augenblick wurde Steve einiges klar. Er dachte an den Tag in Kreegers Praxis.

»Rein hypothetisch, Solomon. Wenn Robert Maria umbringen würde, täten Sie dann nicht alles, damit er nicht ins Gefängnis muss? Würden Sie nicht sogar die Schuld auf sich nehmen?«

Steve schlang die Arme unwillkürlich fester um seinen Neffen. Widersprüchliche Gefühle. Dankbarkeit, dass Bobby in Sicherheit war. Aber absolutes Entsetzen bei dem Gedanken, dass seine Freundin tot sein könnte. Vielleicht hatte Bobby gespürt, dass Steves Atem schneller wurde oder wie heftig sein Herz schlug. Jedenfalls wimmerte er.

Kurz darauf stand Victoria neben ihnen und strich Bobby durchs Haar. Er reckte den Hals wie eine Katze, die gestreichelt werden will. Einen Moment später war auch Janice da.

»Die Schlampe ist rausgegangen«, berichtete sie. »Wie geht's meinem Jungen?«

Bobby zuckte die Achseln. Er schlang die Arme fester um Steves Hals.

»Stevie, kann ich bitte meinen Sohn haben?«

»Ja.«

»Du hast nämlich kein Recht, ihn von ...« Verblüfft hielt Janice inne. »Hast du gerade Ja gesagt?«

Steve stellte Bobby auf den Boden. »Wir müssen im selben Team spielen, Jan.«

»Warum? Was ist los?«

»Bring Bobby ins Bett, dann reden wir.«

Verwundert legte Janice ihren fleischigen Arm um den Jungen und schob ihn zu seinem Zimmer.

»Was ist passiert, Steve?«, fragte Victoria.

Er konnte es kaum aussprechen. »Kreeger. Er hat Maria. Er wird sie vergewaltigen und töten. Und dann alles Bobby anhängen. Nur um mich zu bestrafen.«

Victoria blinzelte zweimal. Dann hatte sie sich gefasst. »Ich rede mit Eva, du rufst die Polizei an.«

In diesem Augenblick schrie eine Frau. Steve wusste sofort, wem die Stimme gehörte. Es war ihr dritter Schrei an diesem Morgen.

Steve und Victoria stürzten hinaus. Eva stand neben Bobbys Fahrrad. Der Reißverschluss der Vinyltasche, die am Sattel baumelte, war offen. Eva drückte etwas an ihre Brust. Als Steve einen Augenblick später erkannte, worum es sich handelte, schlug die Angst über ihm zusammen wie eine tödliche Flut.

»Wo ist sie?« Eva rannte zu Steve und schlug auf ihn ein. »Verdammt!« Ihre Stimme versagte. Sie wurde von Schluchzen geschüttelt. »Was hat er mit ihr gemacht?«

Fausthiebe landeten auf Steves Brust, auf seinen Schultern und Armen. Einer streifte seine Schläfe. Steve wehrte sich nicht. Er litt bereits solche Qualen, dass er die Schläge der zierlichen Frau kaum spürte. Er sah nur, was sie dabei umklammert hielt: einen winzigen pinkfarbenen BH.

Sechsunddreißig

Vom Sumpf ins Meer

Der Cop kam Steve bekannt vor.

Ein Mini-Afro, ein Namensschild, auf dem »*Teele*« stand. Und die skeptische Miene.

Richtig, der Typ, der mich im Radiosender verhaftet hat. Beim zweiten Mal.

Nicht gut, dachte Steve. Sie standen in seiner Einfahrt. Es war kurz nach sieben Uhr morgens. Janice schnarchte drinnen auf dem Sofa, Bobby schlief in seinem Zimmer, bewacht von Victoria. Myron und Eva waren in ihr Haus in der Loquat Avenue zurückgekehrt und sprachen mit Teeles Partner Rodriguez.

»Dr. Kreeger ist mit dem Kanu auf dem Suwannee unterwegs«, sagte Teele.

»Mit dem Ka-nu auf dem Su-wan-nee?« Steve schlug einen abfälligen Ton an und zog die Worte in die Länge. »Das ist das bescheuertste Alibi, von dem ich je gehört habe, und meine Mandanten lassen sich einiges einfallen.«

Teele senkte die Stimme in den Ernster-Cop-Modus. »Sie behaupten, Dr. Bill hätte das Mädchen gekidnappt und eine Spur gelegt, die zu Ihrem Neffen führt. Aber Sie haben keinen Beweis dafür. Ich dagegen höre regelmäßig Dr. Bills Radiosendung ...«

Na großartig. Ein Fan.

»... und ich finde, er hat einige ziemlich gute Ansichten. Das Mädchen könnte in irgendeinem Hinterhof geschlafen haben und jeden Augenblick auf ihrem Fahrrad um die Ecke biegen.«

Cops gingen normalerweise vom Schlimmsten aus, weil sie so viel Schlimmes sahen. Aber dieser Kerl war ein Optimist. »Sie haben Kreeger auf dem Handy erreicht?«

»Leider nicht. Er befindet sich flussaufwärts, oberhalb von Hatchbend. Dort gibt es keinen Empfang.«

Flussaufwärts, oberhalb von Hatchbend? Dann bin ich mit Deputy Barney Fife in Mayberry.

»Was zum Teufel tut er dort oben?«, wollte Steve wissen.

»Barsche angeln, soweit wir wissen.«

»Lassen Sie mich raten: Diese fischige Geschichte hat Ihnen die Frau erzählt, die in Kreegers Haus wohnt.«

Teele schielte in sein kleines Polizisten-Notizbuch. »Mary Amanda Lamm. Das ist korrekt.«

»Kreeger hat sie einer Gehirnwäsche unterzogen. Sie würde alles sagen, was er von ihr verlangt.«

»War es gelogen, als sie sagte, Sie und Ihr Neffe seien Dr. Kreegers Patienten?«

»Rein formal gesehen stimmt das, aber ...«

»In Behandlung wegen sexueller Abartigkeit?«

»Nein!«

Der Cop kratzte sich mit dem Bleistift am Kopf. »Ich habe den Bericht gelesen, Solomon. Der Junge ist ein Spanner. Und Ms. Lamm sagt, dass Sie neulich, als sie aus der Dusche kam, im Badezimmer herumlungerten.«

»*Im Schlafzimmer*«, korrigierte Steve. Ein Anwalt beim Haarespalten. »Ich saß im Schlafzimmer. Aber der Richter hat mich nicht deshalb zu Kreeger geschickt.«

»Stimmt. Es ging um Ihren Hang zur Gewalttätigkeit.«

»Hören Sie, Teele, Maria ist verschwunden. Die Uhr tickt. Bis Sie und Ihre Leute Ihre Ärsche in Bewegung setzen, könnte das Mädchen tot sein.«

»Das hoffe ich nicht, Sir. Um Ihretwillen. Denn die letzte

Person, die das Mädchen lebend gesehen hat, war Ihr Neffe. Er hat selbst zugegeben, dass er im betrunkenen Zustand zudringlich wurde, und der BH des Mädchens wurde bei ihm gefunden. Soweit ich sehe, führen die Beweise direkt zu ihm.«

Steve hatte kaum vor Kreegers Haus angehalten, da sprang Victoria bereits aus dem Mustang. Der Morgen war grau und windig. Es roch nach Regen. Sie hatten Bobby unter Janices Obhut zurückgelassen, aber Cece war bereits auf dem Weg zu ihnen und würde ein Auge auf die beiden haben.

Auf der Fahrt nach Gables hatte Victoria Steve gefragt, ob er einen Plan hätte.

»Amanda wird uns sagen, wo Kreeger ist«, hatte er erklärt.

»Und ihren Geliebten verraten?«

»Es gibt noch einen kleinen Rest Gutes in ihr. An den müssen wir appellieren.«

Victoria hatte ihre Zweifel. »Und wie stellen wir das an?«

»Guter Cop, böser Cop.«

»Ich nehme an, der gute bin ich.«

»Das heißt, du fängst an, und falls du nichts erreichst, übernehme ich.«

Victoria war skeptisch, sagte aber nichts. Sie wollte Steves Zuversicht nicht dämpfen.

Amanda kam zur Tür, diesmal ausnahmsweise bekleidet. Sie trug genau zwei Dinge: ein rotes Träger-Top und knallenge weiße Mini-Shorts. Keinen BH und mit Sicherheit keinen Slip. Die Naht hätte sich sonst abzeichnen müssen. Kein Make-up. Das Haar zu Rattenschwänzen zusammengebunden. Eine Zwanzigjährige, die aussehen wollte wie vierzehn.

Lächelnd sagte sie: »Hallöchen, noch mehr Besuch. Hey, Ms. Lord, haben Sie sich schon die Bikinizone wachsen lassen?«

Victoria warf Steve einen versengenden Blick zu. Er zuckte die Achseln, als wolle er sich entschuldigen.

»Dem Süßen hier hat mein Landestreifen sehr gut gefallen.« Amanda machte mit dem Kinn eine kokette Bewegung in Steves Richtung.

»Lassen Sie den Quatsch, Amanda«, sagte Steve. »Wir müssen reden.«

Sie ignorierte ihn und konzentrierte sich auf Victoria. »Ich habe ihm angeboten, sich die Stelle ganz genau anzusehen. Aber er meinte, er müsse darüber nachdenken.«

»Wie ungewöhnlich«, antwortete Victoria. »Der Süße denkt selten, bevor er handelt.«

Eine Minute später waren sie alle im Wohnzimmer.

»Amanda, wir brauchen dringend Ihre Hilfe«, sagte Victoria freundlich.

»Wie ich den Cops schon sagte, Onkel Bill fährt im Norden Kanu.«

»Das glauben wir nicht.« Noch immer sanft, noch immer freundlich. »Wir glauben, dass er ein zwölfjähriges Mädchen entführt hat. Wir haben Angst, dass er ihr etwas antut, wenn wir ihn nicht schnell finden.«

»Das ist albern«, sagte Amanda und klang selbst wie ein kleines Mädchen. Sie nahm einen grünen Apfel aus einer Schale, zog die Beine unter sich und biss in die Frucht.

Victoria fand, dass Amanda nicht übermäßig besorgt wirkte. Ein verschwundenes Mädchen. Ihr Geliebter unter Verdacht. Und sie nagte an einem Granny Smith. Konnte es sein, fragte sich Victoria, dass Amanda ebenso soziopathisch war wie Kreeger?

»Onkel Bill ist ein Lover, kein Killer«, fügte Amanda mit einem spitzbübischen Lächeln hinzu. »Ich muss das schließlich wissen.«

»Verdammt, Amanda!« Steve mischte sich ein, obwohl er noch nicht an der Reihe war. »Kreeger hat einen Typen namens Jim Beshears umgebracht. Er hat Oscar De la Fuente, einen Kapitän, auf dem Gewissen und Ihre Mutter.«

»Jetzt weiß ich, dass Sie lügen«, antwortete Amanda. »Die Hexe habe ich getötet.«

Das sagte sie mit einer Genugtuung, die Victoria beunruhigend fand. »Sie waren damals dreizehn, Amanda. Kreeger hat Sie unter Drogen gesetzt und verführt. Sie können Ihrer Erinnerung nicht trauen.«

Steve unterbrach sich für einen Augenblick. Dann fuhr er fort: »Ihre Mutter hat die Sache mit Ihnen beiden herausbekommen, und es gab Streit. Kreeger hat Nancy mit der Poolstange niedergeschlagen und in den Whirlpool gestoßen. Anschließend hat er Ihnen eingeredet, Sie hätten es getan.«

»Wie ich schon sagte, Sie bringen alles durcheinander. Hoppel-di-poppel«, kicherte Amanda. »Ich habe Onkel Bill verführt. Und ich habe ein bisschen Gras geraucht, mehr nicht. Nachdem ich Mutter gekillt hatte, hat Bill mir Valium gegeben, weil ich ausgeflippt bin. Ich wollte die Cops rufen und gestehen, aber Bill sagte, er würde alles regeln.«

»Er hat Sie einer Gehirnwäsche unterzogen, verdammt noch mal!«, widersprach Steve.

Amanda nagte an dem Apfel. »Auf welcher Seite traf Mom der Schlag, Süßer?«

»Rechts.«

»Onkel Bill ist Rechtshänder. Hätte er sie bei einem Streit dann nicht auf die linke Seite geschlagen?«

»Das hat Pincher bereits abgeklärt. Ihre Mutter muss sich umgewandt haben und wollte weggehen. In diesem Augenblick schlug Kreeger auf sie ein.«

Amandas »*Ha-ha-ha*« wirkte unecht – wie alles an ihr, dachte Victoria.

»So war es aber nicht«, widersprach Amanda. »Ich und Mom, wir standen einander gegenüber. Sie nannte mich eine kleine Nutte, sagte, sie würde mich in eine Schule für Schwererziehbare schicken, und ich würde Bill nie wiedersehen. Ich habe das Pooldings genommen und auf sie eingedroschen, so fest ich konnte. Sie fiel in den Whirlpool, und ich stand einfach da und sah zu, wie sie ertrank.«

Amanda nahm einen weiteren Apfel aus der Schale und warf ihn – *linkshändig* – auf Steve. Er fing ihn und tauschte einen Blick mit Victoria aus.

»Onkel Bill hat das Pooldings verschwinden lassen«, fuhr Amanda fort. »Er hat sich die Story ausgedacht, dass Mom ausgerutscht ist und sich den Kopf angeschlagen hat. Die Geschworenen glaubten ihm nicht. Warum auch? Es war ja gelogen.«

»Und ich glaube *Ihnen* kein Wort«, sagte Steve.

»Aber ich.« Victoria stand auf, nahm Steve den Apfel weg und ließ ihn beim Sprechen von einer Hand in die andere fallen. »Wenn ich mich nicht täusche und Sie die Wahrheit sagen, verdanken Sie Kreeger Ihre Freiheit. Ich wette, Sie sind ihm all die Jahre, die er im Gefängnis war, treu geblieben.«

»Ich war ein braves Mädchen. Ich habe versprochen, auf ihn zu warten, und ich habe gewartet.«

Victoria nickte zustimmend. »Nach allem, was er für Sie getan hatte – er deckte einen Mord, den Sie begangen hatten –, konnten Sie kaum anders handeln.«

»Sie sagen es, Ms. Lord.«

Victoria machte einen Schritt auf Amanda zu. »Was bedeutet, dass Sie ihn niemals hintergehen würden. Ganz egal, was er in der Vergangenheit gemacht hat, ganz egal, was er jetzt gerade tut.«

Amanda zwinkerte Steve zu. »Sie ist schlauer als Sie, Süßer.«

»Ich weiß«, gab Steve zu. Er wandte sich an Victoria, als gäbe er sich geschlagen. »Wenn Amanda ihre Mutter tatsächlich getötet hat, habe ich für einen unschuldigen Mandanten einen Prozess verloren. Kein Wunder, dass Kreeger mich hasst.«

»Aber im Bezug auf ein paar andere Dinge hattest du recht.« Victoria warf noch immer den glänzenden Apfel von einer Hand in die andere. Langsam ging sie zu dem Sofa. Amanda hockte dort im Schneidersitz. »Kreeger hat Beshears und De la Fuente umgebracht, nicht wahr, Amanda?«

»Das verrate ich nicht«, flötete Amanda in einer Kinderstimme.

»Kennen Sie den Unterschied zwischen Steve und mir?«, fragte Victoria.

»Nein. Und der ist mir auch egal.«

»Steve würde nie eine Frau schlagen. Das bringt er nicht fertig. Aber ich ...«

Bevor Steve wusste, was geschah, holte Victoria mit dem rechten Arm aus und ließ dann mit aller Kraft die Faust vorschnellen. Kein Klaps. Kein Haken. Sie hielt den Apfel umklammert und legte ihr ganzes Gewicht in den Boxhieb.

Der Granny Smith traf Amanda direkt auf der Nase.

Drei Geräusche folgten unmittelbar aufeinander. Das Knacken von Knorpelmasse, das Plumpsen, als Amandas Hintern auf dem Boden aufschlug, und ein Aufjapsen.

Steve hörte das Japsen und merkte, dass es von ihm kam. Blut rann über Amandas Gesicht. Als sie durch den Strom hindurch ausatmete, bildete sich auf ihren Lippen eine pinkfarbene Blase.

Habe ich tatsächlich richtig gesehen? Hat Vic gerade Amanda mit einem Granny Smith technisch k.o. geschlagen?

»Elende Schlampe!«, plärrte Amanda. Sie schlug die Hände vors Gesicht. »Sie haben mir die Nase gebrochen!«

»Legen Sie den Kopf zurück, bis es aufhört zu bluten«, kommandierte Victoria wie eine gestrenge Krankenschwester.

»Verdammt, Vic, warum hast du das getan?«

Steve war ratlos. Seit er Victoria kannte, war das Gewalttätigste, was er je von ihr gesehen hatte, ihre brutale Rückhand auf dem Tennisplatz gewesen.

»Verstehst du nicht, Steve? Du kannst bitten und betteln und versuchen, den Rest Menschlichkeit zu finden, den du noch immer in dieser kranken Kröte vermutest. Aber so kommen wir nicht weiter.«

»Und sie zu schlagen soll helfen?«

»Du bist Demokrat, ich Republikanerin.«

»Ach?«

»Du hältst nichts von Gewaltanwendung. Aber wir bekommen nur etwas aus ihr heraus, wenn wir härtere Methoden anwenden.«

»Jetzt hör aber auf.«

Victoria hatte sich nicht ans Skript gehalten. Steve hätte der böse Cop sein sollen, war aber offenbar nicht fies genug gewesen.

Noch immer blutend, rappelte sich Amanda hoch. Sie griff nach dem Handy auf dem Couchtisch, doch Victoria packte ihr Handgelenk und drehte ihr den Arm auf den Rücken.

»Au!«, krächzte Amanda. »Sind Sie eine Lesbe, oder was?«

Victoria schnappte sich mit der freien Hand das Telefon und warf es in Richtung Kamin. Sie zielte ein wenig zu hoch. Das Gerät knallte in das Bild von Kreeger an Bord seines Sportbootes und hinterließ einen Riss in der Leinwand.

»Bill wird das nicht gefallen«, sagte Amanda. Die Kinderstimme war verschwunden. »Er liebt das Gemälde.«

Victoria hielt Amandas Handgelenk noch immer umklammert. Mit dem Fuß trat sie der jungen Frau die Beine weg. Amanda fiel auf die Knie. Victoria zog Amandas Arm hoch wie einen Hähnchenflügel. Blut aus ihrer Nase bildete auf dem Dielenboden eine kleine Pfütze. Victoria benutzte Amandas Arm wie eine Brechstange, zog ihn höher und höher, bis das Handgelenk den Nacken erreichte.

»Fuck! Das tut weh!«

»Vic, was soll das?«

»Ich versuche, das Leben eines Mädchens zu retten. Bobbys übrigens auch. Und jetzt mach dich nützlich und such etwas, womit wir sie fesseln können.«

Steve überlegte ernsthaft, ob seine Freundin und Kanzleipartnerin urplötzlich den Verstand verloren hatte.

»Wo steckt er, Amanda?«, fragte Victoria. »Wohin hat er Maria gebracht?«

»Fick dich.«

Victoria zog Amandas Handgelenk noch höher und dann ruckartig zur Seite über das Schulterblatt. Erst ertönte ein *Popp*, dann ein Schrei.

»Das war Ihr Ellbogen«, erklärte Victoria. »Ausgerenkt. Ist mir mal beim Taekwondo passiert. Tut wahnsinnig weh, nicht wahr?«

Amanda lag ausgestreckt auf dem Fußboden. Ihr Wimmern wurde nur von gequälten Atemzügen unterbrochen.

»Hey, Vic, könntest du mal kurz aufhören?«

»Wir haben keine Zeit. Wenn wir Kreeger nicht finden, stirbt das Kind. So ist es doch, Amanda?«

Kein »fick dich« mehr, nur Schluchzen.

»Nehmen wir uns den anderen Arm vor«, sagte Victoria.

»Warten Sie!« Amanda richtete sich auf die Knie auf. »Bill mag kleine Mädchen.«

»Was Sie nicht sagen«, antwortete Victoria.

Wer ist diese Frau?

»Manchmal holt er sich welche. Ich weiß nicht, was mit ihnen passiert.«

»Das wissen Sie sehr wohl«, widersprach Victoria ungerührt. »Wenn sie ihn identifizieren können, bringt er sie um.«

»Ich frage ihn nicht danach. Es gab mal ein Mädchen aus den Redlands. Etwa zwölf oder dreizehn.«

O Shit, dachte Steve.

»Das Mädchen, das vor ein paar Monaten in den Redlands verschwand ...«

Kreeger hatte versucht, ihr Verschwinden einem Jungen mit Entwicklungsstörungen anzuhängen. Kein Wunder, dass der Schweinehund so viel über Serienmörder wusste. Seine Kenntnisse stammten aus der forensischen Kategorie »Nur wer selbst einer ist, weiß wie sie ticken.«

»Wo ist er hin?« Steve diesmal. Er stieg mit ein. »Hat er irgendwo ein Apartment? Eine Hütte in den Glades? *Wo*?«

Als Amanda nicht antwortete, griff Victoria nach ihrem anderen Arm. Diesmal musste sie ihr nicht erst den Ellbogen ausrenken. Amanda zuckte zurück und gab sich geschlagen. Sie drehte den Kopf zu dem Bild über dem Kamin.

Steve folgte ihrem Blick. Kreeger auf dem protzigen Angelboot, der *Psycho Therapy*. »Das Boot. Er hält sie dort gefangen.«

»Wo liegt der Kutter?«, fragte Victoria.

»Grove Maria«, nuschelte Amanda.

»Los, Steve. Wir gehen.«

»Nein.«

»Nein?«

»Irgendetwas stimmt nicht. Wenn man jemanden foltert, lügt er irgendwann.«

Steve dachte an die Fotos in Kreegers Praxis. Das Boot, ein Dock, ein Kanal, eine Mangroveninsel. Die Insel kam ihm bekannt vor, er hatte sie schon öfter gesehen. Sie bot den Booten Windschutz, die ein Stück vom Dock entfernt vor Anker lagen.

Die Insel. Die Insel. Die Insel.

Das Boot war nicht in Grove Maria. Aber wo dann? Steve versuchte sich zu konzentrieren, wie Bobby es oft tat. Was fiel ihm noch ein? Ein Frühstück. Nein. Ein Brunch. Das Restaurant auf dem Rickenbacker Causeway, auf dem Weg nach Key Biscane. Vom Restaurant aus sah man über den Kanal direkt auf diese Mangroveninsel.

»Crandon Park Marina! Auf Key Biscane. Dort liegt Kreegers Boot!«

»Fahr los!«, befahl Victoria. »Ich sorge dafür, dass Amanda keinen Unsinn macht.«

»Es ist sowieso zu spät«, sagte Amanda. In ihrer Stimme lag weder Genugtuung, noch Bedauern. »Inzwischen sind sie längst auf offener See.«

»Wo?«

»Keine Ahnung. Irgendwo auf dem Ozean. Bill nimmt sich die Mädchen dort draußen vor. Dann beschwert er ihre

Körper und wirft sie über Bord. Wasser zieht ihn magisch an.«

Wieder kamen Steve Kreegers Worte in den Sinn. Der Kerl glaubte nicht an Asche zu Asche, Staub zu Staub. Er glaubte an einen feuchten Ursprung und ein nasses Ende. Wie hatte er es genannt?

»*Vom Sumpf ins Meer.*«

Achtunddreißig

Psycho Therapy

Gewaltige Regengüsse platschten aufs Pflaster, der Wind drehte auf Nord. Der Mustang rauschte durch die Pfützen und wurde auf der Brücke von Böen geschüttelt.

Steve fuhr am Seaquarium vorbei, eine Hand am Steuer, in der anderen das Handy. Die Auskunft meinte, er solle die Küstenwache anrufen. Der Wachhabende sagte, nein, sie könnten keine Flotte von Patrouillenbooten, Kuttern und Hubschraubern zu einem unbekannten Ziel ausschicken, nur weil ein Bürger glaubte, irgendwo draußen auf dem Meer würde ein Verbrechen begangen.

Steve versuchte es noch einmal bei der Polizei. Nachdem er zweimal weiterverbunden worden war und sich sieben Minuten lang eine Bandaufnahme mit Tipps zur Verbrechensprävention angehört hatte, meldete sich Officer Teele.

»Komisch, dass Sie anrufen, Solomon. Wir suchen gerade nach Ihnen.«

»Weshalb?«

»Gegen Sie liegt ein Haftbefehl vor. Offenbar sind Sie nicht zu Ihrer Anti-Aggressions-Sitzung erschienen.«

»Bullshit!« Steve klang, als müsse er dringend an seinem Aggressionslevel arbeiten.

»Uns liegt eine eidesstattliche Erklärung von Dr. Kreeger vor.«

»Hinter ihm sollten Sie her sein, nicht hinter mir! Er hat Maria auf seinem Boot. Er ist ...«

»Sie sollten Ihre Antipathie gegen Dr. Bill wirklich überwinden.«

»Verdammt noch mal, hören Sie mir zu! Kreeger hat dieses Mädchen in den Redlands getötet. Und er wird wieder zuschlagen.«

»Okay, Mr Solomon. Warum kommen Sie nicht einfach zu uns auf die Wache? Dann können Sie uns alles erklären.«

»Damit Sie mich verhaften?«

»Sie klingen ein bisschen paranoid, Solomon. Aber sagen Sie, wo sind Sie denn jetzt gerade?«

In dem Moment, als er zum Bootshafen abbog, drückte Steve die Austaste. In einer letzten Bugwelle kam der Wagen zum Stehen. Steve sprang hinaus und rannte quer durch die Pfützen zum Büro des Hafenmeisters. Ein dreieckiger roter Wimpel flatterte an einer Stange auf dem kleinen Gebäude. Das hieß, die Windgeschwindigkeit betrug um fünfundzwanzig Knoten.

Steve nahm an, dass Kreeger einen mehrstündigen Vorsprung hatte. Die *Psycho Therapy* befand sich laut Amanda längst auf offener See. Nur wo? Er musste jemanden finden, der wusste, wo Kreeger gern hinfuhr. Vielleicht hatte ihn jemand auslaufen sehen. Wenn sich derjenige auch noch an die genaue Uhrzeit erinnerte, ließ sich vielleicht abschätzen, wo sich Kreeger befand. Steve brauchte unbedingt einen Hinweis – irgendeinen.

Als er in pitschnassen Jeans und triefendem T-Shirt nur noch zehn Schritte vom Hafenmeisterbüro entfernt war, bemerkte er einen zweiten Wimpel. Einen Pier weiter. Dort lag eine Reihe chromblitzender Powerboote der Fünfzig-Fuß-Klasse. Von einer Antenne flatterte eine Flagge, auf der ein bärtiger Mann in einem altmodischen Anzug abgebildet war. Der Mann kam Steve bekannt vor.

Siegmund Freud.

Wer schmückte wohl sein Boot mit dem Konterfei von Siegmund Freud?

Steve rannte über den Pier zu dem Boot mit dem Freud-Wimpel. Auf dem Bug des weißblauen Sportfischertraums prangte der Name *Psycho Therapy*.

Das Boot war fest am Dock vertäut, die beiden Sessel im Cockpit in blaue Wetterschutzabdeckungen gehüllt. Dasselbe galt für die Konsole auf der Brücke. Nichts deutete darauf hin, dass sich in letzter Zeit jemand an Bord befunden hatte. Kreeger hatte das Mädchen also nicht vor Tagesanbruch hierhergeschafft und würde es jetzt sicher auch nicht mehr tun.

Amanda hatte gelogen! Victoria hatte sie zu einer Brezel verbogen und trotzdem eine falsche Antwort bekommen.

Steve sah sich um. Viele Boote, aber an diesem lausigen Tag ließ sich kein Mensch blicken. Der Regen trommelte auf das Betondock. Der Wind trieb Wasserwände vor sich her. Hin und wieder hörten die Güsse einen Moment lang auf, setzten dann aber sofort mit unverminderter Stärke wieder ein. Die Boote ächzten, zwei Möwen kämpften über Steves Kopf gegen den Wind an. In der Nähe saß ein Pelikan, der ihn anzustarren schien.

Steve stieg vom Dock ins Cockpit. Das Deck aus Teakholz war vom Wetter und der Sonne gebleicht und lenkte das Regenwasser zu den Speigatten am Heck. Steve öffnete die Gefriertruhe für die Köder. Leer. Er ging zur Köderpräparierstation, sah in die Schubladen. Angelhaken, Zangen, Messer und einige Rollen Angelschnur.

Er zog ein Kissen von einer Sitzbank und öffnete den Deckel des Stauraums darunter. Angelausrüstung, Deckschuhe, Schwimmwesten.

Kein zwölfjähriges Mädchen.

Steve klappte den Deckel einer weiteren Bank auf. Rettungsringe. Eine alte Angelrute. Drei Metalleimer, brandneu, wie man sie zum Putzen oder auf Baustellen benutzte. Eine Schaufel, gebraucht. Sie sah aus wie ein Gartenspaten, die scharfe Kante war dreckverkrustet. Eine Segeltuchtasche, etwa zwei Meter vierzig lang, offen. Groß genug, um Angelruten darin zu verstauen, eine Tauchausrüstung ... oder ein Mädchen von vierzig Kilo. Steve sah genau nach, strich mit den Händen über den Tuchstoff, hoffte einerseits, etwas zu finden, und andererseits nicht.

Was wäre besser? Ein Beweis, dass sie hier war? Oder lieber nichts in der Art?

Doch die Tasche war leer. Keine Mädchenhaarspange, keine kleinen weißen Söckchen, kein Zettel, auf dem »Hilfe!« stand.

Dann bemerkte Steve einen Duft. Was war das? Er steckte den Kopf in die Tasche und atmete tief ein. Zitrus. Als ob in der Tasche ein paar Dutzend Zitronen transportiert worden wären.

Ein Mädchen, das das Parfüm seiner Mutter benutzte!

Dieses Aroma. Steve kannte es aus Bobbys Zimmer.

Er ließ die Tasche fallen und hastete zur Tür des Salons. Glas in einem Metallrahmen. Abgeschlossen. Steve schnappte sich eine Zange von der Köderstation und zerbrach damit die Scheibe. Kein Alarm schrillte. Niemand schrie zu ihm herüber. Die einzige Reaktion kam von dem Pelikan, der mit den Flügeln schlug und zu einem ruhigeren Ort abhob.

Steve griff durch die zerbrochene Scheibe, öffnete die Tür und verschaffte sich Zugang zum Salon. Er tropfte Wasser auf den polierten Teakfußboden. Rechts befand sich eine Küche. Herd, Edelstahlkühlschrank, Mikrowelle, eingebaute Eckbank und ein Tisch, der mit dem Boden verschraubt war. An den Wänden Urkunden, die den Fang unschuldiger Fische bei diversen Wettbewerben belegten.

»Hallo!«, rief Steve. »Maria!«

Nichts.

Er stieg ein paar Stufen hinab. Seine durchnässten Laufschuhe quietschten. Steve warf einen Blick in die Schlafkajüten. Die Betten waren gemacht, unberührt und sauber. Keiner da. In der Nasszelle hing über der Tür der Dusche ein Strandtuch. Das Handtuch war nass.

Sie ist hier! Oder sie war hier.

Er ging zurück in den Salon.

»Maria!«

Noch immer nichts. Wasser schwappte, die Fender rieben gegen den Schiffsrumpf. Im Kanal tuckerte ein Fünfzehn-Fuß-Außenborder dem Meer entgegen. Ein paar junge Leute, die die Schlechtwetterwarnung ignorierten. Irgendwo unter Deck quietschte etwas und etwas klapperte. Bootsgeräusche. Bedeutungslos.

»Maria!«

Steve hörte ein Klopfen. Metall gegen Metall? Nein, das Geräusch klang dumpfer. Es konnte alles und nichts bedeuten.

»Maria!«

Klonk. Klonk.

Wieder von unter Deck. Die Falltür im Fußboden war schnell gefunden. Steve nahm eine Taschenlampe aus ihrer Halterung und stieg die Leiter zum stockdunklen Maschinenraum hinab. Dort ließ er den Lichtstrahl über Tanks und Rohrleitungen wandern, über Kabel, Metallträger und die beiden gewaltigen Dieselmotoren. Schatten huschten über die Schottwand.

Und dort, auf den Knien, breites Klebeband über dem Mund, die Hand- und Fußgelenke mit einer Schnur an eine Motorenhalterung gefesselt, kauerte Maria Munoz-Goldberg. Mit geschlossenen Augen knallte sie die Stirn gegen das Deck. *Klonk. Klonk. Klonk.*

Neununddreißig

Rettungseinsatz

Mit klopfendem Herzen riss Steve das Klebeband von Marias Mund. Er zuckte zusammen, als sie vor Schmerz aufschrie. Die Haut um ihre Lippen war gerötet, und ihre Stirn blutete an der Stelle, die sie gegen das Deck geschlagen hatte. Sie zitterte am ganzen Körper, von den Schultern bis zu den Fußspitzen. Und sie schluchzte. Tränen rannen ihr über beide Wangen. Marias Handgelenke waren mit Viertelzoll-Angelschnur auf dem Rücken gefesselt.

Marias Arme zitterten so sehr, dass Steve die Knoten nur mit Mühe lösen konnte. Er hatte es nicht mit Sicherheitsknoten zu tun, sondern mit Schlingen, die nicht dazu gedacht waren, je wieder geöffnet zu werden.

Als er die Schnur endlich abbekommen hatte, ließ er Maria einen Augenblick Zeit, sich die steifen Handgelenke zu reiben. Sie waren wund gescheuert und bluteten.

»Danke. Danke. Danke«, stieß Maria zwischen einzelnen Schluchzern hervor. Steve schlang die Arme um sie.

Die Luft war ölgeschwängert und muffig. Steve rann der Schweiß über die Arme. Er versuchte als Nächstes, die Schnur zu lösen, mit der Marias Fußgelenke gefesselt waren, doch sie saß zu fest. An manchen Stellen schnitt sie so tief ins Fleisch, dass Blut hervorquoll. Das andere Ende der Schnur war am Sockel des Motors festgezurrt.

»Im Cockpit liegt ein Messer. Ich bin gleich zurück, Maria.«
»Nein. Bitte gehen Sie nicht weg. Bitte!«

Steve setzte sich neben sie. Eine Minute wollte er ihr noch geben. »Wo ist Kreeger?«

Der Name schien ihr nichts zu sagen. Offenbar stellten sich Kidnapper nicht vor. »Der Mann, der dich entführt hat. Wo ist er hin?«

Sie schüttelte den Kopf. Sie wusste es nicht.

Steve überlegte, ob sie vielleicht unter Schock stand. Doch dann brachen die Worte aus ihr heraus. Dass Bobby versucht hatte, sie zu begrapschen, und sie beschloss, ohne ihn nach Hause zu fahren. Als sie zu ihrem Fahrrad kam, wartete dort ein Mann auf sie. Er packte sie und warf sie in seinen Wagen – einen BMW, wie sie noch feststellen konnte. Er griff unter ihr Shirt, riss ihr den BH herunter und fasste sie an. Sie glaubte, er würde sie vergewaltigen, doch er knüllte nur ihren BH zusammen und stopfte ihn in Bobbys Fahrradtasche.

»Dann warf er mein Fahrrad in den Kofferraum. Ich dachte, das sei gut. So als wenn er mich, egal was er mir antun würde, hinterher mit dem Rad nach Hause fahren lassen wollte. Aber nachdem er mich gefesselt hatte und wir eine Weile unterwegs waren, nahm er meine Mütze und stopfte sie in die Fahrradtasche.«

»Deine Mütze?«

»Eigentlich gehört sie Bobby. Die Solomon-&-Lord-Baseballmütze, die er immer trägt.«

Genau wie an dem Tag, an dem wir in Kreegers Praxis waren.

»Dann warf der Mann mein Rad in ein Gebüsch.«

»In der Nähe der Straße?«

»Ja. Nur ein, zwei Meter weit weg.«

Wo man das Fahrrad bald finden würde. Mit Bobbys Haaren an der Mütze, mit seinen Fingerabdrücken und seiner DNA. Noch ein Beweisstück, noch ein Nagel für seinen Sarg.

»Dann steckte der Mann mich in eine große Tasche im Kofferraum, und ich bekam kaum noch Luft. Vielleicht bin ich ohnmächtig geworden. Ich kann mich an nichts mehr erinnern. Und dann war ich hier angebunden.«

Maria fing wieder an zu weinen.

»Hat er etwas gesagt?«

»Nur, dass wir einen Ausflug machen würden, aber er müsste noch warten, bis die Geschäfte offen seien. Ich fragte, ob er Sandwiches und etwas zu trinken kaufen wollte, aber er lachte bloß.«

Ein Geschäft? Steve fragte sich, wozu Kreeger einen Laden brauchte. Doch die Antwort auf diese Frage musste warten. Kreeger konnte jederzeit zurückkommen. Steve legte die Hand auf die Schulter des Mädchens. »Maria, du musst hier weg. Ich hole jetzt das Messer. Okay?«

Sie nickte. »Aber Sie kommen gleich zurück, ja?«

Steve kletterte die Leiter empor und durch die Türklappe. Er machte noch einen Schritt, dann traf ihn der Schlag. Steve spürte, wie sein Kopf zurückschnellte, sah den Schmerz wie einen elektrischen Blitz hinter seinen Augen. Er hörte Donnerschläge, dann wurde alles still und schwarz.

Vierzig

Die schwere Last der Schuld

Steve hatte das Gefühl, geweckt zu werden, indem man ihn in eine eiskalte Dusche warf.

Aber ich kann nicht wach sein. Ich sehe nichts.

Er spürte eine Bewegung. Hin und her, auf und ab. Hörte ein Geräusch. Ein dumpfes Röhren.

Er fühlte, wie der Wind ihm um den Kopf blies, und ahnte, dass er sich im offenen Cockpit befand, mit geschlossenen Augen. Sein Gesicht fühlte sich an wie Hackfleisch, und die salzige Gischt machte alles nur noch schlimmer.

Warum kann ich die Hände nicht bewegen?

Ein harter, kalter Regen prasselte wie Millionen eisiger Nadeln auf ihn nieder. Ein Regen, der so stark war, dass die Tropfen in der Luft zischten und mit einem metallischen *Pling* auf dem Deck aufschlugen.

Steve spürte, wie das Boot einen Wellenkamm erklomm und dann wieder ins Tal hinabrauschte.

Prima. Gefesselt, halb ohnmächtig, und gleich werde ich auch noch seekrank.

Der pochende Schmerz in seinem Schädel schwoll im Takt der Motoren an und ab. Das Boot bewegte sich schnell. Offene See. Ozean, nicht Bucht. Das merkte Steve an den Wellen, obwohl er nichts sehen konnte.

Sein Mund war trocken. Er leckte sich die Lippen, schmeckte Blut. Als das Boot in ein Wellental eintauchte, spürte Steve die Gischt im Nacken.

Warum kann ich eigentlich nichts sehen? Aha. Meine Augen sind geschlossen.

Er versuchte, sie aufzubekommen. Jetzt wäre eine Brechstange hilfreich gewesen. Die Lider waren zugeschwollen. Er wollte sie mit den Fingern nach oben schieben, aber das erwies sich als unmöglich. Anscheinend waren seine Hände auf dem Rücken zusammengebunden.

Steve konzentrierte sich auf sein rechtes Auge, versuchte, die Lider auseinanderzuzwingen. Ganz langsam öffneten sie sich. Wie eine Jalousie, die an Zahnseide nach oben gezogen wird. Mit der Zunge tastete er das Innere seines Mundes ab. Er hatte sich die Lippe durchgebissen und spuckte ein Stück Zahn aus.

Der Regen fiel noch erbarmungsloser, wurde zu einer Wand aus Dolchen. Steves Zähne klapperten. Noch nie im Leben war ihm so kalt gewesen.

»Wie fühlen Sie sich, Solomon?«

Kreegers Stimme. Steve bekam das Auge gerade weit genug auf, um sein Gesicht sehen zu können. Regen tropfte von Kreegers nackter Brust. Steve vermutete, dass das Steuer auf Automatik gestellt war. Mit etwas Glück würden sie mit einem Eisberg kollidieren. Oder sie strandeten auf Bimini.

»Wo ist Maria?«

»Im warmen gemütlichen Hauptschlafzimmer. Sie wird ihren Zweck erfüllen, sobald ich Sie los bin.«

»Sie Schwein.«

»Etwas Originelleres fällt Ihnen nicht ein, Solomon?«

Steve gelang es, beide Augen einen Spalt breit zu öffnen. »Sie hässliches Schwein.«

»Im Augenblick sehen Sie selbst auch nicht besonders gut aus.«

Steve fühlte sich, als hätte man ihm einen Baseballschläger ins Gesicht gedroschen. Doch er stellte fest, dass es eine

Schaufel gewesen war. Kreeger lehnte auf dem Spaten, der in der Kiste gelegen hatte.

»Wenn Sie noch so lange leben würden, dass sich Blutergüsse bilden könnten, würden Sie zwei gigantische Veilchen bekommen«, sagte Kreeger. »Aber wie Sie sich sicher vorstellen können, ist dies Ihr letzter Bootstrip.«

Steves Sehkraft kehrte teilweise zurück. Er registrierte, dass Kreeger Surfer-Shorts, aber kein Hemd trug. Außerdem war er barfuß. Er wirkte durchtrainiert, hatte breite Schultern und eine breite Brust. In einer Scheide an seinem Knöchel steckte ein Tauchermesser.

Meine Füße fühlen sich seltsam an. Ich kann die Zehen nicht bewegen. Was ist dort unten los?

Steve sah hinab. Seine Füße steckten in einem der Alu-Eimer aus der Kiste. Seine Beine waren bis zu den Waden von kaltem Schlamm umgeben.

Nein. Kein Schlamm. Nasser Zement.

»Schlechter Witz, Kreeger.«

»Wir wollen doch nicht, dass Sie am Fifth Street Strand angespült werden und die Touristen erschrecken, oder Solomon?«

»Sie haben zu viele Mafiafilme gesehen.«

Steve bewegte die Füße gerade so sehr, dass sie den Boden des Eimers nicht mehr berührten, sich an der Oberfläche des Zements aber keine Risse bildeten. Das Zeug trocknete schnell.

»Vielleicht können wir noch einmal über alles reden, Kreeger.«

»Der Schlaumeier hofft auf einen Vergleich. Wie lautet Ihr Angebot, Herr Anwalt?«

»Ich sorge dafür, dass Sie professionelle Hilfe bekommen. Nicht schuldig aufgrund einer geistigen Störung.«

Kreeger bellte ein Lachen heraus. »Ich bereite gerade einen viel besseren Deal vor. Nicht schuldig, weil ich nicht erwischt werde.«

»Die Cops wissen, dass ich hinter Ihnen her bin. Sie werden der einzige Verdächtige sein.«

»Verdächtig? Weshalb? Es wird keine Leiche geben, Solomon. Man wird annehmen, Sie seien wegen Ihrer Konflikte mit dem Gesetz nach Südamerika geflohen, oder Sie hätten Selbstmord begangen.« Kreeger schüttelte fast traurig den Kopf. »So hatte ich das alles nicht geplant. Sie sollten gesund und munter sein, damit Sie durchleiden können, wie Ihr Neffe durch die Hölle geht.«

Steve konzentrierte sich darauf, die Füße ständig zu bewegen. Um jede Wade bildeten sich kleine Risse im Zement. Der strömende Regen kam ihm zugute. Wenn er verhindern konnte, dass der Zement um seine Füße hart wurde, hatte er noch eine Chance.

»Ich gebe mir selbst die Schuld an Ihrer gegenwärtigen Misere«, fuhr Kreeger fort. »So lange habe ich noch nie gebraucht, bis ich das Dock verlassen konnte.«

»Sie mussten erst noch Zement kaufen gehen, stimmt's? Ist er Ihnen ausgegangen, nachdem Sie das Mädchen aus den Redlands ermordet hatten?«

»Man muss jedes Mal einen neuen Sack anfangen.« Kreeger klopfte mit der Spatenkante auf den Eimer. »Damit keine Beweismittel zurückbleiben.«

»Lassen Sie Maria gehen. Wie Sie schon sagten, wenn ich tot bin, können Sie mich nicht mehr quälen. Warum wollen Sie dann Bobby das Leben zur Hölle machen?«

»Ich fürchte, dieses Schiff ist bereits abgefahren. Das Mädchen könnte mich identifizieren. Oder glauben Sie, ihr wird das, was gleich passiert, so sehr gefallen, dass sie nie gegen mich aussagen würde? Dass sie in Zukunft sogar zu meinem Haus schleicht anstatt zu Ihrem?«

»Hässliches, krankes Schwein.«

Kreeger lachte noch einmal. Er zog das Messer aus der Scheide, ging in die Hocke und steckte die Klinge in den Eimer, um festzustellen, wie hart der Zement bereits war. Steve hielt die Füße einen Moment lang still.

»Schnelltrocknend.« Kreeger klang zufrieden. »Selbst bei diesem Mistwetter. In ein paar Minuten ist es so weit. Schön hier bleiben und abwarten, Herr Anwalt.«

Kreeger stieg die Leiter zur Brücke hinauf, nahm ein Fernglas und suchte ringsum den Horizont ab. Offenbar wollte er nicht, dass man von einem vorbeifahrenden Frachter aus beobachten konnte, wie er einen Mann über Bord warf.

Steve zappelte heftiger. Der Zement zog an, ein fester Block umschloss die Oberseite seiner Füße. Doch es war ihm gelungen, das Aushärten seitlich und unten zu verhindern.

Steve versuchte, einen Plan zu entwickeln. Doch sein Unterbewusstsein kam ihm in die Quere. Die Last der Schuld drückte ihn nieder, wog schwerer als Zement. Er hatte Maria im Stich gelassen. Und nicht nur sie.

Ich habe alles vermasselt.

Gischt spritzte über die Seiten des Bootes und stach ihm ins Gesicht.

Ich habe euch alle im Stich gelassen.

Bobby würde ohne ihn aufwachsen, Victoria sich irgendwann einen anderen Mann suchen. Nicht einmal an seinem Vater würde sein Ende spurlos vorbeigehen. Steves Kehle zog sich zusammen.

O Mann. Weine ich etwa?

Er wusste es nicht. Tränen schmeckten genauso wie Meerwasser.

Ein paar Augenblicke später wurde der Himmel noch dunkler. Sie fuhren mitten durch einen Wolkenbruch. Böen schoben das Boot seitwärts. Steve spürte, wie sie langsamer wurden. In wenigen Sekunden würden sie sich im Leerlauf befinden, das Boot zum Spielball der Wellen werden. Es wurde abwechselnd in die Höhe geworfen und wieder in die Tiefe gerissen.

Kreeger rutschte mit dem Gesicht zum Cockpit die Leiter hinunter, geschmeidig wie ein Marinesoldat auf dem Weg zu seiner Kampfposition.

»Vor uns liegt eine Stelle mit viel Beerentang«, erklärte Kreeger. »Ich wette, dort unten suchen ein paar prächtige Haie nach einem Mittagessen.«

»Bringen wir's hinter uns.«

»Wie Sie meinen.«

Kreeger beugte sich vor und steckte das Messer in den trocknenden Zement. Steve betrachtete es genau. Der Griff hatte Kuhlen, in denen die Finger sicher lagen. Die Titanklinge war etwa dreizehn Zentimeter lang, an einer Seite gerieffelt, an der anderen scharf wie ein Skalpell. Damit konnte man notfalls Knochen durchtrennen.

Kreeger richtete sich auf und sah auf Steve hinab. »Zeit, sich zu verabschieden, Solomon.« In seiner Stimme schwang ein Anflug von Bedauern mit, so als würde sein alter Kumpel ihm fehlen.

Steve konzentrierte sich auf seine Oberschenkelmuskeln. Die mussten die Hebearbeit tun. Er wusste nicht, um wie viel schwerer der Zement seine Füße machte. Aber das war egal. Seine Beine waren gut trainiert, er verfügte über eine große Schnellkraft.

Kreeger richtete den Blick nach unten und wollte das Messer in die Scheide zurückgleiten lassen. In diesem Augenblick schwang Steve die Beine mit aller Kraft nach oben. Seine Füße schossen mit erstaunlicher Geschwindigkeit aus dem Eimer, der an Deck liegen blieb. Der unförmige Zementklumpen um Steves Knöchel traf Kreeger an der Stirn. Steve hörte den Aufprall, sah wie Kreeger nach hinten geworfen wurde und auf das Deck knallte. Das Messer schlitterte Richtung Heck.

Steve rappelte sich auf und versuchte, zu dem Messer zu hüpfen, doch es war, als steckten seine Beine in einem Sack. Das Boot schlingerte, er fiel um und rutschte über das regennasse Deck.

Kreeger stemmte sich auf ein Knie hoch und schüttelte den Kopf, als wollte er sich wachrütteln. Binnen einer weiteren Sekunde stand er wieder. Unsicher, aber aufrecht. Ein fünfzehn Zentimeter langer Hautfetzen hing von seiner Stirn, Blut floss ihm in die Augen. Der Regen stürzte weiterhin erbarmungslos herab. Mit beiden Händen versuchte Kreeger, sich klare Sicht zu verschaffen. *Der Schweinehund müsste eigentlich eine Gehirnerschütterung haben*, dachte Steve. *Aber er steht da wie ein verwundeter Stier kurz vor dem Angriff.* »Ich bringe Sie um, Solomon«, grollte Kreeger. »Ich kille alle Rechtsgelehrten.«

Kreeger taumelte Richtung Heck. Er war benommen, und seine Knie schienen unter ihm nachzugeben. Wo wollte er hin?

Das Messer!

Steve entdeckte es auf der Kante eines Speigatts am Heck. Er konnte nicht stehen, hatte keine Möglichkeit, es zu erreichen.

Kreeger spuckte Blut, doch er beugte sich vornüber, schnappte das Messer und warf sich herum. Er versuchte, sich mit dem Unterarm die Blutströme aus dem Gesicht zu wischen. Erst mit dem einen, dann mit dem anderen. Es funktionierte nicht.

Er kann nichts sehen, und ich kann nicht stehen.

Ganz blind konnte Kreeger allerdings nicht sein, denn er stolperte in Steves Richtung und hieb mit dem Messer um sich. Er begann die wilden Schwünge hoch über seinem Kopf und führte sie geradewegs nach unten, als hielte er einen Eispickel. Von seiner Stirn spritzte Blut in alle Richtungen.

Steve rutschte auf dem Hintern rückwärts. Gigantische weiße Wellen schlugen über die Seiten des Bootes. Das Wasser war eiskalt. Kreeger stemmte sich breitbeinig gegen das Wetter und rückte weiter vor. Nun schwang er das Messer wie eine Sichel hin und her. »Ich schneide Ihnen die Eier ab ... die Eier ab.« Seine Stimme klang dumpf und völlig emotionslos.

Steve entdeckte in einer Halterung an der Schottwand ein etwa zwei Meter langes Gaff, einen Landehaken für große Fische. Auf Händen und Hintern rutschte er darauf zu.

Kreeger nahm das Messer nun in die andere Hand, kam auf Steve zu, stach nach links, stach nach rechts, schob sich zwischen ihn und den Landehaken und schnitt ihm den Weg ab. Das Boot erklomm einen Wellenkamm, schien oben einen Augenblick die Balance zu suchen und rauschte dann wieder in die Tiefe.

Steve geriet langsam in Raumnot. Er saß mit dem Rücken an der Schottwand, konnte nirgends hinflüchten oder kriechen. Um sich vor den tödlichen Messerstichen zu schützen, zog er die Knie an.

Nach Luft ringend und Blut spuckend, schwankte Kreeger näher.

Steve machte einen letzten verzweifelten Versuch, das Gaff zu erreichen, doch es hing zu weit weg.

Einen Meter vor ihm blieb Kreeger stehen und wischte sich das Blut von einer Hand, um das Messer sicherer fassen zu können. Das Boot stieg seitwärts mit einer Welle empor. Kreeger strauchelte und musste sich breitbeiniger hinstellen, um die Balance zu halten.

Steve fühlte, wie sich das Boot dem Wellenkamm näherte. Würde es ihn überwinden oder vorher wieder hinabgleiten? Einen Sekundenbruchteil später rauschte es zurück in das Wellental. In diesem Augenblick streckte Steve die Knie und schob die zementummantelten Füße zwischen Kreegers gespreizte Beine. Dann trat er geradewegs nach oben. Fast gleichzeitig wurde das Boot heftig zur Seite geworfen, die Reling tauchte ins Wasser ein. Steve wurde rückwärts geschleudert, spürte, wie in seinen Knien etwas zerriss und kurz danach den überwältigenden Schmerz. Kreeger schwankte auf Steves Knöcheln hin und her wie ein Kind auf einer Wippe, dann segelte er mit dem Kopf voran über die Seite des Bootes ins Meer.

Steves Knie fühlten sich an, als stünden sie in Flammen. Er stemmte sich hoch und riss den Landungshaken aus der Halterung. Kreeger ruderte im Wasser mit den Armen. Er war den Schrauben, die sich im Leerlauf drehten, gefährlich nahe.

»Hilfe! Helfen Sie mir!«

Eine Welle schlug über ihm zusammen. Kreeger verschwand, dann tauchte er wieder auf, schlug mit den Beinen und paddelte, um den Abstand zur Tauchplattform zu verringern.

Steve hoppelte auf das Gaff gestützt zum Heck.

Es gibt Dinge, die man plant, dachte er. Und es gibt Dinge, die man instinktiv tut, aus Anstand oder Menschlichkeit. Wenn ein Mann über Bord ging, dann rettete man ihn, ganz egal, wer er war oder was er getan hatte. Man hievte ihn an Bord, brachte ihn an Land und übergab ihn dort der Justiz.

Steve beugte sich mit dem Grafitstab in der Hand über die Reling. Kreeger griff danach, verfehlte die Stange und ging wieder unter. Als er erneut auftauchte, streckte Steve ihm das Gaff entgegen.

Doch manchmal wichen Anstand und Menschlichkeit etwas völlig anderem. Man konnte es Rache nennen, Gerechtigkeit oder einfach nur Gewissheit. Die Gewissheit, dass Bill Kreeger nie wieder jemandem etwas zuleide tun würde. Oder war das schon viel zu kompliziert? War die Erklärung vielleicht im Laufe der Jahrmillionen durch die Evolution in unser Erbgut programmiert worden? Vielleicht trug jeder von uns noch Spuren des mörderischen Raubtiers in sich, das vor uns die Welt bevölkert hatte.

Bedrohe mich oder die Meinen, und ich werde dich töten. Ja, ich werde es tun. Selbst ein für gewöhnlich sanftmütiger, halbwegs gesetzestreuer Rechtsgelehrter wie ich wird dich umbringen.

Kreeger müsste diese Erklärung eigentlich gefallen, dachte Steve. Damit konnte er die Richtigkeit seiner Thesen untermauern.

Eine gigantische Welle riss Kreeger in die Höhe und schleuderte ihn beinahe aus dem Wasser. Dann ging es wieder abwärts, sein Kopf wurde in die grauen Fluten gedrückt. Noch einmal ging es hinauf und wieder hinunter. Diesmal trug ihn die Welle nahe ans Boot. Noch einmal griff Kreeger nach dem Landungshaken. Doch auch diesmal verfehlte er ihn. Was er schrie, ging im Heulen des Windes unter. Die nächste Welle brachte ihn näher ans Heck. Steve hielt das Gaff, Kreeger griff danach, doch plötzlich zog Steve die Stange weg. Das hatte er nicht geplant. Die Bewegung war fast reflexartig erfolgt. Sein Körper weigerte sich, den Anweisungen des Gehirns zu gehorchen, weigerte sich, den Schweinehund zu retten.

Kreeger schwamm auf das Boot zu und schrie etwas. Steve konnte nur ein einziges Wort verstehen.

»Genau ...«

Der Rest wurde vom Wind mitgerissen.

Kreeger kam näher, streckte sich nach der Tauchplattform und schrie noch einmal.

»Genau wie ...«

Was sagte er da?

Steve balancierte auf dem schlüpfrigen Deck. Er schwang die Stange mit beiden Händen zurück, bis sie über seiner Schulter lag. So als hole er beim Baseball mit dem Schläger aus.

»Genau wie ich!«, schrie Kreeger über das Tosen des Windes hinweg. »Sie sind genau wie ich!«

Steve schwang das Gaff mit aller Kraft. Durch eine Drehung aus der Hüfte legte er noch mehr Schwung in den Schlag. Die flache Seite des Stahlhakens traf Kreeger genau an der Schläfe. Steve spürte den Aufprall in beiden Armen. Die Vibration war ähnlich wie bei einem lang geschlagenen Ball.

Kreegers Kopf flog zur Seite und blieb in dieser Position. Sein Hals war in einem unnatürlichen Winkel abgeknickt. Eine Welle traf ihn, überspülte ihn mit weißem Schaum, drehte ihn um die eigene Achse und zog ihn hinab in die kalte, graue See.

Solomons Gesetze

§ 12 Wenn man Karriere, Status, Geld und sonstigen Kram außen vor lässt und sich aufs Wesentliche besinnt, zählen allein die Liebe und die Familie.

Einundvierzig

Solomons Tempel

Steve lag auf dem Rücken auf einem klapprigen Floß, das von den Wellen auf und ab geschaukelt wurde. In der Ferne ließen Blitze eine Wand aus dicken silbrigen Wolken aufleuchten. Ein Donnerschlag hallte übers Wasser. Er spürte, wie das Floß von den Wellen hochgeworfen wurde. Gleichzeitig wusste er, dass er zu Hause im Bett lag. Schmerzmittel konnten so etwas bewirken.

»*Codein ist ein Segen.*«

Das hatte er zu Bobby gesagt. Vor einigen Stunden. Oder war das schon ein paar Jahre her? Steve hatte keine Ahnung, wie lange er schon im Bett lag.

»*Codein ist ein Segen*«, hatte Bobby wiederholt. »ENGE EINSTEIN-DISCO.«

Weil Steve lachen musste, brannte seine Lippe. Die Stiche zerrten an der Haut.

»*In der Schule meinten alle, du seiest sein ziemlich abgefahrener Typ*«, hatte Bobby gesagt.

»*Falls das ein Kompliment ist, sag, dass ich mich bedanke.*«

»*Du bist der Beste, Onkel Steve.*«

Der Junge hatte gelächelt. Sie schlugen die Handknöchel aneinander, wobei Bobby das Schlagen übernahm. Steve konnte den Arm nicht heben. Doch beim Anblick von Bobbys Lächeln hatte er das Gefühl, gerade den Nobelpreis für gute Elternschaft gewonnen zu haben.

Ein Arzt, der einmal sein Mandant gewesen war, schaute vorbei. Oder war es ein Mandant, der einmal Arzt gewesen war? Steve konnte nicht klar denken. Der Doc sagte etwas von einem Haarriss im Zygomatischen Knochen.

»Im Zygomatic?«, fragte Steve. »Dem Ding, mit dem man Gemüse hacken kann?«

»Im Wangenknochen«, erklärte der Arzt.

Jetzt erinnerte sich Steve wieder. Er hatte den Doktor zweimal wegen Kunstfehlern vertreten und beide Fälle verloren.

Außerdem war die Nasenscheidewand verletzt, und die Nasennebenhöhlen hatten etwas abbekommen, erklärte der Knochenflicker. Steve musste damit rechnen, dass seine Augen unerwartet tränen würden. Nichts wirklich Schlimmes. Das würde sich wieder geben.

»Und wenn nicht?«, fragte Steve.

»Dann verklagen Sie mich«, sagte der Arzt.

Weinen war gar nicht so übel, dachte Steve. Vielleicht konnte er es hin und wieder beim Schlussplädoyer einsetzen. Außer der Wangen- und Nasenverletzung hatte er noch ein Dutzend Stiche in der dicken Lippe und Knorpelrisse in beiden Knien. Eis, Entzündungshemmer und Ruhe.

»Keine Sorge, Steve. Bald spielen Sie wieder Golf wie ein Weltmeister.«

»Schön Doc, bislang wusste ich nicht mal, wie man den Schläger hält.«

Steve fror. Beide Knie waren in Eis gepackt. Auf dem Nachttisch stand ein Sammelsurium von Tablettenröhrchen und ein Wasserkrug. Daneben lag der Lokalteil des *Miami Herald*. Eine Schlagzeile posaunte: »Anwalt rettet entführtes Mädchen.« Er würde die Story später lesen. Steve war sich halbwegs sicher, dass sie etwas schmeichelhafter ausgefallen war als die letzte Pressemeldung über ihn – ein

Artikel in Joan Fleischmans Kolumne, dessen Überschrift lautete: »Anwalt wieder im Knast.«

Er hörte ein Pochen. In seinem Kopf? Ein dumpfer Schlag, dann ein Krachen, als splittere Holz.

Myron Goldberg und Eva Munoz-Goldberg kamen ihn besuchen. Myron ließ Steve den Mund aufmachen, lobte seinen gewissenhaften Einsatz von Zahnseide und riet ihm, den abgebrochenen Zahn überkronen zu lassen. Eva brachte Steve selbst gebackenen Karamellflan. Myron sagte, er würde die Anzeige wegen Körperverletzung zurückziehen. Steve dankte ihm und schlürfte das süße Dessert. Eva tätschelte Steves Arm und erklärte, er sei so tapfer wie Máximo Gómez und José Martí zusammen.

Offenbar hatte Maria ihren Eltern erzählt, wie Steve ihr Leben gerettet hatte. Wie er sie aus dem Maschinenraum geholt hatte, nachdem Dr. Bill über Bord gegangen war – obwohl er sich kaum vorwärtsbewegen konnte, obwohl sein Gesicht verschwollen war und blutete. Wie er sich mit dem Zementbrocken an den Füßen die Leiter zur Brücke hinaufgekämpft und dabei vor Schmerzen gestöhnt hatte. Wie er das Boot zurückgefahren hatte, vor der Küstenwachstation von Miami Beach in die Seemauer geknallt und ohnmächtig geworden war. Steve war froh, dass Maria ihren Eltern all das gesagt hatte, denn er konnte sich an nichts davon erinnern.

»Maria meint, Sie seien ein Superheld«, erklärte Eva.

»Wie geht es ihr?«, fragte Steve.

»Besser, als wir zu hoffen gewagt hätten«, antwortete Myron.

»*Bien*«, sagte Eva. »Sie ist bei Bobby. Die beiden lernen zusammen.«

»Bestimmt«, sagte Steve.

»Er ist ein netter junger Mann«, stellte Myron fest.

»Selbstverständlich ist er das«, fügte Eva hinzu. »Er hat ein gutes Vorbild.« Dann strich sie mit der Hand über Steves Wange. »*Eres un melocotón en almíbar.*«

Steve war nicht ganz sicher, aber er vermutete, dass sie ihn soeben einen Pfirsich in Sirup genannt hatte. Plötzlich spürte er, wie ihm eine Träne über die Wange rann. Dann noch eine. Dann eine ganze Flut.

»Sie wunderbarer Mann«, sagte Eva mit feuchtem Blick.

Steve beschloss, sein Nebenhöhlenproblem unerwähnt zu lassen.

Als die Goldbergs gingen, kam Cece Santiago. Das Telefon in der Kanzlei klingele schon den ganzen Tag, berichtete sie. Jeder wollte Steve gratulieren, aber neue Mandanten hatten sich noch nicht gemeldet. Steve rechnete auch nicht unbedingt damit. Der Zeitungsartikel klang, als läge er im Sterben. Cece konnte nur einen Augenblick lang bleiben. Sie hatte einen Termin mit ihrem Bewährungshelfer: eine Runde Wrestling mit Arnold Freskin. Ach, und übrigens, Arnie hatte Pincher gebeten, die Anklage fallen zu lassen. Nachdem nun beide Anzeigen wegen Körperverletzung zurückgezogen waren, stellte sich Steve die Frage, ob er überhaupt noch Arbeit hatte.

Er döste für eine Weile und träumte, sein Floß würde sinken. Als er aufwachte, saß seine Schwester auf der Bettkante. Die weiche Matratze senkte sich gen Steuerbord.

»Hey, Stevie. Wie geht's?«

»Hervorragend. Langsam verstehe ich, was du an Betäubungsmitteln findest.«

»Apropos, Bruder: Ich habe einen Job. Als Drogenberaterin. In Tampa.«

»Prima.«

»Und was die andere Sache betrifft – das Sorgerecht für Bobby: Mein Anwalt meint, es wäre Blödsinn, jetzt deswegen zu klagen. Im Augenblick bist du eine Art Held. Außerdem brauche ich den Job, damit ich vor dem Richter gut dastehe, wenn ich wiederkomme.«

»Lass dir Zeit, Jan.«

Sie musterte ihn eingehend. »Heulst du etwa, Brüderchen?«

»Nebenhöhlen«, nuschelte er.

Steve döste unter den Klängen einer elektrischen Bandsäge wieder weg. Beim Aufwachen stand Irene Lord neben seinem Bett und fuhr mit dem Zeigefinger über das Nachtkästchen.

»Sie brauchen eine Putzfrau«, sagte sie und hob die staubbedeckte Fingerspitze.

»Wie geht es Ihnen, Irene?«

»Carl ist weg. Einfach so.«

»Das tut mir leid. Und es überrascht mich. Ich dachte, Sie bedeuten ihm wirklich etwas.«

»Das ist auch so. Gestern hat er mir Geld überwiesen. Von einer Bank in Moskau aus.«

»Moskau?«

»Außerdem hat er mir eine E-Mail geschickt. Er schreibt, er hätte die verlorenen Reichtümer der Romanows entdeckt. Er bekommt Anzahlungen aus aller Welt. Von Leuten, die behaupten, Romanow-Nachfahren zu sein.«

»Für einen Betrüger hat er ein gutes Herz.«

»Stephen, habe ich Ihnen schon gesagt, wie sehr ich Sie schätze?«

»Nicht dass ich wüsste, aber ich stehe unter dem Einfluss starker Medikamente.«

»Ich finde, Sie und Victoria passen hervorragend zusammen. Nun ja, vielleicht nicht hervorragend. Aber aus irgendwelchen Gründen scheinen Sie sie glücklich zu machen. Und wenn sie glücklich ist, dann ... bin ich fast schon zufrieden.«

Sie beugte sich vor, als wolle sie ihn küssen, überlegte es sich dann aber anders und richtete sich wieder auf. Sie begnügte sich damit, Steves Schulter zu tätscheln. »Stephen, weinen Sie etwa?«

»Nebenhöhlen« murmelte Steve.

Er fiel erneut in einen unruhigen Schlaf, träumte von seinem Vater. Der alte Spinner baute irgendetwas. Noahs Arche vielleicht. Steve spürte, wie Lippen die seinen berührten, schlug die Augen auf und sah, dass die schönste Frau der Welt ihn küsste. Victoria trug eine eng anliegende Gymnastikhose, die kurz unterhalb der Knie endete, dazu ein knappes Sport-Top mit schmalen Trägern. Es ließ ihren flachen Bauch frei.

»Du musst dich dringend rasieren, Schlafmütze«, sagte sie. »Und dein Atem riecht wie ein nasser Esel.«

»Wie riecht denn ein nasser Esel?«

Sie küsste ihn noch einmal. »Vergiss es. Ich liebe dich trotzdem.«

»Ich liebe dich auch, Vic.« Steve leckte sich die geschwollene Lippe und sagte: »Ich habe darüber nachgedacht, wo wir leben sollen. Wenn du eine Wohnung willst, geht das in Ordnung. Wenn du ein Stadthaus willst, ist das auch okay. Was ich sagen will, ist, dass alles passt, solange wir nur zusammen sind.«

»Meinst du das im Ernst?«

»Von ganzem Herzen. Aus tiefster Seele. Bis zum letzten stinkenden Atemzug.«

Victoria schenkte ihm ein engelgleiches Lächeln und strich sanft über seine lädierte Lippe.

Das Pochen fing wieder an. Diesmal noch lauter.

»Verdammt, was ist das?«, fragte Steve.

»Das weißt du nicht? Ich dachte, Herbert hätte es dir gestern Abend gesagt.«

»Gestern Abend fuhr ich im Iditarod-Rennen einen Hundeschlitten. Es sei denn, ich habe halluziniert.«

»Komm«, sagte sie. »Ich zeige es dir.«

Victoria half ihm aus dem Bett. Steve schlang den Arm um ihre Schulter, und sie führte ihn den Flur entlang.

Im Wohnzimmer war es viel zu hell.

Was zum Teufel ...?

Die hintere Wand fehlte. Nur einige vertikale Stützbalken standen noch, die Wandplatten waren herausgeschlagen. Herbert stand inmitten von Bauschutt. Er trug Khakishorts und eine Jarmulka, in der Hand hielt er einen Vorschlaghammer. Seine nackte Brust war von Gipsstaub bedeckt. Steve erinnerte sich vage daran, dass sein alter Herr den Tempel Solomons nachbauen wollte. Doch was das hier sollte, verstand er nicht.

»Was zum Teufel machst du da, Dad?«

»Wonach sieht's denn aus?«

»Nach Vandalismus.«

»Ich erweitere dein Haus nach hinten.«

»Warum habe ich nur das Gefühl, dass du besser darin bist, Wände einzureißen, als neue zu bauen?«

»Beklag dich erst, wenn du die Rechnung siehst. Für ein neues Schlafzimmer mit einem begehbaren Kleiderschrank und ein Familienzimmer.«

»Wozu?«

»Für dich und Victoria, *schmendrick*.«

Natürlich! Steves Gehirn war noch benebelt, doch was sein Vater sagte, ergab Sinn. Sie würden so viel Platz haben, wie sie brauchten, selbst wenn das Dach sackte und keine Wand im Lot war.

»Danke, Dad, ich habe vor ein paar Tagen einen Flat-Screen-Fernseher gesehen, so groß wie ein Garagentor. Genau richtig für das Familienzimmer.«

»Ich dachte eher an einen Flügel«, sagte Victoria.

»Ein großer Fernseher wäre besser. Hoch auflösend für die Sportsendungen.«

»Ich habe mir einen Steinway angesehen. Das große Wohnzimmer-Modell. Das wäre perfekt.«

»Nur wenn du mit Rachmaninoff zusammenlebst.«

»Ich hätte aber gern einen Flügel.«

»Und ich einen gigantischen Fernseher.«

Herbert deutete mit dem Vorschlaghammer auf eine Öffnung in der Wand. »Ich könnte noch ein Musikzimmer anbauen.«

»Klingt nach einem guten Kompromiss«, sagte Victoria.

»Ich bin dabei«, sagte Steve.

Er schlang um beide einen Arm und drückte sie fest. Bobby kam aus der Küche und biss von einem Oreokeks ab. »Hey, Onkel Steve, was ist los?«

»Ich freue mich des Lebens, Kiddo. Willst du auch gedrückt werden?«

»Lieber nicht. Umarmungen sind was für Babys.«

Steve sah sie alle an. Seinen Vater, seine Freundin, seinen Neffen – sein Leben. Er spürte, wie Tränen in seine Augen stiegen.

»Heulst du?«, fragte Bobby.

»Nebenhöhlen«, log Steve.

Solomons Gesetze

§ 1 Ich würde lieber einen Richter belügen als die Frau, die ich liebe.

§ 2 Du sollst deinen Mandanten nicht übers Ohr hauen ... Es sei denn, du hast einen verdammt guten Grund.

§ 3 Wenn du nicht mehr weiterweißt, frag deinen Vater um Rat ... selbst wenn er nicht alle Kerzen im Leuchter hat.

§ 4 Wenn du dich schon lächerlich machst, dann tu es wenigstens vor Zeugen.

§ 5 Wenn eine Frau nicht kämpferisch und streitlustig, sondern still und nachdenklich ist, nimm dich in Acht. Wahrscheinlich stellt sie sich gerade das Badezimmer ohne deine vom Duschkopf hängenden Boxershorts vor.

§ 6 Ein kreativer Anwalt betrachtet eine richterliche Anweisung lediglich als Vorschlag.

§ 7 Wenn dir eine nackte Frau begegnet, tu so, als hättest du schon mal eine gesehen.

§ 8 Liebe ist Chemie und ein Mysterium, nicht Logik und Vernunft.

§ 9 Frage: Wie nennt man einen alten, griesgrämigen Richter mit Blähungen?
Antwort: Euer Ehren.

§ 10 Weder bei Darwin noch im Deuteronomium steht ein Wort davon – doch die Bereitschaft zu töten, um diejenigen zu schützen, die wir lieben, liegt in der menschlichen Natur.

§ 11 Ich würde einem Anwalt weder ins Gesicht lügen noch ihm ein Messer in den Rücken rammen. Aber wenn ich die Chance habe, schaue ich ihm in die Augen und trete ihm in die *cojones*.

§ 12 Wenn man Karriere, Status, Geld und sonstigen Kram außen vor lässt und sich aufs Wesentliche besinnt, zählen allein die Liebe und die Familie.

Carly Phillips

»Rasant und sexy!«
The New York Times

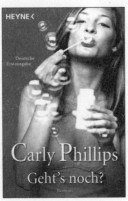

978-3-453-58045-9

Die Hot-Zone-Serie:

Mach mich nicht an!
978-3-453-58021-3

Her mit den Jungs!
978-3-453-58025-1

Komm schon!
978-3-453-58030-5

Geht's noch?
978-3-453-58045-9

Mehr bei Heyne:

Der letzte Kuss
978-3-453-87356-8

Der Tag der Träume
978-3-453-87765-8

Küss mich, Kleiner!
978-3-453-58043-5

HEYNE